Für Jeff Zaleski –
danke
für deine Einsicht und Lauterkeit

DEAN KOONTZ

SCHWARZE FLUTEN

THRILLER

Aus dem Amerikanischen von
Bernhard Kleinschmidt

WILHELM HEYNE VERLAG
MÜNCHEN

Die Originalausgabe ODD APOCALYPSE
erschien bei Bantam Books, New York

MIX
Papier aus verantwortungsvollen Quellen
FSC® C014496

Verlagsgruppe Random House FSC® N001967
Das für dieses Buch verwendete
FSC®-zertifizierte Papier *Holmen Book Cream*
liefert Holmen Paper, Hallstavik, Schweden.

Vollständige deutsche Taschenbuchausgabe 07/2014

Printed in Germany 2014
Umschlaggestaltung: Eisele Grafik.Design, München, unter Verwendung eines Fotos
von C. Lyttle, Gary Carter, Ocean/Corbis (3)
Satz: Greiner & Reichel, Köln
Druck und Bindung: GGP Media GmbH, Pößneck

ISBN 978-3-453-43772-2

www.heyne.de

Von Kindheit an war ich nicht so, wie andere waren –
ich hab die Dinge nicht gesehen, wie jene sie sahen.
Edgar Allan Poe, »Allein«

I

Als ich an meinem zweiten ganzen Tag als Gast in Roseland kurz vor Sonnenuntergang über den weitläufigen Rasen zwischen dem Haupthaus und dem Eukalyptuswäldchen schlenderte, blieb ich auf einmal instinktiv stehen und drehte mich um. Der große schwarze Hengst, der auf mich zustürmte, war das mächtigste Pferd, das ich je gesehen hatte. In einem Rassebuch hatte ich es als Friesen identifiziert. Die blonde Frau, die darauf ritt, trug ein weißes Nachtgewand.

Lautlos wie ein Gespenst trieb die Frau das Pferd an. Auf Hufen, die keinen Laut von sich gaben, preschte der Hengst durch mich hindurch, ohne eine Wirkung zu hinterlassen.

Ich habe gewisse Talente. Abgesehen davon, dass ich ein ziemlich guter Grillkoch bin, habe ich gelegentlich prophetische Träume. Und wenn ich wach bin, sehe ich manchmal die Geister von Toten, die aus unterschiedlichen Gründen zögern, ins Jenseits weiterzuziehen.

Pferd und Reiterin, die schon lange tot und in unserer Welt nur noch Geister waren, wussten gut, dass niemand außer mir sie sehen konnte. Nachdem sie mir bereits zweimal am Vortag und einmal an diesem Morgen in der Ferne erschienen waren, hatte die Frau offenbar beschlossen, diesmal um alles in der Welt meine Aufmerksamkeit zu erregen.

In einem weiten Bogen jagten Ross und Herrin um mich herum. Als ich mich drehte, um ihnen mit dem Blick zu folgen, galoppierten sie erneut auf mich zu, blieben jedoch abrupt vor mir stehen. Der Hengst bäumte sich auf und schlug mit den Vorderhufen lautlos in die Luft. Mit seinen geblähten Nüstern und rollenden Augen strahlte er derart gewaltige Kraft aus, dass ich rückwärtstaumelte, obwohl ich doch wusste, er war so immateriell wie ein Traum.

Wenn ich sie berühre, sind Geister für mich körperhaft und warm wie Wesen, die am Leben sind. Ich aber bin das für sie nicht, weshalb sie mir weder das Haar zausen, noch mir einen tödlichen Schlag versetzen können.

Weil mein sechster Sinn meine Existenz ziemlich kompliziert macht, versuche ich, mein Leben ansonsten einfach zu gestalten. Ich habe weniger Habseligkeiten als ein Mönch. Ich habe keine Zeit und Muße, an einer Karriere als Grillkoch oder als irgendetwas anderes zu arbeiten. Ich mache nie Pläne für die Zukunft, sondern schreite einfach in sie hinein, mit einem Lächeln im Gesicht, Hoffnung im Herzen – und aufgestellten Nackenhärchen.

Wilde rote Bänder aus Blut liefen über das weiße, mit Spitze verzierte Seidengewand der blonden Schönheit, die barfuß und ohne Sattel auf dem Friesen saß. Auch ihr langes Haar war blutverschmiert, obwohl ich keine Wunde ausmachen konnte. Ihr Gewand war bis an die Hüften hochgerutscht, die Knie hatte sie an die schwer atmenden Flanken des Hengstes gepresst. Mit der linken Faust umklammerte sie dessen Mähne, als hätte sie sich selbst im Tod an ihrem Pferd festhalten müssen, damit die beiden Geister vereinigt blieben.

Wäre es nicht undankbar, ein Geschenk zu verschmähen, dann würde ich meinen übernatürlichen Blick sofort zurückgeben. Ich wäre damit zufrieden, meine Tage mit der Zubereitung von Omeletts zu verbringen, bei denen ihr vor Vergnügen stöhnen würdet, und mit dem Backen von derart luftigen Pfannkuchen, dass selbst die sanfteste Brise sie von eurem Teller wehen würde.

Allerdings ist jedes Talent unverdient und mit der Pflicht verbunden, es so vollständig und weise einzusetzen wie nur möglich. Würde ich nicht an diese heilige Pflicht glauben, so wäre ich inzwischen bereits so verrückt geworden, dass ich für zahlreiche hohe Regierungsposten infrage käme.

Während der Hengst auf seinen Hinterbeinen tanzte, streckte die Frau den rechten Arm aus und deutete auf mich, als wollte sie sagen, sie wisse, dass ich sie gesehen hatte, und habe mir eine Botschaft zu überbringen. Ihr wunderschönes Gesicht war grimmig vor Entschlossenheit, und in den kornblumenblauen Augen leuchtete zwar kein Leben, aber dafür große Qual.

Als sie abstieg, sprang sie nicht zu Boden, sondern schwebte von ihrem Pferd und schien über das Gras in meine Richtung zu gleiten. Von ihrem Haar und ihrem Nachtgewand verschwand das Blut, und sie erschien nun so, wie sie im Leben vor ihrer tödlichen Verwundung ausgesehen hatte. Vielleicht fürchtete sie, die grausigen Flecken würden mich abstoßen. Sie hob die Hand an mein Gesicht, als wäre es ihr, einem Geist, schwerer gefallen, an mich zu glauben als umgekehrt. Ich spürte die Berührung.

Hinter ihr versank die Sonne im fernen Meer. Darüber glühten merkwürdig geformte Wolken wie eine Flotte aus alten Kriegsschiffen, deren Masten und Segel in Flammen standen.

Als ich sah, wie der qualvolle Ausdruck der Frau sich in eine zaghafte Hoffnung verwandelte, sagte ich: »Ja, ich kann dich sehen. Und wenn du es zulässt, kann ich dir helfen, auf die andere Seite zu gelangen.«

Sie schüttelte heftig den Kopf und trat einen Schritt zurück, als fürchtete sie, ich könnte sie mit einer Berührung oder einem Zauberspruch von dieser Welt lösen. Aber eine solche Kraft habe ich nicht.

Ich glaubte, den Grund für ihre Reaktion zu verstehen. »Man hat dich ermordet, und bevor du diese Welt verlässt, willst du dafür sorgen, dass Gerechtigkeit geschieht.«

Sie nickte, schüttelte dann jedoch den Kopf, als wollte sie sagen: *Ja, aber nicht nur das.*

Da ich mit den Verstorbenen vertrauter bin, als mir eigentlich lieb ist, kann ich euch aus langer persönlicher Erfahrung sagen, dass die Geister der zögerlichen Toten nicht sprechen. Ich weiß nicht, warum. Selbst wenn sie brutal ermordet worden sind und verzweifelt versuchen, den Mörder seiner gerechten Strafe zuzuführen, sind sie nicht in der Lage, mir wichtige Informationen mitzuteilen, ob telefonisch oder von Angesicht zu Angesicht. Sie senden auch keine SMS-Nachrichten. Vielleicht liegt das daran, dass sie sonst etwas über den Tod und die Welt im Jenseits verraten würden, das wir Lebenden nicht wissen sollen.

Jedenfalls kann der Umgang mit den Toten noch frustrierender sein als der mit einer ganzen Reihe von Lebenden, was erstaunlich ist, wenn man in Betracht zieht, dass es Lebende sind, die in der Kfz-Zulassungsstelle ihr Unwesen treiben.

Ohne im letzten direkten Licht der versinkenden Sonne einen Schatten zu werfen, stand der Hengst mit hoch erhobenem Kopf da, stolz wie ein Patriot beim Anblick der geliebten Flagge. Das Einzige, was im Wind wehte, war jedoch das goldene Haar seiner Herrin, und grasen würde er erst wieder auf Wiesen, die nicht von dieser Welt waren.

Die Frau trat wieder auf mich zu und blickte mir so intensiv ins Gesicht, dass ich ihre Verzweiflung spüren konnte. Sie bildete mit den Armen eine Wiege, die sie hin- und herschwang.

»Ein Baby?«, fragte ich.

Ja.

»Dein Baby?«

Wieder nickte sie, um dann den Kopf zu schütteln.

Die Frau runzelte die Stirn und biss sich auf die Unterlippe. Sie zögerte, bevor sie die Hand ausstreckte und sie knapp eineinhalb Meter über den Boden hielt.

Da ich mit den Rätseln von Geistern inzwischen ziemlich gut vertraut bin, ahnte ich, dass sie die heutige Größe ihres Kindes anzeigte, das jetzt kein Baby mehr war, sondern neun bis zehn

Jahre alt. »Es ist nicht mehr dein *Baby*«, sagte ich, »sondern dein *Kind.*«

Sie nickte heftig.

»Dein Kind ist noch am Leben?«

Ja.

»Hier in Roseland?«

Ja, ja, ja.

Die Farbe der am Himmel lodernden Wolkenschiffe verwandelte sich aus einem feurigen Orange in blutiges Rot, während der Himmel langsam in Violett überging.

Als ich fragte, ob es sich um ein Mädchen oder einen Jungen handle, bejahte die Frau Letzteres.

Obwohl mir hier bisher kein Kind begegnet war, sah ich die Qual, die das Gesicht der Frau zerfurchte, und stellte die naheliegende Frage: »Und dein Sohn ist hier … in Schwierigkeiten?«

Ja, ja, ja.

Ein ganzes Stück östlich des Haupthauses befand sich, hinter einem Wäldchen aus Lebenseichen verborgen, eine mit Unkraut überwucherte Reitbahn. Ein verfallener Zaun umrahmte sie.

Die Ställe hingegen sahen aus, als wären sie erst letzte Woche errichtet worden. Merkwürdigerweise waren sämtliche Boxen makellos rein. Kein Strohhalm und keine einzige Spinnwebe waren darin zu sehen, nicht einmal Staub. Offenbar wurde der Boden regelmäßig geschrubbt. Angesichts der Sauberkeit und einem Geruch, so frisch und rein wie der eines Wintertags nach einem Schneefall, wurden dort schon seit Jahrzehnten keine Pferde mehr gehalten. Offensichtlich war die Frau in Weiß schon lange tot.

Wie konnte ihr Kind dann erst neun oder zehn Jahre alt sein?

Manche Geister erschöpft ein längerer Kontakt mit mir, oder er strengt sie zumindest dermaßen an, dass sie für Stunden oder Tage verschwinden, bevor sie wieder genug Kraft gesammelt haben, um zu erscheinen. Der Wille dieser Frau schien jedoch stark genug zu sein, um ihr Bild aufrechtzuerhalten. Plötzlich aber, als ein Schimmern in die Luft trat und ein seltsames zitronengelbes Licht die Landschaft überflutete, waren sie und der Hengst – der vielleicht zur selben Zeit getötet worden war wie seine Herrin – verschwunden. Sie verblassten nicht von ihrer Peripherie zur Mitte hin, wie es andere ruhelose Seelen manchmal tun, sondern verschwanden in dem Augenblick, in dem das Licht sich veränderte.

Genau als die rote Dämmerung in Gelb umschlug, erhob sich im Westen ein Wind, peitschte das Eukalyptuswäldchen hinter mir, rauschte durch die Kalifornischen Lebenseichen im Süden und wehte mir das Haar in die Augen.

Ich blickte in einen Himmel, aus dem die Sonne noch nicht ganz verschwunden war, so als hätte ein himmlischer Zeitnehmer die kosmische Uhr einige Minuten zurückgestellt.

Diese Unmöglichkeit wurde von einer anderen noch übertroffen. Über den gelben Himmel, der bis auf die Wolkenschiffe am Horizont völlig leer gewesen war, zogen sich nun Streifen, die aussahen wie Ströme aus Rauch oder Ruß. Grau und schwarz gestreift, bewegten sie sich mit gewaltiger Geschwindigkeit. Sie wurden breiter und schmaler, bildeten Schlangenlinien und liefen bisweilen zusammen, um sich aber gleich wieder zu trennen.

Ich hatte keine Ahnung, woraus diese Ströme bestanden, doch der Anblick weckte eine düstere Ahnung in mir. Hoch über mir brausten Asche, Ruß und winzige Trümmer durch die Luft, Materie, aus der einst große Städte bestanden hatten. Explosionen von beispielloser Wucht hatten diese Metropolen zu Staub zerlegt und dann weit in den Himmel gespien, wo sie vom Jetstream erfasst und festgehalten worden waren, von den Starkwindbändern einer vom Krieg verwandelten Troposphäre.

Visionen im Wachzustand habe ich noch seltener als prophetische Träume. Wenn eine mich ergreift, so bin ich mir bewusst, dass es sich um ein inneres Ereignis handelt, das sich nur in meinem Kopf abspielt. Dieses Schauspiel aus Wind, unheilvollem Licht und grausigen Mustern am Himmel war jedoch keine Vision. Es war so real wie ein Tritt ins Gemächt.

Geballt wie eine Faust, hämmerte mein Herz, als über den Himmel ein Schwarm von Wesen zog, wie ich sie noch nie gesehen hatte. Ihre wahre Natur war nicht leicht zu entschlüsseln. Sie waren größer als Adler, sahen aber eher wie Fledermäuse aus. Zu Hunderten kamen sie von Nordwesten her und sanken dabei immer tiefer. Mein Herz schlug so heftig, als wollte meine Vernunft Reißaus nehmen und sich verflüchtigen, damit der Wahnsinn dieser Szene mich voll und ganz erfassen konnte.

Angesichts dessen kann ich euch versichern, dass ich *nicht* wahnsinnig bin, nicht wie ein Serienmörder es ist und auch nicht wie jemand, der ein Metallsieb als Hut trägt, um sich davor zu schützen, dass die CIA sein Gehirn überwacht. Überhaupt trage ich nicht gern Hüte und andere Kopfbedeckungen, wenngleich ich nichts gegen sachgemäß verwendete Siebe habe.

Getötet habe ich durchaus, und zwar mehr als einmal, aber immer zur Selbstverteidigung oder um Unschuldige zu beschützen. So etwas kann man nicht als Mord bezeichnen. Wenn ihr anderer Meinung seid, so habt ihr bisher ein behütetes Leben geführt, um das ich euch beneide.

Ich war zwar nicht sicher, ob der nahende Schwarm mich vernichten wollte oder meine Existenz überhaupt nicht wahrnahm, aber da ich unbewaffnet und ihm zahlenmäßig deutlich unterlegen war, konnte ich mich im Ernstfall mit Sicherheit nicht verteidigen. Deshalb drehte ich mich um und rannte den langen Abhang hinab auf das Eukalyptuswäldchen zu. Darin stand das Gästehaus, in dem ich wohnte.

Da diese Situation in jeder Hinsicht absurd war, ließ mich dies keine Sekunde lang zögern. Obwohl ich in zwei Monaten gerade mal den zweiundzwanzigsten Geburtstag feiern würde, war das Unmögliche schon lange zu einem festen Bestandteil meines Lebens geworden. Ich wusste, dass die wahre Natur der Welt merkwürdiger war als jedes bizarre Gewebe, das irgendein Hirn aus den Fäden seiner Fantasie hätte erschaffen können.

Während ich, vor Furcht und Anstrengung schwitzend, ostwärts rannte, erhoben sich hinter und über mir erst die schrillen Schreie des Schwarms und dann das ledrige Flattern seiner Flügel. Als ich es wagte, mich umzublicken, sah ich die Wesen im böigen Wind schweben. Ihre Augen waren so gelb wie der schaurige Himmel. Sie steuerten auf mich zu, als hätte ein Meister, dem sie gehorchten, ihnen eine düstere Version des Wunders von den Brotlaiben und den Fischen versprochen, indem er mich zum üppigen Proviant für den riesigen Schwarm machte.

Als die Luft plötzlich erneut schimmerte und das gelbe Licht in Rot umschlug, stolperte ich, stürzte und drehte mich auf den Rücken. Ich hob die Hände, um die gefräßigen Wesen abzuwehren, doch der Himmel sah wieder aus wie immer. Nichts flatterte durch die Luft außer zwei Watvögeln in der Ferne.

Ich war wieder in Roseland, wo die Sonne untergegangen und der Himmel fast vollständig violett geworden war. Die einst lodernden Galeonen waren zu einem trüben Rot niedergebrannt.

Nach Atem ringend, kam ich auf die Beine und beobachtete eine Weile, wie das Himmelsmeer schwarz wurde und die letzten Funken der Wolkenschiffe in den aufgehenden Sternen versanken.

Zwar fürchtete ich mich nicht vor der Nacht, doch die Klugheit gebot, mich nicht unnötig lange darin aufzuhalten. Deshalb ging ich weiter auf das Eukalyptuswäldchen zu.

Der verwandelte Himmel und die bedrohlichen Flügelwesen hatten mir ebenso etwas zum Nachdenken gegeben wie die Frau und ihr Pferd. Da mein Leben allzeit höchst ungewöhnlich ist, brauche ich mir keine Sorgen zu machen, es könnte mir einmal an Denkanstößen mangeln. Was das angeht, werde ich bestimmt nie Mangel leiden.

2

Nach dem Erlebnis mit der Frau, dem Pferd und dem gelben Himmel konnte ich mir nicht so recht vorstellen, in dieser Nacht Schlaf zu finden. Ich lag im gedämpften Lampenlicht da und merkte, wie meine Gedanken düsteren Pfaden folgten.

Wir sind schon begraben, wenn wir geboren werden. Die Welt ist ein Ort voll bereits belegter und potenzieller Gräber. Das Leben ist das, was geschieht, während wir auf unsere Verabredung mit dem Leichenbestatter warten.

Obwohl das nachweisbar stimmt, wird diese Erkenntnis genauso wenig auf Pappbecher gedruckt wie der Spruch KAFFEETRINKEN KANN TÖDLICH SEIN.

Schon bevor ich nach Roseland gekommen war, hatte ich mich in einer gedrückten Stimmung befunden. Aber die würde sich bestimmt bald heben, da war ich mir sicher. Bei mir ist das immer so. Egal, welches Horrorszenario sich einstellt – ich bin nach einer kleinen Weile wieder so beschwingt wie ein Luftballon im Sommerwind.

Wieso ich so beschwingt bin, weiß ich auch nicht. Es könnte sich allerdings um einen entscheidenden Aspekt meiner Lebensaufgabe handeln. Wenn mir irgendwann klar ist, wieso ich selbst in der dunkelsten Dunkelheit noch Humor aufbringe, wird der Leichenbestatter womöglich meine Nummer wählen, und dann ist die Zeit gekommen, mir einen Sarg auszusuchen.

Eigentlich erwarte ich, gar keinen Sarg zu bekommen. Das himmlische Amt für Lebensthemen – oder wie immer es heißen mag – scheint beschlossen zu haben, dass meine Reise durch diese Welt in besonderem Maße von Absurdität geprägt wird –

und von der Sorte Gewalt, auf die die Gattung Mensch so stolz ist. Deshalb werde ich wahrscheinlich irgendwann von einem wütenden Mob aus Antikriegsdemonstranten in Stücke gerissen und auf ein Freudenfeuer geworfen werden. Oder ich werde von einem Rolls-Royce überrollt, an dessen Steuer ein Fürsprecher der Armen sitzt.

So sicher ich mir auch war, nicht einschlafen zu können, schlief ich dann doch ein.

Es war vier Uhr an jenem Februarmorgen, als ich tief in einem verstörenden Traum von Auschwitz versunken war.

Meine typische Beschwingtheit war offenbar noch nicht ganz wieder eingetreten.

Ich erwachte durch einen vertrauten Schrei, der hinter dem halb offenen Fenster meines Apartments im Gästehaus von Roseland erklang. Silberhell wie die Flöten in einem keltischen Lied spann er Fäden aus Kummer und Sehnsucht in die Nacht und den Wald. Noch einmal erklang er näher, dann ein drittes Mal in größerer Entfernung.

Die klagenden Laute waren immer nur kurz, doch als sie mich an den vergangenen zwei Tagen kurz vor der Morgendämmerung geweckt hatten, hatte ich nicht mehr einschlafen können. Sie waren wie ein elektrischer Strom im Blut, der durch jede Arterie und Vene fuhr. Noch nie hatte ich ein einsameres Geräusch gehört, und es flößte mir einen Schrecken ein, der mir unerklärlich schien.

Diesmal war ich also aus einem Vernichtungslager aufgewacht. Ich bin zwar kein Jude, aber in meinem Albtraum war ich einer gewesen und hatte furchtbare Angst gehabt, zweimal zu sterben. Das zweimal zu tun, war mir im Schlaf völlig logisch vorgekommen, im Wachzustand jedoch nicht, und der gespenstische nächtliche Schrei entzog dem lebhaften Traum sofort alle Luft, woraufhin dieser sich auflöste.

Dem derzeitigen Herrn von Roseland und allen zufolge, die

für ihn arbeiteten, stammte der verstörende Schrei von einem Seetaucher. Die das behaupteten, hatten jedoch entweder keine Ahnung, oder sie logen.

Mit dieser Vermutung wollte ich meinen Gastgeber und sein Personal nicht beleidigen. Schließlich habe ich von vielen Dingen keine Ahnung, weil ich gezwungen bin, mich auf einen überschaubaren Gesichtskreis zu beschränken. Eine ständig zunehmende Zahl von Leuten scheint nämlich entschlossen zu sein, mich umzubringen, weshalb ich mich darauf konzentrieren muss, am Leben zu bleiben.

Aber selbst in der Wüste, wo ich geboren und aufgewachsen bin, gibt es Tümpel und Seen, die zwar künstlich, für Seetaucher jedoch durchaus geeignet sind. Daher kenne ich deren Schreie, die zwar melancholisch, aber nie derart trostlos sind. Sie sind merkwürdig hoffnungsvoll, während die hier verzweifelt klangen.

Roseland, ein privates Anwesen, war eine Meile von der Küste Kaliforniens entfernt. Seetaucher aber bleiben Seetaucher, wo immer sie auch nisten; sie ändern ihre Stimme nicht, um sie der Landschaft anzupassen. Es sind Vögel, keine Politiker.

Außerdem verhalten Seetaucher sich nicht wie Hähne, die mit Vorliebe zu einer bestimmten Zeit krähen. Besagte Schreie jedoch kamen zwischen Mitternacht und Morgendämmerung, während ich sie bei Sonnenlicht bisher noch nie gehört hatte. Je früher sie an einem neuen Tag erklangen, desto öfter wiederholten sie sich in den verbleibenden Stunden, in denen Dunkelheit herrschte. Jedenfalls kam es mir so vor.

Ich schlug die Decke zurück, hockte mich auf die Bettkante und sagte: »Verschone mich, damit ich dienen kann.« Das ist ein Morgengebet. Hat meine Oma Sugars mir als kleinem Jungen beigebracht.

Pearl Sugars war eine professionelle Pokerspielerin; sie trat häufig bei Privatspielen gegen Falschspieler an, die zweimal so groß waren wie sie und nicht mit einem charmanten Lächeln reagierten, wenn sie verloren. Die lächelten nicht mal, wenn sie gewannen. Meine Oma war ausgesprochen trinkfest, und sie konnte eine ganze Wagenladung Schweinefett in verschiedener Form verputzen. Wenn sie nüchtern war, fuhr Oma Sugars so schnell, dass die Polizeibehörden mehrerer Staaten im Südwesten einen eigenen Aktenordner für sie angelegt hatten. Dennoch lebte sie lange und starb im Schlaf.

Ich hoffte, dass ihr Gebet bei mir genauso gut wirkte wie bei ihr, aber in letzter Zeit war ich dazu übergegangen, dieser ersten Bitte eine weitere folgen zu lassen. Heute lautete die: »Bitte lass nicht zu, dass jemand mich umbringt, indem er mir eine wütende Eidechse in den Schlund stopft.«

So was von Gott zu erbitten, das kommt euch jetzt vielleicht ziemlich schnoddrig vor, aber ein ebenso wahnsinniger wie voluminöser Kerl hat einmal gedroht, mich zwangsweise mit einer exotischen, scharfzahnigen Echse zu füttern, die außer Rand und Band war, weil man ihr eine anständige Dosis Methamphetamin verpasst hatte. Das wäre ihm auch gelungen, wenn wir nicht auf einem Bauplatz gewesen wären und ich nicht eine Sprühdose mit Isolierschaum als Waffe gefunden hätte. Später hat der Kerl mir gedroht, wenn er wieder aus dem Gefängnis käme, würde er mich aufspüren, um die Sache mit einer anderen Eidechse zu Ende zu bringen.

An anderen Tagen hatte ich Gott in letzter Zeit gebeten, mir den Tod durch eine Autopresse auf dem Schrottplatz zu ersparen, den Tod durch eine Nagelpistole und dadurch, an tote Männer gekettet in einem See versenkt zu werden. Das waren Dinge, die ich in der Vergangenheit eigentlich nicht hätte überleben sollen, und wenn ich erneut mit einer dieser Bedrohungen konfrontiert wurde, würde ich demselben Schicksal bestimmt nicht zum zweiten Mal entrinnen.

Mein Name ist nicht Lucky Thomas. Er lautet Odd Thomas.

Ganz ehrlich. Odd.

Meine wunderschöne, aber wahnsinnige Mutter behauptet, auf der Geburtsurkunde hätte eigentlich *Todd* stehen sollen. Mein Vater, der nach Teenagern giert und Grundstücke auf dem Mond verhökert – allerdings in einem bequemen Büro hier auf der Erde –, sagt manchmal, sie hätten von Anfang an beabsichtigt, mich Odd zu nennen.

Ich neige dazu, in dieser Angelegenheit meinem Vater zu glauben. Falls er nicht lügt, könnte dies das einzig Wahre sein, was er je zu mir gesagt hat.

Nachdem ich mich abends vor dem Schlafengehen schon geduscht hatte, zog ich mich jetzt unverzüglich an, um bereit für alles zu sein, was kam.

Mit jedem Tag fühlte Roseland sich mehr wie eine Falle an. Ich hatte den Eindruck, überall lauerten verborgene Damoklesschwerter, die durch einen Fehltritt ausgelöst werden und mich zerhacken konnten.

Infolgedessen wäre ich am liebsten abgereist, hatte jedoch die Pflicht zu bleiben. Die schuldete ich der Glockendame. Sie war mit mir aus Magic Beach gekommen, einer kleinen Stadt weiter nördlich an der Küste, wo ich auf verschiedene Weise fast umgebracht worden wäre.

Die Pflicht braucht nicht zu rufen; es reicht, wenn sie flüstert. Und wenn man ihrem Ruf folgt, ist es nicht nötig, etwas zu bereuen, egal, was auch geschehen mag.

Stormy Llewellyn, die ich geliebt und verloren habe, war der Meinung, diese zerrissene Welt sei ein Ausbildungslager zur Vorbereitung auf das große Abenteuer, das zwischen unserem ersten und unserem ewigen Leben kommt. Sie hat gesagt, wir könnten uns nur verirren, wenn wir taub gegenüber unserer Pflicht seien.

Wir gehen alle verwundet durch eine Welt, die ein Kriegsgebiet ist. Alles, was wir lieben, wird uns weggenommen werden, alles, und als Letztes das Leben selbst.

Dennoch finde ich überall, wohin ich auf diesem Schlachtfeld blicke, große Schönheit und die Möglichkeit, mich daran zu erfreuen.

Zum Beispiel besaß der steinerne Turm in dem Eukalyptuswäldchen, in dem ich momentan wohnte, eine raue Schönheit. Das lag nicht zuletzt an dem Kontrast zwischen seinen wuchtigen Mauern und der Zartheit der silbergrünen Blätter, die von den Zweigen der Bäume ringsum hingen.

Der Turm war nicht säulenförmig, sondern hatte einen quadratischen Grundriss. Jede Seite war etwa neun Meter breit, und der Bau war gut achtzehn Meter hoch, wenn man die Bronzekuppel einrechnete. Darüber erhob sich eine ungewöhnliche Verzierung, die aussah wie Krone und Ring einer alten Taschenuhr.

Bezeichnet wurde der Turm als Gästehaus, aber er hatte bestimmt nicht immer diesem Zweck gedient. Die schmalen Flügelfenster, durch die man frische Luft hereinlassen konnte, gingen nach innen auf, weil sie nach außen mit senkrecht angebrachten Eisenstäben gesichert waren.

Die dicke, eisenbeschlagene Holztür sah aus, als hätte sie einem Rammbock, wenn nicht gar Kanonenkugeln standhalten können. Dahinter trat man erst einmal in einen Vorraum mit nackten Steinwänden.

Linkerhand führte hier eine Treppe zur oberen Wohnung. Dort war Annamaria, die Glockendame, untergebracht.

Direkt gegenüber dem Eingang befand sich die Tür zur Erdgeschosswohnung, deren Benutzung mir Noah Wolflaw, der derzeitige Besitzer von Roseland, gestattet hatte.

Meine Behausung bestand aus einem gemütlichen Wohnzimmer, einem kleineren Schlafzimmer, beides mit Mahagoni getäfelt, und einem hübsch gefliesten Bad, das aus den 1920er Jahren stammte. Die Einrichtung war im Craftsman-Stil gehalten: schwere gepolsterte Armsessel aus Holz, Bocktische mit Zapfenverbindung und sparsamem Dekor.

Ich weiß nicht, ob die Buntglaslampen tatsächlich von Tiffany stammten, aber möglich gewesen wäre es. Vielleicht hatte man sie aus Europa mitgebracht, als sie noch keine fantastisch teuren Museumsstücke gewesen waren, und nun blieben sie einfach deshalb in diesem abgelegenen Bau, weil sie immer da gewesen waren. Ein Aspekt von Roseland war eine lässige Gleichgültigkeit dem Reichtum gegenüber, den es darstellte.

Zu jeder Gästewohnung gehörte eine Kitchenette mit Kühlschrank, die mit den nötigsten Lebensmitteln ausgestattet war. Darin konnte ich mir entweder selbst eine einfache Mahlzeit kochen oder mir von Mr. Shilshom, dem Koch des Anwesens, jeden vernünftigen Wunsch erfüllen lassen. In diesem Fall brachte man das Bestellte auf einem Tablett vom Haupthaus herüber.

Ich hatte keine große Lust, mehr als eine Stunde vor der Morgendämmerung schon zu frühstücken. Dann hätte ich mich wie ein Verurteilter gefühlt, der versuchte, an seinem letzten Tag möglichst viele Mahlzeiten zu verschlingen, bevor ihn die Giftspritze erledigte.

Unser Gastgeber hatte mir warnend geraten, zwischen Abend- und Morgendämmerung im Haus zu bleiben. Er hatte behauptet, ein oder mehrere Pumas seien in letzter Zeit in andere Anwesen der Gegend eingedrungen und hätten dabei zwei Hunde, ein Pferd und mehrere zahme Pfaue gerissen. Womöglich seien die Biester dreist genug, über einen nachts durch die Gegend wandernden Gast von Roseland herzufallen, wenn sich die Gelegenheit dazu ergab.

Ich kannte mich mit Pumas genug aus, um zu wissen, dass sie ebenso bei Tageslicht wie im Dunkeln jagten. Offenbar hatte Noah Wolflaws Warnung deshalb den Zweck, mich davon abzuhalten, bei Nacht den Schrei des angeblichen Seetauchers und andere Eigentümlichkeiten von Roseland zu erforschen.

Dennoch verließ ich an jenem Montag den Turm, bevor es dämmerte, und schloss die eisenbeschlagene Tür von außen ab.

Annamaria und ich hatten je einen Schlüssel erhalten und waren streng angewiesen worden, den Turm immer verschlossen zu halten. Als ich bemerkte, ein Puma könne keinen Knauf drehen, um eine Tür zu öffnen, egal, ob diese abgeschlossen sei oder nicht, erklärte Mr. Wolflaw, wir lebten am Beginn eines neuen dunklen Zeitalters. Nun seien selbst die bewachten Bollwerke der Reichen nicht mehr sicher, weil überall »dreiste Diebe, Vergewaltiger, Journalisten, mordlüsterne Revolutionäre und noch wesentlich Schlimmeres« auftauchen könnten.

Als er diese Warnung aussprach, rotierten seine Augen zwar nicht wie Windrädchen, und es kam auch kein Rauch aus seinen Ohren, aber mit seiner mürrischen Miene und seinem unheilvollen Tonfall kam er mir trotzdem wie eine Karikatur vor. Ich dachte, er wollte mich auf den Arm nehmen, bis ich ihm lange genug in die Augen gesehen hatte, um zu erkennen, dass er so paranoid war wie eine dreibeinige, von Wölfen umringte Katze.

Egal, ob seine Paranoia nun gerechtfertigt war oder nicht, ich hatte den Eindruck, dass ihm weder Diebe noch Vergewaltiger, Journalisten oder Revolutionäre wirklich Sorgen machten. Seine Furcht galt dem, was er vage als etwas »wesentlich Schlimmeres« bezeichnete.

Nachdem ich den Gästeturm verlassen hatte, ging ich den durch das duftende Eukalyptuswäldchen führenden Plattenweg entlang zum Anfang einer sanften Steigung. An ihrem Ende erhob sich das Haupthaus. Der weitläufige, sorgsam gepflegte Rasen vor mir fühlte sich unter den Füßen weich wie Teppichboden an.

In den wilden Wiesen rund um das Anwesen, durch die ich an den vergangenen Tagen gestreift war, wuchsen Schneeweiße Hainsimse, Rohrglanzgras und Landschilf zwischen majestätischen Lebenseichen, offenbar in einem nicht ohne Weiteres erkennbaren, aber harmonischen Muster gepflanzt.

Kein Ort, den ich je aufgesucht hatte, war schöner gewesen als Roseland, und kein Ort hatte sich je so vom Bösen durchdrungen angefühlt.

Nun werden manche Leute sagen, ein Ort sei nur ein Ort und könne nicht gut oder böse sein. Andere werden sagen, die Vorstellung des Bösen als einer realen Kraft oder Instanz sei hoffnungslos veraltet. Boshafte Taten von Männern und Frauen ließen sich gut durch allerhand psychologische Theorien erklären.

Auf solche Leute höre ich nie. Wenn ich auf sie hören würde, dann wäre ich schon lange tot.

Unabhängig vom Wetter und selbst unter einem gewöhnlichen Himmel schien das Tageslicht in Roseland von einer anderen Sonne zu stammen als von der, die den Rest der Welt erhellte. Hier sah das Vertraute seltsam aus, und auch ein stabiler, hell erleuchteter Gegenstand hatte etwas von einem Trugbild an sich.

Wenn ich, wie jetzt, nachts unterwegs war, hatte ich den Eindruck, nicht allein zu sein. Ich fühlte mich verfolgt und beobachtet.

Bei anderen Spaziergängen hatte ich ein Rascheln gehört, das angesichts der stillen Luft unerklärlich war, ein oder zwei gemurmelte, nicht ganz verständliche Worte, hastige Schritte. Wenn mir da tatsächlich jemand nachstellte, so blieb er von Strauchwerk oder Mondschatten verborgen, oder er postierte sich hinter einer Ecke, um mich zu beobachten.

Was mich dazu brachte, nachts durch Roseland zu streifen, war der Verdacht, hier sei ein Mord geschehen. Die Frau auf dem schwarzen Hengst war jemandem zum Opfer gefallen, und nun suchte sie diesen Ort heim, weil sie Gerechtigkeit für sich und ihren Sohn wollte.

Das zwanzig Hektar umfassende Anwesen lag in Montecito, einer wohlhabenden Gemeinde nahe Santa Barbara, das selbst so wenig einem armseligen Kaff glich, wie man das Ritz-Carlton mit dem Bates Motel in *Psycho* hätte verwechseln können.

Das Haupthaus und die Nebengebäude waren in den Jahren 1922 und 1923 erbaut worden, im Auftrag eines Pressezaren namens Constantine Cloyce, der auch zu den Mitbegründern eines der legendären Filmstudios von Hollywood zählte. Er besaß zwar eine Villa in Malibu, doch Roseland war sein spezieller Rückzugsort, ein sprichwörtlicher Herrensitz, an dem er sich so maskulinen Vergnügungen wie Reiten, Tontaubenschießen, Jagen, bis zum Morgengrauen dauernden Pokerspielen und vielleicht auch feuchtfröhlichem Armdrücken hingeben konnte.

Zudem war Cloyce ein Liebhaber ungewöhnlicher – ja bizarrer – Theorien gewesen. Er hatte, so hieß es, mit Madame Helena Petrovna Blavatsky, dem berühmten Medium, und mit dem weltbekannten Ingenieur und Erfinder Nikola Tesla verkehrt.

Manche glaubten, Cloyce habe hier in Roseland einst insgeheim die Erforschung und Entwicklung von Dingen wie Todesstrahlen, modernen alchemistischen Methoden und Telefonen finanziert, durch die man mit den Toten sprechen konnte. Aber schließlich gab es auch Leute, die glaubten, das Sozialversicherungssystem werde immer und ewig flüssig bleiben.

Vom Rand des Eukalyptuswäldchens aus blickte ich nun den langen, flachen Hang zum Haupthaus hinauf, in dem Constantine Cloyce 1948 im Alter von siebzig Jahren gestorben war. Auf dem mit Rundziegeln gedeckten Dach glänzten Kolonien aus phosphoreszierenden Flechten im Mondlicht.

Noch 1948 hatte anschließend der einzige Erbe eines steinreichen südamerikanischen Bergwerksmagnaten Roseland mit sämtlichem Mobiliar erworben. Er war damals knapp dreißig, und vierzig Jahre später verkaufte er es wieder, ebenfalls möbliert. Da er ein zurückgezogenes Leben geführt hatte, wusste man kaum etwas über ihn.

Momentan brannte nur hinter einigen Fenstern im ersten Stock Licht. Dort befanden sich die Schlafgemächer von Noah Wolflaw, der sein beträchtliches Vermögen als Gründer und

Manager eines Hedgefonds erworben hatte, was immer das sein mag. Ich bin ziemlich sicher, dass es etwas mit der Wall Street zu tun hat, aber mehr will ich gar nicht wissen.

Inzwischen hatte Mr. Wolflaw sich im Alter von fünfzig Jahren zur Ruhe gesetzt, sofern man von Ruhe sprechen konnte. Er behauptete nämlich, eine Verletzung im Schlafzentrum seines Gehirns erlitten zu haben, weshalb er in den letzten neun Jahren kein Auge zugetan habe.

Mir war nicht klar, ob diese extreme Schlaflosigkeit Wahrheit oder Lüge war oder ein Hinweis auf irgendeine wahnhafte Störung.

Er hatte das Anwesen von dem eigenbrötlerischen Bergwerkserben erworben und das Haupthaus renovieren und erweitern lassen. Die Architektur war im Stil von Addison Mizner gehalten und stellte eine eklektische Mischung aus spanischen, maurischen, gotischen, griechischen und römischen Einflüssen dar, die Renaissance nicht zu vergessen. Breite Kalksteinterrassen mit Balustraden führten stufenförmig zum Garten hinab.

Als ich in dieser Stunde vor der Dämmerung über den kurz geschorenen Rasen auf das Haupthaus zuging, hatten die Kojoten in den Hügeln hoch oben ihr Geheul schon eingestellt. Sie hatten sich an wilden Kaninchen satt gefressen und waren in den Schlaf gesunken. Nach stundenlangem Gesang waren auch die Frösche erschöpft verstummt, und die Grillen waren von den Fröschen verschlungen worden. Eine friedliche, wenn auch nur vorübergehende Stille hatte sich über die gefallene Welt gesenkt.

Ich hatte vor, mich auf der südlichen Terrasse in einen Liegestuhl zu legen, bis in der Küche Licht anging. Mr. Shilshom begann seinen Arbeitstag immer schon, bevor es hell wurde.

Bereits die beiden vergangenen Morgen hatte ich bei dem Küchenchef verbracht, nicht nur, weil er fantastisches Frühstücksgebäck zaubern konnte, sondern auch, weil ich hoffte, ihm etwas über die Geheimnisse von Roseland aus der Nase ziehen zu können. Er wehrte meine Neugier ab, indem er sich als kulinarisches Pendant eines zerstreuten Professors gab. Das machte ihm allerdings sichtlich so viel Mühe, dass er sich wahrscheinlich früher oder später selbst ein Bein stellen würde.

Als Gast war ich im gesamten Erdgeschoss des Hauses willkommen, in der Küche, dem Salon, der Bibliothek, dem Billardzimmer und anderswo. Mr. Wolflaw und sein vor Ort lebendes Personal waren darauf bedacht, sich als gewöhnliche Leute zu präsentieren, die nichts zu verbergen hatten und an einem romantischen Ort ohne jegliches Geheimnis lebten.

Ich wusste es besser, was meinem besonderen Talent, meiner Intuition und meinem ausgezeichneten Bockmistdetektor zu verdanken war. Außerdem hatte ich in der vergangenen Abenddämmerung bekanntlich etwas gesehen, das so schaurig war, dass es jede Vorstellung sprengte.

Wenn ich sage, dass ich Roseland für einen vom Bösen durchdrungenen Ort hielt, dann heißt das nicht, ich hätte angenommen, sämtliche seiner Bewohner – oder auch nur ein einziger – seien böse gewesen. Sie waren ein unterhaltsamer, exzentrischer Haufen, und wer exzentrisch ist, der ist oft ein anständiger Mensch oder zumindest jemand, dem es an wahrhaft bösen Absichten mangelt.

Der Teufel und seine Dämonen sind allesamt dumpf und berechenbar, weil ihr einziges Ziel darin besteht, gegen die Wahrheit zu rebellieren. Auch das Verbrechen selbst wirkt auf jemanden mit einem komplexen Verstand eher langweilig, wenngleich es interessant sein kann, eines aufzuklären. Wer dumm ist, findet Verbrechen hingegen unendlich faszinierend. Ein Film über Hannibal Lecter ist spannend, der zweite unweigerlich öde. Wir lieben Serienhelden, aber ein Serienschurke wirkt rasch lächerlich, da er auf so offensichtliche Weise versucht, uns zu schockieren. Das Gute ist fantasievoll, das Böse wiederholt sich nur.

Man hatte Geheimnisse hier in Roseland. Es gab jedoch viele

Gründe, Geheimnisse zu bewahren, und nur ein Bruchteil davon war bösartiger Natur.

Als ich es mir auf dem Gartensessel bequem gemacht hatte, um darauf zu warten, dass Mr. Shilshom das Küchenlicht anknipste, nahm die Nacht eine interessante Wendung. Ich rede hier nicht von einer *unerwarteten* Wendung, denn ich habe gelernt, so ziemlich alles zu erwarten.

Südlich der Terrasse, auf der ich saß, führten Stufen in einem weiten Bogen zu einem runden Brunnen, der von eineinhalb Meter hohen Urnen im Stil der Renaissance flankiert wurde. Dahinter gelangte man über eine weitere geschwungene Treppe zu einer Rasenfläche, umrahmt von Hecken, an deren Seiten leicht gestufte Kaskaden herabströmten. Ganz außen erhob sich links und rechts je eine Reihe hoher Zypressen. Die ganze Anlage führte etwa hundert Meter weit zu einer weiteren Terrasse auf der Kuppe der Anhöhe, und dort stand ein reich mit Ornamenten verziertes, fensterloses Mausoleum. Seine Kalksteinmauern waren bestimmt zwölf Meter breit.

Das Mausoleum stammte aus dem Jahr 1922 und damit aus einer Zeit, als Bestattungen auf Privatgrund noch nicht gesetzlich verboten gewesen waren. Ohnehin wurde das grandiose Monument nicht von verwesenden Leichen bewohnt. In seinen Wandnischen standen mit Asche gefüllte Urnen. Bestattet waren hier Constantine Cloyce, seine Frau Madra und das einzige Kind des Paares, das früh gestorben war.

Plötzlich begann das Mausoleum zu glühen, als wäre es vollständig aus Glas gewesen. Es sah aus wie eine riesige Öllampe, in der ein goldenes Licht pulsierte. Die Phönixpalmen dahinter reflektierten das Leuchten, sodass ihre Wedel aufblühten wie Feuerwerksraketen.

Ein Krähenschwarm barst aus den Palmen hervor. Zu erschrocken, um zu kreischen, verschwanden die Vögel mit knatternden Flügelschlägen im dunklen Himmel.

Überrascht sprang ich auf die Beine, wie ich es immer tue, wenn ein Gebäude aus unerklärlichen Gründen zu glühen beginnt.

Ohne mich daran zu erinnern, dass ich die Stufen erklommen und den Brunnen umrundet hatte, fand ich mich auf der langen Rasenfläche. Wie unter einem Bann stehend, hatte ich schon den halben Weg zum Mausoleum zurückgelegt.

Ich hatte das Grabmal bereits früher besichtigt und wusste, dass es so massiv war wie ein Munitionsbunker.

Nun sah es jedoch wie ein gläserner Vogelkäfig aus, in dem Scharen von leuchtenden Elfen hausten.

Obwohl das gespenstische Licht von keinerlei Geräuschen begleitet wurde, stürmten Druckwellen auf mich ein und durch mich hindurch. In einem Anflug von Synästhesie *spürte* ich den Klang der Stille.

Offenbar waren es diese Erschütterungen, die mich von meinem Gartenstuhl geholt und die Stufen hinauf auf den Rasen getrieben hatten. Sie wirbelten durch mich hindurch wie ein pulsierender Strudel, der mich in eine Art Trance versetzte. Als mir klar wurde, dass ich mich wieder in Bewegung gesetzt hatte und aufwärtsging, wehrte ich mich gegen den Drang, mich dem Mausoleum zu nähern – und war tatsächlich in der Lage, der mich vorwärtsziehenden Kraft zu trotzen. Ich blieb stehen und hielt stand!

Während die Druckwellen mich durchströmten, überfluteten sie mich mit einer Sehnsucht nach etwas, das ich nicht benennen konnte, nach irgendeinem großen Lohn, den ich nur empfangen würde, wenn ich zum Mausoleum ging, solange das seltsame Licht durch dessen durchsichtige Mauern strahlte. Als ich mich weiterhin wehrte, nahm die Anziehungskraft ab, und das Leuchten verblasste allmählich.

Hinter meinem Rücken erklang eine tiefe Männerstimme mit einem mir unbekannten Akzent: »Ich habe dich gesehen …«

Verblüfft drehte ich mich um, aber auf dem Rasen zwischen mir und dem murmelnden Brunnen stand niemand.

Hinter mir, so nah, als wäre der Mund, aus dem die Worte kamen, nur wenige Zentimeter von meinem linken Ohr entfernt gewesen, fuhr die Männerstimme etwas leiser fort: »… wo du nicht gewesen bist.«

Wieder drehte ich mich um und stellte fest, dass ich noch immer allein war.

Während das Leuchten des Mausoleums auf der Anhöhe weiter verblasste, senkte die Stimme sich zu einem Flüstern: »Ich zähle auf dich.«

Jedes Wort war leiser als das vorherige. Als das goldene Licht sich endgültig in die Kalksteinwände des Grabs zurückgezogen hatte, kehrte wieder Stille ein.

Ich habe dich gesehen, wo du nicht gewesen bist. Ich zähle auf dich.

Wer das gesagt hatte, war kein Geist. Schließlich *sehe* ich die zögerlichen Toten, doch dieser Mann war unsichtbar geblieben. Außerdem sprechen die Toten nicht.

Gelegentlich versuchen sie allerdings, nicht nur mit Nicken, Kopfschütteln und anderen Gesten mit mir zu kommunizieren, sondern auch pantomimisch, was ziemlich frustrierend sein kann. Wie jeder geistig gesunde Bürger werde ich jedes Mal, wenn ich unversehens auf einen seine Kunst ausübenden Pantomimen stoße, von dem Drang ergriffen, ihn zu erwürgen. Einen Pantomimen, der bereits tot ist, kann diese Drohung natürlich nicht schrecken.

In scheinbarer Einsamkeit drehte ich mich einmal ganz um die eigene Achse und sagte dabei: »Hallo?«

Die einzige Stimme, die antwortete, war eine Grille, die den räuberischen Fröschen entkommen war.

3

Die Küche im Haupthaus war zwar nicht so riesig, um darin Tennis spielen zu können, aber dafür war jede der beiden Arbeitsinseln in der Mitte groß genug für ein Tischtennismatch.

Einige der Arbeitsflächen ringsum waren aus schwarzem Granit, andere aus Edelstahl. Wandschränke aus Mahagoni. Ein weiß gefliester Boden.

Keine einzige Ecke war geschmückt mit, sagen wir mal … Keksdosen in Teddybärenform, Keramikfrüchten oder bunten Geschirrhandtüchern.

Die warme Luft duftete nach Frühstückscroissants und unserem täglichen Brot. Gesicht und Statur von Mr. Shilshom ließen vermuten, dass seine Sünden allesamt mit Essen zu tun hatten. Seine in sauberen weißen Turnschuhen steckenden Füße waren so klein, dass sie aussahen, als hätte man sie an die massigen Beine eines Sumoringers transplantiert. Von dem monumentalen Rumpf leitete ein mehrfach gestuftes Doppelkinn zu einem fröhlichen Gesicht mit einem bogenförmigen Mund, einer glockenförmigen Nase und zwei Augen über, die so blau waren wie die des Weihnachtsmanns.

Während ich mich auf einem Hocker niederließ, der an einer der Arbeitsinseln stand, verriegelte der Küchenchef doppelt die Tür, durch die er mich eingelassen hatte. Tagsüber blieben die Türen unverschlossen, aber von der Abend- bis zur Morgendämmerung lebten Wolflaw und sein Personal hinter Schloss und Riegel, was er ja auch Annamaria und mir dringend empfohlen hatte.

Mit sichtlichem Stolz setzte Mr. Shilshom mir einen Teller

vor, auf dem das erste frisch aus dem Ofen gekommene Croissant lag. Der Duft von Buttergebäck und warmem Marzipan stieg in die Luft wie ein Opfer an den Gott kulinarischer Exzesse.

Vorerst schnupperte ich nur, um einen kleinen Belohnungsaufschub zu genießen. »Ich kann bloß mit Grill und Bratpfanne hantieren«, sagte ich. »*So etwas* betrachte ich mit wahrer Ehrfurcht.«

»Na, na. Schließlich habe ich Ihre Pfannkuchen und Kartoffelpuffer gekostet. Sie können bestimmt genauso gut backen, wie Sie braten können.« Der Koch bestand darauf, mich zu siezen, obwohl das sonst praktisch niemand tut. Ich hingegen sieze grundsätzlich. Ist einfach meine Art.

»Kaum, Sir. Wenn kein Pfannenwender im Spiel ist, dann ist es kein Gericht, für das mein Talent sich eignet.«

Trotz seiner Masse bewegte Mr. Shilshom sich mit der Anmut eines Tänzers, und seine Hände waren so flink wie die eines Chirurgen. In dieser Hinsicht erinnerte er mich an meinen hundertachtzig Kilo schweren Freund und Mentor Ozzie Boone, einen Autor von Kriminalromanen, der einige Hundert Meilen von diesem Ort entfernt in meiner Heimatstadt Pico Mundo lebte.

Abgesehen davon hatte der rundliche Koch kaum etwas mit Ozzie gemein. Der einzigartige Mr. Boone war gesprächig, vielseitig gebildet und an allem interessiert. Ans Schreiben seiner Bücher, ans Essen und an jedes einzelne Gespräch ging Ozzie mit so viel Energie heran wie David Beckham an sein Fußballspiel. Er schwitzte jedoch nicht so stark wie Beckham.

Mr. Shilshoms Leidenschaft schien sich hingegen ausschließlich aufs Backen und Kochen zu erstrecken. Wenn er bei der Arbeit war, bestritt er seinen Teil unseres Dialogs mit einer derartigen Zerstreutheit – echt oder vorgetäuscht –, dass seine Antworten oft scheinbar keinerlei Zusammenhang mit meinen Bemerkungen und Fragen hatten.

Dennoch hatte ich die Küche mit der Hoffnung betreten, dass er eine wertvolle Information preisgab, mit der ich das Geheimnis von Roseland entschlüsseln konnte, und zwar ohne wahrzunehmen, dass ich seine Schale geknackt hatte.

Zuerst aß ich das köstliche Croissant, aber nur zur Hälfte. Durch diese Zurückhaltung bewies ich mir, dass ich trotz allem Druck und aller Turbulenzen, denen ich in besonderer Weise ausgesetzt war, immer diszipliniert blieb. Dann kam die andere Hälfte dran.

Mit einem ungewöhnlich scharfen Messer hackte der Küchenchef gedörrte Aprikosen in Stücke, während ich endlich damit fertig war, mir die Lippen zu lecken, und das Wort ergriff. »Die Fenster hier sind nicht vergittert wie drüben im Gästeturm.«

»Das Haupthaus ist umgebaut worden.«

»Also waren hier auch mal Gitterstäbe?«

»Vielleicht. Vor meiner Zeit.«

»Wann hat man das Haus denn umgebaut?«

»Damals.«

»Wann damals?«

»Mmmmm.«

»Wie lange arbeiten Sie schon hier?«

»Ach, schon ewig.«

»Sie haben ein gutes Gedächtnis.«

»Mmmmm.«

Das war in etwa alles, was ich über die Geschichte der vergitterten Fenster von Roseland erfahren würde. Der Koch hackte so konzentriert seine Trockenfrüchte, als würde er eine Bombe entschärfen.

»Mr. Wolflaw hält doch keine Pferde hier, oder?«, fragte ich.

Aprikosenbesessen sagte der Koch: »Keine Pferde.«

»Die Reitbahn und der Übungsplatz sind voller Unkraut.«

»Unkraut«, pflichtete der Koch mir bei.

»Aber die Ställe sind makellos sauber.«

»Makellos.«

»Sie sind fast so sauber wie ein Operationssaal.«

»Sauber, sehr sauber.«

»Ja, aber wer reinigt die Ställe?«

»Irgendjemand.«

»Alles sieht frisch getüncht und gewienert aus.«

»Gewienert.«

»Aber weshalb – wenn es gar keine Pferde gibt?«

»Tja, weshalb?«, überlegte der Koch laut.

»Vielleicht hat Mr. Wolflaw vor, bald Pferde anzuschaffen.«

»Genau.«

»Will er tatsächlich Pferde anschaffen?«

»Mmmmm.«

Mr. Shilshom schaufelte sich die Aprikosenstücke in die Hand, um sie in eine Rührschüssel zu befördern. Dann griff er nach einer Tüte und schüttete halbierte Pekannüsse auf sein Hackbrett.

»Wie lange ist es wohl schon her, seit es hier zuletzt Pferde gab?«, fragte ich.

»Lange, sehr lange.«

»Dann gehört das Pferd, das ich manchmal hier umherstreifen sehe, wohl einem Nachbarn.«

»Gut möglich«, sagte der Koch und fing an, die Nusshälften zu halbieren.

»Haben Sie das Pferd auch schon gesehen?«, fragte ich.

»Lange, sehr lange.«

»Es ist ein riesiger schwarzer Hengst.«

»Mmmmm.«

»In der Bibliothek hier stehen viele Bücher über Pferde.«

»Ja, die Bibliothek.«

»Ich habe nach der Rasse gesucht. Ich glaube, es ist ein Friese.«

»Na also.«

Sein Messer war so scharf, dass die Nusshälften überhaupt nicht bröselten, als er sie zerteilte.

»Sir«, sagte ich, »haben Sie draußen vor Kurzem vielleicht ein merkwürdiges Licht gesehen?«

»Wieso denn?«

»Oben am Mausoleum.«

»Mmmmm.«

»Ein goldenes Licht.«

»Mmmmm.«

Ich sagte: »Mmmmm?«

Er sagte: »Mmmmm.«

Fairerweise musste ich ihm zugestehen, dass das Licht, das ich gesehen hatte, womöglich nur für jemanden sichtbar gewesen war, der meinen sechsten Sinn besaß. Dennoch argwöhnte ich, dass Mr. Shilshom ein verlogener Fettkloß war.

Über sein Hackbrett gebeugt, starrte der Koch so angestrengt auf die Nüsse, als wollte er das Kleingedruckte auf einer Packung Pillen lesen.

»Ist das da eine Maus neben dem Kühlschrank?«, fragte ich, um ihn auf die Probe zu stellen.

»Na also.«

»Nein. 'tschuldigung. Das ist eine fette alte Ratte.«

»Mmmmm.«

Wenn er nicht völlig in seine Arbeit versunken war, dann war er ein guter Schauspieler.

Ich rutschte von meinem Hocker. »Tja, ich weiß auch nicht warum, aber ich glaube, ich geh jetzt mal raus und setze meine Haare in Brand.«

»Wieso denn?«

Ich wandte dem Koch den Rücken zu und ging zur Terrassentür. »Vielleicht wachsen sie dichter nach, wenn man sie hin und wieder mal abfackelt.«

»Mmmmm.«

Das spröde Geräusch des Nüsse spaltenden Messers war verstummt.

In einer der vier Scheiben, mit denen die obere Hälfte der Tür verglast war, sah ich Mr. Shilshoms Spiegelbild. Er beobachtete mich. Sein Mondgesicht war so bleich wie seine weiße Uniform.

Ich öffnete die Tür. »Es dämmert noch nicht mal. Vielleicht schleicht draußen noch ein Puma herum und versucht sich an den Türen.«

»Mmmmm«, sagte der Koch, als wäre er weiterhin so von seiner Arbeit abgelenkt gewesen, dass er mir kaum Aufmerksamkeit schenkte.

Ich trat hinaus, zog hinter mir die Tür zu und ging über die Terrasse bis zum Beginn der Treppenstufen. Dort blieb ich stehen und blickte zum Mausoleum hinauf, bis ich hörte, wie der Koch die beiden Schlösser verriegelte.

Nun, da die Dämmerung in wenigen Minuten hinter den Bergen im Osten hervorsteigen würde, erscholl der Schrei des angeblichen Seetauchers ein letztes Mal aus einer entfernten Ecke des riesigen Anwesens.

Der klagende Klang rief mir ein Bild aus meinem Traum über Auschwitz ins Gedächtnis, aus dem mich der erste Schrei der Nacht geweckt hatte: *Hungrig und geschwächt, wie ich es bin, mühe ich mich mit einer Schaufel ab, voll Furcht, zweimal zu sterben, was immer das bedeuten mag. Ich grabe nicht schnell genug, um den Wachposten zufrieden zu stellen, der mir die Schaufel aus den Händen kickt. Die Stahlkappe seines Stiefels schneidet mir in die rechte Hand, aus der zu meinem Schrecken kein Blut fließt, sondern pulvrige graue Asche ohne einen einzigen glühenden Funken, nur kalte, graue Asche, die aus mir herausströmt, unablässig …*

Während ich zum Eukalyptuswäldchen zurückging, verblassten die Sterne im Osten, und der Himmel färbte sich mit dem ersten schwachen Morgenlicht.

Annamaria, die Glockendame, und ich waren erst seit drei Nächten und zwei Tagen zu Gast in Roseland, doch ich ahnte, dass unsere Zeit hier sich rasch dem Ende zuneigte und dass unser dritter Tag gewaltsam enden würde.

4

Zwischen Geburt und Begräbnis wandern wir durch eine Komödie der Geheimnisse.

Falls ihr meint, das Leben sei nicht geheimnisvoll, und falls ihr glaubt, ihr hättet alles voll und ganz kapiert, dann passt ihr entweder nicht auf, oder ihr habt euch mit Alkohol, Drogen oder irgendeiner tröstlichen Ideologie betäubt.

Und falls ihr meinen solltet, das Leben sei keine Komödie – dann, liebe Freunde, könnt ihr am besten gleich zu eurem Begräbnis eilen. Wir anderen brauchen Leute, mit denen wir lachen können.

Bei Anbruch der Dämmerung im Gästeturm angekommen, erklomm ich die Wendeltreppe zum Obergeschoss, wo Annamaria mich erwartete.

Die Glockendame hat zwar einen trockenen Humor, ist jedoch eher geheimnisvoll als komödiantisch.

Als ich an ihre Tür klopfte, schwang diese auf, als hätte die leichte Berührung meiner Fingerknöchel auf dem Holz ausgereicht, um das Schloss zu entriegeln und die Angeln in Bewegung zu setzen.

Die beiden schmalen, tiefen Fenster waren so mittelalterlich wie jene, durch die Rapunzel ihr langes Haar zu Boden gelassen hatte. Sie ließen die Morgensonne nur spärlich ein.

Im Licht einer bronzenen Stehlampe mit einem Schirm aus buntem Glas, in dem verschlungene gelbe Rosen leuchteten, saß Annamaria an einem kleinen Esstisch. Ihre zarten Hände umschlossen einen Becher.

»Ich hab dir Tee eingegossen, Oddie«, sagte sie und zeigte

auf einen zweiten Becher, aus dem Dampf aufstieg. Obwohl ich mich gerade erst entschlossen hatte, sie zu besuchen, hatte sie genau gewusst, wann ich kommen würde.

Noah Wolflaw behauptete, er habe neun Jahre nicht geschlafen, was höchstwahrscheinlich geschwindelt war. In den vier Tagen, die ich Annamaria nun kannte, war sie jedoch immer wach gewesen, wenn ich mit ihr sprechen musste.

Auf dem Sofa lagen zwei Hunde, darunter ein Golden Retriever, dem ich den Namen Raphael gegeben hatte. Er war ein guter Kerl, der sich mir in Magic Beach angeschlossen hatte.

Das zweite Tier, ein weißer Schäferhundmischling namens Boo, war ein Geisterhund und das einzige nach seinem Tod auf Erden verweilende Exemplar seiner Art, das ich je gesehen hatte. Er begleitete mich seit meiner Zeit im Kloster St. Bartholomew, wo ich eine Weile zu Gast gewesen war, bevor es mich nach Magic Beach verschlagen hatte.

Für einen jungen Mann, der seine Heimatstadt so liebte wie ich Pico Mundo, der Einfachheit, Stabilität und Tradition schätzte und an den Freunden hing, mit denen er aufgewachsen war, hatte ich mich allzu sehr zum Zigeuner entwickelt.

Selber ausgesucht hatte ich mir das nicht. Die Ereignisse hatten für mich die Wahl getroffen.

Ich gehe tastend meinen Weg zu etwas hin, das meinem Leben Sinn verleihen wird, und ich erfahre unterwegs, wohin ich gehen muss. Dabei finden sich immer wieder neue, freundliche Begleiter.

Zumindest sehe ich die Sache so. Ich bin ziemlich sicher, dass das nicht bloß eine Ausrede ist, um nicht aufs College zu gehen.

In dieser ungewissen Welt bin ich mir nicht vieler Dinge gewiss, aber ich weiß, dass Boo nicht deshalb hierbleibt, weil er – wie manche menschlichen Geister – Angst vor dem hat, was nach diesem Leben kommt, sondern weil ich ihn an einem kritischen Punkt meiner Reise brauchen werde. Ich will mich nicht zu der Behauptung versteigen, er sei mein Schutzgeist oder -engel, aber seine Gegenwart tröstet mich. Punkt.

Beide Hunde wedelten mit dem Schwanz, als sie mich erblickten. Allerdings klopfte nur der von Raphael hörbar an das Sofa.

Früher hatte Boo mich oft begleitet. Hier in Roseland jedoch blieben beide Hunde in der Nähe der Glockendame, als fürchteten sie um deren Sicherheit.

Raphael war sich bewusst, dass Boo vorhanden war, und Boo sah manchmal Dinge, die ich nicht sah. Das ließ vermuten, dass Hunde aufgrund ihrer Unschuld die ganze Realität der Existenz sehen, für die wir blind geworden sind.

Ich setzte mich zu Annamaria an den Tisch und kostete den Tee, der mit Pfirsichnektar gesüßt war. »Mr. Shilshom ist ein Schwindler«, sagte ich.

»Er ist ein guter Koch«, erwiderte Annamaria.

»Er ist sogar ein sehr guter Koch, aber er ist nicht so unschuldig, wie er sich gibt.«

»Das ist niemand«, sagte sie mit einem so feinen und nuancierten Lächeln, dass die Mona Lisa vergleichsweise die Zähne bleckte.

Seit dem Augenblick, als ich Annamaria in Magic Beach auf einem Pier getroffen hatte, war mir klar gewesen, dass sie einen Freund brauchte und dass sie anders als andere Menschen war. Nicht so wie ich es bin mit meinen prophetischen Träumen und meinem Blick für Geister, sondern auf ihre ganz eigene Weise anders.

Ich wusste kaum etwas über diese Frau. Als ich sie gefragt hatte, woher sie komme, da hatte sie geantwortet: »Von weit her.« Ihr Tonfall und ihr leicht amüsierter Gesichtsausdruck hatten darauf hingedeutet, dass diese Antwort ein Understatement war.

Sie wiederum wusste eine Menge über mich. Zum Beispiel hatte sie meinen Namen schon gekannt, bevor ich mich vorgestellt hatte. Sie hatte auch gewusst, dass ich die Geister der zögerlichen Toten sehe, obwohl ich nur einigen meiner engsten Freunde von dieser Gabe erzählt habe.

Inzwischen war mir klar geworden, dass sie mehr als nur anders war. Sie stellte ein so komplexes Rätsel dar, dass ich ihre Geheimnisse nie erfahren würde, falls sie sich nicht entschied, mir den Schlüssel zu schenken, mit dem ich die Wahrheit über sie erschließen konnte.

Sie war achtzehn Jahre alt und schien im achten Monat schwanger zu sein. Bis wir uns zusammengetan hatten, war sie eine Weile allein auf der Welt gewesen, hatte jedoch keinen der Zweifel und keine der Sorgen gehabt, die andere junge Frauen in ihrer Lage plagen.

Obwohl sie absolut nichts besaß, war sie nie in Not. Sie sagte, die Leute schenkten ihr, was sie brauche – Geld, ein Dach über dem Kopf –, obwohl sie nie um etwas bitte. Dass diese Behauptung stimmte, hatte ich mit eigenen Augen gesehen.

Wir hatten Magic Beach in einem Mercedes verlassen, den uns Lawrence Hutchison geliehen hatte. Hutch war vor fünfzig Jahren ein berühmter Filmschauspieler gewesen; inzwischen war er achtundachtzig und betätigte sich als Kinderbuchautor. Ich hatte eine Weile als Koch und Chauffeur für ihn gearbeitet, bevor es in Magic Beach zu gefährlich für mich geworden war. Den Wagen hatten wir später bei Hutchs Großneffen Grover abgegeben, der in Santa Barbara als Anwalt praktizierte.

Im Empfangszimmer von Grovers Kanzlei waren wir dann auf Noah Wolflaw getroffen, der dort Klient war und gerade einen Termin gehabt hatte. Wolflaw fühlte sich sofort von Annamaria angezogen, und nach einem kurzen Gespräch, das so verwirrend war wie viele Unterhaltungen hier, hatte er uns nach Roseland eingeladen.

Annamarias starke Anziehungskraft war nicht sexueller Natur. Sie war weder schön noch hässlich, aber hausbacken sah sie auch nicht aus. Klein, aber nicht zierlich, mit einem vollkommenen, wenn auch bleichen Teint, strahlte sie eine Präsenz aus, über deren Ursprung ich immer wieder nachgrübelte, ohne zu einem Schluss zu kommen.

Was immer uns verband, Romantik war nicht dabei. Die Wirkung, die sie auf mich – und auf andere – hatte, war tiefer als sinnliches Verlangen. Man wurde seltsam demütig dabei.

Vor hundert Jahren hätte man Annamaria vielleicht als *charismatisch* bezeichnen können. Aber in einer Zeit, in der banale Filmstars und die neuesten Reality-TV-Affen angeblich Charisma hatten, bedeutete das Wort nichts mehr.

Außerdem verlangte Annamaria von niemandem, ihr zu folgen, wie es ein Sektenguru getan hätte. Stattdessen weckte sie in ihrer Umgebung das Bedürfnis, sie zu beschützen.

Sie behauptete, keinen Familiennamen zu besitzen, und obwohl mir nicht klar war, wie sie das zustande gebracht hatte, zweifelte ich es nicht an. Zwar war sie oft undurchschaubar, aber dennoch glaubte ich, dass sie nie log. Beweise brauchte ich dafür nicht, nur Vertrauen, und das hatte ich.

»Ich hab den Eindruck, wir sollten Roseland sofort verlassen«, sagte ich.

»Darf ich nicht mal meinen Tee austrinken? Muss ich postwendend aufspringen und zum Tor rennen?«

»Das meine ich ernst. Irgendwas stimmt hier überhaupt nicht.«

»Das wird auch an jedem anderen Ort, an den wir kommen, der Fall sein.«

»Aber nicht so sehr wie hier.«

»Und wo sollen wir hin?«, fragte sie.

»Irgendwohin.«

Ihre sanfte Stimme nahm nie einen schulmeisterlichen Tonfall an, obwohl normalerweise ich es war, der sich belehren lassen musste. Das tat sie jedoch ebenso geduldig wie liebevoll.

»Irgendwo ist überall. Wenn es egal ist, wo wir hin wollen, dann kann es bestimmt nicht sinnvoll sein aufzubrechen.«

Ihre Augen waren so dunkel, dass ich keinen Unterschied zwischen Iris und Pupille erkennen konnte.

»Man kann nur an einem Ort zur selben Zeit sein, du komischer Kauz«, sagte sie. »Deshalb kommt es darauf an, dass man aus dem richtigen Grund am richtigen Ort ist.«

Vor Annamaria hatte nur Stormy Llewellyn mich »komischer Kauz« genannt.

»Meistens hab ich den Eindruck, dass du in Rätseln sprichst«, sagte ich.

Ihr Blick war so fest, wie ihre Augen dunkel waren. »Meine Mission und dein sechster Sinn haben uns hierher geführt. Roseland war ein Magnet für uns. Wir hätten nirgendwo anders hinkönnen.«

»Deine Mission. Worin besteht die?«

»Das wirst du rechtzeitig erfahren.«

»In einem Tag? Einer Woche? In zwanzig Jahren?«

»Alles zu seiner Zeit.«

Ich sog den Pfirsichduft des Tees ein, atmete seufzend aus und sagte: »An dem Tag, an dem wir uns in Magic Beach getroffen haben, da hast du gesagt, zahllose Leute wollten dich umbringen.«

»Die sind durchaus gezählt worden, aber es sind so viele, dass du die Zahl genauso wenig wissen musst wie die Zahl der Haare auf deinem Kopf, um sie zu kämmen.«

Sie trug Sneakers, Khakihosen und einen beigefarbenen Schlabberpulli, dessen Ärmel zu lang für sie waren. Die dicken, hochgeschlagenen Ärmel betonten die Zartheit ihrer schlanken Handgelenke.

Nachdem Annamaria aus Magic Beach nichts mitgenommen hatte als die Kleider, die sie am Leib trug, war sie erst einen Tag in Roseland gewesen, als Mrs. Tameed, die Haushälterin, einen

Koffer gekauft, ihn mit mehreren Garnituren gefüllt und im Gästehaus deponiert hatte, obwohl sie von niemandem darum gebeten worden war.

Auch ich hatte keine Sachen mitgebracht als das, was ich am Leib trug. Niemand hatte mir auch nur ein Paar Socken besorgt. Ich hatte das Anwesen für einige Stunden verlassen und in die Stadt fahren müssen, um mir Jeans, Pullis und Unterwäsche zu kaufen.

»Vor vier Tagen hast du mich gefragt, ob ich dafür sorgen will, dass du am Leben bleibst«, sagte ich. »Die Aufgabe machst du mir schwerer, als es sein müsste.«

»In Roseland will niemand mich ermorden.«

»Wieso bist du dir da so sicher?«

»Hier weiß man nicht, was ich bin. Wenn man mich tötet, werden meine Mörder Leute sein, die wissen, was ich bin.«

»Und was bist du?«, fragte ich.

»In deinem Herzen weißt du das bereits.«

»Und wann wird das auch mein *Gehirn* herausbekommen?«

»Du weißt es, seit du mich zum ersten Mal auf jenem Pier gesehen hast.«

»Vielleicht bin ich nicht so clever, wie du meinst.«

»Du bist mehr als clever, Oddie. Du bist weise. Aber du hast auch Angst vor mir.«

»Ich hab vor vielem Angst«, sagte ich überrascht, »aber nicht vor dir.«

Ihr Amüsement war zärtlich und ohne jede Herablassung. »Mit der Zeit, junger Mann, wirst du dir deiner Angst bewusst werden, und dann wirst du wissen, was ich bin.«

Gelegentlich nannte sie mich »junger Mann«, obwohl sie achtzehn war und ich fast zweiundzwanzig. Das hätte merkwürdig klingen sollen, doch das tat es nicht.

»Vorläufig bin ich in Roseland sicher«, sagte sie, »aber es ist jemand hier, der in großer Gefahr ist und dich dringend braucht.«

»Wer?«

»Vertrau darauf, dass dein Talent dich leitet.«

»Du erinnerst dich doch an die Frau auf dem Pferd, von der ich dir erzählt habe? Gestern hatte ich eine ziemlich gespenstische Begegnung mit ihr. Es ist ihr gelungen, mir klarzumachen, dass ihr Sohn hier ist. Neun bis zehn Jahre alt. Er ist in Gefahr, allerdings weiß ich nicht, inwiefern oder weshalb. Ist er es, dem ich helfen soll?«

Annamaria zuckte die Achseln. »Über alles und jedes weiß ich nicht Bescheid.«

Ich leerte meinen Becher Tee. »Ich glaube zwar nicht, dass du je lügst, aber eine direkte Antwort gibst du mir irgendwie auch nie.«

»Wer zu lange in die Sonne starrt, wird geblendet.«

»Wieder ein Rätsel.«

»Das ist kein Rätsel, sondern eine Metapher. Ich sage dir die Wahrheit auf Umwegen, denn wenn ich sie direkt aussprechen würde, dann würde sie dich durchbohren, wie grelle Sonne die Netzhaut verbrennen kann.«

Ich schob meinen Stuhl zurück. »Aha. Ich hoffe bloß, dass du dich nicht als eine von diesen New-Age-Spinnerin entpuppst.«

Sie lachte leise. Das war das musikalischste Geräusch, das ich je gehört hatte.

Weil die Schönheit ihres Lachens meine Bemerkung reichlich grob erschienen ließ, sagte ich: »War nicht bös gemeint.«

»Hab ich auch nicht so empfunden. Du sprichst immer aus dem Herzen, und das ist ganz in Ordnung so.«

Als ich aufstand, wedelten die Hunde wieder mit dem Schwanz, aber keiner der beiden machte Anstalten, mich zu begleiten.

»Übrigens«, sagte Annamaria, »brauchst du keine Angst davor zu haben, zweimal zu sterben.«

Wenn sich die Bemerkung nicht auf meinen Albtraum über

Auschwitz bezog, hätte es sich um einen ausgesprochen unheimlichen Zufall gehandelt.

»Woher kennst du meine Träume?«, fragte ich.

»Ist diese Angst denn etwas, das dich im Traum verfolgt?«, fragte sie, womit es ihr wieder gelang, einer direkten Antwort auszuweichen. »Dann sollte das nicht so sein.«

»Was bedeutet das überhaupt – zweimal zu sterben?«

»Das wirst du rechtzeitig begreifen. Aber von allen Menschen in Roseland, in dieser Stadt, diesem Staat und diesem Land bist du vielleicht der Letzte, der sich Sorgen machen muss, zweimal zu sterben. Du wirst nur ein einziges Mal sterben, und es wird der Tod sein, der nicht von Bedeutung ist.«

»Jeder Tod ist von Bedeutung.«

»Nur für die Lebenden.«

Seht ihr nun, weshalb ich mich bemühe, mein Leben einfach zu gestalten? Wäre ich zum Beispiel ein Steuerberater, der erstens die gesamten Finanzen seiner Kunden im Kopf behalten müsste, zweitens die Geister der zögerlichen Toten sähe und drittens auch noch Annamarias Kommentare entschlüsseln müsste, dann würde mir dieser Kopf wahrscheinlich platzen.

Das Muster der gelben Rosen auf dem Lampenschirm spielte über Annamarias Gesicht.

»Nur für die Lebenden«, wiederholte sie.

Wenn ich ihr in die Augen sah, dann brachte mich manchmal etwas dazu, den Blick wieder abzuwenden, während mein Herz angstvoll schneller schlug. Das war keine Angst vor ihr, sondern Angst vor … etwas, das ich nicht benennen konnte. Hilflos spürte ich, wie mir schwer ums Herz wurde.

Nun wanderte mein Blick von Annamaria zu den auf dem Sofa lümmelnden Hunden.

»Ich bin vorläufig in Sicherheit«, sagte sie, »du hingegen nicht. Falls du daran zweifeln solltest, dass dein Handeln richtig ist, dann kannst du hier in Roseland sterben, deinen einzigen Tod.«

Unwillkürlich hatte ich mir mit der rechten Hand an die Brust gegriffen, um das Glöckchen unter meinem Pulli zu betasten.

Als ich sie auf dem Pier von Magic Beach getroffen hatte, da hatte Annamaria an einem Silberkettchen ein fein ziseliertes Glöckchen um den Hals getragen, so groß wie ein Fingerhut. Es war das Einzige gewesen, was an jenem sonnenlosen, grauen Tag hell geglänzt hatte. Kaum eine Woche war das her.

In einem Augenblick, der seltsamer gewesen war als alle anderen, die ich seither mit dieser Frau erlebt hatte, hatte sie sich die Kette mit dem Glöckchen vom Hals genommen, mir hingestreckt und mich gefragt: »Bist du bereit, für mich zu sterben?«

Noch seltsamer war, dass ich Ja gesagt und das Geschenk entgegengenommen hatte, obwohl ich sie kaum kannte.

Mehr als achtzehn Monate vor jenem Tag, in Pico Mundo, hätte ich mein Leben hingegeben, um Stormy Llewellyn zu retten, meine Liebste. Ohne zu zögern, hätte ich mich in die Kugeln geworfen, die auf sie gerichtet waren, doch das Schicksal hatte mir keine Chance gewährt, dieses Opfer darzubringen.

Seither habe ich mir oft gewünscht, ich wäre gemeinsam mit ihr gestorben.

Ich liebe das Leben und die Schönheit der Welt, aber da Stormy nicht mehr da ist, um mit mir daran teilzuhaben, wird die Welt trotz all ihrer Wunder für mich immer unvollständig sein.

Selbstmord werde ich allerdings nie begehen und mich auch nicht bewusst einer Situation aussetzen, in der ich getötet werden könnte, denn eine Selbstzerstörung würde bedeuten, das Geschenk des Lebens zurückzuweisen, und das wäre eine unverzeihliche Undankbarkeit.

Wegen der Jahre, die Stormy und ich gemeinsam so sehr genossen haben, schätze ich das Leben. Und ich hoffe, wenn ich den Rest meiner Tage so verbringe, dass Stormy damit einverstanden wäre, dann werden wir irgendwann wieder zusammen sein.

Vielleicht hatte ich deswegen so bereitwillig zugestimmt, Annamaria vor Feinden zu schützen, die mir noch immer unbekannt waren. Denn jedes Leben, das ich rette, gehört womöglich einem Menschen, der für jemand anders so wertvoll ist, wie Stormy es für mich war.

Die beiden Hunde sahen sich augenrollend an, und dann schauten sie zu mir herüber, als wäre es ihnen peinlich gewesen, dass ich nicht in der Lage war, Annamarias unverwandtem Blick standzuhalten.

Ich brachte den Mut auf, ihr wieder in die Augen zu schauen, als sie sagte: »Womöglich werden die folgenden Stunden deinen Willen auf die Probe stellen und dir das Herz brechen.«

Obwohl diese Frau in mir – und anderen – den Wunsch weckte, sie zu beschützen, hatte ich manchmal den Eindruck, dass sie es war, die Schutz bot. Trotz ihres deutlich sichtbaren Babybauchs wirkte sie zwar klein und verloren, aber vielleicht rief sie diesen Eindruck der Verletzlichkeit bewusst hervor, um Mitgefühl zu wecken und mich anzuziehen, damit sie mich unter ihre Fittiche nehmen konnte.

»Spürst du, wie sie auf dich zustürmt, junger Mann, eine Apokalypse, die Apokalypse von Roseland?«, fragte sie.

Ich presste das Glöckchen an meine Brust. »Ja«, antwortete ich.

5

Falls jemand in Roseland tatsächlich in großer Gefahr war und mich dringend brauchte, wie Annamaria gesagt hatte, dann war das vielleicht der Sohn der seit Langem toten Reiterin. Allerdings konnte der unmöglich so jung sein, wie der Geist seiner Mutter dachte. Wenn es sich jedoch nicht um das eigene Kind der Frau handelte, so bestand offenbar irgendeine andere Verbindung zwischen ihr und ihm. Die Intuition sagte mir, dass der Mord an ihr das Geheimnis war, das ich lösen musste, um damit alle anderen Geheimnisse in Roseland aufzuklären. Falls der Mörder nach all den Jahren noch am Leben war, so konnte es sich bei der Person, die mich brauchte, um sein nächstes Opfer handeln.

Die zwei Ställe waren nicht so groß und aufwändig wie jene in Versailles und daher nicht protzig genug, um die revolutionären Massen dazu zu bringen, die neueste Staffel von *Dancing with the Stars* abzuschalten und stattdessen begeistert sämtliche Bewohner von Roseland zu zerstückeln, aber landesübliche Holzkonstruktionen waren es auch nicht. Es waren Ziegelbauten mit dunklen Schieferdächern und Fenstern mit Bleiverglasung und gemeißelter Kalksteinumrahmung, deren Anblick ausdrückte, dass hier nur erstklassige Pferde erwünscht gewesen waren.

Keiner der Ställe war nach außen hin offen. Am Ende jedes Gebäudes befand sich ein großes Bronzetor, das man auf einer im Boden versenkten Schiene zur Seite schieben konnte. Die Tore wogen bestimmt zwei Tonnen, liefen jedoch so gut ausbalanciert auf ihren geölten Rädern, dass es kaum Mühe machte, sie zu öffnen und zu schließen.

Jedes Tor war mit drei stilisierten Art-déco-Pferden geschmückt, die von links nach rechts galoppierten. Unter den Pferden sah man die Lettern ROSELAND.

Die mir anfangs bis zu den Hüften reichenden Gräser und Kräuter wurden kleiner, als ich mich dem ersten Stall näherte. Drei Meter davon entfernt war alles verdorrt.

Dass irgendetwas hier nicht stimmte, hätte ich womöglich gar nicht wahrgenommen, wenn ich noch durchs Gras gegangen wäre statt über nackte Erde. So jedoch wurde ich stutzig und blieb zwei Schritte von dem Bronzetor entfernt stehen.

Schon bevor der Ruf des angeblichen Seetauchers durch meine erste Nacht hier gehallt war, bevor mir das gespenstische Pferd und seine schöne Reiterin erschienen waren, und lange bevor ich die Flügelwesen im gelben Himmel gesehen hatte, war Roseland mir als ein Ort vorgekommen, der nicht das war, wonach er aussah. Das Anwesen war prachtvoll, aber nicht edel. Luxuriös, aber nicht gemütlich. Elegant, aber aufgrund der herrschenden Übertreibung nicht solide.

Hinter jeder der prächtigen Fassaden schienen sich Fäulnis und Verfall zu verbergen, sodass man es fast *sehen* konnte. Die Bauten und ihre Bewohner versuchten den Eindruck zu vermitteln, alles sei normal, doch in jeder Ecke und bei jeder Begegnung spürte ich Täuschung, Abnormität und eine geheimnisvolle Andersartigkeit, der ich auf die Spur kommen musste.

Während ich auf dem Fleck nackter Erde vor der Stalltür stand, tauchte plötzlich ein weiterer Beweis für den zutiefst unnatürlichen Charakter von Roseland vor mir auf. Die Sonne stand erst seit einer halben Stunde am östlichen Himmel zu meiner Linken, weshalb sich mein Schatten als lange, schmale Silhouette rechts von mir Richtung Westen streckte. Der Stall warf jedoch *zwei* Schatten. Einer fiel nach Westen, war aber nicht so dunkel wie meiner und grau statt schwarz. Der zweite Schatten des Gebäudes war kürzer, aber schwarz wie meiner, und er fiel nach Osten wie am frühen Nachmittag, etwa eine Stunde, nachdem die Sonne ihren Zenit überschritten hatte.

Auf dem staubigen Boden lagen ein Stein und eine zerdrückte Coladose. Ihr Schatten fiel nur nach Westen, wie es meiner tat.

Zwischen den beiden Ställen hatte man einen etwa zwölf Meter breiten Übungsplatz angelegt, der nun von wildem, herbstlich braunem Gras und Kraut überwuchert war. Als ich zum zweiten Stall hinüberging, musste ich feststellen, dass auch dieser zwei Schatten warf, einen längeren, helleren nach Westen und einen kürzeren schwarzen nach Osten.

Ich konnte mir nur einen Grund vorstellen, weshalb ein Gebäude zwei unterschiedlich dunkle Schatten in entgegengesetzte Richtungen warf. Dazu mussten zwei Sonnen am Himmel stehen, von denen die schwächere erst vor Kurzem aufgegangen war, während die stärkere sich bereits auf den westlichen Horizont zubewegte.

Über mir schien natürlich nur eine einzige Sonne.

In der Mitte des Übungsplatzes erhob sich eine stattliche, knapp zwanzig Meter hohe Magnolie, die zu dieser Jahreszeit blattlos war. Ihre Äste warfen ein Netz aus pechschwarzen Schatten nach Westen über die Mauer und das Dach des ersten Stalls, wie es so früh am Tag angebracht war.

Also unterlagen nur die beiden Gebäude dem Einfluss zweier Sonnen, der über mir und einer, die ich nicht sehen konnte.

Bei meinen Streifzügen war ich schon zweimal bis hierher vorgestoßen. Ich war mir sicher, dass ich dieses Phänomen dabei nicht einfach übersehen hatte. Das hieß, die beiden entgegengesetzten Schatten waren ein einzigartiges Merkmal dieses Augenblicks.

Da das Äußere der beiden Gebäude sich mir in diesem unmöglichen Zustand darbot, fragte ich mich, welche Überraschungen mich wohl im Innern erwarteten. In meinem ungewöhnlichen Leben ähneln leider nur wenige Überraschungen einem Lotteriegewinn. Stattdessen sind meist scharfe, spitze Zähne im konkreten oder übertragenen Sinn beteiligt.

Dennoch schob ich das Tor des zweiten Stalls gerade so weit auf, dass ich hindurchschlüpfen konnte. Dann trat ich einen Schritt nach links hinter die Bronzeplatte, um vor der Öffnung keinen Schattenriss abzugeben.

Entlang der beiden Längswände waren je fünf geräumige Boxen mit halbhohen Türen aus Mahagoni oder Teak eingebaut. Der Mittelgang war dreieinhalb Meter breit und wie der Boden der Boxen mit eng gefugtem Naturstein gepflastert.

Am anderen Ende befanden sich links die Sattelkammer und gegenüber eine Kammer für das Futter. Beide Räume waren leer.

Der Boden der Ställe, die ich bisher gesehen hatte, war aus gestampfter Erde gewesen, doch das Steinpflaster war nicht das einzige merkwürdige Detail hier.

Jede Box war mit einem etwa einen Meter breiten Fenster mit Bleiverglasung ausgestattet. Das Glas bestand hauptsächlich aus kleinen Quadraten, nur in der Mitte war eine ovale Scheibe eingefügt. Darin eingebettet war ein geflochtener Kupferdraht, der eine auf der Seite liegende Acht bildete.

Das Glas selbst wies einen kupferfarbenen Schimmer auf, wodurch das einfallende Tageslicht rötlich gefärbt war. Anderswo hätte diese Beleuchtung wohl die gemütliche Atmosphäre eines Herdfeuers verbreitet, doch hier kam mir Kapitän Nemo in den Sinn, als wäre der Stall ein U-Boot gewesen, das durch ein Meer aus Blut und Feuer fuhr. Na ja, solche Fantasien sind eben meine Art.

Ich schaltete nicht sofort die Messinglaternen an, die seitlich des Tors angebracht waren. Stattdessen blieb ich mäuschenstill im kupfernen Licht und den stahlgrauen Schatten stehen, um zu warten und auf etwas zu lauschen, was ich noch nicht kannte.

Nach einer Minute kam ich zu dem Schluss, dass das Innere des Gebäudes trotz des doppelten Schattens draußen genauso war wie immer. Die Temperatur betrug wie sonst angenehme achtzehn Grad, was das große Thermometer an der Tür der Sattelkammer ohne Zweifel bestätigen würde. Die Luft war so geruchlos rein wie nach einem Schneesturm. Es herrschte eine fast unheimliche Stille: kein Ächzen im Gebälk, kein Rascheln einer umherhuschenden Maus und kein Laut von außen her, als breitete sich hinter den Mauern eine öde, wetterlose Welt aus.

Ich griff zum Lichtschalter, und die Laternen flammten auf. Der Stall sah so makellos sauber aus, wie es die geruchlose Luft versprach.

Es fiel zwar schwer, zu glauben, dass hier tatsächlich einmal Pferde gehalten worden waren, aber in den Fluren des Haupthauses hingen Fotos und Gemälde von Constantine Cloyces Lieblingen. Mr. Wolflaw war der Meinung, sie stellten einen wesentlichen Teil der Geschichte von Roseland dar.

Ein Foto oder ein Gemälde der blutüberströmten Frau im weißen Nachtgewand hatte ich bisher noch nicht gesehen. Ich fand zwar, sie stellte einen mindestens so wesentlichen Teil der hiesigen Geschichte dar wie die Pferde, aber offenbar nimmt nicht jedermann Mord so ernst wie ich.

Natürlich war es gut möglich, dass ich bald auf einen Flur mit Porträts von blutüberströmten, tödliche Wunden zur Schau stellenden jungen Damen in verschiedener Garderobe stieß. Da ich in Roseland noch auf keinen einzigen Rosenstrauch gestoßen war, bezog sich der Name des Anwesens womöglich auf Blüten der Weiblichkeit, die man hier massakriert und begraben hatte.

Die Härchen in meinem Nacken zitterten wieder.

Wie bei meinen früheren Besuchen ging ich durch den ganzen Stall und betrachtete dabei die münzgroßen Kupferscheiben, die man zwischen viele der Quarzitfliesen des Bodens eingesetzt hatte. Sie bildeten glänzende, gewundene Linien, die von einem Ende des Gebäudes bis zum anderen liefen. Je nachdem, aus welchem Blickwinkel man sie betrachtete, war in jede der

Scheiben entweder die normale Zahl Acht eingraviert oder die liegende Acht, die sich auch in jedem Fenster befand.

Welchen Zweck diese Kupferscheiben hatten, konnte ich mir nicht vorstellen, aber es kam mir unwahrscheinlich vor, dass selbst ein steinreicher Presse- und Filmzar wie der verstorbene Constantine Cloyce sie nur zu dekorativen Zwecken hatte einsetzen lassen.

»Wer zum Teufel bist du?«

Überrascht drehte ich mich um und wurde gleich wieder überrascht, denn vor mir stand ein Koloss mit kahl geschorenem Schädel und zwei violetten Narben. Die eine lief vom rechten Ohr zum Mundwinkel, die andere senkrecht mitten über die Stirn vom Haaransatz bis zum Nasenflügel. Die Zähne des Kerls waren so schief und vergilbt, dass er wohl kaum eine Chance hatte, sich als Nachrichtenmoderator eines größeren TV-Senders zu bewerben, und auf seiner Oberlippe prangte ein Fieberbläschen. An einer Hüfte hing ein Holster mit einem Revolver, an der anderen ein Holster mit einer Pistole, und in den Händen hielt er eine kompakte Maschinenpistole, vielleicht eine Uzi.

Er war knapp zwei Meter groß, wog garantiert mehr als hundert Kilo und sah aus wie jemand, der den Konsum gewaltiger Mengen an Anabolika befürwortete. Weiße Lettern auf seinem schwarzen T-Shirt verkündeten: TOD IST HEILUNG. Auf den gewaltigen Bizepsmuskeln und Unterarmen breiteten sich Tattoos von Biestern aus, bei denen es sich um kreischende Hyänen handeln mochte. Die Handgelenke waren in etwa so dick wie mein Hals.

Die Khakihose des Fragestellers war mit vielen Reißverschlusstaschen ausgestattet und steckte in rot-schwarzen Cowboystiefeln aus geprägtem Leder. Besonders flott sah er trotz dieses modischen Statements jedoch nicht gerade aus. Um die Hüften trug er einen Waffengurt, wie ihn Polizisten haben, mit Fächern voller Ladestreifen für den Revolver und Ersatzmagazinen für die Pistole. Manche der Reißverschlusstaschen waren sichtlich prall gefüllt, entweder mit weiterer Munition oder mit Jagdtrophäen wie menschlichen Ohren und Nasen.

Ich sagte: »Ziemlich gutes Wetter für Februar.«

In *Othello* wird Eifersucht als »grünäugiges Scheusal« bezeichnet. Shakespeare war mindestens tausendmal gescheiter als ich, weshalb ich die Brillanz seiner Metaphern nie infrage stellen würde. *Dieses* grünäugige Scheusal sah jedoch so aus, als hätte es keinerlei Verständnis für harmlose Emotionen wie Eifersucht und Freundlichkeit, weil es völlig von Hass, Wut und Blutdurst ergriffen war. Anders gesagt: Dieser Kerl hier war so übel, dass er sich nicht einmal für eine Rolle in *Macbeth* geeignet hätte.

Er trat einen weiteren Schritt in den Stall und richtete die Uzi auf mich. »Recht gutes Wetter für Februar. Was soll das denn bedeuten?« Bevor ich etwas erwidern konnte, fuhr er fort: »Was zum Henker soll das bedeuten, du Arschgesicht?«

»Es bedeutet gar nichts, Sir. War nur dazu gedacht, das Eis zu brechen, wissen Sie? Als Einstieg in eine nette Unterhaltung.«

Sein Stirnrunzeln vertiefte sich so sehr, dass sich die winzige Lücke zwischen den Augenbrauen schloss und diese sich über der Nase begegneten. »Sag mal, bist du bescheuert oder was?«

In kritischen Situationen habe ich es manchmal klug gefunden, so zu tun, als wäre ich intellektuell benachteiligt. Zum einen kann das eine nützliche Technik sein, um Zeit zu gewinnen, und zum anderen fällt es mir leicht.

Ich war also durchaus bereit, mich vor diesem Rambo-Verschnitt dumm zu stellen, aber bevor ich eine Kostprobe von Lennie aus Steinbecks *Von Mäusen und Menschen* geben konnte, sagte er: »Das Problem an dieser Welt ist, dass sie voll dämlicher Arschlöcher ist, die alles verbocken. Wenn man alle dämlichen Typen umbringen würde, wäre die Welt erheblich besser dran.«

Um darauf hinzuweisen, dass ich zu clever war, als dass die Welt ohne mich ausgekommen wäre, sagte ich: »In Shakespeares

König Heinrich VI., Zweiter Teil, sagt ein Rebell namens Märten, zuerst sollte man alle ›Rechtsgelahrte‹ umbringen. Damit sind die Anwälte gemeint.«

Die Augenbrauen verknoteten sich noch mehr, und die grünen Augen sahen so heiß wie Methanflammen aus. »Sag mal, willst du mich etwa auf den Arm nehmen?«

Bei diesem Kerl hatte ich eindeutig schlechte Karten.

Er postierte sich direkt vor mir, stieß mir die Mündung seiner Uzi vor die Brust und knurrte: »Sag mir einen Grund, wieso ich dich nicht sofort umblasen sollte, du neunmalkluger Einbrecher.«

6

Wenn jemand eine Waffe hat und ich habe keine und wenn er mich nach einem guten Grund fragt, wieso er mich nicht umbringen sollte, dann nehme ich an, dass er gar nicht die Absicht hat, mir den Kopf wegzupusten, weil er es sonst nämlich einfach täte. Das heißt, er braucht entweder einen Grund, um sich abzuregen, oder er ist derart einfallslos, dass er die Szene so nachspielt, wie er sie hundertmal im Fernsehen und im Kino gesehen hat.

Grünauge jedoch kam mir wie ein anderes Kaliber vor. Sein Verhalten wies darauf hin, dass er gar keinen Grund brauchte, um jemanden umzubringen, nur den starken Wunsch dazu, und er sah so aus, als hätte er genügend Fantasie, um sich massenhaft blutige Möglichkeiten für das Ende unserer Begegnung auszudenken.

Mir war nur zu gut bewusst, wie weit die Ställe von den bewohnten Gebäuden in Roseland entfernt waren.

In der Hoffnung, ihn mit den folgenden neun Worten nicht weiter zu erzürnen, sagte ich: »Aber Sir, ich bin ein geladener Gast, kein Einbrecher!«

Seiner Miene war anzusehen, dass ich ihn nicht überzeugt hatte. »Ein Gast? Seit wann lassen die denn Dumpfbacken wie dich durchs Tor?«

Ich beschloss, mich von dieser unfreundlichen Charakterisierung nicht beleidigen zu lassen. »Ich wohne im Gästeturm, drüben im Eukalyptuswäldchen. Bin schon drei Nächte und zwei Tage hier.«

Er stieß mir erneut die Mündung der Uzi vor die Brust. »Drei

Tage, und niemand hat mir was gesagt? Meinst du vielleicht, ich bin dämlich genug, um Bockmist auf Toast zu fressen?«

»Nein, Sir. Nicht auf Toast.«

Seine Nasenflügel blähten sich so stark auf, dass ich Angst hatte, sein Gehirn könnte durchs eine oder andere Nasenloch herausfallen. »Was soll das heißen, du Klugscheißer?«

»Es heißt, dass Sie wesentlich cleverer sind als ich, sonst wäre ich nicht auf dieser Seite der Waffe. Aber es stimmt. Ich bin schon drei Tage hier. Natürlich lag es nicht an meinem Charme, dass man uns eingeladen hat, sondern an dem Mädchen, das mich begleitet. Dem kann man einfach nichts abschlagen.«

Bei dem Wort »Mädchen« glaubte ich plötzlich ein gewisses Wohlwollen in seiner Visage zu sehen. Vielleicht dachte er, ich hätte von einem Kind gesprochen. Selbst manche richtig üblen Gewaltjunkies haben eine Schwäche, wenn es um Kinder geht.

»Na, *das* klingt endlich logisch«, sagte er. »Wenn du 'ne superheiße Braut anschleppst, will natürlich niemand, dass Kenny was von ihr erfährt.«

Statt an Kennys Wohlwollensdrüse zu appellieren, hatte ich die Produktion anderer Drüsen angeregt, die besser inaktiv geblieben wären. »Nein, Sir, so ist es nicht. Die Situation ist ein wenig anders.«

»Wieso?«

»Es handelt sich um eine ganz liebe, ziemlich spirituelle junge Frau, die überhaupt nicht heiß ist, sondern eher hausbacken und außerdem im achten Monat schwanger; sie sieht nicht besonders toll aus, aber alle mögen sie, weil es so traurig ist, wenn jemand ganz allein ist, und ein Baby ist unterwegs. Das rührt einfach das Herz, wissen Sie?«

Kenny starrte mich an, als hätte ich plötzlich angefangen, eine Fremdsprache zu verwenden. Auf jeden Fall war es eine Sprache, deren Klang ihn derart beleidigte, dass ich ihm zutraute, mich doch noch zu erschießen. Bloß damit ich den Mund hielt.

Um das Thema zu wechseln, legte ich einen Finger an meine Oberlippe, an dieselbe Stelle, wo auf Kennys Lippe ein Fieberbläschen glühte. »Das tut bestimmt weh, oder?«

Ich hätte gemeint, er könnte nicht noch gereizter werden, aber er schwoll geradezu an vor Wut. »Willst du etwa behaupten, ich bin krank?«

»Nein, nein, überhaupt nicht. Sie sehen so gesund aus wie ein Stier. Genauer gesagt, kann jeder Stier sich glücklich schätzen, wenn er so gesund wie Sie ist. Ich sagte bloß, dass das kleine Ding, das Sie da haben, bestimmt wehtut.«

Er regte sich ein wenig ab. »Das tut verflucht weh.«

»Was tun Sie dagegen?«

»Gegen Aphthen kann man nichts machen. Das Scheißding muss von selbst heilen.«

»Das ist aber keine Aphthe, das ist ein Fieberbläschen.«

»Jeder sagt, es ist 'ne Aphthe.«

»Aphthen sind im Mund. Sie sehen anders aus. Wie lange haben Sie das Ding denn?«

»Sechs Tage schon. Manchmal will ich am liebsten brüllen.«

Ich zuckte zusammen, um mein Mitgefühl auszudrücken. »Bevor Sie es bekommen haben, hat es da in Ihrer Lippe gekribbelt, genau da, wo das Bläschen später aufgetaucht ist?«

»He, das stimmt«, sagte Kenny und riss die Augen auf, als glaubte er, einen Hellseher vor sich zu haben. »Gekribbelt hat es wirklich.«

Beiläufig schob ich den Lauf der Uzi von mir weg. »In den vierundzwanzig Stunden vor diesem Kribbeln, waren Sie da sehr heißer Sonne oder kaltem Wind ausgesetzt?«

»Wind. Vorletzte Woche hatten wir 'nen Kälteeinbruch. Hat von Nordwesten geblasen wie wahnsinnig.«

»Dann haben Sie ein wenig Windbrand. Zu viel Sonne oder kalter Wind kann so ein Bläschen entstehen lassen. Da es nun schon passiert ist, sollten Sie einfach ein wenig Vaseline drauftupfen und aufpassen, dass die Stelle keine Sonne und keinen Wind abbekommt. Wenn die Haut nicht weiter gereizt ist, heilt es bald ab.«

Kenny tastete mit der Zunge nach dem Bläschen, sah, dass ich das nicht gut fand, und fragte: »Bist du etwa so 'ne Art Doktor?«

»Nein, aber ich kenne ein paar Ärzte ziemlich gut. Und Sie gehören wohl zur Wachmannschaft?«

»Seh' ich etwa so aus, als wär' ich der Unterhaltungschef?«

In der Annahme, dass wir uns inzwischen nah genug gekommen waren, riskierte ich ein herzliches Lachen und sagte: »Nach ein paar Bier sind Sie bestimmt so unterhaltsam, dass es kracht.«

Das von dem Fieberbläschen verzierte Grinsen, bei dem er seine schiefen, dunkelgelben Zähne zur Schau stellte, war in etwa so anziehend wie ein von einem Tieflader überrolltes Opossum. »Jeder sagt, wenn Kenny ein paar Bier gekippt hat, kann er zum Brüllen komisch sein. Blöd dran ist bloß, nach etwa zehn Flaschen bin ich so aufgedreht, dass ich anfange, die Möbel zu zerlegen.«

»So geht's mir auch«, behauptete ich, obwohl ich noch nie mehr als zwei Bier am selben Tag getrunken hatte. »Aber wahrscheinlich kann ich dann nicht mal halb so viel Schaden anrichten wie Sie.«

Jetzt hatte ich ihn an der Angel.

»Ich hab schon ganz schöne Verwüstungen angerichtet, das stimmt«, erklärte er, wobei die schaurigen Narben in seinem Gesicht eine helle Rotfärbung annahmen. Offenbar hob die Erinnerung an seine Untaten sein Selbstwertgefühl.

Inzwischen war mir aufgefallen, dass sich das Licht im Stall veränderte. Als ich nach rechts blickte, sah ich, dass das rötliche Glas der Ostfenster immer noch im Sonnenlicht erstrahlte, aber nicht mehr so hell wie vorher.

Kenny richtete die Uzi auf den Boden, vielleicht aber auch auf meine Füße. »Sag mal, Kleiner, wie heißt du eigentlich?«, fragte er.

Ich merkte, wie ich mich leicht verspannte, und richtete die Aufmerksamkeit wieder voll und ganz auf den Koloss vor mir, den ich definitiv noch nicht für mich gewonnen hatte.

»Hören Sie«, sagte ich, »glauben Sie bitte nicht, ich will Sie veräppeln, denn das ist mein richtiger Name, auch wenn er noch so komisch klingt. Mein Name ist Odd. Odd Thomas.«

»Der zweite Teil klingt ganz normal.«

»Danke, Sir.«

»Und, weißt du, Odd ist nicht das Schlimmste, was Eltern ihren Kindern antun können. Eltern können dich total ruinieren, Mann. Meine Eltern waren die übelsten …«

Um Kennys Charakterisierung seiner Eltern zu vervollständigen, müsst ihr euch mehrere Ausdrücke in Erinnerung rufen, die man im höflichen Umgang nie verwenden würde und die Inzest, Selbstbefriedigung, massive Verstöße gegen das Tierschutzgesetz, erotische Besessenheit von für andere Zwecke vorgesehenen Objekten und eine ausgesprochen bizarre Verwendung der Zunge umschreiben.

Ach, vergesst es lieber. Wie Kenny seine Eltern beschrieb, war einzigartig in der bewegten Geschichte der Vulgärsprache. Egal, wie lange ihr über das Rätsel nachdenkt, das ich euch vorgelegt habe, eure Lösung wäre doch nur eine blasse Annäherung an das, was ich zu hören bekommen hatte.

»Meine Eltern heißen Emmental«, fuhr Kenny fort. »So hab ich früher natürlich auch geheißen. Na, woran denkst du dabei?«

Obwohl wir scheinbar drauf und dran waren, die Grundlagen einer wunderbaren Freundschaft zu schaffen, argwöhnte ich, dass sich die Lage blitzschnell ändern konnte. Wenn ich zugab, woran ich dachte, brannte Kenny womöglich die Sicherung durch.

Aber er hatte die Frage nun mal gestellt. »Na ja, Sir«, sagte ich, »das hört sich irgendwie deutsch an. Vielleicht auch österreichisch. Oder schweizerisch? Ich kenne mich da nicht so aus.«

»Tu nicht so scheinheilig«, sagte er. »Das ist der Ort, wo man Emmentaler macht. Den Käse mit den *Löchern!*« Das letzte Wort knurrte er so laut, dass die Fensterscheiben klirrten.

Ich wagte einen Seitenblick nach links und sah, dass durch die Westfenster mehr und rötlicheres Licht fiel als noch vor wenigen Minuten.

»Weißt du, was für einen Vornamen sie mir gegeben haben?«, fragte Kenny, und zwar so, dass aus der Frage eine Drohung wurde.

Ich sah ihm wieder ins Gesicht und fand seinen Blick immer noch äußerst beunruhigend. »Kenny war es wohl nicht, stimmt's?«

Er schloss die Augen und holte tief Luft. Dabei kniff er das Gesicht zusammen, als bereitete er sich auf ein schmerzhaftes Geständnis vor.

Ich überlegte einen Augenblick, ob ich zum Tor flitzen sollte, fürchtete jedoch, damit zu demonstrieren, dass ich mein Freundschaftsangebot doch nicht ernst meinte. Worauf der enttäuschte Kenny eventuell auf die Idee gekommen wäre, mir in den Rücken zu schießen.

Die anderen Bewohner von Roseland waren zwar alle mehr oder weniger exzentrisch, versuchten jedoch immerhin, einen Anschein von Normalität zu wahren. Darum kümmerte sich dieser groteske Koloss, dieser wandelnde Waffenschrank mit seinen Hyänentattoos auf den Armen jedoch nicht die Bohne. Ich konnte mir kaum vorstellen, dass er mit den anderen Mitgliedern der Wachmannschaft, die ich kennengelernt hatte, zusammenarbeitete. Es war also anzunehmen, dass er gar nicht dazugehörte, weshalb man ihm absolut nicht über den Weg trauen konnte.

Er holte noch einmal tief Luft, pustete sie aus, öffnete die Augen und sagte: »Mein Vorname war Edwin. Die haben mich doch tatsächlich Edwin Emmental genannt.«

»Das war aber wirklich grausam, Sir.«

»Diese verfluchten Vollidioten«, sagte er, was offenbar eine weniger unfreundliche Bezeichnung für seine Eltern war. »Man hat mich schon am ersten Tag im *Kindergarten* damit aufgezogen, die kleinen Scheißer konnten nicht mal bis zur Schule warten. Als ich achtzehn geworden bin, hab ich meinen Namen sofort ändern lassen.«

Fast hätte ich gesagt: *In Kenny Camembert?*, hielt jedoch glücklicherweise den Mund.

»In Kenneth Randolph Fitzgerald Mountbatten«, sagte er, wobei er den Namen mit dem Pathos eines britischen Theaterschauspielers von der Zunge rollen ließ.

»Eindrucksvoll«, bemerkte ich, »und ausgesprochen passend, möchte ich sagen.«

Fast wäre er vor Stolz errötet. »Das sind Namen, die mir immer gefallen haben, deshalb hab ich sie einfach zusammengefügt.«

Leider fiel mir nichts mehr ein, was ich zu ihm hätte sagen können. Falls Kenny Mountbatten nicht mehr zu einer gepflegten Unterhaltung beitragen konnte, als ihm bisher eingefallen war, dann war unser Gespräch beendet.

Ich hätte mich nicht gewundert, wenn er seinen letzten Beitrag zum Dialog mit einem Bauchschuss unterstrichen hätte.

Stattdessen blickte er nach links und rechts. Offenbar war auch ihm die rasche Veränderung der Lichtverhältnisse an den Fenstern aufgefallen. Ein Ausdruck solchen Schreckens trat auf sein Gesicht, dass ich darin trotz der üblen Narben, der hässlichen Zähne und der Krokodilsaugen einen Rest des gepeinigten kleinen Jungen sehen konnte, der der einmal gewesen war.

»Bin spät dran«, sagte er mit gequält zitternder Stimme, »spät, spät, spät.«

Damit wandte er sich von mir ab und rannte zu dem Tor, durch das wir beide hereingekommen waren. Unablässig das Wort *spät* wiederholend, floh er aus dem Stall, weniger wie der Terminator, als der er mir anfangs vorgekommen war, und eher wie das weiße Kaninchen aus *Alice im Wunderland*, das Angst hat, bestraft zu werden, wenn es zu spät zur Teegesellschaft mit dem verrückten Hutmacher kommt.

Die Fenster an der Ostseite des Stalls ließen nun wesentlich weniger Licht ein, als an einem vorher fast wolkenlosen Morgen zu erwarten gewesen wäre. Die Scheiben der Westfenster hingegen leuchteten alle in einem hellen Rubinrot.

Das schwindende Licht im Osten hätte sich durch ein rasch heranziehendes Unwetter erklären lassen, das feurige Glühen im Westen jedoch nicht. Mir kam ein Waldbrand in den Sinn, durch den im Osten dunkle Rauchwolken entstanden, während im Westen Flammen loderten, aber es war keinerlei Rauch zu riechen. Außerdem hätte sich kein Feuer innerhalb weniger Minuten zu einem flammenden Inferno entwickeln können.

Denselben Weg wie Kenny wollte ich nur ungern nehmen, denn es war mir lieber, wenn er mich rasch vergaß. Deshalb trat ich nur zögernd zu dem Tor, durch das er geflohen war. Es stand jetzt etwa einen Meter weit offen.

An der Schwelle zögerte ich erneut, denn die Welt draußen war nicht so, wie sie hätte sein sollen.

Wie vorher erstreckte sich vor der Tür ein drei Meter breiter Streifen nackte Erde, allerdings ohne den Stein und die zerknüllte Coladose, die genau wie ich nur einen einzigen Schatten geworfen hatten. Hinter dieser unfruchtbaren Zone wuchsen Gras und Unkraut, und in einiger Entfernung breitete eine vertraute Gruppe Lebenseichen ihre schwarzen Äste aus.

Dies alles war jedoch in das unheilvolle Licht getaucht, aus dem die höllischen Riesenfledermäuse herabgestoßen waren. Direkt über mir und im Westen schlängelten sich in großer

Höhe Ströme aus Ruß und Asche über den gelben Himmel. Im Osten ging die Farbe des Himmels in ein dunkles, in Schwarz verlaufendes Senfgelb über. Hinter den Bergen und Hügeln stieg die Nacht auf und breitete sich in meine Richtung aus, eine Nacht, in der kein Sternenlicht den apokalyptischen Mantel durchdringen würde, der die Welt umhüllte.

Noch vor wenigen Minuten war ich durch den frischen Morgen gegangen, und nun kroch der Tag auf sein Bett im fernen Pazifik zu. Die beiden Schatten der Ställe waren immer noch vorhanden, aber meine detektivischen Fähigkeiten reichten nicht aus, um die Bedeutung dieses Geheimnisses zu entschlüsseln oder das Unheil vorherzusehen, das offenbar auf mich zustürmte.

Immerhin warnte mich meine Intuition, dass es gefährlich, wenn nicht gar selbstmörderisch gewesen wäre, mich in dieses gelbe Zwielicht zu wagen. Da draußen befand sich ein Roseland, das sich auf furchtbare Weise von dem Anwesen unterschied, das ich kannte. Worin dieser Unterschied auch bestehen mochte, es lag sicherlich nicht daran, dass es in diesem anderen Roseland Rosen gab.

Ich schob das Bronzetor zu, entdeckte jedoch keine Möglichkeit, es zu verriegeln. Vielleicht war es aus Angst vor Bränden nicht üblich, Pferde einzuschließen. Und schon in den 1920er Jahren, als Roseland erbaut worden war, hatte es keine Banden von Pferdedieben mehr gegeben, die ausgeschlossen werden mussten.

Während ich mich über den mit Stein und Kupfer gepflasterten Gang zur Mitte des Gebäudes zurückzog, wurden die Messinglaternen an der Wand schwächer. Dann ging das Licht ganz aus.

7

Den Fenstern im Osten näherte sich die Nacht, während jede der kupferfarbenen Glasscheiben im Westen den Blick in einen glühenden Ofen bot. Im Inneren des Stalls war es pechschwarz. Nur an manchen Pfosten und Türen loderte orangerot der Abglanz des einfallenden Lichts.

Im Dunkeln konnte ich nicht erkennen, ob hier weiterhin die natürliche Regel des einzelnen Schattens galt oder ob jedes Objekt inzwischen nach allen Seiten Schatten warf.

Nachdem es im Stall bisher merkwürdig geruchlos gewesen war, nahm ich nun Ozon wahr. Es war derselbe Geruch, der oft nach Blitzen entsteht und der manchmal noch Stunden in der Luft liegt, nachdem der Donner längst verklungen ist und das Gewitter sich verzogen hat. Heute hatte es allerdings nicht geregnet, und es war auch kein Regen angesagt.

Ich wusste nicht, worauf ich wartete, aber dass das nicht der Briefträger sein würde, war klar. Im Rückblick hatte ich den Eindruck, dass Kennys abrupter Aufbruch – »Spät, spät, spät!« – nicht die Sorge ausdrückte, nicht rechtzeitig zu einem Termin zu kommen, sondern blanke Angst, nach Einbruch der Nacht hier erwischt zu werden. Der muskelbepackte, beinharte, bis an die Zähne bewaffnete Kerl hatte sich gefürchtet wie ein kleiner Junge.

Dass so rasch nach Tagesanbruch außerplanmäßig nächtliche Schwärze hereingeflutet war, deutete auf kosmische Ereignisse hin, bei denen mir selbst angst und bange wurde. Mein Herz jagte wie das eines friedlichen Hasen, der in der Nacht die Augen eines pirschenden Wolfs aufleuchten sieht.

Angst kann rascher besoffen machen als Whisky. Offenbar bekam ich davon gerade einen Doppelten serviert, weshalb ich mich zusammenreißen, nüchtern und standhaft bleiben musste.

Im Osten waren die Bleiglasfenster nun endgültig voller Nacht – bis auf die liegende Acht, die in ihrer Mitte eingebettet war. Die Kupferziffern glühten, ohne das dunkle Glas ringsum zu erhellen, und dieses Glühen war offenbar nicht einfach nur eine Spiegelung des roten und zunehmend düsteren Lichts, das in den Fenstern auf der anderen Seite loderte.

Nach Kennys hastigem Abgang hatte sich zuerst Stille über den Stall gesenkt, aber nun hörte ich plötzlich, wie draußen etwas leise an die Westwand stieß. Mehr als ein Objekt. Gleich mehrere. An verschiedenen Punkten entlang der Seite des Gebäudes.

Hinter einem der geröteten Fenster tauchte eine Gestalt auf, ohne dass irgendwelche Einzelheiten zu erkennen gewesen wären. Es war nur eine Silhouette vor der lodernden Sonne. Ich glaubte, einen Kopf, einen rudernden Arm, eine greifende Hand zu sehen.

Zuerst dachte ich, es würde sich um einen Mann handeln. Kopf, Arm und Hand waren zwar missgestaltet, doch das konnte daran liegen, dass der extreme Winkel der Sonne und Unebenheiten im dicken Glas alles verzerrten.

Während der scharlachrote Sonnenuntergang in ein sattes Lila überging, tauchten auch an anderen Fenstern Schatten auf, noch undeutlicher und entstellter, etwa ein halbes Dutzend. Mit jeder Sekunde hatte ich weniger den Eindruck, dass das, was sich da klopfend und kratzend an der Wand entlang bewegte, menschlich war.

Zum einen schienen sie sich nicht darum zu scheren, dass sie Lärm machten, doch ich hörte keine Stimmen. Selbst wenn Menschen versuchen, sich leise zu verhalten, gelingt es ihnen nur selten, nichts zu kommentieren oder nicht vor sich hin zu schimpfen. Wir sind nun einmal eine ausgesprochen schwatzhafte Spezies.

Zum anderen untersuchten die Wesen an der Wand nicht deren Beschaffenheit oder kündigten ihre Anwesenheit an. Sie tasteten sich daran entlang. Zweifellos suchten sie einen Eingang, aber nicht so, wie gewöhnliche Menschen das getan hätten. Schließlich war es noch hell genug, um sich zu orientieren. Die zögernde, pochende Fortbewegung deutete darauf hin, dass diese Menschen – falls es sich überhaupt um welche handelte – entweder blind, lahm oder beides waren.

Ich konnte mir nicht vorstellen, dass eine ganze Schar entsprechend Behinderter durch den Garten von Roseland gekommen war, um den Stall zu erkunden oder um mich aufzusuchen. Wieso auch?

Egal, was da seinen verzerrter Schatten an die Fenster warf und mit seinen Gliedern an die Wand stieß, ich wollte lieber nichts damit zu tun haben. Und falls die da draußen etwas von mir wollten, war ich nicht bereit, es ihnen zu geben.

Das erste Ding kam um die Ecke und fand das nördliche Tor, durch das Kenny vor Kurzem geflohen war. Es klopfte an die Bronzeplatte, aber nicht so, als wollte es höflich um Einlass bitten, sondern um herauszufinden, was ihm da den Zugang verwehrte. Zu dem Klopfen kamen forschende Geräusche im Bereich der Türklinke.

Während ich durch den Stall zum Südtor eilte, fragte ich mich zum ersten Mal, wie Kenny sich wohl seine Gesichtsnarben geholt hatte.

Eigentlich hatte ich keine große Lust, mir durch diese gespenstische Nacht einen Weg zum Steinturm im Eukalyptuswäldchen zu suchen. Noch weniger begeisterte mich jedoch die Aussicht, hierzubleiben und das abzuwarten, was die Besucher da draußen möglicherweise geplant hatten.

Als ich mich dem Südtor näherte, ertönte dessen große Bronzeplatte von den Schlägen von jemandem, der hereinwollte. Da ich nur ein Grillkoch und Geisterseher bin, jedoch kein Talent zum Teleportieren habe, gab es nun keinen Ausweg für mich mehr.

Die Sattelkammer links von mir ließ sich nicht abschließen. Irgendwelche Einrichtungsgegenstände enthielt sie nicht mehr, weshalb ich die Tür auch nicht verbarrikadieren konnte.

Was die zehn leeren Boxen hinter mir anging, so boten sie erst recht kein Versteck.

Rechts von mir befand sich die Futterkammer, die etwa dreieinhalb Meter breit war. Als ich die Tür aufzog, war es darin stockduster, weil das Kabuff keinerlei Fenster hatte.

Ich hatte die Kammer bereits bei einem meiner früheren Besuche erkundet, daher wusste ich, dass an der Wand rechts leere Regale angebracht waren, während sich ihnen gegenüber zwei je eineinhalb Meter breite und ebenso tiefe Kästen befanden.

Der Kasten direkt neben der Tür war in drei Fächer unterteilt, die von Klappdeckeln verschlossen waren. Falls ich mich nicht zersägte und aufteilte, passte ich da nicht hinein.

Der andere Kasten hatte zwei Klappdeckel, jedoch keine Unterteilung. Aus schwerem und sauber zusammengefügtem Holz gebaut, war er innen mit Stahlblech ausgekleidet. Die Deckelkanten lagen eng auf, wohl damit keine Mäuse an das früher hier gelagerte Getreide gelangen konnten.

Hätte ich eine andere vernünftige Option gehabt, so wäre ich ganz bestimmt nicht in den leeren Kasten gestiegen, der mich unweigerlich an einen Sarg erinnerte. Falls die Besucher, die weiterhin hartnäckig an beide Tore des Stalls pochten, mir jedoch feindlich gesinnt waren, bestand die Alternative nur darin, in der Sattelkammer, dem Mittelgang oder einer der Pferdeboxen zu krepieren, und diese Option kam mir nicht besonders vernünftig vor.

Ob meine unbekannten Gegner nun Augen besaßen oder nicht, ich jedenfalls war praktisch blind, sobald ich die natürlich nicht verschließbare Tür der Futterkammer zugezogen hatte und mich zum hinteren Kasten tastete. Ich hob einen der beiden Deckel an, bis die automatische Halterung einrastete, die ihn offen hielt.

Leise musste ich mich beim Besteigen des Kastens nicht verhalten, denn die Truppe, die den Stall aufsuchen wollte, um Picknick zu veranstalten, ließ die Bronzetüren inzwischen dröhnen wie Kirchenglocken.

Während ich die Rädchen des Nordtors in ihrer Schiene rumpeln hörte, stemmte ich mich hoch und schwang mich in das höchst ungeeignete Versteck. Dann tastete ich nach dem Griff, der an der Unterseite des Deckels angebracht war, und klappte den Futterkasten zu in der Hoffnung, dass er diese Funktion jetzt nicht mehr erfüllen würde.

Auf dem Boden hockend, packte ich mit jeder Hand einen der beiden Griffe, die an die Unterseite der Deckel geschweißt waren. Wenn jemand in die Kammer kam und versuchte, den Kasten zu öffnen, dann meinte er hoffentlich, die Deckel hätten sich im Lauf der Jahre so verklemmt, dass sie nicht mehr aufgingen.

Im nächsten Augenblick rollte auch das Südtor zur Seite, besonders laut, weil es sich direkt hinter der Wand der Futterkammer befand.

Nun waren beide Tore weit genug offen, um sämtliche Besucher einzulassen, aber alles blieb still. Waren die Kerle einfach in den Mittelgang zwischen den Boxen marschiert und dort stehen geblieben? Und falls ja, was taten sie da?

Wahrscheinlich lauschten sie auf irgendwelche Geräusche, die ich machte, während ich sie ebenso aufmerksam belauschte. Allerdings war ich allein, während sie viele waren, und da hätten sie eigentlich siegessicher sein und mit mehr Nachdruck suchen müssen.

Eine weitere Minute verging. Ich fragte mich allmählich, ob die Kerle tatsächlich in den Stall gekommen waren, nachdem sie die Tore geöffnet hatten, oder ob sie reglos an der Schwelle stehen geblieben waren.

Dass ich deshalb nichts hörte, weil keine Geräusche bis in mein Versteck vordrangen, war auszuschließen. An der Vorderseite des Kastens waren zwei Reihen aus fünf etwa zehn Zentimeter großen Löchern angebracht, die mit einem feinmaschigen Gitter abgedeckt waren. Wahrscheinlich hatten sie zur Belüftung gedient. Jedenfalls hätte ich durch sie hindurch praktisch jede Bewegung hören müssen.

Der chlorartige Geruch von Ozon verstärkte sich so sehr, dass ich fürchtete, niesen zu müssen.

Wenn man nicht völlig in sich ruht, wirkt der menschliche Geist wie ein unkontrollierter Sorgengenerator, ein Dynamo negativer Erwartungen. Weil man meint, man habe den freien Willen, das eigene Leben nach Belieben zu gestalten, sorgt man sich um zu viele Dinge und hat kein Vertrauen in die Vorsehung. Dadurch tritt das, was man befürchtet, oft tatsächlich ein. Wir blähen unsere Probleme so stark auf, dass sie zu wahren Katastrophen werden, und wir grübeln so lange über deren mögliches Eintreten nach, bis das Mögliche schließlich unvermeidlich wird.

Deshalb beschloss ich, mir wegen meines Niesreizes keine Sorgen mehr zu machen und mich der Vorsehung anzuvertrauen. Wenn wir uns, wie ein Dichter gesagt hat, in einem Zustand vollkommener Einfachheit befinden, werden Hoffnung und Vertrauen uns zuverlässig über Wasser halten, während Furcht uns wahrscheinlich untergehen lässt.

Stille, weiter Stille … doch gerade, als ich schon dachte, die Besucher seien verschwunden, ging die Tür der Futterkammer auf.

Wer immer das war, er hatte keine Taschenlampe. Offenbar hatte die Nacht den Tag inzwischen ganz verschlungen, denn durch das Gitternetz der Löcher sah ich nicht einmal ein schwaches Leuchten, das sonst durch die Stallfenster eingedrungen wäre.

Mindestens einer aus der Truppe schlurfte über die Schwelle. Er schien schwer zu sein, vielleicht auch sehr groß, denn seine Bewegungen hörten sich mühselig an.

Der erste Deckel des Kastens neben der Tür ging mit einem leisen Ächzen der Scharniere auf. Knallte wieder zu. Dasselbe geschah mit dem zweiten Deckel. Und mit dem dritten.

Da hatte der Eindringling in die drei stockdunklen Fächer des ersten Kastens geblickt und festgestellt, dass sie leer waren. Falls er nicht mit einem Hightech-Nachtsichtgerät ausgerüstet war, konnte er von Natur aus so gut im Dunkeln sehen wie eine Katze.

Ich packte die Handgriffe der zwei Deckel, die mein Versteck verschlossen, fester, weil ich jeden Moment den Versuch erwartete, sie zu öffnen.

Der Eindringling schlurfte zu meinem Kasten, versuchte jedoch überhaupt nicht, ihn zu öffnen, sondern kratzte an den Gitternetzen der Belüftungsöffnungen vor meinem Gesicht.

Falls die Dunkelheit den Jäger nicht so blendete wie mich, dann musste das feinmaschige Gitter dennoch verhindern, dass er mich deutlich sah. Wahrscheinlich sah er mich sogar überhaupt nicht. Die Vorstellung, Auge in Auge mit ihm zu sein, machte mich trotzdem nervös.

Es war gefährlich, mich durch solche Gedanken ablenken zu lassen. Ich musste mich darauf konzentrieren, mit aller Kraft an den Griffen zu ziehen, damit sie sich absolut nicht bewegten, wenn mein Gegner plötzlich daran zerrte. Nur dann würde er auf die Idee kommen, dass die Deckel verklemmt waren.

Wieder kratzte der Kerl draußen an den Gittern, als wollte er mich provozieren. Vielleicht wusste er doch, wo ich war, und wollte meine Nerven strapazieren, damit mein Fleisch mit Angstschweiß gesalzen und dadurch leckerer wurde.

Nun schnüffelte er. Wie ein Bluthund, der eine Fährte sucht, schnüffelte er an den vergitterten Löchern.

Ich war dankbar, dass die Luft so nach Ozon stank, denn dadurch war ich sicherlich schwerer zu entdecken.

Das Schnüffeln steigerte sich zu einem vibrierenden Schnauben, begleitet von einem unglaublich geräuschvollen Flattern der Nasenflügel. So schnaubte kein Mensch und kein Hund, sondern nur ein echtes Raubtier.

Ätzendes Ozon kitzelte meine Nebenhöhlen, doch ich vertraute darauf, dass die Vorsehung mich nicht niesen ließ. Da ich mich weigerte, mir Sorgen zu machen und über negative Entwicklungen nachzugrübeln, nieste ich nicht, ich nieste nicht, nieste immer noch nicht, aber dann furzte ich.

8

In dem hohlen, mit Stahlblech ausgekleideten Kasten hallte meine unglückselige Eruption derart lautstark wider, dass es mir oberpeinlich gewesen wäre, hätte ich mich gerade um gesellschaftliche Normen geschert. Nun jedoch ging es ums Überleben. Deshalb ermangelte es mir momentan an der Fähigkeit, mich zu genieren, weil das Entsetzen mich gepackt hatte.

In diesem Zeitalter der Eigenliebe wimmelt es von Narzissten, was mich immer erstaunt, weil es doch so viel im Leben gibt, was uns demütig machen sollte. Jeder von uns macht Dummheiten, jeder von uns muss die Folgen der Dummheit anderer erdulden, und außerdem führt uns die Natur häufig unsere eigene Absurdität vor Augen und erinnert uns so daran, dass wir nicht die Herren des Universums sind, für die wir uns gern halten.

Schon bevor ich mich durch jenes unfeine Geräusch verraten hatte – und ich möchte betonen, dass es sich *ausschließlich* um ein Geräusch handelte –, war mir klar geworden, dass ich nicht der Herr des Universums war. Ich hatte lediglich gehofft, der Herr des Futterkastens zu sein, und zwar sein *geheimer* Herr.

Mit dieser bescheidenen Ambition war es nun vorbei, denn mein im Dunkeln verborgener Gegner tastete nach den Deckeln und versuchte, erst den einen, dann den anderen und schließlich beide gleichzeitig aufzureißen.

Hartnäckig hielt ich die Griffe fest, die besser zu packen waren als die Kanten der Deckel, mit denen mein Gegner kämpfte.

Während er sich alle Mühe gab, mir an den Kragen zu gehen, schnüffelte und schnaubte er nicht nur, er fauchte, knurrte und grunzte auch. Darüber hinaus quiekte er sogar, was mir endgültig bestätigte, dass meine Vermutungen stimmten. Das Ding war nicht menschlich, denn es sagte kein einziges Mal: »Verfluchte Scheiße!«

Ich hörte, wie weitere Exemplare sich in die dunkle Kammer drängten, begleitet von einem ekelhaften Chor bestialischer Geräusche. Die Stimmen hörten sich zwar nicht wie die von Affen an, aber sie machten einen Radau, wie er in einem Affenhaus bei Gewitter herrschte.

Der Erste, der hereingekommen war, zerrte weiterhin wütend an den Deckeln, während die anderen an den Kasten zu hämmern begannen. Es gelang ihnen sogar, ihn zum Schaukeln zu bringen, aber glücklicherweise war er zu sperrig, um umzukippen.

Ich fühlte mich wie eine Maus, die in einem Konservenglas steckt und von gemeinen kleinen Jungs gequält wird.

Weil ich seit Jahren daran gewöhnt bin, zu kämpfen, irgendjemanden zu verfolgen oder selbst verfolgt zu werden – öfter zu Fuß als motorisiert –, und weil ich wesentlich weniger Gegrilltes und Gebratenes gefuttert als für andere zubereitet habe, bin ich in ziemlich guter körperlicher Verfassung. Trotzdem taten mir schon die Arme weh, weil ich mich krampfhaft an die Griffe klammerte.

Weiterhin positiv zu denken, wurde mit jeder Minute schwieriger.

Mehrere Mitglieder der hungrigen Meute – falls die tatsächlich von der Hoffnung auf einen Imbiss motiviert war und nicht von etwas noch Schlimmerem –, kratzten heftig an den Gittern auf den Belüftungslöchern, und dann verließen sie sich nicht mehr nur aufs Kratzen. Ich hörte ein Geräusch, als würde ein winziger Reißverschluss aufgehen, was darauf hinwies, dass die da draußen entweder Messer oder äußerst scharfe Krallen hatten, womit sie das feine Drahtgeflecht aufschlitzten.

Da die Löcher nur zehn Zentimeter groß waren, konnten die

Biester wahrscheinlich nicht nach mir greifen, aber sie konnten mit Messern oder Stöcken nach mir stochern, was ich jeden Moment erwartete. Falls sie im Dunkeln sehen konnten, was der Fall zu sein schien, schützte mich nun kein Gitter mehr vor ihren Blicken, und sie wussten ganz genau, wohin sie zielen mussten, um die größte Wirkung zu erzielen.

Ich suchte die Dunkelheit vor mir nach dem Glänzen tierischer Augen ab, sah jedoch nichts Derartiges. Hätten die draußen nicht so deutlich ihre Wut und Gier zum Ausdruck gebracht, so hätte man sie für Roboter halten können, deren Kameraaugen das gesamte Lichtspektrum auffingen, ohne dass sich darin etwas spiegelte.

Meine Hände waren schweißnass, weshalb mir einer der Griffe fast entglitten wäre. Mein erster Gegner reagierte sofort auf diese winzige Schwäche, indem er noch wütender an dem Deckel zerrte.

Mein Herz schlug so heftig, dass sein hektischer Rhythmus in meinen Ohren pulsierte wie Trommelschläge. Trotz des Lärms, der mich umgab, hörte ich mich stoßweise atmen.

Seit ich Stormy verloren habe, brauche ich mein Leben nicht mehr. Falls ich durch einen Akt göttlicher Gnade jung sterben sollte, vielleicht durch einen Unfall oder einen Schlaganfall, dann würde mir das nichts ausmachen. Wie die meisten Leute, die beim TV-Zappen zufällig auf eine Szene aus dem neuesten Remake von *The Texas Chainsaw Massacre* gestoßen sind oder eine heikle Seite in einem Stieg-Larsson-Roman aufgeschlagen haben, fürchte ich mich jedoch vor einem langwierigen, unappetitlichen Sterbeprozess, bei dem ich gefoltert oder bei lebendigem Leib verschlungen werde.

Nachdem ich mir nun keine Sorgen mehr machen musste, mich durch ein Niesen zu verraten, ließ der ätzende Ozongeruch natürlich ein wenig nach, sodass ich plötzlich die Horde aus Zombies, tollwütigen Braunbären oder anderem Getier riechen konnte. Diesen Gestank als Körpergeruch zu bezeichnen, wäre so unangebracht gewesen wie zu sagen, ein fauliger Kohlkopf würde nicht so gut duften wie eine Rose.

Ich musste würgen, weil der Gestank so intensiv war, dass ich ihn sogar *schmecken* konnte. Wenn das so weiterging, krümmte ich mich bald vor Übelkeit und war nicht mehr in der Lage, kräftig genug an den Griffen zu ziehen, um die Biester fernzuhalten. Schon der Gedanke daran verstärkte den Würgreiz. Eine bittere Masse stieg mir in die Kehle. Ich schluckte sie wieder hinunter, wusste jedoch, dass ich das nicht noch einmal schaffen würde.

Mit einem Mal verstummte die Meute in der Futterkammer und stellte ihren Angriff ein. Ihr Gestank wurde rasch schwächer, bis er völlig verschwand. Auch das Ozon war nicht mehr zu riechen.

Hinter dem zerrissenen Gitter der Belüftungslöcher fiel das Licht der Stalllaternen und vielleicht auch Tageslicht durch die offene Tür. Es sah nicht wie richtiges Licht aus, sondern wie ein kalter, phosphoreszierender Atemhauch, der sich als bleicher, ungleichmäßiger Niederschlag auf die rauen Bretterwände legte.

Ich war daran gewohnt, zum Ziel von Gewalt zu werden. Nicht begegnet waren mir jedoch bisher Gegner, die auf dem Höhepunkt ihres Angriffs, den Sieg vor Augen, plötzlich friedfertig wurden und sich davonmachten, um zu meditieren.

Was immer das für Biester waren, ihr Rückzug war wahrscheinlich nicht dadurch zu erklären, dass sie Gewissensbisse bekommen und den Wunsch verspürt hatten, ein wenig Gnade walten zu lassen.

Manche Leute missverstehen das Böse und meinen, es werde irgendwann freiwillig einlenken. Weil diese törichte Hoffnung dunkle Herzen dazu bringt, noch dunklere Träume zu ersinnen, sind solche Leute die Väter und Mütter aller Kriege. Das Böse lenkt nicht ein, es muss besiegt werden. Und selbst wenn es besiegt, entwurzelt und durch Feuer gereinigt ist, hinterlässt es eine Saat, die eines Tages keimen und, wenn sie erblüht, wieder missverstanden werden wird.

Ich hatte gerade eben nichts besiegt, und ich hütete mich davor, zu glauben, meine mysteriösen Angreifer würden nicht zurückkehren. Die Frage lautete: *wann?*

Ohne die Griffe an der Unterseite der beiden Deckel loszulassen, lauschte ich, hörte jedoch nichts als mein inzwischen weniger hektisches Atmen und ein gelegentliches Ächzen des Kastens, wenn ich unmerklich das Gewicht verlagerte.

Nach etwa einer Minute kam ich aufgrund des fahlen Lichts, der Abwesenheit von Ozon und der Stille zu dem Schluss, dass die grunzende Schar nicht freiwillig verschwunden, sondern irgendwie weggefegt worden war, als die zu frühe Abenddämmerung sich auf magische Weise aufgelöst hatte und der Morgen wieder eingekehrt war.

Ich wusste nicht, wie die Nacht so rasch nach dem Morgengrauen hatte hereinbrechen können und wie sie dann wieder zurückgedrängt worden war, als wäre die Zeit kein Strom mit einem festgelegten Lauf gewesen, sondern ein unsteter Wind, der mal in diese und mal in jene Richtung wehte.

Mein merkwürdiges Leben war reich an übernatürlichen Ereignissen gewesen, doch so etwas war mir noch nie widerfahren.

Man könnte meinen, die vielen seltsamen Dinge, die ich sehe und erlebe, seien in Wahrheit so natürlich wie die Sonne und der Mond; die fünf Sinne anderer Menschen hätten sich nur noch nicht an die vollständige Wirklichkeit der Welt angepasst.

Diese These würde darauf hinauslaufen, dass ich etwas Besonderes und besser als andere bin, aber ich weiß, dass dem nicht so ist. Trotz meines Talents bin ich nicht besser als jede andere Seele, die nach Erlösung sucht, so wie ein guter Musiker kein besserer Mensch ist als Leute ohne musikalisches Talent. Ich bin sogar schlechter als so mancher.

Im Vertrauen auf die Möglichkeit, dass ich nicht in Stücke gerissen und gefressen wurde, wenn ich mich hervorwagte, ließ ich einen der Deckel los, stemmte den anderen in die Höhe und kletterte aus dem Futterkasten.

Nun wusste ich, wie ein Hummer sich fühlen musste, der am Eingang eines Restaurants in einem Aquarium schmachtete, während hungrige, auf den Oberkellner wartende Gäste ans Glas klopften und Bemerkungen über seine Größe und Fleischigkeit machten.

Als ich aus der Futterkammer trat, fiel mir auf, dass das Südtor geschlossen war, während das im Norden genau so weit offen stand, wie ich es ganz am Anfang aufgeschoben hatte. Die Laternen, die vorher erloschen waren, leuchteten wieder. Hinter den Fenstern war der Tag, wie er sein sollte: voll Licht und im Osten heller als im Westen.

Misstrauisch pirschte ich durch den Stall zum offenen Tor, ohne dass eine Bedrohung aufgetaucht wäre.

Nachdem ich das Licht ausgeschaltet hatte und ins Freie trat, war der Morgen hell und mild und ganz normal. Das Licht einer einzigen Sonne spielte auf den Bäumen, dem Gras und dem sanft abfallenden Land. Der ferne Ozean war noch halb dunkel wie grauer Schiefer, der von helleren Schlieren durchzogen war. Der Stall warf einen einzigen schwarzen Schatten nach Westen, genau wie ich. Auch der Stein und die zerknüllte Coladose waren wieder aufgetaucht; wie alle Dinge ringsum projizierten sie ihre Silhouette im gewöhnlichen Tageslicht nur westwärts auf den Boden.

Einen Moment lang hatte irgendeine Kraft Chaos in den Tag gebracht, gefolgt von dieser Atempause. Ich dachte daran, dass viele Menschen immer wieder gegen die Ordnung rebellierten, weil sie ihr die vermeintliche Freiheit eines scheinbar kontrollierten Chaos vorzogen. Wenn das Chaos jedoch einmal halb entfesselt war, so konnte es nicht lange beherrscht werden;

da hieß es alles oder nichts. Deshalb würde die Atempause nur kurz sein.

Was immer in Roseland geschah, es wurde von fehlgeleiteten Menschen verursacht, die nach Macht strebten, denn es war der Hunger nach der einen oder anderen Form von Macht, der an der Wurzel jeder niedrigen menschlichen Begierde bebte. Ich spürte, dass nicht nur das Gelände von Osten nach Westen abfiel. Auch die Realität war aus ihrem gewohnten Gleichgewicht gebracht worden und wurde nun stetig in einen immer schieferen Winkel gekippt, bis Roseland irgendwann plötzlich in den Abgrund rutschte. Dann würde die Vernunft in Wahnsinn umschlagen, und alle, die sich hier befanden, stürzten in den Tod.

Die Sonne war gerade erst aufgegangen, doch die Zeit wurde bereits knapp.

9

Falls der Anbruch der Nacht so bald nach der Morgendämmerung und die ebenso erstaunliche Umkehr dieser Erscheinung von anderen Bewohnern von Roseland beobachtet worden war, dann verhielten diese sich bemerkenswert gleichgültig. Während ich über das Gelände ging, hätte ich erwartet, dass zumindest einige Leute draußen standen und verwundert oder erschrocken in den Himmel blickten, doch es war niemand zu sehen. Obwohl mir nicht klar war, wie ein derart verblüffendes kosmisches Ereignis auf die Ställe begrenzt sein konnte, hatte offenbar nur ich es erlebt.

Ich sehe zwar die auf Erden verweilenden Toten, aber Halluzinationen habe ich nicht. Ich hatte auch nicht den Eindruck, dass Mr. Shilshom mein Croissant mit Peyote gewürzt hatte. Wenn der Wachmann im Pförtnerhaus, wohin ich unterwegs war, nichts über eine Sonnenfinsternis sagte, dann war der Wechsel von Tag zu Nacht und wieder zurück tatsächlich merkwürdig eng begrenzt gewesen.

Die fast drei Meter hohe und einen Meter dicke Mauer, von der das zwanzig Hektar große Anwesen umgeben war, hatte man aus Beton errichtet und mit vor Ort gesammelten Steinen verkleidet. Die einzige Lücke war das eindrucksvolle Tor an der Landstraße. Seine Flügel bestanden nicht aus Gitterstäben, durch die Neugierige hätten spähen können, sondern aus soliden Bronzeplatten. Verziert waren diese mit Kupferscheiben, wie sie auch in den Boden der Ställe eingesetzt waren.

Das Pförtnerhaus war ebenfalls aus Beton. Seine Fenster waren schmal und vergittert wie jene im Gästeturm, und seine eisenbeschlagene Eichentür erweckte den Eindruck, als sollte sie dem Ansturm von Barbaren widerstehen.

Über vier Meter breit, war das Gebäude ungewöhnlich groß für seinen Zweck. Darin untergebracht waren ein Büro, eine Kochnische und eine Toilette. Am zweiten Tag unseres Aufenthalts hatte ich einen kurzen Blick durch die offene Tür geworfen. Schon dabei war mir der Gewehrständer an der gegenüberliegenden Wand aufgefallen, der mit zwei Schrotflinten – eine mit Pistolengriff – und zwei Sturmgewehren bestückt war.

Offenbar hatte man vor, jedem Staubsaugervertreter unmissverständlich klarzumachen, dass ein Nein wirklich ernst gemeint war.

Zur Einfahrt hin ragte das Dach ein Stück weit über die Wand des Hauses und war mit vier Pfosten abgestützt. Hier konnte der Wachmann sich bei schlechtem Wetter aufhalten, um mit den ankommenden Gästen zu sprechen. Nun stand im Schatten des Dachs ein Kapitänsstuhl mit gepolstertem Sitz, und darauf saß Henry Lolam.

Er war um die dreißig und hatte ein jungenhaftes Aussehen, das ihn bei oberflächlicher Betrachtung unreif erscheinen ließ. Sein Gesicht hatte keinerlei Fältchen, der Mund war so unschuldig wie der eines Kindes, das noch keinen einzigen Fluch ausgesprochen hat, und die Wangen waren rosa wie gewisse Pfirsiche. Alles in allem vermittelte er den Eindruck, dass er noch nie etwas Schweres erlebt hatte und durch die Welt gesegelt war wie ein Pusteblumenschirmchen im warmen Wind.

Nur die grünen Augen passten nicht zu dem kindlichen Gesicht. Sie waren voller Verlust und Qual und manchmal auch voll Verwirrung.

Ich hatte Henry bisher zweimal aufgesucht, und jedes Mal hatte er Gedichte gelesen. Auf dem Tischchen neben seinem Sessel waren Bände von Lyrikern wie Ralph Waldo Emerson,

Walt Whitman und Wallace Stevens aufgestapelt, eine nicht gerade ungefährliche Kost.

Ihr werdet euch vielleicht wundern, dass ein Wachmann – ein »Security«, wie man heute gern sagt – sich mit Lyrik beschäftigt. Schließlich ist die Einzigartigkeit jeder Persönlichkeit, um die es in Gedichten geht, kein Thema, für das sich unsere von Gruppenidentitäten besessene Kultur interessieren würde. Aber Henry war er selbst und niemand anders, und nach der Intensität zu urteilen, mit der er sich in seine Bücher versenkte, suchte er darin etwas Tiefgründiges.

Da er auch jetzt ganz mit seiner Lektüre beschäftigt war, lehnte ich mich an einen Pfosten und wartete. Er war nicht unhöflich, nur halt in seine Gedanken versunken.

Ich war hierher gekommen, um ihn über Kenny Randolph Fitzgerald Mountbatten auszufragen. Der hatte ja behauptet, zur Wachmannschaft zu gehören, obwohl er nicht deren übliche Uniform trug – graue Hose, weißes Hemd, blauer Blazer – und in so vieler Hinsicht wesentlich auffälliger war als Henry und dessen Kollegen.

Während ich dastand, beobachtete ich einen Raubvogel, den ich aufgrund seiner gewaltigen Spannweite und der einheitlich gemusterten Flügelunterseiten als Wanderfalken identifizierte. Ich wusste, dass solche Falken meist keine Nagetiere, sondern kleinere Vögel jagten, auf die sie spektakulär herabstießen, um sie mitten in der Luft zu ergreifen.

Als Henry das Buch zuklappte und den Blick hob, lag ein verlorener Ausdruck in seinen Augen, als würde er weder mich erkennen, noch wissen, wo er war.

»Tut mir leid, dass ich Sie störe, Sir«, sagte ich.

Seine Verwirrung ließ nach, und auf sein glattes Gesicht trat ein Lächeln. Nun sah er wieder so jungenhaft aus wie ein Lausbub auf einem Bild von Norman Rockwell – falls man in seinen Augen nicht mehr sehen wollte als ihr Grün.

»Nicht doch«, sagte Henry, »ich freue mich, wenn du hier auftauchst. Komm, setz dich!«

Links von der Tür hatte er bereits einen zweiten Stuhl hingestellt, offenbar in Erwartung meines Besuchs. Ich ließ mich darauf nieder und kam zu dem Schluss, dass es keinen Sinn hatte, mich nach einer Sonnenfinsternis zu erkundigen.

»Ich hab mich mal wieder über Ufos informiert«, erklärte Henry.

Er war fasziniert von Berichten über Entführungen durch Außerirdische und deren Stützpunkte auf der dunklen Seite des Mondes. Obwohl ich nicht recht wusste, warum, hatte ich das Gefühl, dass er in Ufo-Storys dasselbe suchte wie in Gedichten.

Es war zwar ein wenig paradox, wenn ich als Geisterseher daran zweifelte, dass es Besucher aus dem Weltraum gab, doch ich sagte trotzdem: »Tut mir leid, Sir, aber ich kann einfach nicht glauben, dass es fliegende Untertassen und dergleichen gibt.«

»Mehrere von den Entführten haben einen Lügendetektortest bestanden. Das ist gut dokumentiert.«

»Wissen Sie, es leuchtet mir einfach nicht ein, dass eine superintelligente Rasse durch die ganze Galaxis reist, bloß um Leute zu entführen und ihnen Sonden in den Hintern zu schieben.«

»Also, das ist nicht das *Einzige*, was die bei ihren Untersuchungen machen.«

»Aber er scheint immer das Erste und Wichtigste zu sein.«

»Meinst du nicht, ab und zu ist eine Koloskopie ganz empfehlenswert?«

»Die kann ich auch von einem Arzt machen lassen.«

»Aber nicht so gründlich, wie wenn die Aliens zur Sache gehen.«

»Aber, Sir, wieso sollten irgendwelche Aliens sich denn dafür interessieren, ob ich Darmkrebs habe?«

»Vielleicht, weil sie *Anteil* an uns nehmen«, sagte Henry.

Eins hatte ich gelernt: Wenn ich auf ein bestimmtes Thema zu sprechen kommen wollte, musste ich erst einmal auf Henrys bizarre Faszination von außerirdischen Proktologen eingehen. Das bedeutete allerdings nicht, dass ich mich von seinen Fantasien mitreißen ließ, und deshalb blieb ich skeptisch.

»Ich glaube, sie sind einfach sehr fürsorglich«, erklärte Henry beharrlich.

»Fünfzig Lichtjahre weit zu reisen, um mir eine Koloskopie zu verpassen, kommt mir so fürsorglich vor, dass es mich gruselt.«

»Hör mal, Odd, für die sind fünfzig Lichtjahre vielleicht so wie für uns fünfzig Meilen.«

»Egal. Auch wenn jemand bloß fünfzig Meilen anreist, um mir ohne meine Erlaubnis eine Sonde in den Hintern zu schieben, kommt mir das reichlich pervers vor.«

Henrys Gesicht leuchtete vor Begeisterung über die Vorstellung, es gebe Aliens, aber man sah darin auch das Vergnügen, das jeder Lausbub verspürt, wenn er eine scheinbar legitime Chance kriegt, über Hinterteile und Ähnliches zu reden.

»Wahrscheinlich nehmen sie dabei auch DNA-Proben«, sagte er.

Ich zuckte die Achseln. »Dann stelle ich ihnen lieber ein paar Haare zur Verfügung.«

Verträumt lächelnd, drehte er aufgeregt das Buch in seinen Händen. »Manche Ufo-Experten meinen, die Aliens haben den Tod überwunden und wollen uns die Unsterblichkeit schenken.«

»Jedem von uns?«

»Sie sind eben sehr fürsorglich.«

»Lady Gaga ist zwar cool«, sagte ich, »aber ich hab keine Lust, mir in tausend Jahren ihr siebenhundertstes Album anzuhören.«

»So langweilig würde das schon nicht werden. Wenn man unsterblich ist, kann man immer wieder den Beruf wechseln. Dann kannst du Sänger werden wie Lady Gaga, und sie stellt sich dafür an den Grill.«

Ich schnitt eine Grimasse. »Ich kann nicht singen, und ich hab so eine Ahnung, dass Lady Gaga gar nicht kochen kann.«

Henry blätterte mit dem Daumen unablässig das Buch durch, ohne es anzuschauen. Es rauschte, als würde er Spielkarten mischen. »Mit extraterrestrischer Technologie werden wir alles absolut *perfekt* machen können.«

»Wieso sollten wir dann überhaupt noch etwas machen?«

»Was meinst du damit?«

»Wenn es nichts mehr zu lernen gibt, weil wir alles schon wissen, was wäre dann die Herausforderung? Wieso sollten wir uns noch irgendwelche Mühe geben? Was wäre der Sinn und Zweck?«

Einen Moment lang blätterte er weiterhin in seinem Buch, dann erstarrten seine Hände, und sein Lächeln schwand.

Ich wartete auf seine Antwort, doch er gab keine. »Eigentlich sollte ich jetzt im Urlaub sein«, sagte er nach einer Weile. »Acht Wochen Hawaii.«

Noah Wolflaw kam mir nicht wie ein Typ vor, der für seine Angestellten den Weihnachtsmann spielte. Trotzdem verbiss ich es mir zu bemerken, wie großzügig ein zweimonatiger Urlaub war.

Henry betrachtete den Falken, der träge am Himmel kreiste und geduldig auf das Erscheinen einer Beute wartete. Auf seinem Gesicht hatte sich eine leichte, aber unverkennbare Trostlosigkeit ausgebreitet, die nicht zu seinem jungenhaften Aussehen passte. Offenbar war er innerlich aufgewühlt. Wenn ich jetzt einfach schwieg, sagte er vielleicht etwas, das nützlich für mich war.

»Ich hab zwei Wochen in Hawaii verbracht, bis ich es einfach nicht mehr aushalten konnte«, fuhr er fort. »Dann bin ich für eine Woche nach San Francisco geflogen, aber da war's auch nicht besser.«

Der Wanderfalke glitt lautlos durch den Himmel, und ich fühlte mich ihm verwandt, weil ich den Wachmann geduldig umkreiste und auf eine Bemerkung wartete, die mir als Beute dienen konnte.

»Es lag nicht an den Orten selbst«, sagte Henry. »Wo man heute auch hinkommt, ist alles durcheinander, oder etwa nicht? Ich weiß nicht, weshalb, aber es ist so.«

Ich hatte nicht den Eindruck, dass er einen Kommentar von mir erwartete. Er schien nur laut zu denken.

»Die Leute sind so anders als früher. So hastig. Es öffnen sich eben unglaublich viele Möglichkeiten.«

Damit er nicht so unergründlich wurde wie Annamaria, bemühte ich mich um Klärung: »Meinen Sie das Internet und die ganze Technologie?«

»Die Technologie verändert gar nichts. Die Menschen waren schon vor der Erfindung von Dampfmaschinen und Flugzeugen so, wie sie eben sind. Aber jetzt ist es irgendwie anders. Wände. Das ist es. Das Problem sind die Wände.«

Ich wartete, und als er nichts mehr sagte, bemerkte ich mit einem gewissen Frust, auf den ich nicht stolz war: »Wände. Genau. Wie wahr. Auf Wände können wir leider nicht verzichten. Oder vielleicht doch? Man fängt mit Wänden an, und dann braucht man eine Decke. Und Böden. Und Türen. Es hört einfach nie auf. Zelte. Das wäre eventuell eine Lösung.«

Falls er mir überhaupt zugehört hatte, nahm er meinen Sarkasmus nicht wahr. »Ich hatte noch fünf Wochen Urlaub übrig, aber ich hab's einfach nicht ausgehalten, da draußen zu sein. Ich hasse die Mauer um Roseland, aber das Tor darin ist ein Tor nach nirgendwo.«

Wieder wartete ich eine Weile, doch er schwieg. »Also, so wie ich es sehe, ist dieses Tor ein Tor nach *überallhin*«, sagte ich, um ihn aus der Reserve zu locken. »Dahinter breitet sich die ganze Welt aus.«

Zuerst dachte ich, er würde über meine schlaue Bemerkung nachdenken, aber das tat er nicht. Unvermittelt verfiel er in einen scheinbar völlig anderen Gedankengang.

»Alles zerfällt«, zitierte er. »Das Zentrum hält nicht stand.«

Obwohl ich diesen Vers erkannte, wusste ich nicht sofort, von wem er stammte.

Bevor ich nachfragen konnte, fuhr Henry fort: »Sich in immer weiteren Kreisen drehend, hört der Falke den Falkner nicht. Alles zerfällt. Das Zentrum hält nicht stand.«

»Yeats«, sagte ich und wäre womöglich stolz darauf gewesen, den Namen des Autors erraten zu haben, wenn ich nur verstanden hätte, was Henry damit sagen wollte.

»Ich hasse es, dieses Roseland ohne Rosen, aber wenigstens hat es eine Mauer, und wenn es eine Mauer gibt, kann das Zentrum vielleicht doch standhalten.«

Er war nicht hysterisch, nur irgendwie kryptisch, aber ich hätte ihn am liebsten geohrfeigt, bis er etwas Verständliches von sich gab, so wie der Held in Filmen manchmal jemanden ohrfeigt, der in Hysterie verfallen ist. Allerdings kann ich noch so frustriert sein, ich schlage nie einen Kerl, der eine Waffe im Schulterhalfter trägt. Schon gar nicht, wenn der Blazer, unter dem die Waffe sich verbirgt, extra so geschnitten ist, dass er rasch ziehen kann.

Henry wandte den Blick von dem kreisenden Falken ab und sah mich an. Die Augen in seinem Gesicht, das so schön zu Huckleberry Finn gepasst hatte, waren jetzt so trostlos wie die von Hamlet.

Seine Verletzlichkeit war nicht zu übersehen. Ich spürte, dass er sich mir so bereitwillig öffnete, weil er keine Freunde hatte und welche brauchte. Wenn ich entsprechend auf ihn einging, konnte ich ihm vielleicht Geheimnisse entlocken, die mir zu verstehen halfen, weshalb ich nach Roseland gekommen war und was ich hier tun musste.

Wahre Freundschaft ist allerdings eine ganz besondere Sache, selbst wenn man keine Schwüre ablegt. Die Freunde, die ich in Pico Mundo und – seit ich von zu Hause weggegangen bin – anderswo gewonnen habe, haben mich vor der Verzweiflung gerettet und mir Hoffnung gemacht. Wenn ich nun darüber nachdachte, wie ich auf Henry *eingehen* konnte, so hieß das, ich wollte ihn *manipulieren*. Es war zwar nichts Falsches daran, schlechte Menschen zu manipulieren, um der Wahrheit zu ihrem Recht zu verhelfen, aber ich war nicht der Meinung, dass Henry Lolam ein schlechter Mensch war oder die Verachtung verdiente, mit der Manipulation immer verbunden ist. Ihm Freundschaft vorzuspielen hätte alle echten Freundschaften, die es in meinem Leben gab, entwertet.

Weil ich zögerte, ging die Gelegenheit ungenutzt vorüber, und Henry sagte: »Es kommen nur selten Gäste nach Roseland.«

»Die Frau, mit der ich reise, scheint Mr. Wolflaw irgendwie … verzaubert zu haben.«

»Dabei ist sie gar nicht sein Typ. Sie ist weder ordinär noch schrill und aufgedonnert.«

Indem er seinen Arbeitgeber beleidigte, machte Henry mir Hoffnung, dass er mich als Vertrauten behandeln würde, ohne von mir zu verlangen, Freundschaft zu heucheln.

Zur Antwort schwieg ich lieber, und nach einem Augenblick Stille sagte Henry: »Du bist nicht ihr Lover, oder?«

»Nein.«

»Was bist du für sie?«

»Ein Freund. Sie ist allein. Sie braucht Schutz.«

Er sah mich unverwandt an, als wollte er mit seinem intensiven Blick betonen, was er sagte: »An ihr ist er nicht interessiert. Vielleicht ist es das Baby.«

»Mr. Wolflaw? Was sollte der denn mit dem Baby anfangen wollen?«

Obwohl Henry das Thema selbst zur Sprache gebracht hatte, scheute er davor zurück, es zu vertiefen. »Wer weiß?«, sagte er. »Vielleicht braucht er … etwas Neues.«

Da er damit offenkundig nicht einfach meinte, das Baby würde für seinen Chef eine neue, interessante Erfahrung darstellen, fragte ich: »Etwas Neues? Inwiefern?«

»Sinnlichkeit«, sagte er, wandte den Blick ab und betrachtete den Raubvogel, der hoch oben durch den blauen Tag glitt. »Nervenkitzel.«

Bei diesen beiden Worten fiel mir ein derart breites Spektrum erschreckender Möglichkeiten ein, dass ich eine Erklärung von ihm verlangen wollte.

Bevor ich den Mund aufmachen konnte, hob er abwehrend die Hand. »Ich hab schon viel zu viel gesagt und doch nicht genug. Wenn du sie schützen willst, solltet ihr jetzt abreisen. Dies ist ein … ungesunder Ort.«

Ich konnte ihm nicht sagen, dass meine übernatürliche Gabe und Annamarias mir unbekannte Mission uns hergeführt hatten. Nur Freunden, die ich lange und gut kannte, durfte ich von meinem sechsten Sinn erzählen, sonst drohten erhebliche Probleme.

Laut Annamaria befand irgendjemand sich hier in Roseland in großer Gefahr, vielleicht der Junge, um den die tote blonde Frau sich Sorgen machte. Mein Gefühl sagte mir, dass es sich bei der gefährdeten Person jedenfalls nicht um Henry handelte. Ich musste weitersuchen.

»Wir können heute noch nicht abreisen«, sagte ich, »aber hoffentlich bald.«

»Wenn es um Geld geht, kann ich euch was geben.«

»Das ist sehr freundlich von Ihnen, Sir. Aber es geht nicht um Geld.«

»Ich hab dir gesagt, dies ist ein ungesunder Ort, und du bist gar nicht überrascht.«

»Ein wenig schon.«

»Nein, überhaupt nicht. Was bist du eigentlich?«

»Bloß ein Grillkoch.«

»Aber du hast keinen Job.«

Ich zuckte die Achseln. »Die miese Wirtschaftslage.«

Er wandte den Blick ab und schüttelte den Kopf.

Der Wanderfalke stürzte in die Tiefe, als hätte er vergessen, dass er Flügel besaß. Mit seinen furchtbaren Klauen packte er einen kleineren Vogel mitten im Flug, schwang sich wieder höher und verschwand zu einem Baum, wo er in seiner ganzen Pracht hocken und sich an seiner gefiederten Beute gütlich tun konnte.

Henry sah mich bedeutungsvoll an. In seinem Blick lag die Frage, ob ich es mir wohl einzugestehen wagte, dass ich dasselbe Schicksal erleiden würde wie der kleine Vogel, wenn ich zu lange in Roseland blieb. »Ich weiß, du bist nicht dumm, Odd Thomas«, sagte er. »Aber bist du ein Narr?«

»Weniger als manche Leute, Sir, und mehr als andere.«

»Du hast doch bestimmt Angst vor dem Tod.«

»Eigentlich nicht. Nicht vor dem Tod an sich, nur davor, wie er mich erwischen könnte. Zum Beispiel davor, dass ich zusammen mit einem hungrigen Krokodil in einer Garage eingesperrt bin und bei lebendigem Leib aufgefressen werde. Oder dass man mich an zwei tote Männer kettet und in einem See versenkt. Oder dass jemand mir ein Loch in den Schädel bohrt, um mir einen Haufen Feuerameisen ins Gehirn zu schleusen.«

Ich wusste nicht, ob Henry in jede Unterhaltung nachdenkliche Schweigephasen einflocht oder ob ich daran schuld war.

Er rutschte unruhig auf seinem Sessel hin und her und blickte suchend in den Himmel, als hoffte er auf ein weiteres Zeichen, das mich dazu brachte, Roseland zu verlassen.

Ich kam endlich auf das zu sprechen, was mich hergeführt hatte. »Sir, gehört eigentlich jemand namens Kenny zur Wachmannschaft?«

»Nein, einen Kenny gibt es bei uns nicht.«

»Ein großer, muskulöser Kerl mit üblen Narben im Gesicht. Er trägt ein T-Shirt mit der Aufschrift *Tod ist Heilung*.«

Lange bevor Henry den Mund aufmachte, drehte er mir langsam den Kopf zu. Offenbar war Kenny hier durchaus bekannt, wenn auch vielleicht nicht mit Namen.

»Man hat dir doch gesagt, du sollst zwischen Abend- und Morgendämmerung im Haus bleiben und die Türen verriegeln.«

»Ja, Sir, aber dabei hat man mich nur vor Pumas gewarnt, vor nichts anderem. Außerdem bin ich nicht nachts auf ihn gestoßen, sondern heute Morgen.«

»Aber nicht nach Sonnenaufgang.«

»Mehr als eine halbe Stunde danach. Oben bei den Ställen. Wer ist er, wenn er kein Wachmann ist?«

Henry erhob sich von seinem Sessel, ging zur Tür des Pförtnerhauses, zog sie auf und schaute zu mir zurück. »Hol die Frau und mach dich mit ihr davon. Du weißt nicht, was das hier für ein Ort ist.«

Ich stand auf. »Dann sagen Sie's mir doch.«

Er ging hinein und schloss die Tür.

Durchs Fenster sah ich, wie er nach dem Telefon griff.

Wenn ich allein nach Roseland gekommen wäre, dann hätte ich mich vielleicht tatsächlich davongemacht, wie Henry es mir geraten hatte. Aber Annamaria weigerte sich wegen ihrer geheimnisvollen Mission, abzureisen, und ich konnte sie nicht einfach verlassen und dem ausliefern, was sich hier verbarg.

10

Begleitet von summenden Hummeln, von hin- und herflitzenden, komplexe Lieder trillernden Zaunkönigen, von bunten, nicht zur Jahreszeit passenden Schmetterlingen und eine Weile auch von zwei herumtollenden Eichhörnchen, kam ich mir vor wie in einem Disneyfilm. Ich hätte mich nicht gewundert, wenn die Eichhörnchen mit mir geplaudert hätten, während ich vom Pförtnerhaus in südlicher Richtung an der Mauer entlangging. Dabei hielt ich mich ein gutes Stück von ihr entfernt.

Die tierische Begleitung tröstete mich nicht. In manchen Filmen von Walt Disney stoßen guten Tieren schlimme Dinge zu. Man denke nur an Bambis Mutter und an den Hund Jello. Bambis Mutter wird vor den Augen ihres Kindes niedergeschossen, Jello wird mit vor Tollwut schäumendem Maul von dem Jungen getötet, der ihn liebt. Den menschlichen Figuren ergeht es nicht immer besser. Selbst die liebreizendsten Prinzessinnen werden von Hexen vergiftet. Offenbar hatte der gute alte Walt einen Hauch Quentin Tarantino in sich.

Henry Lolam hatte gesagt, er hasse Roseland, sei aber dennoch zurückgekehrt, weil das Zentrum durch die Mauer womöglich standhalten würde. Was der irische Dichter William Butler Yeats mit dieser Metapher gemeint hatte, wusste ich, aber was der Wachmann meinte, wusste ich nicht.

Das hohe, breite Bauwerk sah wie eine Befestigung aus, aber die chinesische Mauer war es trotzdem nicht. Es hätte weder mongolische Horden noch ähnliche Erscheinungen aufgehalten. Wer mutig war, konnte leicht darüberklettern, um das Anwesen zu betreten oder es zu verlassen.

Selbst in den frühen 1920er Jahren musste ein derart massives Bauvorhaben kostspielig gewesen sein. Damals war die Einkommenssteuer zwar neu und niedrig gewesen, und Constantine Cloyce hatte unglaublich viel Geld besessen. Wenn es ihm jedoch ausschließlich darum gegangen wäre, seine zwanzig Hektar zu markieren, dann hätte es völlig ausgereicht, zu einem Bruchteil der Kosten eine Mauer zu bauen, die nur zwei Drittel so hoch und halb so breit gewesen wäre.

Bisher hatte ich auf diesen Schutzwall keinerlei Gedanken verschwendet, doch das Gespräch mit Henry hatte meine Neugier geweckt.

Obwohl ich an der Mauer entlangging, ließ ich mir nicht anmerken, dass sie es war, was mich interessierte. Beobachtet fühlte ich mich in Roseland immer, jetzt aber mehr als gewöhnlich. Bestimmt behielt mich Henry vom Pförtnerhaus her im Blick. Bisher war er mir scheinbar wohlgesonnen gewesen, und vielleicht war er das noch immer. Allerdings hatte sich sein Verhalten verändert, als ich den Muskelmann mit den Narben erwähnt hatte.

Nach etwa hundert Metern gingen der makellose Rasen und die Blumenbeete in wildes Gras über, und wiederum zweihundert Meter weiter wanderte ich einen leichten Abhang hinauf und dann durch eine Gruppe Kalifornischer Lebenseichen, die zwanzig bis dreißig Meter hoch waren. Die Tierwelt war hier nicht mehr so üppig wie vorher. Nur ein paar Kleiber pfiffen von den majestätischen Ästen der Bäume mit ihren schwarzen Stämmen.

Da man mich jetzt weder vom Pförtnerhaus noch vom Haupthaus aus sehen konnte, ging ich direkt zur Mauer. Die Steine, mit denen sie verkleidet war, boten guten Halt, sodass ich rasch nach oben klettern konnte.

Als ich so auf Händen und Knien auf der Mauerkrone hockte, entdeckte ich, was eigentlich zu erwarten gewesen war. In die Fugen zwischen den dunklen Steinen waren in gewundenen

Linien helle Kupfermünzen eingesetzt. Auf jeder war die leicht langgestreckte Acht eingraviert, die ich im Stall und anderswo gesehen hatte.

Die Mauerkrone war mit einem Geflecht aus Sonnenschein und dem Schatten der Eichenäste überzogen. Der Stein unter meinen Handflächen aber war kühl, und ich spürte eine feine Vibration, als wäre in der massiven Struktur irgendeine Maschinerie verborgen gewesen.

Ich beugte mich vor, um mein linkes Ohr an den Stein zu legen, hörte jedoch nicht den geringsten Laut.

Hätten die raschen, kurzen Oszillationen ein Geräusch verursacht, dann wäre das kein schweres Pochen oder Dröhnen gewesen, sondern ein hohes Summen oder Pfeifen.

Je länger ich über diese Vibrationen nachdachte, desto weniger kamen sie mir allerdings wie das Produkt einer Maschinerie vor. Ich hatte eher den Eindruck, dass sie elektronischen Ursprungs waren.

Ich richtete mich auf den Knien auf, suchte in den Taschen meiner Jeans und zog ein Taschenmesser hervor, das ich bei meinem Ausflug in die Stadt gekauft hatte. Ich hatte es mir speziell zu dem Zweck besorgt, irgendwo eine der Kupfermünzen aus dem Mörtel zu lösen. In einem der Ställe oder im Mausoleum – wo sie ebenfalls den Boden schmückten – hatte ich das jedoch nicht gewagt, denn wenn man den Vandalismus bemerkt hätte, dann wäre ich bestimmt als Erster verdächtigt worden.

Kritischer noch wäre gewesen, wenn man geahnt hätte, dass ich keinen simplen Vandalismus im Sinn gehabt, sondern die Kupferscheibe entwendet hatte, um sie zu untersuchen. Merkte man, dass ich nicht als harmloser Gast hier war, dann erfuhr ich die Geheimnisse dieses Orts womöglich auf ebenso abrupte wie gewaltsame Weise.

Hier, drei Meter über dem Boden und auf der Mauer, würde ein fehlendes Kupferstückchen nicht ohne Weiteres bemerkt werden. Ich machte mich mit dem Messer daran, den Mörtel rund um die Scheibe zu entfernen, stellte jedoch bald fest, dass diese selbst sich nicht herauslösen ließ. Als ich fast drei Zentimeter tief gegraben hatte und die Klinge des Taschenmessers abbrach, wurde mir klar, dass ich es nicht mit dünnen Scheiben zu tun hatte, sondern mit den abgeflachten Enden von Kupferstäben. Die wiederum führten womöglich durch die gesamte Mauer bis in ihr Fundament hinein.

Um als strukturelle Verstärkung zu dienen, war Kupfer viel zu weich und auch zu teuer. Zu diesem Zweck hätte man Bewehrungsstahl verwendet. Da man in die ewig lange Mauer so viele Stäbe eingefügt hatte, war anzunehmen, dass sie für den wahren Zweck der Mauer ebenso wesentlich waren wie das Stahlgeflecht, das für deren strukturelle Stabilität sorgte.

Ich warf die Einzelteile des zerbrochenen Messers in das wilde Gras jenseits der Mauer und kroch auf Händen und Knien vorwärts, bis sich über mir keine Baumäste mehr befanden. Dann stand ich auf und ging die einen Meter breite Mauer entlang, als wäre ich wieder – oder noch immer – ein abenteuerlustiger Junge gewesen.

Durch das wellige Gelände waren das ferne Haupthaus und alle anderen Gebäuden vor meinem Blick verborgen – und umgekehrt.

Nach etwa fünfzehn Metern kam ich zu einem in die Mitte der Mauerkrone eingesetzten Gegenstand, der aussah wie eine umgedrehte Schale, flach, schwarz und mit etwa dreißig Zentimetern Durchmesser. Als ich mich davor hinkniete, sah ich, dass das Ding auf Metallstützen stand. Es diente als Regenschutz für ein handbreites Belüftungsgitter.

Ich schob eine Hand unter die Schale und spürte einen schwachen, warmen Luftzug, der fast unmerklich an meinen Finger vibrierte. Als ich den Kopf näher brachte, roch ich etwas, das mich an frisches Frühlingsgras, reifes Sommergras und wilde Erdbeeren erinnerte, aber eine ganz eigene Mischung bildete. Plötzlich wurde der Luftstrom kalt, begleitet von einem neuen, wiederum einzigartigen Geruch: Herbstlaub, teils trocken, teils auf nicht unangenehme Weise modrig, dazu der ganz schwache, aber erregende Duft, den brechendes Eis verströmt.

Diese Temperaturveränderung von warm zu kalt und wieder zurück ereignete sich alle zwanzig Sekunden. Der Zweck war mir völlig schleierhaft. Ich hatte keine Ahnung, wieso eine Mauer belüftet werden musste und wieso der Luftstrom und sein Geruch nicht konstant blieben.

Ich stand auf und marschierte weiter, bis ich nach gut hundert Metern zur nächsten Belüftungsöffnung kam. Hier fand ich dieselben Bedingungen vor.

Direkt vor mir stand wieder eine Gruppe Eichbäume, deren Äste über die Mauer ragten und mir den Weg versperrten. Ich überlegte, ob ich von der Mauer springen sollte, aber im hohen Gras konnte sich leicht ein Stein verbergen, an dem ich mir womöglich den Knöchel brach. Deshalb hielt ich mich an der Kante fest, senkte mich ab und ließ erst los, als meine Füße nur noch einen Meter vom Boden entfernt waren.

Unten angekommen, ging ich einige Schritte von der Mauer weg und versuchte, den Deckel über der Belüftungsöffnung zu erspähen. Der war jedoch zu weit über meinem Kopf, zu niedrig und durch sein mattes Schwarz außerdem gut getarnt. Als ich mich weit genug von der Mauer entfernt hatte, um das Ding zu erkennen, war es so unscheinbar, dass es nicht weiter auffiel.

Verblüfft von meinen Entdeckungen, wandte ich mich von der Mauer ab und blickte in die Mündung einer Pistole, die auf mein linkes Auge gerichtet war.

11

Die Hand, von der die Pistole gehalten wurde, hatte lange, stumpfe Finger, zwischen deren Knöcheln struppige schwarze Härchen wucherten. Die Visage des Kerls, dem die Hand gehörte, passte gut dazu: harte, verbissene Gesichtszüge mit Bartstoppeln, die man nicht mal mit einem Holzhäcksler hätte wegrasieren können.

Es handelte sich um Paulie Sempiterno, den Chef der Wachmannschaft von Roseland. Trotz seiner sauber gebügelten grauen Hose, dem weißen Polohemd und dem schicken blauen Blazer sah er aus, als würde er die meiste Zeit in finsteren Gassen verbringen, um anderen Leuten mit einem Baseballschläger die Kniescheiben zu zertrümmern und ihr Gesicht mit einem Kettenmuster zu verzieren.

»Ich mag dich nicht, du hübsches Jüngelchen«, sagte er mit so grober Stimme, dass die pfeifenden Kleiber in den Bäumen hinter ihm verstummten.

Ich war zwar erst einmal auf ihn getroffen und hatte nichts getan, um ihn zu beleidigen, aber er schien es ehrlich zu meinen. Das heißt, er mochte mich tatsächlich überhaupt nicht. Selbst wenn er kein Wort gesagt hätte, wäre seine Verachtung daran zu erkennen gewesen, wie sich seine dicken blauroten Lippen höhnisch von den Zähnen zurückzogen. Letztere sahen kräftig genug aus, um ein Schweinekotelett samt dem Knochen zu zermalmen. Ein weiterer Hinweis auf seine Einstellung war die auf mein Gesicht gerichtete Waffe.

»Wolflaw ist ein verfluchter Idiot«, sagte er. »Das ist er immer schon gewesen, aber *so was* hätte ich nicht erwartet, nicht mal von ihm. Hausgäste! Und das nicht bloß für eine Übernachtung. Was zum Teufel denkt er sich eigentlich? Da kann er ja gleich eine Hochzeit für dich und dein angebufftes Schätzchen ausrichten! Hundert von euren vertrottelten Verwandten einladen, ein Orchester engagieren und den Gouverneur fragen, ob er so nett sein könnte, 'nen halben Tag lang kein Schmiergeld abzukassieren und stattdessen aus Sacramento einzufliegen, um die Trauung vorzunehmen.«

Gedrungen, breitbrüstig, stiernackig und ungesellig, wie er war, hätte Sempiterno den Prototyp eines starken, schweigsamen Kerls abgeben können, wenn er mal eine Minute die Klappe gehalten hätte.

Aber er war stocksauer, er wollte mir klarmachen, dass er stocksauer war, und er meinte offenkundig, ich sei so schwer von Begriff, dass ich ihn erst verstehen würde, wenn er das wortreich erläutert hatte.

»Außerdem bist du eindeutig kein normaler Hausgast, du hübsches Jüngelchen«, sagte er. »Schaust dich hier um, schaust dich da um, schnüffelst herum, gehst zu den Ställen, erzählst Shilshom was von einem Pferd, wo es hier doch gar kein Pferd gibt, schon eine halbe Ewigkeit nicht mehr. Und jetzt marschierst du auch noch auf der Mauer durch die Gegend. Wer zum Teufel geht auf einer drei Meter hohen Mauer spazieren? Niemand, ganz recht. Außer dir natürlich. Warum zum Teufel bist du da oben auf der Mauer herumspaziert?«

Da er länger als einen raschen Atemzug pausierte, verstand ich das als Aufforderung, etwas zu erwidern. »Na ja, Sir, von da oben hat man einen schönen Blick. Man sieht viel weiter.«

Er brachte die Pistole näher an mein linkes Auge, um sicherzustellen, dass ich sie nicht vergessen hatte. »Und was ist mit *diesem* Blick? Gefällt er dir? Ist doch dramatischer als der Grand Canyon, oder? Ich weiß zwar nicht, was du im Schilde führst, du Mauergeher, aber irgendwas hast du vor. Ich mag Leute nicht, die was im Schilde führen. Weißt du, wie hoch meine Toleranzgrenze für Leute ist, die was im Schilde führen?«

»Ziemlich niedrig?«, riet ich und war ziemlich sicher, dass meine Antwort einen Preis gewonnen hatte, falls es überhaupt einen zu gewinnen gab.

»Falsch. Die ist überhaupt nicht vorhanden. Also, was führst du im Schilde?«

»Überhaupt nichts, Sir. Offen gesagt, nütze ich nur die Großzügigkeit von Mr. Wolflaw aus. Er hat einen Narren an der Frau gefressen, mit der ich zusammen bin, und ich betätige mich als Trittbrettfahrer. Könnten Sie wohl die Waffe wegstecken? Ich bin harmlos. Ganz ehrlich.«

Er starrte mich drohend an. Sein Blick hätte Eisbärenhoden schmelzen lassen.

Hätte er ein Fieberbläschen auf der Lippe gehabt, dann wären wir inzwischen Freunde gewesen.

»Ich weiß, du wirst uns noch brutale Scherereien machen«, sagte er. »Am liebsten würde ich dir eine Kugel in die Birne ballern.«

»Ja, Sir, das ist mir bewusst. Ich weiß es zu schätzen. Aber Sie haben eigentlich keinen Grund, mir eine Kugel in den Kopf zu schießen. Beziehungsweise in die Birne zu ballern, um Ihren Wortlaut zu benutzen.«

»Der Grund ist, dass ich dich nicht mag.«

»Wenn Sie mich umbringen, wird die Frau, mit der ich zusammen bin, ziemlich wütend werden, und Mr. Wolflaw ist wie gesagt derart begeistert von ihr, dass er auch wütend werden wird, und dann können Sie Ihren Job vergessen. Ganz zu schweigen davon, dass Sie ins Gefängnis wandern, dort allerhand üblen Typen als Bettvorleger dienen und das Wahlrecht verlieren.«

Selbst die Aussicht, nicht mehr zur Wahl gehen zu dürfen, schien ihn nicht zu beeindrucken. »Die Frau ist gar nicht sein

Typ. Sie ist niemandes Typ. Irgendwie macht dieses Miststück mir sogar Angst.«

»Also, Sir, das ist jetzt aber gemein. Sie ist zwar kein Unterwäschemodel, aber auf ihre Art recht hübsch.«

»Ich rede nicht davon, wie sie aussieht. Meinst du, mit meinem Gesicht mache ich mich über das Aussehen anderer Leute lustig?«

»Da ist was dran.«

Endlich ließ er die Pistole sinken. »Als ich sie zum allerersten Mal gesehen hab, da hat sie mich so angestarrt. Als hätte sie Schnelllesen trainiert, und meine ganze Geschichte wäre nicht länger als die Zutatenliste auf einer Packung Cornflakes.«

Ich nickte. »Man hat den Eindruck, sie kann einem direkt ins Herz schauen.«

»Das war nicht wie in 'nem verfluchten Kitschroman«, knurrte Sempiterno. »Es war, wie wenn man am Flughafen durch die Schleuse geht und nach zehn Sekunden nackt und ohne Achselhaare wieder rauskommt.«

Wenn man offen dafür ist, wird man bei den unwahrscheinlichsten Gelegenheiten von einem Schmunzeln überrascht. »Es gefällt mir, wie Sie die Dinge ausdrücken«, sagte ich.

Wieder warf er mir diesen Blick zu, der Bären hätte kastrieren können. »Was zum Teufel soll das denn heißen?«

»Gar nichts. Bloß dass Sie gut formulieren können.«

»Ich sage, was ich sage. Was du darüber denkst, ist mir völlig schnuppe.« Er steckte seine Pistole ins Holster. »Wenn Noah Wolflaw, dieser Idiot, dich hier haben will, kann ich dich nicht zwingen, die Fliege zu machen. Aber eines sollte dir klar sein, du hübsches Jüngelchen: Er liebt diese Frau nicht, und dich mag er nicht. Er denkt nur an sich selbst. Und was immer er von euch beiden will – wenn er es sich nimmt, dann werdet ihr euch dringend wünschen, dass ihr auf mich gehört hättet und längst über alle Berge wärt.«

Während er sich von mir abwandte, sagte ich: »Ich glaube, wir werden wahrscheinlich morgen früh abreisen.«

Nach zwei Schritten blieb er stehen und drehte sich noch einmal zu mir um. »Tut das lieber gleich heute. Bleibt nicht über Nacht. Macht euch jetzt gleich auf die Socken.«

»Gut, eventuell nach dem Mittagessen.«

Er starrte mich an, all hätte er mich nur mit seiner Willenskraft allein zum Platzen bringen können. Nach kurzem Schweigen sagte er: »Vielleicht weiß ich jetzt doch, wieso Wolflaw euch hier haben will.«

»Und wieso?«

Statt mir zu antworten, sagte er: »Egal, was ihr in Roseland sucht, ihr werdet das Gegenteil finden. Wenn ihr überleben wollt, sucht nach dem Tod.«

Er wandte sich wieder ab und schritt auf die Gruppe gewaltiger Eichen zu. Wie vorher verstummten die pfeifenden Kleiber in den Ästen. Als er in den Schatten der Bäume trat, flog der ganze Schwarm auf, flatterte durch den Schleier aus ovalen Blättern und schwang sich in den Himmel, obwohl dort doch Falken lauerten.

Zwischen den Bäumen sah ich ein elektrisches Gartenmobil stehen, wie es oft von Landschaftsgärtnern verwendet wird, länger als ein Golfwagen, ohne Dach, mit zwei Sitzen und einer offenen Pritsche. Es war mit breiten Reifen ausgestattet und sah auch sonst ziemlich geländegängig aus.

Paulie Sempiterno schwang sich hinters Lenkrad. Leise schnurrend, schien der Wagen zwischen den Bäumen hindurch auf den sonnigen Hang zuzuschweben, hinter dem das Haupthaus stand.

Ich nehme es nicht übel, wenn man mich mit groben Ausdrücken belegt. Mich als *hübsches Jüngelchen* zu bezeichnen, fand ich allerdings ziemlich traurig. Ich sehe nämlich so gewöhnlich aus wie ein Filmschauspieler, der den Kumpel von Tom Cruise darstellen muss und dessen wichtigste Aufgabe es ist, durch seine eigene Gewöhnlichkeit dafür zu sorgen, dass der Star noch außergewöhnlicher aussieht als im echten Leben.

Als Mr. Sempiterno diese beiden Worte geknurrt hatte, hatte er mich keineswegs verspottet, denn erfolgreicher Spott muss mindestens ein Körnchen Wahrheit enthalten. Man kann einen Hund nicht verspotten, weil er ein Hund ist, und wenn man es doch versucht, macht man sich selbst zum Gespött. Mich für einen hübschen Knaben zu halten, lag offenbar daran, dass der Sicherheitschef mich mit sich selbst verglich. Er schätzte seine tatsächlich etwas unglückliche Erscheinung also viel zu negativ ein, und das war es, was ich ziemlich traurig fand.

In diesem Fall bedeutete der Ausdruck *hübsches Jüngelchen* womöglich noch etwas anderes, als man meinen mochte. Manchmal drückt jemand sich verschlüsselt aus, oft ohne sich dessen klar zu sein, wodurch er für sich selbst ebenso unverständlich ist wie für andere. Angesichts meines durchschnittlichen Aussehens besaß ich vielleicht irgendeinen anderen Pluspunkt, den Mr. Sempiterno erkannte, der ihm selbst aber fehlte – weshalb er mich beneidete. Wenn ich herausbekam, was dieser Pluspunkt war, half mir das eventuell dabei, den Dingen in Roseland auf die Schliche zu kommen.

Während der Sicherheitschef den Hang hinauffuhr, beschloss ich, weiter der Mauer zu folgen, mich nun jedoch dem dritten und letzten Aspekt meiner besonderen Wahrnehmung zu überlassen.

Abgesehen von gelegentlichen prophetischen Träumen und meiner Fähigkeit, die Geister der auf Erden verweilenden Toten zu sehen, besitze ich etwas, das Stormy Llewellyn als »übersinnlichen Magnetismus« bezeichnet hat. Wenn ich eine Person lokalisieren muss, deren momentanen Aufenthaltsort ich nicht kenne, konzentriere ich mich auf ihren Namen oder ihr Gesicht, überlasse mich meinen Impulsen und meiner Intuition und lasse mich treiben – zu Fuß, auf dem Skateboard, mit einem Auto, ganz egal –, bis ich am Ziel bin. Meistens werde ich innerhalb einer halben Stunde zu der betreffenden Person geführt.

Diese Methode ist zwar meistens, aber nicht immer erfolgreich, und ich kann weder kontrollieren noch vorhersehen, wo und wann die Begegnung stattfinden wird. Hätte ich meine paranormalen Fähigkeiten in einem Laden gekauft, so wäre das eher beim Discounter als im Fachgeschäft gewesen.

Momentan hatte ich weder einen Namen noch ein Gesicht, um mich darauf zu konzentrieren. Ich konnte nur Annamarias Worte – *Es ist jemand hier, der in großer Gefahr ist und dich dringend braucht* – in mir ablaufen lassen wie ein Endlosband und hoffen, dass ich dadurch früher oder später zu der betreffenden Person gezogen wurde.

Da jeder mir warnend nahelegte abzureisen und ich den merkwürdigen Rat bekommen hatte, den Tod zu suchen, wenn ich überleben wollte, lief die mir für meine Aufgabe verbleibende Zeit offenbar so rasch davon wie Sand aus einer zerbrochenen Sanduhr. Ich hatte schon früher manchmal versagt, auch beim Tod der Frau, die ich mehr liebte als das Leben selbst. Jedes Scheitern höhlt mein Herz ein wenig mehr aus, und kein Erfolg kann diese Leere wieder füllen. Wahrscheinlich werde ich nicht durch die Hand irgendeines Schurken sterben, sondern tot umfallen, wenn die Wände meines Herzens in die Leere stürzen, die sie umschließen. Noch einmal zu scheitern, konnte ich nicht ertragen. Wenn die Zeit knapp war, musste ich daher schneller sein als sie.

Es ist jemand hier, der in großer Gefahr ist und dich dringend braucht.

Ich ging zu der Stelle zurück, an der die Eichen ihre Äste über die Mauer streckten.

Da kam aus den Baumschatten plötzlich der große schwarze Hengst gestürmt, bäumte sich vor mir auf und schlug mit seinen Hufen in die Luft.

Auf dem Pferd saß barfuß die blonde Frau und deutete auf mich, wie sie es am Abend vorher getan hatte. Nun war ihr Gesicht jedoch nicht qualvoll, sondern von Angst verzerrt.

Sosehr sie sich auch davor fürchten mochte, ins Jenseits hinüberzuwechseln – auf dieser Welt hatte sie nichts mehr zu fürchten. Ich wusste daher, dass sie um mich Angst haben musste und gekommen war, um mich vor einer Bedrohung zu warnen, die konkreter war als die vage Gefahr, von der Henry Lolam und Paulie Sempiterno gesprochen hatten.

Als der pechschwarze Hengst wieder auf allen vieren stand und mit seinem langen Schwanz lautlos hin und her peitschte, richtete die Frau ihren Blick auf etwas, das sich hinter mir befand. Ihr Gesicht drückte nun eher Abscheu als Furcht aus, und ihr Mund öffnete sich zu einem stummen Schreckensschrei.

Ich blickte mich um, sah jedoch nur das nach Norden hin ansteigende Gelände und die erste Baumgruppe, in deren Nähe ich auf die Mauer geklettert war. Das kniehohe, trockene Gras ringsum leuchtete in der Morgensonne so golden wie das Haar der Frau.

Dennoch überkam mich ein unheimliches Gefühl, ähnlich wie jenes, das uns alle erzittern lässt, wenn wir im Briefkasten einen nicht bestellten Umschlag mit der Adresse des Finanzamts entdecken. Ich hatte fast den Eindruck, wenn ich den Kopf in einem bestimmten Winkel neigen und durch das Sonnenlicht hindurch auf die noch viele Stunden entfernte Dämmerung blicken könnte, würde ich sehen, was der Geist sah.

Als ich mich wieder nach Pferd und Reiterin umwandte, standen sie nicht mehr direkt vor mir, sondern ein Stück weit entfernt zwischen den Bäumen. Die Frau sah mich an und winkte eindringlich mit dem rechten Arm.

Niemand weiß besser als ich, dass die Realität komplexer ist, als es die fünf Sinne wahrnehmen können. Unsere Welt mit all ihren Geheimnissen ist nur der Satellit einer größeren, geheimnisvolleren und unsichtbaren Welt. Die Umlaufbahnen dieser beiden Körper sind sich so nahe, dass sie sich womöglich manchmal schneiden, wobei kein Schaden entsteht, aber äußerst merkwürdige Effekte.

Ich wagte es nicht, mir die Zeit zu nehmen, noch einmal in die andere Richtung zu blicken. Stattdessen rannte ich auf Ross und Reiterin zu.

12

Das Gewölbe der Eichbäume über mir erinnerte mich an Kirchenfenster. Es bot jedoch mehr Blei als buntes Glas und mehr Dunkelheit als Licht in den goldenen und grünen Mustern, die man sich als eine abstrakte Darstellung des Gartens Eden denken konnte.

Während das schwarze Pferd unter den riesigen Bäumen dahintrottete, wurde es fast unsichtbar. Nur sein Fell schimmerte, sobald das Licht darüber strich. Die Frau hingegen, der ich folgte, war weiterhin leicht zu sehen. Ihr weißes Seidengewand blühte auf, wenn die Sonne es erfasste, gab jedoch auch im Dunkeln ein feines Leuchten von sich.

Ich weiß nicht, wieso das Spiel von Licht und Schatten auch Geister erfasst und sie so verbirgt und enthüllt wie lebende Menschen und alles andere auf dieser Welt. Geister besitzen eigentlich keine Substanz, um Licht zu reflektieren, und keine Oberfläche, auf die Schatten hätte fallen können.

Ein Psychiater würde vielleicht sagen, diese Eigenschaft der Erscheinungen sei der Beweis, dass sie nicht übernatürlicher Natur seien. Deshalb müsse es sich um Wahnvorstellungen handeln, und mir fehle einfach die Fantasie, mir Geister vorzustellen, auf die Licht und Schatten keine Wirkung hätten. Bei echten Geistern – falls solche überhaupt existierten – müsse das nämlich der Fall sein.

Ich wiederum frage mich manchmal, wieso Leute, die Theorien über den menschlichen Geist aufstellen, so leicht an die Existenz von Dingen glauben, die sie weder sehen noch messen oder in irgendeiner vernünftigen Form beweisen können – wie etwa das Ich, das Es und das unbewusste Selbst. Dennoch bezeichnen sie Leute, die glauben, der Körper habe eine Seele, als abergläubisch.

Neben einem der Bäume brachte die Frau ihr Pferd zum Stehen. Als ich sie eingeholt hatte, deutete sie direkt hinauf in das Astwerk der großen Eiche. Das war eindeutig eine Aufforderung, da hinaufzuklettern.

Die Angst in ihrem Gesicht – Angst um mich – war auch im Mosaik von Licht und Schatten deutlich sichtbar.

Ich war früher zwar auf einige böswillige Geister gestoßen, die sich als Poltergeist gebärdet und allerhand Zeug durch die Gegend geschleudert hatten, zum Beispiel Möbel und tiefgefrorene Truthähne. Dagegen erinnerte ich mich nicht daran, dass auch nur einer der zögerlichen Toten versucht hätte, mich hinters Licht zu führen. Die Fähigkeit dazu legte man zusammen mit dem Körper offenbar endgültig ab.

Da die Frau zu wissen schien, dass mir etwas Grässliches drohte, rannte ich gehorsam zum Baum und stieg hinauf. Raue Rinde unter den Händen, kletterte ich vom Stamm auf den untersten Ast, von dort zum nächsten und zum übernächsten … bis zur ersten Gabelung, die sich gut vier Meter über dem Boden befand.

Als ich durch die Äste nach unten spähte, sah ich die Stelle, an der Ross und Reiterin erschienen waren. Beide waren fort.

Als Geister konnten sie natürlich nach Belieben erscheinen und wieder verschwinden, und da weder Pferd noch Frau sprechen konnten, teilten sie mir nicht mit, was sie gerade vorhatten.

In die Gabelung geklemmt, kam ich mir bald töricht vor. Als ausgewiesenes Mitglied der menschlichen Spezies verfüge ich über eine unerschöpfliche Quelle von Torheit und einen perversen Durst darauf. Nur weil ich bisher noch nie auf einen Geist getroffen war, der mich hinters Licht geführt hatte, hieß das noch lange nicht, dass alle weiteren Geister, auf die ich den Rest meines Lebens treffen mochte, ebenfalls unfähig waren, mich in die Irre zu führen.

Die auf der Erde verweilenden Toten sind im Allgemeinen ein deprimierter Haufen. Meist sind sie an den Ort gefesselt, an dem sie gestorben sind. Sie sind nicht in der Lage, zum nächsten Multiplex zu düsen, um sich den neuesten Hollywoodschinken anzuschauen und dabei eine Monstertüte freilaufendes, in behördlich empfohlenem Fischöl geröstetes Popcorn zu futtern. Nachdem sie sich jahrelang Sorgen gemacht haben, was sie im Jenseits wohl erwarten könnte, und nachdem sie sich in der Hoffnung, ihre Mörder der gerechten Strafe zuzuführen, so lange an diese Welt geklammert haben, bräuchten sie eigentlich dringend ein wenig Abwechslung.

Ich malte mir aus, wie die beiden Geister, Frau und Ross, durch Roseland galoppierten und dabei herzhaft – wenn auch lautlos – lachten, weil sie den leichtgläubigen Odd Thomas so locker dazu gebracht hatten, auf einen Baum zu klettern und dort zitternd und bebend auf ein nichtexistentes Monster zu warten, wo ich doch schlimmstenfalls zu befürchten hatte, dass mir ein über mir hockender Vogel auf den Kopf kackte.

Dann traf das Monster ein.

Im Plural.

Der erste Hinweis darauf, dass ich nicht von einem berittenen Geist hinters Licht geführt worden war, war ein schwacher, ätzender Geruch, der durch die Blätter zu mir herauf stieg. Er mischte sich in den weichen Duft von Eichenrinde, grünen Blättern und aufgeplatzten Eicheln vom letzten Jahr, die wie beschädigter Baumschmuck an den Zweigen hingen.

Es war der Geruch von Ozon, der hier zwar wesentlich weniger scharf war als vorhin im Stall, aber nicht weniger fehl am Platz. In der freien Luft konnte er sich nicht so verdichten wie in einem geschlossenen Raum, aber ich zweifelte nicht daran, dass er eine mir bereits bekannte Gefahr ankündigte.

Eine rasche Veränderung der Lichtverhältnisse bestätigte meine Vermutung, dass eine weitere Begegnung mit der stinkenden Schar aus dem Stall bevorstand. Das goldene Sonnenlicht, das in den Lücken zwischen dem Blattwerk funkelte, wurde gelborange. Außerdem kam es nicht mehr von Osten, sondern von Westen.

Auch wenn ich das unverständliche Zeug, das manche Leute mir vorsetzen, oft nicht kapiere, liege ich eigentlich immer richtig, wenn ich Scherereien vorhersehe. Gäbe es einen nationalen Wettbewerb der verwirrten und paranoiden Hellseher, dann würde ich definitiv den Pokal gewinnen und könnte mich zur Ruhe setzen.

Der Boden unter den Bäumen war mit den kleinen ovalen, trockenen Blättern der Lebenseichen bedeckt, weshalb kein Lebewesen es geschafft hätte, leise darüber zu schreiten. Die unheimliche Schar, die gehofft hatte, mich aus dem Futterkasten zu holen, bemühte sich jedoch ohnehin nicht im Mindesten, verstohlen vorzugehen. Sie trampelte so unbekümmert über den Laubteppich, dass dessen Knistern jedes Knurren und Schnauben übertönte, das die Biester womöglich von sich gaben.

Durch das gestaffelte Blattwerk spähte ich hierhin und dorthin, doch die begrenzte Sicht, die ich hatte, verriet mir nichts Neues über die Angekommenen. Die Bäume warfen einen dunkleren Schatten als zuvor, und das gespenstische Licht durchstieß das Geflecht der Zweige nicht wie die Morgensonne, sondern pulsierte zäh hindurch, als würde ein nicht wahrnehmbarer Windhauch unsichtbare Flammen anfachen, deren Widerschein durch die Bäume drang.

Von der Schar unter mir waren nur schattenhafte Formen erkennbar. Manche bewegten sich flink, andere träge, aber alle wirkten aufgeregt und schienen dringend etwas zu suchen. Was sie da suchten, waren wahrscheinlich keine wohlanständigen jungen Damen, mit denen sie eine Familie gründen und traute Abende am heimischen Herd verbringen wollten.

Ob geschmeidig oder träge, sämtliche Biester bewegten sich auf dieselbe ziellose Weise durch die Bäume, von Westen nach Osten, dann nach Norden und schließlich nach Süden. Am Knistern des trockenen Eichenlaubs war ihr hektischer Marsch leicht zu verfolgen.

Jedes Mal, wenn sie in meine Nähe kamen, hörte ich sie nun wieder grunzen und knurren wie vorher im Stall. Die kehligen Geräusche hatten jedoch einen etwas anderen Charakter als das, was ich durch die Belüftungslöcher des Futterkastens wahrgenommen hatte.

Es waren immer noch Geräusche, wie Tiere sie machten, doch sie waren nicht ausschließlich tierischer Natur. In manchen dieser Rufe glaubte ich etwas Menschliches zu hören: einen wortlosen Ausdruck der Verzweiflung und ein erbärmliches, angstvolles Wimmern, wie ich es selbst in großer Gefahr hätte von mir geben können. Dazu kam ein gequältes, zorniges Knurren, dass nicht nur tierhafte Wut ausdrückte, sondern auch einen bitteren Groll, der auf Emotionen hindeutete, wie nur intelligente Wesen sie besitzen.

Die Luft war nicht kalt. Mein leichter Pulli und die Jeans waren genau das Richtige für diesen Tag. Dennoch kroch mir ein Frösteln in die Glieder.

Was da nach mir suchte, war ebenso eine Meute wie ein Rudel.

Ein Rudel von Tieren ist eine Gruppe von Individuen, die alle die Persönlichkeit ihrer Spezies verkörpern und sich gemeinsam so verhalten, wie es den Instinkten und Gewohnheiten der Art entspricht.

Eine Menschenmeute hingegen ist ungeordnet und regellos. Erregt werden ihre Mitglieder nicht von der Jagd wie Tiere, nicht von einem angemessenen Bedürfnis nach Nahrung, sondern von einer *Idee*, die wahr oder eine Lüge sein kann. Oft ist sie Letzteres. Handelt es sich um eine unheilvolle Idee, was eine Lüge immer ist, dann sind jene, die von ihr aufgeputscht werden, unendlich gefährlicher als jedes Tier, das jemals auf der Erde gelebt hat. Die Mitglieder einer von einer Lüge angestachelten Meute sind wild, grausam und zu einer derartigen Gewalt fähig, dass ein Löwe entsetzt vor ihnen fliehen und ein Krokodil sich in die Sicherheit seines Sumpfs zurückziehen würde.

Den Geräuschen nach zu urteilen, waren es jetzt wesentlich mehr als im Stall. Außerdem war ihr Verhalten von größerer Dringlichkeit. Der Lärm, den sie machten, wies darauf hin, dass sie sich in eine Raserei versetzten, in der nur noch Blut sie beschwichtigen konnte, und zwar eine Menge Blut.

Dreimal waren sie nun schon unter dem Baum vorbeigekommen, auf dem ich mich verbarg, und bisher hatte ihr Geruchssinn – oder irgendeine andere Wahrnehmung, mit der sie sich orientierten – versagt. Als die Biester zum vierten Mal vorüberströmten, konnte ich immer noch nichts von ihnen sehen als sich gegenseitig anrempelnde Schatten, die groteske Entstellungen aufwiesen.

Das gelborangefarbene Sonnenlicht verwandelte sich allmählich in dunkles Orange. Ich würde diese Wesen also kaum deutlicher sehen können, falls sie ihre Suche nicht nach oben ausdehnten und mir hinterhergeklettert kamen.

Was wir zu sehr fürchten, führen wir oft dadurch erst recht herbei.

Die Biester waren schon fast im Norden der Baumgruppe verschwunden, als sie abrupt kehrtmachten. Schattenhafte, unheilvolle Gestalten umströmten meinen Baumstamm wie eine hohe Welle, die eine im Meer aufragende Klippe umspült.

Sobald das letzte Biest eingetroffen war, verstummte das Geräusch knisternden Laubs. Auch die Kreaturen selbst verstummten wie ein Ungeheuer, das sich unter dem Bett eines Kindes versteckt und es durch sein perfektes Schweigen dazu bringt, sich über die Kante zu beugen und darunterzuschauen.

Ich war allerdings nicht versucht, mich sicher zu fühlen. Sie hatten mich gefunden.

13

Auf einem Baum zu hocken war nicht so hoffnungslos wie in einer Futterkiste festzusitzen. Weil ich Letzterer entkommen war, glaubte ich, womöglich auch die Belagerung auf der Eiche überstehen zu können.

Da ich meist arbeitslos gewesen war, seit ich Pico Mundo verlassen hatte, und nun auch noch wurzellos geworden war, hatte ich keine Krankenversicherung. Deshalb bemühte ich mich, nicht nur zu überleben, sondern auch grässliche Entstellungen zu vermeiden, deren Beseitigung das bankrotte Sozialsystem nicht bezahlen könnte, weshalb ich gezwungen wäre, mein restliches Leben im Keller eines Opernhauses zu verbringen. Für die Oper habe ich mich nämlich nie besonders interessiert, und Jazzklubs haben für gewöhnlich keinen Keller.

Im Freien wurde mir von dem um die Eiche versammelten Gestank der Meute nicht so rasch übel wie im Stall, aber ich kniff mir trotzdem die Nase zu und atmete durch den Mund. Das Aroma war schlimmer als das von saurem Schweiß und fauligem Atem; offenbar besaßen die Biester spezielle Drüsen wie Stinktiere, bloß dass diese ihr Sekret nur bei Gefahr versprühten, während es meinen Verfolgern offenbar allzeit aus jeder Pore drang.

So angestrengt ich auch hinunterspähte, ich konnte nicht erkennen, was für Körper und Gesichter die unter mir versammelten Kreaturen hatten, die wahrscheinlich zu mir heraufschauten. Wieder war die Dämmerung zu früh hereingebrochen, lange vor Mittag. Das schwindende Licht nahm eine rotorange Färbung an. Wo es wie leuchtender Staub auf den Gestalten unter der

Eiche lag, enthüllte es keinerlei Einzelheiten, so als würde ich durch ein Nachtsichtgerät mit fast leerem Akku blicken.

Während die Dunkelheit allmählich zunahm, begannen unter mir die Augen meiner Verfolger zu glühen. Zuerst waren sie rosa und geradezu hübsch wie kleine Elfenlichter, bald wurden sie jedoch so gelb, wie ich mir Wolfsaugen bei Nacht vorstellte. Leider waren diese Kreaturen bei Weitem nicht so handzahm wie Wölfe.

Bei früheren Gelegenheiten hatte ich es mit Mördern, Serienkillern, Drogenhändlern, korrupten Polizisten, einem fehlgeleiteten, zum Mönch gewordenen Milliardär, Kidnappern, Terroristen und anderen Leuten zu tun gehabt, die an irgendeinem Punkt ihres Lebens auf die dunkle Seite geraten, zu ihr gezerrt worden oder begeistert zu ihr übergelaufen waren. Mit Vampiren und Werwölfen muss ich mich hingegen nie auseinandersetzen, aus dem einfachen Grund, dass sie nicht existieren, richtig?

Als ich durch die Eichenäste auf die gelbäugige Schar hinunterstierte, kamen die Biester mir trotzdem so vor, als wären sie einem gruseligen Jugendroman entsprungen, um sich auf die Suche nach Blut und neuen Freundinnen zu machen. Falls das der Fall war, sahen sie wahrscheinlich nicht gut genug aus, um viel Erfolg zu haben.

Abgesehen davon bestand eine relativ gute Chance, dass diese Dinger nicht klettern konnten. Pumas können klettern, Kojoten nicht. Bären sind gute Kletterer, Wölfe müssen unten bleiben. Eichhörnchen klettern toll, Kaninchen blamieren sich schon, wenn sie es versuchen. Vielleicht musste ich bloß warten, bis das seltsame Zwielicht nachließ, wie es schon im Stall geschehen war.

Eines der Biester entschied sich fürs Klettern.

Sofort verließ ich meine Gabelung und kletterte so flink weiter nach oben wie ein kleiner Junge beim Äffchenspielen.

Als ich nach unten spähte, sah ich erleichtert, dass mein nur als schattenhafte Gestalt erkennbarer Verfolger Probleme hatte, den Baum zu besteigen. Offenbar war er fürs Klettern nicht besonders gut geeignet. So wie das Ding zornig knurrte, jaulte und wild auf den Baum einschlug, hielt es ihn wohl für einen Gegner, der ihm absichtlich Widerstand leistete. Es rächte sich, indem es die Äste malträtierte, dass die Blätter nur so durch die Luft flogen.

Je höher ich gelangte, desto weniger Laub war zwischen mir und dem Himmel. Eigentlich hätte das Licht also heller werden sollen, doch die Sonne versank so rasch im Meer wie ein brennendes Schiff, das von Kanonenkugeln durchlöchert worden war.

In wenigen Minuten würde es völlig dunkel sein. Wenn ich mir dann hoch über dem Boden blindlings einen Weg durchs Labyrinth der Äste suchen musste, war ich geliefert.

Bevor das Licht knapp wurde, wurde der Baum knapp. Die höheren Äste waren viel weniger dick als die niedrigen, und sie bogen sich gefährlich nach unten. Immer wieder rutschten meine Füße ab, und meine Hände schmerzten, weil ich mich so verzweifelt festklammerte.

Ich hielt inne und ging vorsichtig in die Knie, um mich mit dem Rücken an den wesentlich dünner gewordenen Stamm zu lehnen. Der Ast, auf dem ich rittlings saß, bot keine besonders angenehme Sitzunterlage. Wenn ich abrupt das Gewicht verlagerte, war ich reif für den Knabenchor.

Obwohl ich heftig schnaufte, hörte ich weit unter mir ein Klatschen, weil das tobende Biest immer noch versuchte, die Eiche zu bezwingen, indem es auf sie einschlug. Ich tröstete mich damit, dass sein IQ zwar zweifellos hoch genug war, um ein politisches Amt zu übernehmen, aber nur einen Bruchteil von meinem betrug.

Auch der Ozongeruch war weiterhin wahrzunehmen, schwach, aber hartnäckig. Da ich mich nun auf annähernd zwanzig Metern Höhe befand, roch ich die Meute unten jedoch nicht mehr.

Ein oder zwei Minuten später stieg der Gestank wieder zu mir hoch, wodurch mir klar wurde, dass der Kletterer inzwischen wohl doch Fortschritte machte.

Dunkelheit überzog den Himmel über mir, und einen Moment lang konnte ich die schwarzen Äste der Eiche nur spüren und ahnen, aber nicht mehr sehen.

Das geschwundene Licht hielt das Biest unter mir nicht auf. Es kämpfte sich weiter gewaltsam durch den widerstrebenden Baum aufwärts. Zweige brachen, und die Blätter rauschten wie bei heftigen Böen. Zufriedene Grunzlaute schienen darauf hinzuweisen, dass mein Verfolger einen festen Stand gefunden hatte, während ein frustriertes Quieken wohl ausdrückte, dass der Weg gerade äußerst mühsam war. Zweimal hörte ich außerdem ein hässliches, feuchtes, langgezogenes Glucksen. Wahrscheinlich freute das Ding sich darauf, mir das Gesicht abzureißen, ein Brötchen damit zu belegen und dieses genüsslich zu verzehren.

Während der Geruch meines Verfolgers immer stärker wurde, fühlte ich mich allmählich wie Jean Valjean in *Les Miserables*, nur dass ich es nicht mit dem unerbittlichen Inspektor Javert zu tun hatte, sondern mit einem gelbäugigen, dämonischen Mutanten. In etwa jedenfalls.

Nach und nach wurde die völlige Dunkelheit von einem Schein gemildert, der von dem aufgehenden gelblichen Mond stammte. Das Astwerk in meiner Nähe war wieder zu sehen, wenn auch wie in einem nicht ganz deutlichen Traum. Das kletternde Ding unter mir blieb weiter unsichtbar.

Ich konnte es mir nicht länger leisten, darauf zu warten, bis diese außerplanmäßige Nacht vorüberging und die mysteriösen Kreaturen mitnahm, wie es im Stall geschehen war. Diese Begegnung dauerte bereits länger als die erste, und ich hatte keinen Grund zu erwarten, dass ich in der nächsten Minute von dem seltsamen Spektakel befreit wurde und ins Tageslicht eines freundlicheren, sanfteren Roseland zurückkehrte.

Als der Gestank immer stärker wurde, stand ich vorsichtig auf, drückte den Rücken an den Stamm und griff nach einem Ast über mir, erst mit einer und dann mit beiden Händen. Dann drehte ich mich so, dass ich in die Richtung blicken konnte, aus der das Ding kommen musste.

Was ich vorhatte, konnte dazu führen, dass ich den Halt verlor und mit einem Schrei, der wesentlich weniger triumphal wäre als der von Tarzan, dem Herrn des Dschungels, durch eine Phalanx aus Ästen und Zweigen stürzte. Mir fiel jedoch nichts Besseres ein, als darauf zu warten, dass das Biest unter mir auftauchte, und ihm dann so lange ins Gesicht zu treten, bis es den Halt verlor – oder mir den Fuß abbiss.

Manchmal wünsche ich mir, ein besseres Verhältnis zu Schusswaffen zu haben.

Gelegentlich habe ich auf welche zurückgreifen müssen, aber das habe ich immer mit großem innerem Widerstand getan. Die furchtbaren Spiele, die meine psychisch gestörte Mutter in meiner Kindheit mit ihrer Pistole gespielt hat, haben mir eine bleibende Abneigung gegen Derartiges eingeimpft. Ich ziehe einfachere Waffen vor, in diesem Fall eine so einfache wie meinen Fuß. Allerdings konnte mir das früher oder später den Tod bringen.

Inzwischen war der unglaubliche Gestank fast so stark geworden, dass mir die Augen tränten. Mein Verfolger war jedoch noch immer nicht aufgetaucht, obwohl die Geräusche näher und näher kamen.

Erst als sich etwas von der anderen Seite des Baumstamms her auf meinen Ast schwang, hinter und ein wenig links von mir, wurde mir klar, dass nicht nur das Biest heraufgeklettert war, das ich gehört hatte, sondern noch mindestens ein weiteres. Es packte mich mit seiner brutalen Pratze an der rechten Schulter, und ich wusste, als Nächstes erwartete mich ein Biss oder ein Schlag mit messerscharfen Klauen.

Bevor mich Klauen oder Zähne erwischen konnten, ließ ich mich mit dem ganzen Körper zurückfallen. Meine Füße rutschten vom Ast und baumelten in der leeren Luft. Nun hing ich zwar nur noch an dem Ast über meinem Kopf, aber mit meiner plötzlichen Bewegung hatte ich den Angreifer aus dem Gleichgewicht gebracht. Um nicht zu fallen, klammerte er sich an meiner Schulter fest. Ich spürte ein so furchtbares Gewicht, als würde sich der Muskel, an den er sich krallte, gleich vom Schulterblatt lösen. Ein heftiger Schmerz schoss meinen Arm hinauf in meine rechte Hand, die sich unweigerlich vom Ast löste.

Jetzt baumelte ich nur noch an meiner linken Hand, doch durch die abrupte Bewegung meiner rechten Schulter glitt die Pratze davon ab. Mit einem Heulen stürzte das Ding Richtung Boden, hörte jedoch gleich auf zu heulen, als es durch das ungemütlich harte Geäst der Eiche krachte. Unten angekommen, landete es offensichtlich mitten in der versammelten Meute, denn Schmerzens- und Wutschreie stiegen zu mir herauf. Gesehen hatte ich den Angreifer nicht einmal aus dem Augenwinkel.

Während das Gezeter unten allmählich nachließ, hallte das Knarren tausend langer, ledriger Flügel durch die dunklen Bäume. Das musste der Schwarm fledermausartiger Wesen sein, den ich am Abend zuvor aus dem Himmel hatte kommen sehen. Er flatterte zu Boden und fiel über die Biester dort her, die vor Entsetzen quietschten.

Ich griff mit der rechten Hand nach dem Ast über mir und schwang mich leicht hin und her, um wieder Fuß zu fassen. Dabei bereitete ich mich innerlich darauf vor, dass eines der riesigen Flügelwesen durch die Äste flatterte, um mir ein Stück von meinem Gesicht herauszureißen … Ich fand mit den Füßen wieder Halt, ohne zu erwarten, dass es lange dabei blieb. Aber während ich zitternd dem Tumult und dem Kreischen unter mir lauschte, wagte ich allmählich zu hoffen, dass der geflügelte Schwarm da unten genügend zu fressen fand.

Leider kam mir bald eine TV-Sendung über Fledermäuse in den Sinn, die ich einmal gesehen hatte. Unter anderem hatte man eine Art mit gekrümmten, rasiermesserscharfen Schneidezähnen gezeigt, und eine andere Art, die so scharfe, hakenförmige Klauen besaß, dass sie Fische aus dem Wasser ziehen und damit davonfliegen konnte. Das war mal wieder ein Beweis dafür, dass Naturfilme genauso gut Albträume hervorrufen können wie jeder blutrünstige Monsterstreifen.

Schlagartig verging die Dunkelheit, und Morgenlicht strömte wieder auf mich herab. Es stieß durch die Äste bis auf den Boden vor und schwemmte die Kreaturen, die mit der unnatürlichen Nacht gekommen waren, davon, als hätten sie nie existiert. So weit ich sehen konnte, erwartete mich nichts Totes oder Lebendes da unten auf dem Teppich aus trockenem Laub.

14

Ganz in Weiß sah die mächtige Gestalt von Mr. Shilshom so aus, als hätte sie wie ein Schiff mit geblähten Segeln überall dorthin gleiten können, wohin der Wind sie trieb. Allerdings war es in der Küche völlig windstill, und der Koch war damit beschäftigt, das Häufchen Augen auf dem Schneidebrett neben der Spüle zu vermehren. Dort blendete er nämlich mehrere Pfund Kartoffeln, bevor er sie schälte.

Der Morgen hatte mich erschöpft, vor allem, da ich bisher nichts verzehrt hatte als ein Croissant. Ich musste auftanken. »Sir«, sagte ich, »ich will Sie zwar nicht stören, aber Roseland verlangt mir heute allerhand ab. Ich könnte ein paar Proteine brauchen.«

»Mmmmm«, sagte er und deutete auf ein Kuchengitter mit einer warmen Quiche und auf einen frischen Käsekuchen, auf den er gerade erst Zitronenglasur aufgetragen hatte.

Da ich die Erlaubnis erhalten hatte, mich in der Küche nach Belieben zu versorgen, hätte ich mir ein Schinkensandwich machen oder nach kalter Hühnerbrust suchen können. Stattdessen schnitt ich mir ein Stück Quiche *und* ein Stück Käsekuchen ab und goss mir ein Glas Milch ein.

Ich mache mir keine Sorgen um meinen Cholesterinspiegel. Angesichts meiner merkwürdigen Gabe und der begrenzten Lebenserwartung, die damit verknüpft sein dürfte, werden meine Arterien an meinem Todestag so blütenrein sein wie die eines Neugeborenen, selbst wenn ich bei jeder Mahlzeit nichts anderes als Eiskrem verzehren sollte.

Ich schwang mich auf einen Hocker, der an einer der beiden

Kücheninseln stand, und beobachtete den Koch dabei, wie er die Unreinheiten der Kartoffeln mit einer Intensität beseitigte, die ein wenig beunruhigend war. Er hatte die Zungenspitze zwischen die Zähne geklemmt, seine dicken Backen waren rosiger als sonst, und seine Augen waren verächtlich zusammengekniffen. All dies und die feinen Schweißperlen auf seiner Stirn schienen darauf hinzudeuten, dass er in seiner Fantasie die Augen von etwas ausschnitt, das lebendiger war als Kartoffeln.

Anfangs waren meine Versuche, dem Koch Informationen zu entlocken, relativ subtil gewesen. Diese Strategie hatte keinerlei Erfolg gehabt. Als ich vorhin das Croissant verzehrt hatte, war ich ein wenig deutlicher geworden. Damit hatte ich ihn zwar nicht so sehr aus der Ruhe gebracht, als dass er auch nur ein einziges Geheimnis verraten hätte, aber immerhin war klar geworden, wie er zu mir stand. Sein Spiegelbild im Fenster hatte unverhohlene Feindseligkeit ausgedrückt.

Nachdem ich mein Stück Quiche zur Hälfte verzehrt hatte, sagte ich: »Sir, erinnern Sie sich daran, dass ich Sie nach dem Pferd gefragt habe, das ich manchmal sehe?«

»Mmmmm.«

»Ein schwarzer Hengst, ein Friese.«

»Wenn Sie meinen.«

»Da Mr. Wolflaw keine Pferde hält, dachte ich, er gehört vielleicht einem Nachbarn, und Sie meinten, das könnte stimmen.«

»Na also.«

»Aber ich frage mich, Sir, wie das Pferd durchs Tor gekommen ist. Dort sitzt doch ein Wachmann.«

»Tja, wie wohl?«

»Vielleicht ist es über die Mauer geklettert.«

Mit einer derart absurden Vermutung konfrontiert, konnte der Koch eigentlich nicht mehr so tun, als wäre er abgelenkt. Tatsächlich warf er mir einen kurzen Blick zu, zog es dann jedoch vor, zu der Kartoffel zu sprechen, die er gerade verstümmelte. »Hier gibt es schon seit vielen Jahren keine Pferde mehr.«

»Was habe ich dann gesehen?«

»Das frage ich mich auch.«

Ich schluckte das letzte Stück Quiche herunter. »Sir, ist Ihnen vor Kurzem eine Sonnenfinsternis aufgefallen?«

Er fing an, die Kartoffeln zu schälen. »Wieso?«

»Der Tag ist zur Nacht geworden. Wie vor Tausenden von Jahren, als die Leute dachten, Gott hätte die Sonne zur Bestrafung ausgelöscht, weshalb sie vor Furcht wahnsinnig geworden sind, sich die Haare ausgerissen, Babys geopfert, sich mit Dornenzweigen gepeitscht und geschworen haben, nie wieder Unzucht zu treiben. Damals waren sie nämlich unwissend, was allerdings nicht ihr Fehler war, weil es noch keine Wissenschaftssendungen gab, und wenn jemand versucht hat, *Sonne geht aus* zu googeln, dann hat ihm niemand zugehört, weil er seiner Zeit zu weit voraus war.«

Entschlossen schälend, sagte Mr. Shilshom: »Ich verstehe Sie nicht, Mr. Thomas.«

»Da sind Sie nicht der Erste«, beruhigte ich ihn.

Ich probierte den Käsekuchen. Er war köstlich.

»Sir«, fuhr ich fort, »wenn wir das mysteriöse Pferd vorläufig beiseitelassen – haben Sie hier schon mal ein Tier gesehen, das mindestens so groß ist wie ein Mensch, vielleicht auch größer, mit gelben Augen, die im Dunkeln leuchten, und einem wirklich furchtbaren Geruch?«

Bisher hatte der Koch so ellenlange Kartoffelschalenstreifen fabriziert, als wollte er damit ins Guinness-Buch der Rekorde. Inmitten meiner Frage versagte ihm jedoch die Hand, und eine verfrüht abgetrennte Schale fiel in die Spüle.

Nicht, dass ich meinen würde, Sherlock Holmes sei mein Urgroßvater gewesen, doch aus der abgetrennten Schale schloss ich messerscharf, dass Mr. Shilshom die stinkenden Biester, von denen ich gesprochen hatte, kannte. Er sah äußerst beunruhigt drein, sosehr er sich auch bemühte, das zu verbergen.

Er schälte zwar sofort weiter, brauchte aber so lange, um eine Antwort zu finden, dass seine Nervosität unübersehbar wurde. »Ein furchtbarer Geruch?«, fragte er schließlich.

»Man könnte auch von Gestank sprechen, Sir.«

»So groß wie ein Mensch?«

»Ja, Sir. Vielleicht auch größer.«

»Wie haben sie denn ausgesehen?«

»Ich bin nur im Dunkeln auf sie gestoßen.«

»Aber Sie müssen doch was gesehen haben.«

»Nein. Sir. Es war wirklich sehr dunkel.«

Er entspannte sich ein wenig. »So große Tiere gibt's hier nicht.«

»Was ist mit Bären?«

»Na ja.«

»Kalifornische Schwarzbären?«

»Mmmmm«, machte er.

»Vielleicht sind die Bären über die Mauer geklettert, um alle Pumas zu töten und zu fressen.«

Die glitschige Kartoffel glitt ihm aus der Hand, plumpste ins Spülbecken und kullerte dort kurz umher.

»Ob es wohl Bären waren?«, stocherte ich weiter, obwohl ich nur zu gut wusste, dass die Biester bei Weitem nicht so kuschelig waren wie ein zorniger Grizzlybär.

Nachdem er die Kartoffel aus der Spüle geholt hatte, machte der Koch sich wieder ans Schälen, aber ohne die Selbstbeherrschung, die er vorher an den Tag gelegt hatte. Derart unbeholfen fummelte er an dem Ding herum, dass er mir fast leidtat.

»Vielleicht sollten Sie nachts im Haus bleiben, Mr. Thomas«, sagte er.

Nachdem er die Kartoffel mit Müh und Not fertig geschält hatte, warf er sie in einen großen, halb mit Wasser gefüllten Topf.

»Das erste Mal bin ich im Stall auf diese Tiere gestoßen«, sagte ich. »Das war heute Morgen, etwa eine halbe Stunde nach Sonnenaufgang.«

Mr. Shilshom griff nach der nächsten Kartoffel, die er malträtierte, als hätte ihn plötzlich ein furchtbarer Zorn auf sämtliche Knollengewächse ergriffen.

»Das zweite Mal«, fuhr ich fort, »ist erst zwanzig Minuten her. Das war mitten in einer Gruppe von Eichen, wo es plötzlich so schwarz wurde, dass ich dachte, es ist eine Sonnenfinsternis.«

»Darauf kann ich mir keinen Reim machen.«

»So ist es mir auch ergangen.«

»Da war keine Sonnenfinsternis.«

»Nein, Sir, wahrscheinlich nicht. Aber irgendwas ist geschehen.«

Ich beobachtete ihn, während ich meinen Käsekuchen aufaß.

Mr. Shilshom ließ die nächste Kartoffel in den Topf fallen, legte den Schäler weg und sagte: »Meine Medizin.«

»Wie bitte?«

»Ich hab vergessen, sie zu nehmen«, sagte er und verschwand durch die Tür zum Flur.

Am anderen Spülbecken ließ ich kurz Wasser über mein Geschirr laufen und stellte alles in die Geschirrspülmaschine.

Das Essen lag mir schwer im Magen. Ich hatte das Gefühl, meine Henkersmahlzeit hinter mir zu haben.

Es ist jemand hier, der in großer Gefahr ist und dich dringend braucht.

Ich wiederholte im Geist die Worte von Annamaria und hoffte, damit meine magnetische Gabe in Gang zu setzen, wie ich es schon vor meiner letzten Begegnung mit der stummen Reiterin versucht hatte.

Unwillkürlich durchquerte ich die Küche und verließ sie durch eine der beiden Schwingtüren, die ins Anrichtezimmer führten.

Ich kam durch das für Gesellschaften ausgelegte Speisezimmer und einen gemütlichen Salon, der nur einen Bruchteil so groß war wie der eigentliche Salon. Dann ging ich einen holzgetäfelten Flur entlang, an geschlossenen Türen vorbei, ohne den Impuls zu verspüren, sie zu öffnen.

Mehr als einmal hatte die Struktur des Gebäudes mich in den vergangenen Tagen verwirrt, nicht nur wegen der Größe, sondern auch, weil der Architekt scheinbar eine neue Geometrie mit bislang unbekannten Dimensionen erfunden hatte, die meiner Gewohnheit zuwiderlief. Die Räume waren auf eine Art und Weise verbunden, die mich immer wieder überraschte.

Als ich auf einem Weg, den ich nicht erwartet hätte, die Bibliothek erreichte, verblüffte mich zweierlei: die tiefe Stille des großen Hauses und die Abwesenheit jeglichen Personals. Kein Staubsaugergeräusch in irgendeinem fernen Zimmer. Keine Stimmen. Niemand, der die Steinböden moppte, das Mahagoniparkett polierte oder Staub wischte.

Am Vortag hatte ich zum ersten Mal Gebrauch von der Einladung gemacht, mich im Erdgeschoss wie zu Hause zu fühlen. Ich hatte einige Zeit im Kartenzimmer und in dem professionell ausgestatteten Fitnessraum verbracht. Dabei war ich nur auf die Haushälterin – Mrs. Tameed – und eine Angestellte namens Victoria Mors getroffen.

Während ich nun an der Schwelle der Bibliothek stand und mich über die Stille ringsum wunderte, wurde mir klar, dass weder die Haushälterin noch ihre Untergebene mit irgendeiner bestimmten Tätigkeit beschäftigt gewesen waren, als ich auf sie gestoßen war. Sie hatten im Kartenzimmer gestanden, in ein intensives Gespräch vertieft. Als ich mich entschuldigt hatte, sie bei der Arbeit gestört zu haben, und gehen wollte, hatten sie mir versichert, sie seien schon fertig und hätten jetzt anderswo zu tun. Daraufhin waren sie sofort verschwunden, ohne dass ich mir bisher Gedanken darüber gemacht hatte, dass keine der beiden irgendwelche Putzutensilien dabeigehabt hatte, nicht einmal ein Staubtuch.

Ein derart großes Haus mit seinen dekorativen Elementen, offenen Marmorkaminen, reichen architektonischen Details und Räumen voll antiker Möbel hätte Mrs. Tameed und ein halbes Dutzend Hausangestellte eigentlich von morgens bis abends beschäftigt halten müssen. Aber obwohl alles makellos sauber war, hatte ich nur diese beiden Frauen getroffen, und die hatten nicht gearbeitet.

Ich trat über die Schwelle und fand die Bibliothek verlassen vor. An allen Wänden des großen rechteckigen Raums waren Bücherregale angebracht; frei blieben nur einige Fenster, die von schweren Brokatvorhängen verhüllt waren. Ich blieb nicht stehen, um irgendeinen der mehreren tausend Buchrücken zu studieren oder mich in einem Sessel niederzulassen. Geleitet von meinem Magnetismus, ging ich direkt zu der offenen Treppe in der Mitte des Raumes.

Sechs Meter über mir sah ich eine Kassettendecke aus Mahagoni. Darunter verlief am Rand des Raums ein eineinhalb Meter breiter Umgang.

Das Geländer der bronzenen Wendeltreppe stand auf Pfosten, um die sich wunderschöne Ranken mit vergoldeten Blättern wanden. Vielleicht sollte das ein Symbol für den Baum des Wissens sein.

Am oberen Ende der Treppe war diese über eine Brücke mit den beiden längeren Seiten des Umgangs verbunden. Ohne zu zögern, ging ich nach links. Als ich das Ende der Brücke erreicht hatte, wandte ich mich nach rechts.

In der Ecke befand sich eine schräg zwischen die Bücherregale gesetzte Tür mit einem Ziergiebel, der von einer Bronzefackel mit vergoldeter Flamme gekrönt war. Ich trat hindurch und gelangte zu einer Stelle im Obergeschoss, an der zwei Flure aufeinandertrafen.

Die Einladung, alle öffentlichen Räume des Hauses zu benutzen, bezog sich nicht aufs Obergeschoss. Ich missbrauchte also das mir gewährte Privileg, zögerte jedoch nicht, das zu tun. Ich bin, wie ich finde, zwar kein richtig schlechter Mensch, aber ungezogen bin ich manchmal doch.

Da Paulie Sempiterno, der Chef der Wachmannschaft, gerade erst den Wunsch geäußert hatte, mir eine Kugel in den Kopf zu schießen, konnte die Verletzung von Mr. Wolflaws Privatsphäre leicht zu etwas Schlimmerem führen als zu einem strengen Vortrag über gute Manieren. Deshalb war Vorsicht angebracht.

Als hätte der Gedanke an Sempiterno den Kerl herbeigezaubert, hörte ich seine raue Stimme hinter mir. Sie drang durch eine der geschlossenen Türen im Westflügel, der sich zu meiner Rechten befand.

Eine zweite Stimme erklang, besorgter und weniger wütend als die des Sicherheitschefs. Sie gehörte unzweifelhaft Mr. Shilshom, der offenbar nicht in seine kleine Wohnung im Erdgeschoss gegangen war, um seine Medizin zu holen.

Eine dritte Stimme, leiser als die beiden anderen, war wohl die von Noah Wolflaw. Seine Schlafzimmersuite befand sich im Westflügel.

Ich hörte nur die lauteren Worte, doch der Tenor der Unterhaltung war eindeutig aggressiv. Wahrscheinlich wollte Sempiterno mich in einen Holzhäcksler stopfen, Shilshom wollte mich mit Zwiebeln und Möhren rösten, bevor er mich den gelbäugigen Biestern, die durch Roseland schlichen, als Friedensopfer darbot, und Wolflaw konnte sich nicht überwinden, einer dieser beiden Methoden zuzustimmen, weil er aus Gründen, die er selbst nicht erklären konnte, noch immer von Annamaria verzaubert war.

Obwohl ich versucht war, an der Tür zu horchen, zogen mich meine Vorsicht und mein Magnetismus von den Stimmen fort. Ich ging durch den Südflur, in dessen erster Hälfte sämtliche

Türen nach rechts abgingen. Dabei hielt ich mich auf dem Teppichläufer und bewegte mich möglichst leise, dankbar dafür, dass die meine Füße leitende Kraft mich nie dazu zwang, in einen lebhaften Tanzschritt zu verfallen.

Kurz bevor der Südflügel auf das südliche Ende des Ostflügels traf, fühlte ich mich von einer Tür zu meiner Rechten angezogen. Ich legte die Hand auf den Knauf und lauschte, hörte jedoch keinen Laut.

Ohne groß zu überlegen öffnete ich die Tür und befand mich in einem Wohnzimmer, das wohl zu einem Apartment gehörte. In einem Lehnsessel saß ein Junge mit weit geöffneten, völlig weißen Augen. Offenbar hatte der graue Star ihn blind gemacht.

15

Als der Junge keinerlei Reaktion auf mein Erscheinen zeigte, schloss ich leise die Tür zum Flur und ging ein paar Schritte in den Raum hinein.

Die Hände des Jungen lagen nach oben gewandt auf seinem Schoß, die Lippen waren leicht geöffnet. So reglos, so still. War er tot oder lag im Koma?

Das Wohnzimmer und der damit verbundene Schlafraum, den ich durch eine offene Tür sah, waren nicht nach dem Geschmack eines acht- oder neunjährigen Kindes möbliert und dekoriert. Die Decke war mit Stuckmedaillons aus stachligen Pfeilbündeln geschmückt, an den Wänden hingen Teppiche mit Jagdszenen und üppigen Bordüren. Die Möbel waren im englischen Stil gehalten, auf Tischen und Konsolen standen zahlreiche Bronzen von Jagdhunden, auf dem Boden lag ein Perserteppich in reichen Gold-, Rot- und Brauntönen. Alles drückte eine entschieden maskuline Atmosphäre aus, die besser zu einem erwachsenen Mann mit einem Faible für die Jägerei gepasst hätte als zu einem kleinen Jungen.

Die schweren Vorhänge vor den Fenstern waren zugezogen. Für Licht sorgten eine Tischlampe neben dem Sofa und eine Stehlampe neben dem Sessel, beide mit seidenem Plisseeschirm. In den Ecken sammelten sich Schatten, doch ich war mir sicher, dass der Junge allein war.

Ich trat auf ihn zu, ohne eine Reaktion hervorzurufen. Dann stand ich da, musterte ihn unschlüssig.

Die Linsen der schrecklich leeren Augen waren so stark getrübt, dass darunter nicht einmal mehr eine Andeutung von

Iris und Pupille erkennbar war. Offenbar war der Junge völlig blind.

Ich hörte ihn zwar weder ein- noch ausatmen, doch seine Brust hob und senkte sich leicht. Sein Atem ging langsam und flach.

Von den gespenstischen Augen abgesehen, war es ein hübscher Junge mit klarer, bleicher Haut, dichtem, dunklem Haar und feinen Gesichtszügen, die ahnen ließen, dass aus ihm einmal ein gut aussehender Mann werden würde. Vielleicht war er ein wenig klein für sein Alter; jedenfalls wirkte er so in dem riesigen Sessel, da seine Füße nicht bis zum Boden reichten.

In seinen Zügen glaubte ich eine Ähnlichkeit mit der Frau auf dem schwarzen Hengst zu erkennen, war mir jedoch nicht sicher.

Es ist jemand hier, der in großer Gefahr ist und dich dringend braucht.

Das war sie wohl, die Person, von der Annamaria gesprochen hatte, und es war wohl der Sohn der Reiterin. In welcher Gefahr der Junge war, wusste ich allerdings nicht. Oder was ich für ihn tun konnte.

Seine nach oben gewandte Hand zuckte, und der Absatz seines linken Schuhs schlug zweimal an den Fuß des Sessels, als hätte ein Arzt auf die Kniescheibe geklopft, um die Reflexe zu testen.

»Kannst du mich hören?«, fragte ich.

Als er nicht antwortete, setzte ich mich auf die Ottomane vor seinem Sessel. Nachdem ich ihn eine Weile beobachtet hatte, griff ich nach seinem rechten Handgelenk, um den Puls zu fühlen.

Obwohl er ruhig dasaß und langsam atmete, jagte sein Herz: hundertzehn Schläge pro Minute. Der Rhythmus war jedoch überhaupt nicht unregelmäßig, und der Junge schien nicht unter großen Qualen zu leiden.

Seine Haut jedoch war so kalt, dass ich seine rechte Hand in meine Hände nahm, um sie zu wärmen.

Wieder reagierte er zuerst nicht, doch dann umklammerten seine Finger plötzlich meine Hand und drückten fest zu. Ein schwaches Keuchen kam aus seinem Mund, und er erzitterte.

Wie sich herausstellte, litt er doch nicht am grauen Star; seine Augen waren nur weiter nach oben gerollt gewesen, als ich es für möglich gehalten hätte. Nun wurde die Iris sichtbar. Rötlich braun und klar.

Am Anfang schien er durch mich hindurch auf etwas zu blicken, was sich weit jenseits des Zimmers befand. Dann veränderte sich sein Fokus allmählich, und er sah mich an, überhaupt nicht überrascht, so als würden wir uns schon kennen oder als könnte ihn trotz seiner Jugend und Unerfahrenheit nichts mehr erstaunen oder verblüffen.

Der Griff seiner Finger löste sich, und er entzog mir seine Hand. In seine bleiche Haut kam langsam Farbe, die aussah wie der Widerschein von Flammen, obwohl der offene Kamin neben ihm dunkel und kalt war.

»Alles in Ordnung?«, fragte ich.

Er blinzelte ein paarmal und sah sich dann im Zimmer um, als müsste er sich daran erinnern, wo er sich befand.

»Mein Name ist Odd Thomas. Ich wohne momentan im Gästeturm.«

Er sah mich wieder an. Sein Blick war beunruhigend direkt, vor allem für ein Kind. »Ich weiß«, sagte er.

»Und wie heißt du?«

Statt mir zu antworten, sagte er: »Sie haben mir gesagt, ich muss in meinem Zimmer bleiben, solange du hier bist.«

»Wer hat dir das gesagt?«

»Alle.«

»Weshalb?«

Er rutschte von seinem Sessel, worauf auch ich aufstand.

Dann trat er zum Kamin, blieb davor stehen und starrte durch den Feuerschirm auf die Holzscheite, die auf einem Messingständer aufgestapelt waren.

Da ich den Eindruck hatte, dass er womöglich nichts mehr sagte, wenn ich nicht in ihn drang, fragte ich noch einmal: »Wie heißt du?«

»Das Gesicht schmilzt ihnen vom Schädel. Und ihr Schädel wird schwarz, wenn die Luft ihn berührt. Auch die Knochen werden alle schwarz. Dann weht das Schwarz davon wie Ruß, bis nichts mehr von ihnen übrig ist.«

Die Stimme war hoch wie die eines Kindes, doch ich hatte nur selten, falls überhaupt, ein Kind so ernst sprechen gehört. Mehr noch, in diesen Worten lag ein Ton, der mich erschreckte, eine Traurigkeit, die vielleicht Mutlosigkeit ausdrückte, eine Unfähigkeit zu hoffen, die noch keine Verzweiflung darstellte, aber nur einen Schritt davon entfernt war.

»Zwanzig Mädchen in Schuluniform und Kniestrümpfen, die zur Schule gehen«, fuhr er fort. »Von einer Sekunde auf die andere stehen ihre Kleider in Flammen und auch ihr Haar, und als sie versuchen zu schreien, schlagen ihnen Flammen aus dem Mund.«

Ich trat zu ihm und legte ihm eine Hand auf die schmale Schulter. »Ein Albtraum, ja?«

Er starrte in den kalten Kamin, als würde er dort brennende Schulmädchen statt Holzscheite sehen. »Nein«, sagte er und schüttelte den Kopf.

»Aus einem Film, einem Buch?«, fragte ich, weil ich ihn verstehen wollte.

Er sah mich an. Seine Augen schimmerten dunkel. Sie wurden von irgendetwas heimgesucht, so wie Roseland von den Geistern der Frau und ihres Pferdes heimgesucht wurde.

»Du musst dich verstecken«, sagte er.

»Wieso?«

»Es ist gleich neun. Dann kommt sie zurück.«

»Wer denn?«

»Mrs. Tameed. Sie kommt um neun Uhr, um mein Frühstückstablett abzuholen.«

Ich warf einen Blick zur Tür. Im Flur waren Geräusche zu hören.

»Du musst dich verstecken«, wiederholte der Junge. »Wenn sie herausbekommen, dass du mich gesehen hast, bringen sie dich um.«

16

Paulie Sempiterno hatte gesagt, er wolle mir eine Kugel in den Kopf schießen, weil er mich nicht mochte. Da ich oft genug in den Spiegel geschaut hatte, begriff ich dieses Motiv durchaus. Wieso ich jedoch die Todesstrafe verdiente, nur weil ich den Jungen hier oben gesehen hatte, konnte ich mir nicht vorstellen. Ich glaubte ihm seine düstere Warnung allerdings sofort, so merkwürdig er sich auch verhielt.

Als ich durch die Verbindungstür ins Schlafzimmer floh, sah ich, dass das Bett gemacht war, weshalb Mrs. Tameed womöglich nicht bis hierher vordringen würde. Dann bemerkte ich jedoch das Tablett mit den Frühstücksresten des Jungen. Es stand auf einem Tischchen, auf dem außerdem ein Stapel Bücher lag.

Hinter einer weiteren Tür verbarg sich ein Badezimmer. Die Fenster solcher Räume waren normalerweise zu klein, um als Fluchtweg dienen zu können, weshalb mir dort nur der Ablauf der Badewanne geblieben wäre.

Als ich in den begehbaren Kleiderschrank spähte, stellte ich fest, dass dieser keine größere Sicherheit bot als das Bad. Im anderen Zimmer hörte ich bereits, wie Mrs. Tameed den Jungen fragte, ob er mit dem Frühstück fertig sei. Deshalb schlüpfte ich dennoch in dieses letzte mögliche Versteck. Die Tür ließ ich einen Spaltbreit offen.

In *Rebecca* von Daphne du Maurier und dem gleichnamigen Film von Hitchcock kommt eine Haushälterin namens Mrs. Danvers vor, die wie ein wandelndes Hackebeil in einem langen schwarzen Kleid aussieht. Schon wenn sie das erste Mal auftritt, weiß man, dass sie irgendwann jemanden abschlachten oder das Haus in Brand stecken wird.

Mrs. Tameed hingegen entsprach nicht diesem Typ der mürrischen, verschlagenen Hausangestellten. Sie war gut einen Meter achtzig groß, blond, kräftig, aber nicht dick, und hatte Hände, die stark genug aussahen, um Kobe-Rinder zu massieren, nachdem diese ihre tägliche Portion Hafer und Bier erhalten hatten. Außerdem stellte sie ein gewinnendes Lächeln und eines jener skandinavischen Gesichter zur Schau, die aussehen, als wären sie jedes verlogenen Ausdrucks unfähig. Deshalb hätte man sie nicht für eine Frau gehalten, die schreckliche Geheimnisse zu verbergen hatte, sondern eher für eine Amazone, die mit Dolch und Breitschwert umzugehen und beides mit tödlicher Wirkung zu verwenden wusste.

Als sie das Schlafzimmer betrat, ging sie nicht einfach zum Tisch, um das Frühstückstablett zu holen, sie *schritt* dorthin. Die Schultern hatte sie zurückgezogen, und den Kopf hielt sie hoch erhoben, als wäre selbst diese banale Aufgabe von größter Bedeutung.

Hinter ihr tauchte der Junge in der Tür auf. »Ich will mit ihm darüber sprechen, dass ich mehr Freiheiten bekomme«, sagte er.

»Er hat jetzt aber keine Lust, mit dir zu sprechen«, sagte Mrs. Tameed. Ihr Stimme war kühl, zwar nicht herablassend, aber doch fest und ohne jede Spur Beflissenheit. Offenbar stand der Junge in der sozialen Rangordnung von Roseland weit unter ihr.

Dessen wohlklingende Chorknabenstimme war viele Jahre jünger als die Worte, die sie sagte: »Er hat eine Verpflichtung, eine Verantwortung. Er meint zwar, für ihn würden keine Regeln gelten, aber niemand steht über allem.«

Das Tablett in der Hand, erwiderte die Haushälterin: »Überleg doch mal, was du da sagst, dann weißt du schon, wieso er nicht mit dir sprechen will.«

»Er hat mich hierher gebracht. Wenn er schon nicht mir sprechen will, sollte er mich wenigstens zurückbringen.«

»Du weißt, was es bedeuten würde, dich zurückzubringen. Das willst du selbst nicht.«

»Vielleicht doch. Wieso nicht?«

»Wenn du dir Hoffnung machst, mit ihm zu sprechen, musst du es anders anstellen. Er wird dir nie im Leben glauben, dass du zurückgebracht werden willst.«

Sie ging auf den Jungen zu, er wich zurück, und beide verschwanden im anderen Raum.

Behutsam drückte ich die Schranktür auf und hörte Mrs. Tameed gerade sagen: »Denk dran, die Vorhänge geschlossen zu lassen, und bleib von den Fenstern weg!«

»Was würde es denn ausmachen, wenn der Besucher mich sehen würde?«

»Vielleicht überhaupt nichts, aber wir dürfen kein Risiko eingehen«, sagte Mrs. Tameed. »Du hast vorher von Verantwortung gesprochen. Wenn wir ihn und die Frau töten müssten, dann wärst du dafür verantwortlich.«

»Und warum sollte mich das kümmern?«, fragte der Junge. Nun klang er trotzig und mehr wie ein Kind als vorher.

»Kümmern sollte dich das nicht. Du solltest darüber hinweg sein, dich um solche Leute zu kümmern. Aber vielleicht bist du das nicht. Schließlich bist du … anders.«

»Wenn es so riskant ist, die beiden hier zu haben, wieso hat er sie dann eigentlich eingeladen?«, fragte der Junge. Nun war endgültig klar, dass er von Noah Wolflaw sprach.

»Woher soll ich das wissen?«, antwortete Mrs. Tameed. »Das versteht keiner von uns. Er sagt, die Frau fasziniert ihn.«

»Was will er mit ihr anfangen?«, fragte der Junge. In seinem Tonfall lag eine laszive Andeutung, für die er viel zu jung war.

»Ich weiß nicht, ob er überhaupt was mit ihr anfangen will«, sagte Mrs. Tameed. »Aber er kann mit dieser Zicke alles machen, was ihm in den Sinn kommt. Genau so, wie ich und alle anderen von uns das können. Dich geht das einen feuchten Kehricht an, du Rotzlöffel!«

»Warst du eigentlich schon immer so eine fiese Schlange?«, bohrte der Junge weiter. »Oder bist du erst mit der Zeit so geworden?«

»Hör mal, du kleiner Dreckskerl, wenn du weiter so mit mir redest, binde ich dich irgendwann mal nachts an einen Baum und lasse die Biester mit dir machen, was sie wollen.«

Diese Drohung brachte den Jungen zum Schweigen, denn bei den Biestern handelte es sich offenbar um die Kreaturen, die Dunkelheit mit sich brachten, wohin sie auch gingen.

Als Schlange bezeichnet zu werden brachte die Haushälterin offenbar dazu, noch ein wenig Gift zu verspritzen, bevor sie ging: »Vielleicht werden die Biester dich dann ein paarmal rannehmen, bevor sie dir das Gesicht abnagen.«

Hätte es einen Mr. Tameed gegeben und wäre der vom selben Schlag wie seine Frau gewesen, so wäre das Ehebett wahrscheinlich so von Liebe erfüllt gewesen wie ein Hundekampfring.

Mrs. Tameed schoss noch einen letzten Giftpfeil ab, der geheimnisvoller war als ihre früheren Beleidigungen: »Du bist bloß ein toter Junge. Du bist keiner von uns, und du wirst auch nie zu uns gehören, du *toter Junge*.«

Die Tür zum Flur fiel knallend zu, aber ich verließ den Schrank nicht augenblicklich. Ich wollte warten, bis mir der Junge mitteilte, dass Mrs. Tameed eindeutig verschwunden war.

Erst als er sich auch nach einigen Minuten nicht gezeigt hatte, kehrte ich vorsichtig in sein Wohnzimmer zurück.

Trotz der Anordnung der Haushälterin hatte er an einem Fenster die Vorhänge aufgezogen und blickte hinaus auf den Südteil des Gartens, zu dem die gestuften, zum Mausoleum führenden Kaskaden gehörten. Auf mein Erscheinen reagierte er nicht. Alle Farbe war aus seinem Gesicht gewichen, das nun so bleich war wie in dem Augenblick, als ich ihn in einer Art Trance vorgefunden hatte.

»*Toter Junge* – was hat sie damit gemeint?«

Er gab keine Antwort.

»War das eine Drohung? Haben sie vor, dich umzubringen?«

»Nein. Es ist einfach so, wie es ist. Es bedeutet nichts.«

»Das glaube ich aber schon. Und ich glaube, auch *du* weißt, dass es was bedeutet. Ich bin hier, um dir zu helfen. Wie heißt du?«

Er schüttelte den Kopf.

»Ich kann dir helfen.«

»Das kann niemand.«

»Du willst von hier fort«, sagte ich.

Er starrte nur auf das Mausoleum in der Ferne.

»Ich bringe dich raus aus Roseland, zur Polizei.«

»Unmöglich.«

»Über die Mauer. Das ist ganz leicht.«

Er wandte mir den Kopf zu und sah mich an. In seinen melancholischen Augen lag unendlicher Kummer. Als ich seinen Blick erwiderte, spürte ich, wie mir das Herz schwer wurde.

»Die wissen immer genau, wo ich bin«, sagte der Junge und zog den linken Ärmel seines Pullovers zurück. Am Arm trug er etwas, das zu sehr nach einer Fessel aussah, um eine Armbanduhr zu sein.

Als ich zu ihm trat und das Ding genauer betrachtete, sah ich, dass es tatsächlich unlösbar am Handgelenk befestigt war. Es hatte ein Schloss, das aussah wie bei Handschellen, und es war deutlich größer als eine Armbanduhr. Da das Handgelenk so schlank war, sah die stählerne Fessel regelrecht grausam aus, obwohl die Haut unversehrt war.

»Das ist eine elektronische Fessel«, sagte er. »Wenn ich dieses Apartment verlasse, werden sie sofort durch einen Ton gewarnt, der im ganzen Haus zu hören ist. Und im Pförtnerhaus. Und in den Walkie-Talkies, die alle Wachmänner dabeihaben. Wenn ich das Obergeschoss verlasse, hört man einen anderen Ton, und wenn ich das Haus verlasse, wieder einen anderen.«

»Wieso hält man dich denn hier gefangen?«

Statt etwas zu antworten, sagte er: »Sie können meine Bewegungen auf einem Plan vom Haus und vom Garten verfolgen, den sie auf ihrem Handy sehen. Sobald ich die Treppe runtergehe, kommt jemand, um mich überallhin zu begleiten.«

Ich studierte das Gerät genauer. »Also, das Schloss sieht so ähnlich aus wie bei Handschellen«, sagte ich. »Mit so was kenne ich mich aus. Wahrscheinlich kann ich es mit einer Büroklammer knacken.«

»Wenn du das versuchst, geht der gleiche Alarm los wie beim Verlassen des Apartments.«

Als ich den Blick hob, um ihn anzuschauen, starrte er mich an. In seinen Augen standen Tränen.

»Ich werde dich nicht im Stich lassen«, sagte ich, doch dieses Versprechen klang so arrogant, als forderte ich das Schicksal heraus. Wahrscheinlich würde ich eher scheitern als ihn befreien.

17

Da es womöglich schwieriger war, den Jungen zu retten, wenn man entdeckte, dass er die Anordnungen der Haushälterin nicht befolgte, zog ich die Vorhänge zu.

»Eigentlich müssen wir dich gar nicht aus Roseland hinausschaffen. Wir müssen nur die Polizei hereinholen. Vielleicht halten die mich dort zuerst für einen Spinner, aber ich habe einen guten Freund, der Polizeichef von Pico Mundo ist. Der wird mir glauben und seine Kollegen hier informieren.«

»Nein. Nicht die Polizei. Das wäre … das Ende von allem. Du weißt nicht, wer ich bin.«

»Dann sag es mir.«

Er schüttelte den Kopf. »Wenn du es wüsstest, dann würden die Leute hier … die würden dich sofort umbringen.«

»Ich bin zäher, als ich aussehe.«

Zuerst schaute er drein, als wollte er mir ins Gesicht lachen, kehrte dann jedoch zu dem Sessel zurück, auf dem er anfangs gesessen hatte.

Ich setzte mich wieder auf die Ottomane. »Du hast zu Mrs. Tameed gesagt, er hätte dich hierher gebracht und sollte dich wieder zurückbringen. Wen hast du damit gemeint?«

»Ihn. Wen sonst? Es ist alles seinetwegen.«

»Noah Wolflaw?«

»Wolflaw«, sagte er. In der Verachtung, mit der er den Namen aussprach, lag eine Bitterkeit, wie sie ein Junge dieses Alters nicht hätte haben sollen.

»Er hat dich also hierher gebracht. Soll das heißen, er hat dich gekidnappt?«

»Schlimmer als das.«

Scheinbar hatte er bei Annamaria Unterricht in Unergründlichkeit genommen.

Da ich nur zu gut wusste, zu welcher Bosheit manche Menschen herabsinken können, nahm ich mich bewusst zusammen, bevor ich fragte: »Wieso will Wolflaw dich hier haben? Was … erwartet er von dir?«

»Ich bin sein Spielzeug. Für ihn sind alle nur ein Spielzeug.« Seine Stimme zitterte, und hinter der Verachtung, die seine Worte ausdrückten, verbarg sich eine andere Emotion, die eher Traurigkeit als Zorn darstellte. Es war das Gefühl eines tragischen Verlusts.

Ich erinnerte mich daran, dass Henry Lolam am Pförtnerhaus gesagt hatte, Wolflaws Interesse an Annamarias Baby habe mit Sinnlichkeit und Nervenkitzel zu tun.

Mir wurde eng in der Brust, und in meiner Kehle spürte ich Ekel. Ein Kind von solchen Abscheulichkeiten sprechen zu hören, war unerträglich.

»Ich weiß, was die Hölle ist«, sagte er und schien in den Tiefen des Lehnstuhls zu versinken. »Die Hölle ist Roseland.«

Ich zögerte. »Er … fasst dich an?«, fragte ich dann.

»Nein. Das ist nicht das, was er von mir will.«

In einer Hinsicht war ich erleichtert, musste nun jedoch darüber nachgrübeln, was schlimmer sein konnte als das Schlimmste, was ich befürchtet hatte.

Der Junge sagte: »Ich bin hier, weil er einen Moment lang Reue verspürt hat.«

Eine derartige Bemerkung passte nicht zu einem Kind, und rätselhaft war sie mir ebenfalls.

So, wie unser Gespräch bisher gelaufen war, bezweifelte ich, ihm Genaueres aus der Nase ziehen zu können.

Bevor ich versuchen konnte, ihm eine Erklärung zu entlocken, fuhr er fort: »Jetzt behält er mich hier, um sich immer daran zu erinnern, dass es keine Grenzen dafür gibt, was er tun kann.«

Frustriert davon, dass er nicht nur durch die elektronische Fessel behindert, sondern auch nicht besonders mitteilsam war, sagte ich: »Ich will dir nur helfen.«

»Wäre schön, wenn du das könntest.«

»Hilf mir doch dabei, dir zu helfen! Von wo hat er dich weggebracht? Wie lange hält er dich hier schon gefangen? Wie heißt du? Erinnerst du dich noch an deine Eltern, an deren Namen, an die Adresse, wo ihr gewohnt habt?«

Auf diese Fragen hin bekamen seine braunen Augen eine unglaubliche Tiefe, die sie bisher nicht besessen hatten. Es war der Abgrund einer Einsamkeit, so bodenlos, als könnte die darin verborgene Verzweiflung den Betrachter in Stein verwandeln.

»Dein Haar ist dunkel, aber deine Mutter war blond.«

Er starrte mich an, ohne etwas zu sagen.

»Sie hatte einen großen, schwarzen Friesen, den sie sehr geliebt hat. Und sie war eine gute Reiterin.«

»Wer du auch bist, vielleicht weißt du schon jetzt zu viel«, sagte der Junge, womit er zu bestätigen schien, was der Geist der Frau angedeutet hatte. »Erzähl denen bloß nichts von ihr. Geht fort, solange er euch vielleicht noch gehen lässt. Lange wird das nicht mehr sein. Wenn du meinst, du bist nicht in Gefahr … dann geh zum Mausoleum. Drück auf dem Mosaik dort auf den Schild, den der Schutzengel in die Höhe hält.«

Seine Augen verdrehten sich so stark, bis sein Blick so blind war wie der einer Marmorstatue. Dabei glitten die Hände von den Armlehnen und blieben nach oben gewandt auf seinem Schoß liegen.

Entweder konnte er willentlich in diese Trance verfallen, oder der Zustand überfiel ihn wie ein epileptischer Anfall. Ich hatte allerdings den Eindruck, dass er sich bewusst entschieden hatte, in sein Inneres zu reisen – falls er das wirklich tat – und dadurch den Kontakt mit mir zu beenden.

Eine Weile beobachtete ich ihn. Freiwillig würde er wohl nicht zurückkehren, und es kam mir sinnlos vor, ihn aus seiner Trance zu rütteln und zu versuchen, ihn zur Kooperation zu zwingen.

Ich hatte mir nicht vorgestellt, dass der Mensch, der dringend meine Hilfe brauchte, diese zurückweisen würde, wenn ich ihn fand.

Bevor ich ging, untersuchte ich das Schlafzimmer gründlicher, als es mir bei der Flucht vor Mrs. Tameed möglich gewesen war. Wie beim Wohnzimmer passte die Einrichtung eher zu einem erwachsenen Mann. Auch hier ging es um Jagd und Jagdhunde. Keinerlei Spielzeug. Keine Comicbücher. Keine Filmplakate. Keine Videospielkonsole. Kein Fernseher.

Dafür war eine Menge Hardcoverbände vorhanden, nicht nur auf dem Tischchen, von dem die Haushälterin das Frühstückstablett genommen hatte, sondern auch auf dem Nachttisch und einer Kommode. Die Autoren waren nicht jene, mit denen Neunjährige sich normalerweise beschäftigten. Ich sah die Namen Faulkner, Balzac, Dickens, Hemingway, Graham Greene, Somerset Maugham …

Mir kam in den Sinn, dass der Junge hier womöglich gar nicht alleine lebte, sondern gemeinsam mit jemand anderem. Schrank und Kommode enthielten jedoch nur Kleidung für ein Kind. Auch im Bad fand ich nur eine einzelne Zahnbürste vor und nichts, was auf einen Erwachsenen hingedeutet hätte – wie etwa ein elektrischer Rasierer.

Ins Wohnzimmer zurückgekehrt, stellte ich mich wieder vor den Jungen, ebenso verwirrt wie sorgenvoll. Er sah so verletzlich aus, und ich wusste, dass ich ihm helfen musste, aber er schien seine Geheimnisse so eifersüchtig zu hüten wie alle Bewohner von Roseland.

Um Annamaria und mich dazu zu bringen, möglichst rasch abzureisen, hatte er mir immerhin einen Hinweis auf das Mausoleum gegeben.

Plötzlich fiel mir etwas ein, was Paulie Sempiterno gesagt hatte, nachdem ihm eingefallen war, mir doch keine Kugel in den Kopf zu jagen: *Egal, was ihr in Roseland sucht, ihr werdet das Gegenteil finden. Wenn ihr überleben wollt, sucht nach dem Tod.*

Ich beschloss, direkt zum Mausoleum zu gehen, wo die einzigen Toten sauber verpackt als Asche in Urnen ruhten. Das dachte ich jedenfalls.

18

Wachsam schlich ich mich durch das große Hause in die Küche zurück, doch ich hätte genauso gut singen und tanzen können, denn scheinbar war niemand daheim. Jedenfalls war Mr. Shilshom noch nicht zu seinen Kartoffeln zurückgekehrt. Ich fragte mich, ob die Besprechung in Noah Wolflaws Räumen noch im Gang war.

Als ich draußen über die Südterrasse zu den Stufen ging, die zum Brunnen führten, sah ich ein Stück weiter oben die gedrungene Gestalt von Mr. Jam Diu, dem Obergärtner. Er stand auf dem Rasen zwischen den gestuften Kaskaden. Mit seinem glatten, freundlichen Buddhagesicht war er vielleicht Vietnamese, was ich jedoch nicht sicher wusste, weil wir uns bisher nur kurz unterhalten hatten. Dabei hatte ich ihm ein Kompliment über den Zustand des Gartens gemacht, und er hatte das Kompliment mit den Worten zurückgegeben, ich habe Geschmack, wenn mir das auffalle.

Mr. Diu war wahrscheinlich der Einzige unter den Bewohnern von Roseland, der Humor besaß. Falls der Tag sich immer übler entwickelte, was zu erwarten war, würde ich ihn eventuell aufsuchen, um mich ein wenig aufzumuntern.

Im Augenblick hatte er weder einen Schubkarren noch irgendwelche Gartengeräte dabei. Er schien den teppichkurzen Rasen zu beäugen, um auch noch das letzte Fitzelchen Unkraut zu entdecken und auszumerzen.

Ich hatte die Erlaubnis, das Mausoleum aufzusuchen, was ich auch schon einmal getan hatte, aber momentan wollte ich nicht, dass Mr. Diu mich ins Gespräch zog oder mir womöglich sogar in das Gebäude folgte. Wenn er dabei war, musste ich die Finger von dem Mosaik lassen, auf das der Junge mich hingewiesen hatte.

Am Ende der Terrasse wandte ich mich daher erst einmal nach Osten, wechselte jedoch die Richtung, sobald ich von dem Gärtner und vom Haus aus nicht mehr gesehen werden konnte. Ich hatte vor, mich dem Mausoleum von Süden her zu nähern.

Kaum war ich außer Sicht, als ich nachdenklich stehen blieb. Mir war eingefallen, dass ich Mr. Jam Diu in den zweieinhalb Tagen, die ich nun schon hier war, nie bei der Arbeit gesehen hatte. Auch jemand von dem bestimmt sechs- oder siebenköpfigen Helferteam, das ihm unterstellt sein musste, war mir nie zu Gesicht gekommen.

Nicht ein einziges Mal hatte ich einen Rasenmäher gehört. Oder ein Laubgebläse.

Mir kam das makellose Innere des Hauses in den Sinn, in dem das Personal lediglich aus Mrs. Tameed und Victoria Mors zu bestehen schien. Und diese beiden waren scheinbar nie mit irgendwelcher Hausarbeit beschäftigt.

Diese Fakten standen im Zusammenhang. Sie bedeuteten etwas. Momentan war mir ihre Bedeutung allerdings nicht klarer, als wenn man mir ein Dokument in Blindenschrift unter die Nase gehalten hätte.

Vor mir sah ich eine lange, rechteckige Rasenfläche, die an drei Seiten von Kalifornischen Lebenseichen gerahmt war. In ihrer Mitte stand eine große Bleiskulptur von Enkelados, einem der Giganten aus der griechischen Mythologie. Mit trotzig gereckter Faust blickte er gen Himmel.

Die Giganten hatten Krieg mit den Göttern geführt. Dabei waren sie von den Felsen, die sie aufgetürmt hatten, um den Himmel zu erreichen, zermalmt worden.

Ehrgeiz und Dummheit sind eben eine gefährliche Kombination.

Etwas an Enkelados kam mir merkwürdig vor. Als ich näher kam, sah ich, dass er zwei entgegengesetzte Schatten warf, der ein kürzer als der andere.

Gar nicht gut. Als dieser unerklärliche Zustand das letzte Mal eingetreten war, war mir die Meute Biester auf den Pelz gerückt, begleitet von plötzlicher Nacht.

Von Norden her segelten dunkle Wolkenschiffe heran, doch großteils war der Himmel klar. Die Sonne stand kurz vor ihrem Zenit.

Ich beschirmte die Augen mit der Hand, um die Schatten unter den Bäumen ringsum zu studieren, weil ich dort irgendein ebenso merkwürdiges wie feindliches Wesen vermutete. Beobachtet fühlte ich mich ohnehin. Falls es jedoch jemanden gab, der mich beäugte, so war er gut versteckt.

Als ich den Blick wieder auf die Statue richtete, zog sich deren nach Osten fallender Schatten zurück, sodass nur der dunklere, kürzere Schatten verblieb. Nachdem die Natur in Unordnung geraten war, hatte sie sich wieder ins Lot gebracht.

Mit den auf Erden verweilenden Toten kann ich leben, solange sie mich nicht aufs WC verfolgen, was mir peinlich wäre. Wesentlich mehr erschüttern mich scheinbar übernatürliche Ereignisse, die außerhalb meines üblichen Erfahrungshorizonts liegen. Ich fürchte dann nämlich, sie könnten zu einem regelmäßigen Teil meines Lebens werden. Wenn ich mich nicht mehr darauf verlassen kann, dass Sonnenauf- und -untergang einem bestimmten Zeitplan folgen, wenn alles jederzeit einen doppelten Schatten wirft, dann werden morgen vielleicht die Vögel bellen und die Hunde fliegen, und dann bin ich in einer Woche ein völlig durchgeknallter Grillkoch, der mit den Pfannkuchen in der Pfanne spricht und erwartet, dass sie ihm antworten.

Ich verließ Enkelados, den auf dem Weg zum Himmel platt gedrückten Giganten, und ging auf das Ende der Rasenfläche zu.

Bevor ich zwischen die Bäume trat, sah ich mich um, weil ich hoffte, der Geist der Frau werde wieder erscheinen und mir zu verstehen geben, ob der Weg frei war oder nicht. Leider war meine tote Begleiterin nicht so zuverlässig wie Tonto. Kein Wunder, schließlich trug ich auch kein so schickes Outfit samt Maske wie der Lone Ranger.

Durch das dichte Laubwerk der Eichen fiel so wenig Licht, dass hier kein Unterholz oder Gras wuchs. Auf dem dunklen Waldboden waren goldene Münzen aus Sonnenschein verstreut, und meine Schritte auf der nackten Erde waren fast so leise wie die eines Diebs.

Die Stille ließ mich innehalten. Mit dem Boden stimmte etwas nicht. Da hätten sich nicht nur Lichtflecke ausbreiten sollen, sondern auch ein dichter Teppich aus trockenem Laub.

Ich erinnerte mich an das Knistern und Krachen, als die Meute Biester durch die andere Baumgruppe gestürmt war.

Lebenseichen waren immergrün, verloren ihre kleinen ovalen Blätter jedoch das ganze Jahr über, und zwar üppig. Selbst wenn Mr. Jam Diu und eine ganze Mannschaft aus fleißigen Heinzelmännchen erst an diesem Morgen alles abgeworfene Laub zusammengerecht, in Säcke gesteckt und weggeschafft hatten, hätten zumindest einige frisch gefallene Blätter auf dem Rasen liegen müssen. Da lag jedoch gar nichts, Heinzelmännchen hatte ich auch keine gesehen, und allem Anschein nach kam der Obergärtner in seinem Job nie ins Schwitzen.

Die Baumgruppe gehörte zum parkartigen Teil von Roseland, der weniger als acht der insgesamt zwanzig Hektar umfasste. Die Bäume, bei denen ich den Biestern begegnet war, standen zwar auf dem naturbelassenen Bereich des Anwesens, aber ich sah keinen weiteren Unterschied, der den sauber gefegten Boden erklären konnte.

Die wichtigste Frage war momentan jedoch nicht, wie der Gärtner diesen Ort in einem derart makellosen Zustand bewahrte oder wieso er das überhaupt notwendig fand. Ich musste den eingesperrten Jungen im Blick behalten.

Auf der anderen Seite der Baumgruppe kam ein Hang, auf dem das wilde Gras teilweise hüfthoch wuchs. Von der Hitze des vergangenen Sommers war es weißgold gebleicht. Die diesjährige Regenzeit war bisher trocken gewesen, weshalb noch kein Unwetter die steifen, dürren Halme niedergedrückt und frische grüne Triebe hervorgelockt hatte.

Oben angekommen, blieb ich stehen und blickte in südwestlicher Richtung auf das Mausoleum, das einige Hundert Meter entfernt war. Nach einer kurzen Ruhepause wäre ich darauf zugegangen, hätte nicht eine Bewegung am Rand meines Blickfelds meine Aufmerksamkeit erregt.

Von der Anhöhe aus fiel das Gelände ab, aber nicht gleichmäßig, sondern in einer Reihe von Wellen. Es sah aus wie eine glänzende Meeresfläche, die nach einem Sturm mitten in der Bewegung erstarrt war, in einem Moment, in dem die größte Turbulenz bereits vergangen war, aber noch hohe Berge und tiefe Täler blieben.

Halb von dem hüfthohen Gras verborgen und durch den Winkel, in dem ich sie sah, verkürzt, zogen sie zwei Bodenwellen von mir entfernt über eine Kuppe, madenweiß in der weißgoldenen Wiese. Es waren nicht weniger als zwanzig und nicht mehr als dreißig. Sie hatten einen merkwürdigen Gang, rasch und doch schwankend.

Einige von ihnen waren bucklig und hatten nach vorn gereckte, scheinbar deformierte Köpfe. Auf die Entfernung war es jedoch schwer zu sagen, ob die asymmetrische Form der Schädel echt oder nur eine optische Täuschung durch das Spiel von Licht und Schatten war. Auch die Arme schienen falsch an den Gelenken zu sitzen; fast spastisch peitschten sie das hohe Gras wie die langen Glieder erregter Orang-Utans.

Die Mehrzahl ging aufrecht und hatte keinen Buckel zwischen den Schultern. Diese Gestalten trugen den Kopf hoch, ihr Schädel war schmaler als der ihrer missgestalteten Genossen. Ihre Bewegungen wirkten flüssiger, und vielleicht wären sie schneller vom Fleck gekommen, hätten die langsameren Individuen unter ihnen sie nicht daran gehindert.

Durchschnittlich waren sie wohl etwa einen Meter achtzig groß, manche größer, manche kleiner. Aus der Entfernung sahen sie muskulös und brutal aus. Ich hatte keinen Zweifel, dass es sich um tödliche Gegner handelte.

Diesmal brachten sie keine Dämmerung mit, konnten jedoch bei Sonnenschein offenbar ebenso gut sehen wie in der Finsternis. Es waren eindeutig dieselben Kreaturen, vor denen ich mich erst im Futterkasten und dann auf der Eiche verborgen hatte. Zu hören waren sie auf diese Distanz nicht, aber sie sahen genauso gemein aus, wie ihr Knurren, Grunzen und Quieken angedeutet hatte.

Sie verschwanden von der Kuppe in einer Senke. Da sie sich von mir weg bewegten, stieß ich den angehaltenen Atem aus, erleichtert, dass sie mich nicht bemerkt hatten. Eigentlich hätte ich die Anhöhe, auf der ich stand, sofort verlassen sollen, doch ich blieb wie angewurzelt stehen und wartete, bis sie wieder auftauchten.

Eisige Furcht kroch an meinem Rückgrat hinab. Mein Denken war wie eingefroren von dem Anblick, der sich mir geboten hatte, und meine Gedanken tauten einfach nicht auf. Sie weigerten sich, die Erinnerung an die Meute loszulassen.

Auf einer weiter entfernten Kuppe tauchten die Kreaturen wieder auf. Sie waren nun so weit weg, dass sie wie ein Trugbild wirkten. Als sie im hohen Gras verschwanden, sah es aus, als würden sie sich in der Luft auflösen.

Obwohl sie aufgrund des Abstands nicht deutlich zu erkennen gewesen waren, hatte ich doch genug gesehen, um mir ein ungefähres Bild zu machen. Sie hatten lange, flache Köpfe und stumpfe, fleischige Schnauzen. Sie waren aufrecht gegangen, fast gelaufen, waren jedoch keine primitiven Tiere, die in der Lage gewesen wären, sich auf weniger als vier Beinen fortzubewegen. Nur Primaten konnten sich so aufrichten – Menschen, Schimpansen, Gibbons, andere Affen. Allerdings gehörten diese Wesen zu keiner dieser Arten. Zudem glaubte ich, kurze, spitze Stoßzähne gesehen zu haben, die sich dunkel von den bleichen Gesichtern abhoben, scharfe Hauer, um zu verwunden und zu zerfleischen. Mir kamen Wildschweine in den Sinn. Ja, wie eine Schweinerasse sahen sie aus, deren Körper sich grob an die Gestalt von Primaten angepasst hatte. Ihre Gesichter waren verzerrt gewesen und regelrecht krank vor Gewalt. Zweifellos wurden die missgestalteten, buckligen Individuen deshalb akzeptiert, weil jedes Mitglied des Rudels, entstellt oder nicht, in dem einen oder anderen Grade ein Gräuel darstellte.

Auf der nächsten Kuppe tauchten sie nicht wieder auf, als hätten sie sich entmaterialisiert, wie es Geister manchmal tun. Es waren jedoch weder Geister noch Produkte meiner Fantasie. Egal, ob sie nun in Roseland hausten oder Besucher waren, die durch ein unsichtbares Tor zwischen diesem und einem anderen Reich ankamen und wieder verschwanden, ich musste ihnen um jeden Preis aus dem Weg gehen. Sie waren scheinbar immer in Bewegung und wie Haie ständig auf Nahrungssuche. Vielleicht konnten sie selbst dann Blut riechen, wenn es noch in den Adern ihrer Beute zirkulierte.

19

Ich beschloss, meinen Besuch im Mausoleum aufzuschieben. Deshalb ging ich über den Hang zurück, durch die Bäume, unter denen ich kein einziges Blatt zermalmte, und über die rechteckige Rasenfläche, vorbei an dem noch nicht zermalmten Enkelados.

Wenn ich an diesem Tag sterben musste, was mir immer wahrscheinlicher vorkam, so befand sich etwas in meinem Zimmer, was ich mit in den Tod nehmen musste.

Am Eukalyptuswäldchen angekommen, eilte ich den Steinweg entlang und erreichte den Turm gerade in dem Augenblick, in dem Noah Wolflaw ihn verließ. Ich weiß nicht, wer von uns beiden erschrockener aussah, aber er war der Einzige von uns, der eine Schrotflinte in der Hand hatte.

Unter normalen Umständen, falls es in Roseland überhaupt je welche gab, musste Wolflaw wie ein ruhender Vulkan wirken, so fest und unerschütterlich wie ein von Wolken umhüllter Berg. Er besaß eine Kraft, die jederzeit ausbrechen konnte. Diese Energie war es wohl, die ihn zu einem derart erfolgreichen und wohlhabenden Mann gemacht hatte.

Groß, grobknochig und mit Muskeln, die an den Knochen saßen wie ein Panzer, war er selbst dann imposant, wenn er keine kurzläufige Flinte mit Pistolengriff dabei hatte. Seine Gesichtszüge waren kühn und kantig, die grauen Augen lagen tief in vollkommen elliptischen Höhlen, die Nase war ein mächtiger, gleichschenkliger Keil, und von dem vorspringenden Kinn stiegen die Wangenknochen auf wie Pfeiler. Sein dichtes, dunkles Haar war eine Mähne, um die ihn jeder Hengst oder Löwe beneidet hätte. Nur der Mund, der volle Lippen hatte und doch merkwürdig klein aussah, ließ ahnen, dass sich im Innern dieses starken Mannes womöglich ein allzu schwaches Gegenstück befand.

»Thomas!«, stellte er fest, als er mich sah.

Er redete mich nicht deshalb so an, weil er sich herrisch weigerte, mir den Titel *Mister* zuzugestehen, sondern weil er meinen Vornamen so merkwürdig fand, dass er sich unwohl fühlte, wenn er ihn verwendete. Als wir uns kennengelernt hatten, da hatte er mir mitgeteilt, er werde meinen Nachnamen als Vornamen verwenden, weil er sich bei »Odd« so fühle, als würde er mich anspucken. Da er mir nicht besonders empfindsam vorkam, lag das wohl daran, dass er in Gegenwart Annamarias, die alle, auf die sie traf, verzauberte, untypisch höflich wurde.

Wolflaws Schrotflinte beunruhigte mich fast ebenso sehr, wie es die Begegnung mit den Primatenschweinen getan hatte. Wenigstens bedrohte er mich nicht damit, wie ich es fast erwartet hätte.

»Wie tut sie das nur?«, fragte er stattdessen. »Und was tut sie da eigentlich? Wenn ich mit ihr spreche, weiß ich immer genau, worauf ich hinaus will, und sie antwortet mir ganz liebenswürdig. Dennoch bin ich total verwirrt und vergesse entweder, was ich will, oder ich verzichte darauf.«

Er sprach natürlich von Annamaria, weshalb ich nur sagen konnte: »Ja, Sir, das kann ich gut verstehen. Aber ich habe immer das Gefühl, dass in allem, was sie sagt, Wahrheit liegt, und dass ich es mit der Zeit verstehen werde. Vielleicht nicht morgen, vielleicht nicht nächsten Monat, vielleicht nicht nächstes Jahr, aber irgendwann.«

»Sie hat eine so königliche Anmut, wie Grace Kelly sie hatte. Allerdings sah die fantastisch aus. Du bist wahrscheinlich so jung, dass du noch nie von Grace Kelly gehört hast.«

»Das war eine Filmschauspielerin. *Bei Anruf Mord*, *Das Fens-*

ter zum Hof, Über den Dächern von Nizza. Später hat sie den Fürsten von Monaco geheiratet.«

»Hey, du bist nicht der ahnungslose Jungspund, für den dich manche vielleicht halten.«

So sprach er mit mir – und mit praktisch jedem, wenn Annamaria nicht zugegen war. »Danke, Sir.«

Während er fortfuhr, beobachtete er argwöhnisch das Eukalyptuswäldchen ringsum. Es war mit einem Geflecht aus Schatten und Sonnenschein durchzogen, in dem leicht etwas lauern konnte, was man nicht richtig sah. »Ich bin hierher gekommen, um ihr zu sagen, dass ihr zwei abreisen müsst. Heute. Innerhalb einer Stunde. Jetzt. Weißt du, was sie mir geantwortet hat?«

»Es war bestimmt denkwürdig.«

Seine grauen Augen waren für einen finster drohenden Blick geradezu geschaffen. Wie zwei stählerne Klingen sahen sie aus. »Sie hat mir erklärt, dass das, was ich mir wünsche, nicht geschehen wird, wenn ihr jetzt abreist. Deshalb würdet ihr frühestens morgen Vormittag verschwinden, wenn meine Absicht, euch hierher zu holen, Gestalt angenommen hat.«

»Tja, das klingt ganz nach ihr.«

»Noch nie hat ein Gast sich geweigert abzureisen, wenn ich es ihm gesagt habe.« Die buschigen Brauen runzelten sich vor Wut. Als er sich zu mir beugte, ließ ein durch die Bäume dringender Sonnenstrahl seinen stählernen Blick noch schärfer werden. Seine Stimme hatte einen drohenden Ton, und er scheute sich nicht, die Drohung auch unverblümt auszusprechen. »Wenn ihr meint, ihr könnt eurem Gastgeber einfach sagen, wann ihr abreist, dann werdet ihr eventuell *nie* abreisen.«

Das sollte offensichtlich nicht bedeuten, dass er fürchtete, wir würden für immer bleiben. Vielmehr versprach er uns eine Nische samt Urne im Mausoleum.

Dass er sich derart deutlich zu erkennen gab, war bemerkenswert. Im Innern des Vulkans baute sich also Druck auf.

»Für wen hält sie sich eigentlich?«

»Haben Sie sie das vielleicht gefragt, Sir?«, erkundigte ich mich, denn die Antwort wäre auch für mich von Interesse gewesen.

Die stählerne Schärfe wich aus seinem Blick, der wieder durch das duftende Wäldchen schweifte. Nun sah er jedoch nicht mehr so aus, als fürchtete er sich vor einer Meute von Mutantenschweinen, sondern so, als könnte er sich nicht mehr recht daran erinnern, wie er hierher gelangt war.

»Nein«, sagte er mit einer Stimme, die nicht mehr drohend klang. »Sie hat so einen Zaubertrick mit einer Blume gemacht, wie bei einer Varietéshow in Las Vegas.« Die Erinnerung an Annamarias kleines Zauberkunststück brachte ihn sichtlich durcheinander. »Hast du den Trick mit der Blume auch schon mal gesehen?«

Bevor ich etwas erwidern konnte, fuhr er fort: »Da höre ich mich plötzlich sagen, sie könne gern bleiben – du natürlich auch –, so lange es nötig ist, wenn sie will. Ich habe gesagt, ich hätte bloß Angst, dass euch etwas passiert, weißt du, weil nachts der Puma durch die Gegend schleicht. Und ich habe mich entschuldigt, weil ich so was Gedankenloses von mir gegeben habe. Ich habe fast den Eindruck, dass ich ihr sogar die Hand geküsst habe. Noch nie im Leben habe ich einer Frau die Hand geküsst! Wieso sollte ich so was wohl tun?«

Er holte tief Luft, stieß sie frustriert wieder aus und schüttelte den Kopf, ganz verblüfft von seinem Verhalten.

»Daraufhin sagt sie, ihr werdet beide abreisen, wenn das, was ich mir wünsche, geschehen ist, wenn meine Absicht, euch hierher zu holen, sich verwirklicht hat – aber von welcher Absicht redet sie da eigentlich, verflucht noch mal?«

»Von *Ihrer* Absicht, Sir.«

»Sei bloß kein Klugscheißer, Thomas!«

»Jawohl, Sir.«

»Ich habe keine Ahnung, wieso ich sie hierher geholt habe. Es war völlig irre. Unverantwortlich. Auf jeden Fall habe ich kein Interesse an ihr. Ich habe Paulie zwar gesagt, ich hätte vielleicht eines, aber das war nur eine Ausflucht, weil mir sonst kein Grund eingefallen ist. Er weiß schon, dass sie nicht mein Typ ist.«

»Mr. Sempiterno ist sehr scharfsichtig.«

»Klappe!«

»Jawohl, Sir. Morgen sind wir fort«, versprach ich.

»Ich habe kein Interesse an ihr«, sagte er mehr zu sich selbst als zu mir. »Sie ist widerwärtig, abstoßend und aufgebläht wie eine Kuh. So was bringt doch bei keinem Mann die Säfte zum Fließen! Ich will nichts mit ihr zu tun haben, und das bleibt auch so.«

»Morgen sind wir fort«, wiederholte ich.

Er sah mich wieder an. Sein zu kleiner Mund verzog sich vor Abscheu, als wäre ich etwas, das er noch nicht mal an der Sohle seines Schuhs vorfinden wollte, geschweige denn direkt vor seiner Nase. »Du hast Henry Lolam gesagt, du hättest den Kerl getroffen, der sich Kenny nennt. Den hat jahrelang niemand mehr gesehen. Und zu Shilshom hast du gesagt, du hättest Bären mit gelben Augen gesehen.«

»Nicht unbedingt Bären, Sir. Bloß irgendetwas.«

Wieder blickte er sich prüfend um. Trotz seines harten, aber wohlgeformten Gesichts und seiner stählernen Augen sah er nicht mehr so stark aus wie zuvor, weil ein Zittern um seinen Mund spielte.

»Hast du welche von denen bei hellem Tageslicht gesehen?«

»Nein, Sir«, log ich.

»Nacht ist Nacht, der Tag ist ganz was anderes.« Er starrte mich an. »Du gehst den Leuten ständig auf die Nerven, versuchst immer, was aus ihnen rauszukriegen, lässt nie locker.«

»Ich bin einfach von Natur aus neugierig, Sir. War ich schon immer.«

»Klappe!«

»Jawohl, Sir.«

»Hier geht dich absolut nichts was an. Hast du mich verstanden, Thomas?«

»Ja, Sir. Tut mir leid. Ich habe Ihre Gastfreundschaft missbraucht.«

Seine gerunzelten Augenbrauen waren fast noch eindrucksvoller als sein drohender Blick. »Soll das etwa komisch sein?«

»Nein, Sir. Wenn ich tatsächlich komisch sein will, dann ist es schwer, nicht loszulachen.«

»Wenn ich sage, du sollst die Klappe halten, dann meine ich das auch. Klappe!«

»Jawohl, Sir.«

»Bis ihr morgen abhaut, bleibt ihr im Gästeturm.«

In Anbetracht der Schrotflinte nickte ich.

»Ihr bleibt im Turm, verschließt die Türen, verschließt die Fenster, zieht die Vorhänge zu und wartet schön bis zum Morgen.«

Ich nickte.

Er sah, dass ich auf seine Flinte starrte, und merkte verspätet, dass eine Erklärung dafür nötig war. »Dachte, ich gehe mal ein halbes Stündchen Tontauben schießen«, sagte er.

Er drängte sich auf dem gepflasterten Weg an mir vorbei, und ich ging auf die Tür des Turms zu.

»Noch etwas«, hörte ich es hinter mir sagen.

Als ich mich umdrehte, freute ich mich, dass die Mündung der in seinem Arm liegenden Flinte weiterhin auf den Boden gerichtet war.

»In euren Zimmern ist zwar kein Telefon, aber du hast wahrscheinlich ein Handy. Ich will dir klar und deutlich sagen, dass es hier nichts gibt, wofür die Polizei sich interessieren könnte. Kapiert?«

Ich nickte. Ein Handy besaß ich allerdings nicht, da ich nie das Bedürfnis verspürte, Videospiele zu spielen, im Internet zu surfen oder mit irgendjemandem Nacktfotos auszutauschen.

»Ich habe gute Beziehungen zur hiesigen Polizei«, fuhr Wolflaw fort. »Bessere Beziehungen, als du sie zu deinem Schniedel hast. Ein paar von den Leuten da waren früher hier bei der Wachmannschaft. Ich habe viel für sie getan. Genauer gesagt, habe ich mehr für sie getan, als du dir vorstellen kannst, und ich kann dir versichern, dass sie gar nicht begeistert wären, wenn irgendein nutzloser Herumtreiber mich anschwärzen will. Ist das klar?«

Ich nickte.

»Sag mal, bist du plötzlich taubstumm geworden?«

»Ich habe verstanden, Sir. Das mit der Polizei. Wir bleiben im Turm, verschließen die Türen, verschließen die Fenster, ziehen die Vorhänge zu, rufen weder die Polizei noch die Feuerwehr, selbst wenn der Turm abbrennt, sondern warten einfach bis morgen früh, und sobald die Sonne aufgeht, marschieren wir schnurstracks durchs Tor.«

Mit verächtlich gespitztem Mund starrte er mich drohend an. Womöglich ging er bald doch dazu über, mich Odd statt Thomas zu nennen, denn er sagte: »Du bist wirklich ein absoluter Volltrottel.«

»Jawohl, Sir. Ich werde Annamaria sagen, dass Sie dieser Meinung sind.«

Wir starrten uns an, er voller Feindseligkeit, ich lediglich voller Neugier, bis er schließlich sagte: »Hör mal ... es wäre mir lieber, wenn du das nicht tust.«

»Was denn?«

»Wenn du es ihr nicht erzählen würdest. Ich weiß nicht, was mit mir los ist! Das ist total verrückt. Hat sie mich etwa hypnotisiert? Wieso, zum Teufel, sollte es mich kümmern, ob du ihr erzählst, dass ich dich als Volltrottel bezeichnet habe, oder nicht?«

»Dann erzähle ich es ihr eben.«

»Tu's nicht«, sagte er rasch. »Es ist mir egal, was sie über mich denkt, sie bedeutet mir nichts, sie ist so langweilig wie ein gepuderter Donut ohne Puderzucker. Mit so einer Frau will ich nichts zu tun haben, aber es wäre mir trotzdem lieber, wenn du ihr nichts von meinem Ausbruch erzählst.«

»Merkwürdig, was sie bei Menschen auslöst«, sagte ich.

»Extrem merkwürdig.«

»Ich werde ihr nichts verraten.«

»Danke.«

»Bitte sehr.«

Ich beobachtete ihn, während er durch die Eukalyptusbäume und dann über die weite, sonnenbeschienene Rasenfläche auf sein Haus zuging. Selbst in offenem Gelände, wo nichts sich an ihn heranschleichen konnte, sah Wolflaw nervös nach links und rechts. Außerdem blickte er sich wiederholt um. Wahrscheinlich war er auf der Hut vor dem Puma, lauschte auf den Schrei des Seetauchers und war sich der Möglichkeit gewahr, unvermutet auf den Jabberwock zu stoßen, »mit Aug' entflammt und Krallgepack und Zahngefletsch«.

20

Als Stormy Llewellyn und ich sechzehn waren, haben wir einmal einen Abend auf dem Rummelplatz verbracht. In einem Kuriositätenkabinett stießen wir dabei auf einen Wahrsageautomaten, so groß wie eine Telefonzelle, gut zwei Meter hoch. Der untere Teil bestand aus einem geschlossenen Podest, der obere aus einem Glaskasten, und darin hockte eine zwergenhafte Gestalt. Laut der darunter angebrachten Plakette handelte es sich um die mumifizierten Überreste einer Zigeunerin, die berühmt für ihre Wahrsagerei gewesen war.

Die verdorrte, unheimliche Gestalt – wahrscheinlich eine Konstruktion aus Gips, Papier, Wachs und Latex und keine konservierte Leiche – war in ein Zigeunergewand gehüllt. Für einen Vierteldollar spuckte der Automat ein bedrucktes Kärtchen als Antwort auf eine Frage aus, die man stellte. Ein Vierteldollar ist nicht viel für eine Vorhersage, die das Leben verändern kann, aber Tote können eben billig arbeiten, weil sie kein Essen mehr kaufen und keine Gebühren fürs Kabel-TV bezahlen müssen.

Ein junges Paar, das vor uns an dem Automaten stand, hatte ihn gefragt, ob es eine lange, glückliche Ehe haben werde. Obwohl die beiden der Zigeunermumie acht Münzen spendierten, bekamen sie nie eine Antwort, die sie verstanden. Stormy und ich hörten, wie der potenzielle Bräutigam – er hieß Johnny – seiner Liebsten die Antworten vorlas, und obwohl sie geheimnisvoll klangen, war uns ihre Bedeutung völlig klar. Zum Beispiel lautete eine: *Der Hain aus kranken Bäumen bringt giftige Früchte hervor.* Die anderen waren auch nicht ermutigender.

Nachdem Johnny und seine zukünftige Braut sich wütend davongemacht hatten, stellten wir der Zigeunermumie dieselbe Frage wie das Paar vor uns. In die Messingschale fiel eine Karte, auf der stand: ES IST EUCH BESTIMMT, FÜR IMMER ZUSAMMEN ZU SEIN.

Stormy steckte die Karte in einen Rahmen hinter Glas und hängte sie über ihr Bett, wo sie einige Jahre blieb. Nun stand sie in einem kleineren Rahmen auf meinem Nachttisch im Gästeturm.

Als ich Stormy verloren habe, ist mir nie in den Sinn gekommen, die Karte aus schierer Wut zu vernichten. Ich empfinde keine Wut. Aufgrund dessen, was geschehen ist, habe ich nie gegen irgendeinen Menschen oder gegen Gott gewütet. Kummer ist das, was mir von jenem schrecklichen Tag geblieben ist, und ein Bewusstsein meiner zahllosen Unzulänglichkeiten, das mich demütig macht.

Damit dieser Kummer mich nicht überwältigt, konzentriere ich mich auf die Schönheit dieser Welt, die überall in reicher Vielfalt sichtbar ist. Man sieht sie in den kleinsten Wildblumen, in dem schillernden Kolibri, der sich daran labt, oder im Nachthimmel, an dem feurige Sterne funkeln …

Weil ich außerdem fähig bin, die auf der Erde verweilenden Toten zu sehen, weiß ich, dass es etwas außerhalb der Zeit gibt, einen Ort, an den sie hingehören und an den auch ich eines Tages gelangen werde. Letztendlich hat die Weissagung der Zigeunermumie sich also nicht als falsch erwiesen; sie kann sich immer noch erfüllen, und ich halte meinen Kummer in Schach, indem ich mich auf die Erfüllung dieses Schicksals freue.

Seit ich Pico Mundo verlassen hatte, war die Karte aus dem Wahrsageautomaten immer bei mir gewesen, während ich mich intuitiv von Ort zu Ort treiben ließ. Aus Angst, sie in einem turbulenten Moment zu verlieren, trug ich sie jedoch nicht permanent in der Tasche.

Was an diesem Tag geschehen war, wies darauf hin, dass das Böse in Roseland eine mir bisher unbekannte Form angenommen hatte. Annamaria war mir zwar eine Hilfe, konnte mich jedoch nicht beschützen, und meine Chancen, bis zum Morgen zu überleben, schienen mir nicht besonders groß zu sein. Ich gab mich nicht der törichten Vorstellung hin, unverwundbar zu sein, solange ich die neun Worte der Zigeunermumie bei mir führte. Aber ich hatte das womöglich törichte Gefühl, wenn ich im Augenblick des Todes einen Beweis für das mir versprochene Schicksal dabei hätte, würden die Kräfte im Jenseits sich eher verpflichtet sehen, mich direkt zu Stormy zu führen.

Es macht mir nichts aus, für töricht gehalten zu werden. Ich bin ein Narr wie jedermann, mehr als manche sogar, und dass ich das immer im Sinn behalte, bewahrt mich davor, übermütig zu werden. Übermut bringt einen um.

In meinem Zimmer nahm ich den Rahmen, löste die Clips an der Papprückwand und holte die Karte heraus. Diese steckte ich in eines der durchsichtigen Kunststofffächer in meiner Geldbörse.

Abgesehen davon waren die Fächer leer. Ich trug kein Foto von Stormy bei mir, weil ich keines brauchte. Ihr Gesicht, ihr Lächeln, ihre Gestalt, die Schönheit ihrer anmutigen Hände und ihre Stimme waren allzeit in mir lebendig. Alles hatte sich unauslöschlich in meine Erinnerung eingegraben, in der Stormy lebte, sich bewegte und lachte, während ein Foto nur einen einzigen erstarrten Moment des Lebens hätte bieten können.

Über meinen Pullover zog ich ein Sportsakko, den ich mir bei meiner Einkaufstour in die Stadt besorgt hatte. Es ging mir nicht darum, mein Image aufzupolieren; ein Sakko hatte Taschen, in denen man allerhand verstecken konnte.

Wie Noah Wolflaw angeordnet hatte, verschloss ich die schmalen, vergitterten Fenster und zog die Vorhänge zu. Ich schaltete alle Lampen an, damit ihr Licht später, wenn es dunkel war, meine Anwesenheit vortäuschte.

Nachdem ich meine Wohnung abgeschlossen hatte, stieg ich die steinerne Wendeltreppe ins zweite Geschoss hinauf. Die Knöchel meiner rechten Hand klopften ins Leere, denn die Tür ging auf, noch bevor ich sie berührt hatte.

Raphael, der Golden Retriever, den wir in Magic Beach gerettet hatten, lag auf dem Boden. In den Vorderpfoten hielt er einen Nylonknochen, an dem er mit Genuss kaute. Zur Begrüßung klopfte er mit dem Schwanz auf den Boden, doch der Knochen interessierte ihn momentan eindeutig mehr, als von mir gestreichelt oder am Bauch gekrault zu werden.

Boo befand sich entweder irgendwo anders im Apartment, oder er war draußen, um Roseland zu erkunden. Als Geisterhund konnte er nach Belieben durch Wände gehen und alle anderen geisterhaften Dinge tun. Ich hatte jedoch beobachtet, dass er wie lebende Hunde ungeheuer neugierig war und es genoss, unbekannte Orte zu erforschen.

Wie bei meinem letzten Besuch, so waren auch jetzt die Vorhänge geschlossen, und für Beleuchtung sorgten nur zwei Buntglaslampen. Annamaria saß wieder an dem kleinen Esstisch, doch diesmal sah ich darauf keine dampfenden Teebecher.

Stattdessen stand eine große, flache Schale auf dem Tisch. Sie war blau und mit Wasser gefüllt, in dem drei riesige weiße Blüten schwammen. Von der Form her erinnerten sie ein wenig an Magnolien, waren jedoch viel größer und hatten Blütenblätter, so dick, als wären sie künstlich aus Wachs gemacht.

Ich kannte diese Blüten schon von einem gewaltigen Baum, der vor dem Haus in Magic Beach stand, in dem Annamaria eine Weile gelebt hatte. Außerdem hatten wir schon einmal zusammen an einem Tisch gegessen, auf dem drei solche Blüten in einer großen, flachen Schale gewissermaßen geschwebt hatten.

Die Namen von Dingen zu kennen ist für mich eine Möglichkeit, der Schönheit der Welt, die mich am Leben und meinen Kummer in Schach hält, Respekt zu erweisen. Deshalb kenne ich die Namen vieler Bäume, nicht jedoch des Baums, von dem diese Blüten stammten.

»Wo hast du die denn her?«, fragte ich, während ich zum Tisch trat.

Der Lampenschein fiel auf die Blumen, deren wächserne Blütenblätter ihn so reflektierten, dass er Annamarias Gesicht erleuchtete. Dadurch wurde das Auge getäuscht, und es sah aus, als würde das Licht aus ihrem Innern kommen.

Sie lächelte und sagte: »Ich habe sie vom Baum gepflückt.«

»Der Baum steht doch in Magic Beach.«

»Der Baum ist hier, Oddie.«

Ich hatte nur ein einziges Mal einen Baum mit solchen Blüten gesehen, halt jenes namenlose Exemplar in Magic Beach. Es hatte große schwarze Äste, die sich weit ausbreiteten, und achtlappige Blätter.

»Hier in Roseland? Also, ich bin überall gewesen und habe keinen Baum mit solchen Blüten gesehen.«

»Tja, der ist genauso hier, wie du es bist.«

Vor kaum einer Woche hatte sie ein Kunststück mit einer solchen weißen Blüte vorgeführt. Ihr einziges Publikum, eine Frau namens Blossom, mit der ich Freundschaft geschlossen hatte, war davon ganz begeistert gewesen. Nun hatte sie damit offenbar auch Noah Wolflaw beeindruckt, wenngleich die Vorführung ihn im Gegensatz zu Blossom wohl eher verstört hatte.

»In Magic Beach hast du versprochen, mir mit einer solchen Blüte mal etwas zu zeigen.«

»Das werde ich auch tun. Etwas, woran du dich immer erinnern wirst.«

Ich zog den Stuhl, auf dem ich das letzte Mal gesessen hatte, unter dem Tisch hervor.

Bevor ich mich darauf niederlassen konnte, hob sie die Hand. »Nicht jetzt.«

»Wann dann?«

»Alles zu seiner Zeit, du komischer Kauz.«

»Das hast du schon einmal gesagt.«

»Und das sage ich jetzt wieder. Du musst dich dringend um etwas kümmern, glaube ich.«

»Stimmt. Ich habe den, der mich braucht, gefunden. Es ist ein Junge, der mir seinen Namen nicht nennen will. Ich glaube, er ist tatsächlich ihr Sohn … falls dir das etwas sagt.«

In ihren großen dunklen Augen leuchtete das Spiegelbild der Blüten in der Schale. »Du hast keine Zeit für eine Erklärung, und ich brauche keine. Tu einfach, was du tun musst.«

Etwas stupste mich an der Hand, und als ich nach unten schaute, sah ich, dass Boo sich materialisiert hatte. Er fühlte sich so körperhaft an, wie alle Geister sich für mich anfühlen. Seine Zunge war warm, als er mir die Finger leckte, doch meine Hand wurde nicht nass.

»Und denk dran, was ich dir vorhin gesagt habe«, fuhr Annamaria fort. »Falls du daran zweifeln solltest, dass dein Handeln richtig ist, dann kannst du hier in Roseland sterben. Zweifle nicht an der Schönheit deines Herzens.«

Ich begriff, weshalb sie mich mit diesen Worten warnte. Wenige Tage zuvor war ich in Magic Beach in eine Kette von Ereignissen verwickelt worden, bei denen ich fünf an einem geplanten Terroranschlag beteiligte Menschen hatte töten müssen. Darunter hatte sich eine wunderschöne junge Frau mit großen klaren blauen Augen befunden. Wenn ich diese Leute nicht getötet hätte, dann wären Hunderttausende, vielleicht sogar Millionen Menschen ermordet worden, ich eingeschlossen. Zu töten, besonders diese Frau, hatte jedoch einen dunklen Schatten in mir hinterlassen, und ich ekelte mich vor mir, obwohl es zur Selbstverteidigung geschehen war.

Deshalb habe ich euch anfangs übrigens erzählt, ich sei in gedrückter Stimmung gewesen, nicht so heiter und immer bereit, in jedem Moment etwas Humorvolles zu finden, wie ich es sonst gewesen war. Dies scheint mir auch der Grund gewesen zu sein, weshalb ich von Auschwitz geträumt hatte und davon, zweimal zu sterben.

»Der Junge braucht dich«, sagte Annamaria.

Nachdem ich einen letzten Blick auf die Blumen in der Schale geworfen hatte, ging ich zur Tür.

»Junger Mann!« Als ich zu Annamaria zurückblickte, sagte sie: »Vertrau darauf, dass das, was du tust, gerecht ist, und komm wieder. Du bist mein einziger Beschützer.«

Der Golden Retriever und der weiße Schäferhundmischling starrten mich an. Keiner der beiden wedelte mit dem Schwanz. Der Prediger Henry Ward Beecher hat einmal gesagt: »Der Hund wurde besonders für die Kinder geschaffen. Er ist der Gott der Ausgelassenheit.« Dieser Beobachtung stimme ich zu, aber Hunde betrachten dich manchmal mit einem so ernsten Blick, wie man ihn nicht oft auf dem Gesicht eines Menschen, geschweige denn eines Tieres sehen kann. Es ist, als wären sie mitunter in der Lage, in die Zukunft zu schauen und etwas zu sehen, was sie um dich fürchten lässt.

Ich verließ das Apartment, zog die Tür zu, holte den Schlüssel aus meiner Tasche und schloss Annamaria sicher ein.

21

Nachdem ich den Gästeturm verlassen hatte, wurde mir bewusst, dass auch im Eukalyptuswäldchen keinerlei trockenes Laub lag, genau wie unter den Eichen bei der Enkelados-Statue. Egal, ob auf der nackten Erde, dort, wo spärliches Gras wuchs, oder auf dem Plattenweg – kein einziges Blatt.

Ich brütete darüber und über allerhand anderes nach, während ich mich auf den Weg zum Gärtnerhaus machte. Dabei nahm ich eine Route, auf der ich von keinem Fenster im Haupthaus aus gesehen werden konnte. Über Rasenflächen, Wiesen und an schützenden Baumgruppen vorbei ging ich in einem großen Bogen zum Nordrand des riesigen Anwesens, immer wachsam, ob die mysteriösen Schweine – falls es welche waren – oder der Hengst und seine Reiterin irgendwo auftauchten.

Die Schweine machten mir Angst, aber wenigstens war das einzige Pferd in Roseland ein Geist. Ich finde Pferde schön und edel und so weiter, bloß … vor einigen Jahren haben mich drei berittene Frauen in der Nähe von Pico Mundo durch die Wüste gejagt. Sie wollten mir den Schädel aufsägen, um mein Gehirn herauszuholen. Übrigens waren die Rösser nicht weniger furchteinflößend als die Frauen.

Ich war zufällig inmitten einer Zeremonie, die kein Mensch hätte sehen sollen, auf die drei gestoßen. Zuerst dachte ich, es seien Anhängerinnen des Wicca-Kults, aber die verabscheuten sie fast so sehr, wie sie die Vernunft verabscheuten. Wie sie mir klar machten, waren landläufige Hexen nichts als Waschlappen.

Ihre Zeremonie war großteils so langweilig, dass sie keine Eintrittskarte wert gewesen wäre, schon gar nicht den Preis meines Lebens. Man hätte sie mit der Versammlung eines Häkelvereins verwechseln können, bei der das Protokoll und der Rechenschaftsbericht der Schatzmeisterin verlesen wurden, nur dass diese drei Damen splitternackt waren, sich Tee aus psychedelischen Pilzen gebraut hatten und mit der Opferung von drei fetten Tauben beschäftigt waren. Die armen Vögel hatten nie jemandem etwas zuleide getan, jedoch das Pech, ein Friedenssymbol darzustellen, und nichts erzürnte die Damen mehr als die Vorstellung von Frieden.

Es war ein garstiges Trio, und seine Pferde schienen in der Lage zu sein, meinem Geruch zu folgen, als wären sie halb Appaloosa und halb Bluthund gewesen. Die geblähten Nüstern, die schwarzen, zurückgezogenen Lippen, die großen, eckigen Zähne darunter, die blitzenden Augen ... Seit dieser Begegnung finde ich Filme wie *Seabiscuit* oder sogar *Black Beauty* so beunruhigend wie *Das Schweigen der Lämmer*.

Das Gärtnerhaus war ein ansehnlicher, zweistöckiger Steinbau in einem malerischen, flachen Tälchen, dessen Mitte von der Sonne beschienen war. Umgeben war es von filigranen peruanischen Pfefferbäumen. Deren kleine Blätter schimmerten in einer sanften Brise, die kaum stärker war als der Atem eines kleinen Kindes.

Die Fenster im Erdgeschoss waren zwar größer als jene im Gästeturm, aber ebenfalls vergittert. Die mannshohe Tür war verschlossen. Hinter den drei Garagentoren standen wahrscheinlich Fahrzeuge für die Gartenarbeit. Bei einem meiner Besuche im Pförtnerhaus hatte ich von Henry Lolam erfahren, dass Jam Diu ein Apartment im Obergeschoss bewohnte. Dort waren angeblich auch die anderen Mitglieder des Gärtnerteams untergebracht, obwohl Henry nie klipp und klar bestätigt hatte, dass sie tatsächlich existierten.

Es konnte zwar gefährlich sein, mich darauf zu verlassen, dass Jam Diu immer noch in der Nähe des Haupthauses nach dem letzten verhassten Löwenzahn suchte, der die Perfektion von Roseland störte, aber ich tat es trotzdem. Dreist versuchte ich mich an der Haustür, die jedoch verschlossen war. Die Garagen waren mit elektrischen Rolltoren ausgestattet, die außen keine Handgriffe hatten.

An der Rückseite des Gebäudes fand ich zwei Türen und eine Reihe vergitterte Fenster vor. Eine Tür einzutreten war schwierig, falls ein Riegel vorgelegt war.

Außerdem trug ich leichte Sportschuhe mit Gummisohlen. Wenn man Türen eintreten will, muss man Springerstiefel oder Ähnliches tragen, damit man anschließend nicht mit gebrochenem Fersenbein am Boden liegt und plärrt wie ein Baby.

Matt Damon, Tom Cruise, Liam Neeson, Bruce Willis und andere Männer ihrer Statur haben zahlreiche Türen eingetreten, ohne auch nur die geringfügigste Verletzung des Calcaneus zu erleiden, wie das Fersenbein von Fachleuten bezeichnet wird. Manchmal haben sie es sogar barfuß getan. Ich nehme für mich allerdings nicht in Anspruch, so taff wie diese Burschen zu sein. Außerdem habe ich keinen Anspruch auf die fantastische Krankenversicherung der Schauspielergewerkschaft.

Bei meinem Weg durchs Gelände hatte ich angestrengt darüber nachgedacht, wie verblüfft Noah Wolflaw war, weil er Annamaria eingeladen hatte. Henry Lolam und Paulie Sempiterno hatten das ebenfalls absolut nicht verstanden. Wenn diese Leute Geheimnisse hatten, die sie ins Gefängnis bringen konnten, dann war es tatsächlich selbstzerstörerisch, Fremde nach Roseland einzuladen.

Annamaria besaß zwar Charisma im wahrsten Sinne des Wortes und weckte in anderen Menschen den Wunsch, ihr zu helfen, aber sie war keine Voodoo-Priesterin, die sich mit einem Zauberspruch überall Zugang verschaffen konnte. Sie hatte zu Wolflaw gesagt, er habe uns mit einer bestimmten Absicht hierher geholt, und sie schien zumindest eine vage Idee zu haben, worin diese Absicht bestand. Ihrer rätselhaften Natur gemäß verriet sie das allerdings niemandem, nicht einmal mir.

In Pico Mundo hatte ich meinen väterlichen Freund Wyatt Porter, den dortigen Polizeichef, insgeheim bei der Aufklärung von Mordfällen unterstützt. Deshalb wusste ich, dass manche Gewohnheitsverbrecher, vor allem solche, die Gewalttaten mit einem perversen Touch begehen, erwischt werden wollen. Nicht alle von ihnen, vielleicht nicht einmal die meisten, aber manche doch. Es ist ihnen nicht unbedingt klar, dass sie erwischt werden wollen, doch sie zeigen unbewusst ein typisches Verhalten, durch das man einen Zusammenhang zwischen ihren Verbrechen herstellen kann. Sie verhöhnen die Polizei und gehen dabei immer größere Risiken ein – mit denen sie sich früher oder später unvermeidlich ans Messer liefern.

Wenn Wolflaw also irgendetwas Bizarres praktizierte, dann war er dessen auf einer tieferen Ebene seines Bewusstseins womöglich überdrüssig, fühlte sich davon gefangen und wollte ihm ein Ende bereiten. Wie bei jeder tief verwurzelten schlechten Gewohnheit konnte es jedoch schwierig sein, den Wahnsinn aufzuhalten.

Während ich dastand und überlegte, ob ich eine der Hintertüren des Gärtnerhauses aufbrechen sollte, kam mir plötzlich ein Gedanke. Hatte Wolflaw in seinem unbewussten Wunsch, entlarvt und aufgehalten zu werden, mir etwa den Schlüssel dazu gegeben?

Ich steckte den Schlüssel zum Gästeturm in die Tür. Er ließ sich drehen. Die Schlösser der beiden Gebäude waren identisch.

Zuerst gelangte ich in die Garage. Auf zwei der drei Stellplätze standen Fahrzeuge, verkleinerte Pritschenwagen, wie sie im Gartenbau verwendet wurden. Es waren antike Modelle mit Armaturen aus poliertem Messing, runden, aufgesetzten Scheinwerfern und eleganten Rädern mit Drahtspeichen, wie keine

Firma sie heute bei einem Nutzfahrzeug mehr verwenden würde. Sie waren in tadellosem Zustand.

An die Garage angeschlossen war ein Werkzeuglager mit Schaufeln, Rechen und Hacken. An der Wand hingen Sicheln. Sämtliche Geräte waren so sauber wie Operationsbesteck.

In der Mitte des Lagers standen offene Regale, um die ich herumging. Alle leer und staubfrei.

In den Betonboden waren viele der Kupferstäbe eingelassen, die ich bereits bestens kannte. Wie üblich war an ihrem sichtbaren Ende eine lang gestreckte Acht eingraviert.

Nirgendwo fand ich Säcke mit Dünger, Dosen mit Insektenpulver und ähnliche Gartenutensilien.

Ich zog die Schubladen eines Schranks auf, die hauptsächlich Handwerkszeug enthielten. Dabei entdeckte ich eine Metallbügelsäge, die ich mitnahm, samt einem Päckchen Ersatzblätter, das ich in eine Innentasche meines Sakkos schob.

Einen Schraubenzieher ließ ich ebenfalls mitgehen. Der war zwar nicht so gut geeignet wie ein Messer, konnte jedoch allerhand Schaden anrichten. Der Handgriff war aus Holz statt aus Plastik.

Der bessere Odd Thomas in mir rebellierte zwar gegen die Vorstellung, jemandem einen Schraubenzieher oder eine andere Waffe in den Leib zu rammen, ich wusste jedoch aus schlimmer Erfahrung: Wenn man mich in eine Ecke trieb, dann konnte ich richtig fiesen Kerlen genau das antun, was sie von mir haben wollten. Fiesen Frauen übrigens auch. In mir ist eine Dunkelheit, die sich, wenn sie durch Dunkelheit herausgefordert wird, erhebt und Ausdruck verschafft. Ich handle so, um Unschuldige zu beschützen, aber manchmal frage ich mich unwillkürlich, ob ich am Ende meines seltsamen Weges in meinem eigenen Herzen noch unschuldig sein werde oder wenigstens Vergebung erlangen kann.

Im Erdgeschoss war auch das Büro von Mr. Jam Diu untergebracht. Die Schreibtischschubladen waren ebenso leer wie der Aktenschrank. In den Betonboden waren weitere Kupferstäbe eingebettet.

Weil es kein Treppenhaus gab, musste ich die Außentreppe an der Ostseite des Hauses nehmen, um ins Obergeschoss zu gelangen. Dort fand ich einen Flur vor, von dem links und rechts fünf Zimmer und ein Bad abgingen. Hier hatten früher wahrscheinlich die Gärtnergehilfen gewohnt, doch jetzt waren die Räume unmöbliert.

Am anderen Ende des Flurs führte eine Tür zur Dienstwohnung von Jam Diu: makellos rein und so spärlich möbliert wie eine Mönchszelle.

Ihr Bewohner besaß keinen Fernseher, aber eine erstklassige Musikanlage. Während die Welt inzwischen meist gestreamte Medien aus dem Internet hörte, blieb Jam Diu bei seinen CDs. Seine Sammlung bestand fast vollständig aus klassischer Klavier- und Orchestermusik. Allerdings fiel mir ein Album des jodelnden Countrysängers Slim Whitman ins Auge, wahrscheinlich das Geschenk eines nichtsahnenden Bekannten.

Wie man es bei jedem wahren Musikliebhaber vermutet hätte, hingen an der Wand des Schlafzimmers eine Schrotflinte Marke Beretta sowie ein Sturmgewehr. Befestigt waren die Waffen mit Federclips, um sie rasch herunternehmen zu können. Sie waren geladen. Auf einem Regal lagen etwa hundert Schachteln Munition für die beiden Gewehre, aber auch für Handfeuerwaffen.

Offenbar hatte Mr. Jam Diu Angst vor etwas Aggressiverem, als es Blattläuse und Borkenkäfer waren.

Die Pistolen und Revolver waren in den unteren beiden Schubladen einer Kommode verstaut. Auf den Schraubenzieher konnte ich also verzichten. Ich legte ihn hinten in die unterste Schublade und wählte aus dem Angebot von sechs Handfeuerwaffen eine Beretta Px4 Storm. Halbautomatik, Kaliber neun Millimeter, Lauflänge zehn Zentimeter. Siebzehnschüssiges Magazin.

Ein Ersatzmagazin war auch vorhanden. Ich lud beide Magazine mit rückstoßarmen Kupfermantelgeschossen. Vor meinem geistigen Auge rannte ein Primatenschwein durchs hohe Gras, worauf ich noch eine Schachtel mit zwanzig Patronen in mein Jackett schob.

In den Schubladen lagen Holster für jede der Waffen, jeweils mit einem Ersatzmagazinfach, in einfacher Ausführung oder aus bestem, extra dickem Leder, zum verdeckten Tragen unter der Achsel oder für den Gürtel. Mein Gürtel ließ sich leicht durch die Schlingen fädeln, und nach zwei Minuten hing die geladene Pistole an meiner Hüfte, von meinem Sakko verborgen.

Bald ging es los. Ich hoffte, dass ich nur Schweine erschießen musste – und dass die Definition von *Schwein* streng biologischer Natur blieb.

Im Schlafzimmerschrank fand ich Bettzeug und Handtücher. Ich nahm ein Handtuch heraus, um die Metallsäge darin einzuwickeln, und steckte das Bündel in einen Kissenbezug, der einen guten Sack abgab.

Ich wollte mich zwar nach Kräften bemühen, nicht gesehen zu werden, während ich meine Aufgabe erledigte; wenn ich aber doch auf jemanden traf, konnte ich den Sack irgendwie rechtfertigen, vielleicht durch die Behauptung, ich wolle zum Picknick auf eine Wiese, und in dem Sack sei mein Proviant. Eine Metallsäge zu erklären wäre schwieriger gewesen.

Mit etwas Glück stieß ich jedoch auf niemanden, bis mir eine bessere Story als das dämliche Picknick eingefallen war.

Bevor ich mich davonmachte, blieb ich kurz im Wohnzimmer stehen, um einen Blick auf das Bücherregal zu werfen. Er enthielt etwa fünfzig Bände, meist voluminöse philosophische Schriften, aber auch vier dicke Bildbände, die zu groß für das Regal waren und daher flach lagen.

Jeder dieser vier Bände befasste sich mit Hongkong. Die ersten Aufnahmen zeigten die Stadt, wie sie im späten neunzehnten Jahrhundert ausgesehen hatte, dann folgten Bilder aus jedem Jahrzehnt bis heute.

Der Name Jam Diu war mir vietnamesisch vorgekommen. Aber ich bin nur ein unwissender, übersinnlich begabter Grillkoch, der nicht mehr über asiatische Kulturen weiß als über Molekularbiologie.

Hongkong war einmal eine britische Kolonie gewesen; jetzt war es ein Teil von China. Der Gärtner sprach Englisch ohne jeden asiatischen oder britischen Akzent.

Vielleicht war Jam Diu nicht sein richtiger Name. Falls Roseland tatsächlich voller Täuschung und Verschwörung war, wie es den Anschein hatte, dann hieß er wahrscheinlich eher Micky Maus als Jam Diu. Auf jeden Fall hatte er gelegentlich Heimweh nach Hongkong.

Ich verließ das Haus, schloss hinter mir alle Türen ab und kehrte in den Schutz der Bäume und hohen Gräser zurück.

Es war eine gewisse Versuchung, mich nun sicherer zu fühlen, weil ich gut bewaffnet war, aber davor hütete ich mich. Die Erfahrung hatte mich gelehrt, dass übermäßiges Selbstvertrauen eine Aufforderung ans Schicksal ist, zwei oder drei Muskelprotze mit flachen, runden Filzhüten auf die Bühne zu schicken, die mich in eine Gefrierkammer sperren wollen, bis ich mich vollständig verfestigt habe. Oder sie haben vor, mich in die riesige Trommel eines Betonmischers zu werfen, um mich ins Fundament einer neuen Kläranlage einzubetonieren.

Kerle, die flache, runde Filzhüte tragen, führen nach meiner Erfahrung nichts Gutes im Schilde, und sie freuen sich daran. Ob diese Art Kopfbedeckung ursprünglich freundliche Zeitgenossen in Psychopathen verwandelt oder ob Männer, die schon Psychopathen sind, sich dazu hingezogen fühlen, ist eines jener Geheimnisse, die man nie lösen wird, obwohl das Justizministerium wahrscheinlich schon massenhaft wissenschaftliche Studien dazu in Auftrag gegeben hat.

Als ich in südöstlicher Richtung ging, sah ich, dass sich hinter meinem Rücken von Norden kommende Wolken auftürmten. Der Himmel vor mir war jedoch so blau und die Landschaft so von der Sonne übergossen, dass ich unter anderen Umständen glückselig durch die Wiese gewandert und den Titelsong von *The Sound of Music* geträllert hätte.

Es ist allerdings zu bedenken, dass *The Sound of Music* zwar der Musicalfilm mit dem größten Wohlfühlfaktor aller Zeiten ist, aber hie und da auch etwas versteckt mit Nazigedanken durchsetzt.

22

Die als Picknickproviant getarnte Metallsäge in einem Kopfkissenbezug auf dem Rücken, näherte ich mich dem Mausoleum von Süden her. Zuerst kam ich durch wilde Wiesen, dann über eine breite Rasenfläche, die so makellos und üppig war wie in einem erotischen Traum über einen Golfplatz.

Das quadratische Riesengrab war fensterlos und hatte etwa zwölf Meter lange Mauern. Geschmückt war es mit einem Fries, auf dem stilisierte Sonnenaufgänge und paradiesische Landschaften dargestellt waren. Der Eingang – eine geriffelte, von mächtigen Säulen flankierte Bronzetür – befand sich nicht auf der Nordseite, wo er zum Haupthaus gezeigt hätte, sondern hier im Süden.

Laut Mrs. Tameed war die Platzierung des Eingangs auf Aberglauben zurückzuführen. Der erste Besitzer des Anwesens hatte gedacht, es würde Unglück bringen, wenn man aus einem Fenster seines Domizils blicken und die Tür zu diesem Haus der Toten sehen würde.

Die schwere Bronzeplatte schwang wegen ihrer kugelgelagerten Scharnieren glatt und geräuschlos auf. Nachdem ich die Platte hinter mir wieder zugezogen hatte, schaltete ich die Beleuchtung an, drei vergoldete Kronleuchter und eine Reihe von Wandleuchtern.

Der riesenhafte, leere Raum hätte einen idealen Ballsaal für eine echt coole Halloweenparty abgegeben. Kaum hatte ich das gedacht, da kam mir das Bild von Menschen mit Harlekinmasken in den Sinn, die mit gelbäugigen Primatenschweinen Walzer tanzten. Worauf ich mir vornahm, die nächste Nacht vor

Allerheiligen lieber allein zu verbringen, hinter verschlossenen Türen und zugezogenen Vorhängen, und an meinen Fingernägeln zu kauen.

Die Wände waren mit Mosaiken geschmückt, die sich an berühmte Gemälde mit religiösen Motiven anlehnten. Dazwischen befanden sich Nischen, die auf Urnen warteten.

Nur drei der Nischen waren belegt. Nachdem Constantine Cloyce, der Erbauer von Roseland, seine Frau und sein Sohn gestorben waren, hatten die späteren Besitzer keine ewige Bindung an das Anwesen verspürt und ihre sterblichen Überreste anderswo bestatten lassen.

Der namenlose Junge hatte mir gesagt, ich solle hierher kommen. Bevor ich ins Haupthaus zurückkehrte, um ihn zu befreien, hielt ich es für klug, seinen Rat zu befolgen.

Nun sollte ich auf den Schild drücken, den der Schutzengel auf einem der Mosaiken in die Höhe hielt. Bei meinen früheren Besuchen war mir gar nicht aufgefallen, dass auf sämtlichen vierzehn Darstellungen irgendwo ein Schutzengel zu sehen war.

Die Titel der ursprünglichen Gemälde waren nicht angegeben, doch unter jedem Mosaik stand der Name des Künstlers: Domenichino, Franchi, Bonomi, Berrettini, Zucchi …

Glücklichweise waren nicht alle Engel mit Schilden ausgestattet, und nur der auf dem Bild von Franchi hielt seinen Schild in die Höhe, um ein Kind zu beschützen – nicht vor Dämonen, sondern vor dem göttlichen Tadel.

Der Schild war rötlich braun und bestand aus vielen winzigen Stücken farbigen Glases. Leicht zitternd strich ich mit der flachen Hand darüber. Es geschah absolut nichts.

Ich klopfte mit den Fingerknöcheln hier und da auf den Schild und lauschte, ob irgendwo ein Hohlraum zu entdecken war. Nichts zu hören.

Als ich schon dachte, ich hätte das falsche Mosaik gewählt, fiel mir auf, dass eines der größeren Glasstückchen, etwa so groß wie eine Daumenkuppe, nicht mit seiner Umgebung verfugt war. Ich drückte darauf, spürte, wie es ein wenig nachgab, drückte fester, noch fester, und da versank es klickend ein Stück weit in der Wand.

Etwas zischte. Dann rollte ein ganzer Teil der Steinwand mit dem Mosaik, zwei Meter hoch und über einen Meter breit, mit leisem Rumpeln von mir weg. Er zog sich fast eineinhalb Meter weit zurück, bevor er zum Stehen kam.

Die eigentliche Wand, aus der sich dieser Teil gelöst hatte, war einen halben Meter dick, sodass auf beiden Seiten eine Lücke entstanden war. Zwei Treppen führten nach unten, eine links und eine rechts, über denen automatisch Licht angegangen war.

Ich hätte wissen müssen, dass ich die Gefahren meines abenteuerlichen Lebens nur lange genug überstehen musste, um eines Tages meinen Indiana-Jones-Moment zu haben.

In der Annahme, dass beide Treppen an denselben Ort führten, wählte ich die auf der Rechten. Die Stufen waren steil. Ich klammerte mich ans Geländer und dachte, wie absurd es wäre, zu stolpern und mir den Hals zu brechen, nachdem ich die Angriffe zahlloser Psychopathen unbeschadet überstanden hatte.

Tatsächlich endeten beide Treppen in einem drei Meter hohen Gewölbe, das fast so groß war wie das Mausoleum darüber. Es enthielt die erstaunlichste mechanische Apparatur, die ich je gesehen hatte.

Im Zentrum des Raums waren sieben Kugeln angeordnet, jeweils mit einem Durchmesser von knapp zwei Metern. Mit Boden und Decke waren sie mittels eines dünnen Stabs oder Rohrs verbunden. Diese Befestigungen waren fixiert, aber die riesigen Kugeln drehten sich so schnell, dass ihre goldene Oberfläche verschwamm. Obwohl es sich, selbst wenn sie hohl waren, um feste Körper handeln musste, kamen sie mir vor wie leuchtende Blasen, die jederzeit davonschweben konnten.

Da, wo an der Nordwand keine Treppe endete, und an der gesamten Südwand drehten sich Dutzende von Schwungrädern, manche so klein wie CDs, andere so groß wie Mülltonnendeckel. Durch glänzende Lenkwellen, Gleitstücke und Pleuelstangen waren sie mit glockenförmigen Maschinengehäusen verbunden. Blitzende Gelenke am Ende der Verbindungsstäbe drehten Kurbelwellen, und die Räder drehten sich unablässig, schnell oder noch schneller, manche im und manche gegen den Uhrzeigersinn, aber immer so, dass der Eindruck einer perfekten Synchronisierung entstand.

Ab und zu lösten sich vom Rand eines Schwungrads goldene Funken und stiegen zur Decke empor. Eigentlich waren es gar keine Funken, sondern etwas, wofür ich keinen Namen fand. Es waren goldene, wie Regentropfen geformte Lichtpulse, die nicht mit hoher Geschwindigkeit herausschossen wie Funken, sondern zur Decke schwebten. Dort wurden sie von einem Geflecht aus Kupferdraht absorbiert, dessen abstrakte Muster komplexer waren als die von Perserteppichen.

Bis auf das Kupfergeflecht der Decke und die Betonwände schien alles im Gewölbe, jeder sichtbare Teil der merkwürdigen Maschinerie, mit wertvollen Metallen überzogen, teils mit Gold und teils mit Silber. Ich kam mir vor wie in einem riesigen Schmuckkästchen, in dem es überall glitzerte, funkelte und schimmerte.

Welchem Zweck dies alles diente, blieb mir verborgen, doch am erstaunlichsten fand ich, dass die vielen beweglichen Teile keinerlei Geräusch verursachten, kein Summen oder Brummen, kein Klicken oder Ächzen. Der einzige Laut, den die geschäftige Apparatur von sich gab, war ein feines Zischen, sobald die Schwungräder einen Luftzug einfingen und ihn vorwärtsschleuderten, als würden die großen Kugeln die Atmosphäre ansaugen, um sie in Bewegung zu versetzen.

Eigentlich konnten Maschinenteile nicht so perfekt konstruiert werden, dass keinerlei Reibung mehr vorhanden war, und es gab auch kein Schmiermittel, das dafür hätte sorgen können. Ohnehin war nirgendwo ein Tropfen Fett oder Öl zu sehen. Ich roch auch nichts Derartiges. Obwohl also scheinbar keine Schmierung erforderlich war, gab der Mechanismus nicht die geringste Reibungshitze ab.

Dass derart schnelle Bewegungen in völliger Stille vonstatten gingen, war ausgesprochen unheimlich. Ich hatte das Gefühl, in das Reich einer kosmischen Maschinerie gelangt zu sein, die sich zwischen unserer Dimension und einer anderen befand und die Ordnung im Universum aufrechterhielt, indem sie unablässig in einem feinen Gleichgewicht vor sich hin sauste.

Dennoch vermittelte das Gewölbe keinen futuristischen Eindruck. Einige Aspekte der Apparatur kamen mir viktorianisch vor, andere eher wie Art déco. Statt eine Konstruktion aus dem nächsten Jahrtausend darzustellen, schien sie antik zu sein oder vielmehr zeitlos, so als hätte sie schon immer existiert.

Das Gefühl, beobachtet zu werden, das mich in Roseland ständig verfolgte, wurde nun stärker.

Von dem glänzenden Rand der sausenden Schwungräder stieg ein Schauer aus honigfarbenen Lichttropfen zu dem Kupfergewebe an der Decke auf wie winzige Heliumballons. Dieser Vorgang stand im Gegensatz zu der rotierenden Bewegung, die sonst alles dominierte, und mit einem Mal überkam mich ein Eindruck des Schwebens. Das war nicht angenehm, sondern das mulmige Gefühl, ich könnte mich vom Boden erheben und … davontreiben.

Wieder erklang die tiefe, körperlose Stimme mit dem unbekannten Akzent, die ich am Morgen gehört hatte, als ich auf das wie eine Laterne leuchtende Mausoleum zugegangen war, hinter mir: »Ich habe dich gesehen …«

Ich drehte mich um, ohne jemanden zu sehen.

»… wo du nicht gewesen bist«, flüsterte die Stimme.

Als ich mich erneut umdrehte, sah ich am Ende des Raums

einen Mann mit Schnurrbart stehen. Er war groß und hager, und er trug einen dunklen Anzug, der um seine knochige Gestalt schlotterte. Seine Bekleidung und seine ernste Haltung erinnerten mich an einen Leichenbestatter.

Lauter als vorher sagte er: »Ich zähle auf dich.« Dann verschwand er hinter den Kugeln, die mir in der Mitte des Raums den Blick verwehrten.

Ich eilte hinter ihm her, doch als ich auf die andere Seite kam, war er nirgends zu sehen. Auch als ich am Rand des gesamten Gewölbes entlangging, blieb er verschwunden, als hätte er durch Wände gehen können.

Geister sprechen nicht. Und lebende Menschen entmaterialisieren sich nicht wie Geister.

Was Geister angeht – als ich mich das nächste Mal umdrehte, stand ich direkt vor der Frau in Weiß. Ihr langes blondes Haar war von frischen blutigen Strähnen durchzogen und so zerzaust, wie es vielleicht in der Nacht gewesen war, in der sie ihr Pferd zum letzten Mal geritten hatte.

Auch ihr Nachtgewand war blutig, und zum ersten Mal erschien sie mir mit drei Schusswunden in der Brust. Zwei davon, direkt über dem Herzen und knapp darunter, ließen erkennen, dass die Schüsse aus nächster Nähe abgefeuert worden waren, denn der Stoff des Gewandes war rund um die Wunden versengt. Der dritte Schuss hatte das Brustbein zerschmettert und war aus größerer Entfernung abgefeuert worden; wahrscheinlich war er der erste gewesen und hatte sie augenblicklich getötet. Dass der Mörder dann noch zweimal aus der Nähe in die Leiche geschossen hatte, wies wohl auf eine unglaubliche Wut hin.

Bei der Waffe hatte es sich definitiv um ein großkalibriges Gewehr gehandelt. Die Hochgeschwindigkeitsgeschosse hatten den Brustkorb eingedrückt.

Als die Frau feststellte, dass der Anblick der Gewalt, die man ihr angetan hatte, mich quälte, verblassten die Wunden und das

Blut, und sie sah nun so aus wie in dem Moment, bevor der Mörder abgedrückt hatte. Wunderschön. Ihre Haltung und ihr Gesichtsausdruck ließen einen starken Willen erkennen. Ihr Blick war direkt und, so hatte ich den Eindruck, völlig aufrichtig.

Sie drehte sich um und ging davon, blieb jedoch nach drei Schritten stehen und sah sich nach mir um.

Mir wurde klar, dass sie mich irgendwohin führen wollte, und ich folgte der Schönheit zum Ende des Gewölbes. In einer Ecke führte eine schmale Wendeltreppe weiter nach unten.

Sie wollte also, dass ich sie an jenen tieferen Ort begleitete …

23

Spiralförmig wand die eiserne Treppe sich tiefer in eine Finsternis, die eine Abwesenheit von Hoffnung, nicht von Licht darstellte, denn das Licht unten war so golden wie in dem Gewölbe voller Kugeln und Schwungräder darüber.

Ich hatte, wie schon erwähnt, von Auschwitz geträumt und in diesem Traum Angst gehabt, zweimal zu sterben. Dann hatte Annamaria mir versichert, ich werde nur ein einziges Mal sterben und dabei werde der Tod ohne Bedeutung sein.

In unserem ganzen Leben gibt es viele Tage, an denen wir ein wenig sterben, indem wir von Verlust, Versagen oder Furcht verwundet werden, oder wenn wir das Leiden von anderen sehen, denen wir nur Mitleid entgegenbringen, aber nicht helfen können, weil sie rettungslos verloren sind.

Die Wendeltreppe war wie ein Bohrer, der tief durch die Schichten von Roseland drang. Wenn ein Brunnenbohrgerät sich auf der Suche nach Wasser in Erde und Fels gräbt, dann fördert es gelegentlich Fossilien oder deren Fragmente zutage. Manche stammen von bizarren Kreaturen mit Augen auf Stängeln, Peitschenschwanz und vielgliedrigen Beinen, Tiere, die vor langer Zeit über den Boden des Urmeers gekrochen sind. Siehst du ihre zu Stein gewordene Gestalt, so kommt dir die Erde weniger bekannt als unbekannt vor, und mit einem Frösteln zuckt dir die Ahnung durchs Blut, dass du ein Fremder in einem fremden Land bist. Das einzige Geräusch im zweiten Keller des Mausoleums stammte von meinen Fußtritten auf den Eisenstufen, und in der Stille am Ende der Treppe stieß ich auf eine so bizarre und düstere Szene, als wäre ich auf einem fernen, eine unbekannte Sonne umkreisenden Planeten gelandet.

Der Raum war etwas höher als der erste Keller, etwa dreieinhalb Meter hoch. Die parallel angeordneten, vergoldeten Zahnräder unterhalb der Decke, die oben und unten in schmalen, versilberten Schienen liefen, nahm ich erst später genauer in Augenschein. Sie waren in den Schienen nicht fixiert, und sie übertrugen auch nicht nur Kraft und Bewegung, sondern bewegten sich selbst durch den Raum, aus einer Öffnung in der Wand in eine andere Öffnung in der Wand gegenüber. Die erste, dritte und fünfte Reihe rollte von Osten nach Westen, die zweite, vierte und sechste Reihe von Westen nach Osten. Eng miteinander verzahnt, drehten die glänzenden Räder sich so lautlos wie die Schwungräder im oberen Keller. Auch hier war nicht erkennbar, wozu sie dienten und was sie antrieben, falls sie überhaupt etwas anderes antrieben als sich selbst.

Das Geheimnis der Zahnräder war jedoch belanglos angesichts der toten Frauen, die auf dem Boden saßen, den Rücken an die Wand gelehnt.

Wie ich in mindestens einem weiteren Band dieser fortlaufenden Memoiren geschrieben habe, werde ich nicht alles erzählen, was ich gesehen habe. Das gilt auch für die Szene in diesem Raum, die ebenso obszön wie grauenhaft war. Unschuldigen Toten jedoch gebührt ihre Würde.

Und wie furchtbar dieses Verbrechen war, kann durch die Zahl der Opfer nicht ausgedrückt werden, denn jede dieser Frauen war etwas Besonderes, wie es jeder Mensch ist, der je geboren wurde. Was man jeder einzelnen angetan hatte, war eine so monströse Ungerechtigkeit und ein solcher Frevel, dass es mir wegen der schieren Bosheit richtig schwer ums Herz wurde. Jedes der Opfer verlangte die Hinrichtung dessen, der dafür verantwortlich war. Als ich die Leichen später zählte, kam ich auf vierunddreißig.

Dennoch war der Raum so geruchlos wie still … und das war nicht einmal das Rätselhafteste an dem Anblick.

Alle Frauen waren nackt und saßen Seite an Seite auf dem Boden, den Rücken an der Betonwand. Äußerlich entsprachen sie alle einem bestimmten Typ. Sie waren blond, einige mit kürzerer Frisur, die meisten jedoch mit Haaren, die bis zur Schulter oder noch weiter herabfielen. Manche waren vielleicht erst sechzehn, keine sah älter aus als Ende zwanzig. Sehr schön waren sie einst gewesen, mit feinen Gesichtszügen. Ihre Augen waren blau, blaugrau oder blaugrün und weit offen, manche, weil der Tod sie so ereilt hatte, andere, weil Nadeln die Augenlider daran hinderten, sich zu schließen.

Unter der Decke drehten sich lautlos die goldenen Zahnräder, während die zum Geist gewordene Reiterin im Nachtgewand mich durch den Raum führte. Dabei fiel mir immer stärker die Ähnlichkeit auf, die zwischen ihr und den toten Frauen bestand.

Vielleicht war sie das erste Opfer gewesen, und der Mörder hatte sich nicht damit zufrieden gegeben, sie einmal zu töten. Deshalb hatte er Stellvertreterinnen gesucht, die ihr ähnelten, und sie nacheinander getötet, als würde er die Frau im Nachtgewand noch einmal töten.

Offenbar klammerte sich keine der toten Frauen hartnäckig an diese Welt, denn bis auf die Reiterin und ihr treues Pferd hatte ich keine weiteren Geister in Roseland gesehen. Dafür, dass sie sich rasch ins Jenseits begeben hatten, war ich dankbar, denn wenn der Keller mit ihren gepeinigten, flehenden Geistern gefüllt gewesen wäre, dann hätte ich das womöglich nicht ausgehalten.

Die meisten von ihnen waren auf die eine oder andere Weise gefoltert worden, aber ich werde nicht sagen, mit welchen Techniken und welchen Instrumenten. Bei manchen hatte das Scheusal sich an den Händen zu schaffen gemacht, bei anderen an den Füßen oder den Brüsten. Die Gesichter aber waren unberührt bis auf die Nadeln in den Augenlidern, die offenbar nach dem Tod eingesetzt worden waren, denn dort war kein Blut ausgetreten.

Das hieß, der Mörder wollte immer in der Lage sein, im Gesicht jeder Toten das der Reiterin zu sehen. Vielleicht kam er hierher, um seine Sammlung zu betrachten, den starren Blick der Frauen auf sich zu spüren und sich an der Tatsache zu weiden, dass er trotz allem, was er ihnen angetan hatte, lebte und dies sogar genoss.

Dass dieser Keller voller Leichen völlig frei von jedem Verwesungsgeruch war, verblüffte mich weniger als der Zustand der vierunddreißig toten Frauen. Sie sahen aus, als wäre jede einzelne von ihnen erst an diesem Morgen getötet worden.

24

Eine derart makellose Konservierung war unmöglich. Die Frauen waren weder einbalsamiert noch mumifiziert. Außerdem hatten Mumien keine glatte Haut, kein seidiges Haar und keine klaren Augen. Und selbst einbalsamierte Leichen veränderten ihren Zustand.

Ich nahm an, dass Noah Wolflaw der Mörder war. Er hatte Roseland vor vierundzwanzig Jahren vom zweiten Besitzer, dem einsiedlerischen südamerikanischen Bergwerkserben, erworben. Wäre die makabre Sammlung damals bereits vorhanden gewesen, so hätte Wolflaw die Polizei gerufen und dafür gesorgt, dass die Leichen rasch entfernt wurden.

Allerdings waren die Reitbahn und der Übungsplatz eindeutig seit vielen Jahren von Unkraut überwuchert, und die merkwürdig sauberen Ställe sahen so aus, als wären seit mehreren Jahrzehnten darin keine Pferde mehr gehalten worden. Mr. Shilshom hatte mir das bestätigt. Deshalb mussten die Reiterin und ihr Hengst eigentlich viele Jahre vor dem Tag, an dem Wolflaw das Anwesen gekauft hatte, ermordet worden sein.

Als der Geist der Reiterin mich jedoch durch den Raum zur letzten der vierunddreißig Leichen führte, die wahrscheinlich als Erste gestorben war, sah ich, dass es sich um ihre eigene handelte. Nach deren Zustand hätte man gemeint, dass sie ihren Körper vor kaum einer Stunde verlassen hatte. Falls dies tatsächlich Wolflaws Werk war, so hatte zumindest ein Hengst im Stall gestanden, seit er im Besitz des Anwesens war.

Dieser Körper war als einziger nicht nackt, sondern trug das weiße, mit Spitze verzierte Nachtgewand, mit dem der Geist mir immer erschien. Auch gefoltert worden war die Reiterin als einzige der vierunddreißig Frauen nicht, was zu bestätigen schien, dass sie als Erste ermordet worden war und dass der Mörder bei diesem ersten Mal im Affekt gehandelt hatte. Anschließend hatte er seine Opfer mit berechnender Geduld ausgewählt, sie sexuell missbraucht und auf fast rituelle Weise gefoltert, bevor er ihnen endlich das Leben genommen hatte.

Mein Schock über diese Entdeckung ließ allmählich nach, doch dafür wuchs mit jedem Moment mein Entsetzen. In meinem kurzen Leben hatte ich schon viele verabscheuenswürdige Dinge gesehen und auch selbst Dinge tun müssen, die mich eine Weile zutiefst verstört hatten. Nichts, was mir bisher begegnet war, hatte jedoch so schwer auf mir gelastet wie die grässliche Szene im Keller des Mausoleums.

Vorübergehend musste ich vor diesem derart erdrückenden Beweis für die Existenz des Bösen die Augen schließen, als hätte mich ein zu langer Blick darauf selbst damit infiziert.

Die Beine wurden mir schwach. Ich schwankte. Streckte die Knie durch. Richtete mich auf.

Die tröstende Hand, die ich auf meiner Schulter spürte, musste dem Geist der Reiterin gehören. Ich kann die Berührung der auf Erden verweilenden Toten zwar wahrnehmen, aber normalerweise versuchen diese nicht, mich zu beruhigen.

Ein Leben voll übernatürlicher Begegnungen hat meine Fantasie geschärft, die schon seit meiner Geburt sehr lebhaft ist. Deshalb hatte die Hand der Reiterin erst wenige Sekunden auf meiner Schulter gelegen, als ich bereits überzeugt war, nicht von ihr berührt zu werden, sondern von jemandem, der weniger freundliche Absichten hegte.

Als ich die Augen öffnete, stellte ich fest, dass die Hand doch zu meiner geisterhaften Begleiterin gehörte. Ich erwiderte ihren Blick, dann schaute ich in die starren Augen ihrer am Boden sitzenden Leiche.

Erstaunlicherweise gibt es noch immer Nächte, in denen ich gut schlafe.

Die Schusswunden in der Brust der Leiche waren grässlich. Eigentlich wollte ich mich nicht näher mit ihnen beschäftigen.

Dennoch kniete ich mich nach kurzem Zögern neben die Leiche und berührte das blutbefleckte Nachtgewand, um zu bestätigen, was ich vermutete. Ja. Das in den Stoff gesickerte Blut war immer noch klebrig – und es sah in den Wunden feucht und flüssig aus, was keinerlei Sinn ergab.

Der Mörder hatte die Objekte seiner obszönen Sammlung so arrangiert, als wären sie Puppen, mit denen er gespielt hatte, um sie beiseitezulegen, sobald ihm langweilig geworden war. Sie saßen mit gespreizten Beinen da, die schlanken Arme schlaff an der Seite, die Handflächen wie flehend nach oben gewandt.

Bis auf die Frau in dem Nachtgewand, das bis über die Knie hochgeschoben war, waren die anderen Puppen nur mit dem Gegenstand ausgestattet, mit dem man sie ermordet hatte. Manche waren mit einer Krawatte erdrosselt worden, die sich so tief ins Fleisch des Halses eingegraben hatte, dass der Mörder offenbar nicht einfach nur wütend gewesen war, sondern im Bann einer bitteren, schwärenden Bosheit und eines unversöhnlichen Hasses gestanden hatte. Andere waren mit zwei, drei oder wesentlich mehr Messerstichen getötet worden, und in jedem Fall war das Messer in der letzten Wunde stecken geblieben.

Im Falle der dreiunddreißig nackten Toten lagen zwischen den gespreizten Beinen von Hand beschriebene Karteikarten auf dem Boden. Sie dienten dem Mörder offenbar als Gedächtnisstütze. Wie ein kleines Mädchen seinen Puppen Namen gibt, so war auch jedes Opfer in der Sammlung dieses kranken Mannes benannt. Wahrscheinlich handelte es sich um die Namen, unter denen sie gelebt hatten.

Während ich vor der zweiten Leiche widerstrebend auf ein Knie ging, versuchte ich, nicht sie, sondern lediglich die Karteikarte anzuschauen. In Großbuchstaben stand dort TAMMY VANALETTI. Daneben hatte der Mörder säuberlich vier kleine Sternchen gemalt, die vielleicht darauf hinwiesen, wie sehr er die Zeit mit ihr genossen hatte.

Weder mein Abscheu noch meine Traurigkeit ließen in irgendeiner Weise nach. Zusätzlich spürte ich nun aber einen dunklen Nebel aus großer Wut, wie er mich sonst nicht so leicht überkommt. Er stieg in mir auf wie aus dem Mark meiner Knochen und breitete sich in meinem ganzen Innern aus.

Jede dieser Frauen war jemandes Tochter, Schwester, Freundin gewesen, vielleicht sogar die Mutter eines Kindes. Es waren keine Spielzeuge. Was der Mörder ihnen angetan hatte, war keine sportliche Leistung, die mit einem Sternchensystem bewertet werden konnte. Schon als Mensch wertvoll, war jede von ihnen vielleicht auch so wertvoll für jemanden gewesen wie Stormy für mich.

Wut ist eine gewaltsame Emotion, rachgierig und ebenso gefährlich für den, der davon angetrieben wird, wie für alle, gegen die sie sich richtet. Wenn Wut selbstsüchtiger Natur ist – und das ist sie meistens –, dann trübt sie den Verstand und bringt dich in Gefahr. Ich aber musste einen klaren Kopf bewahren, um mit dem, was mich als Nächstes erwartete, umzugehen. Deshalb musste ich Stormy Llewellyn aus dieser Sache heraushalten, musste diese Grausamkeit weniger persönlich nehmen, meine Wut in rechtschaffene Empörung verwandeln und die bösartige Tat nur deshalb verachten, weil sie böse war. Wut ist wie ein roter Schleier, durch den man die Welt sieht, aber gerechter Zorn bedeutet Klarheit. Wer wütend ist, schießt oft aus der Hüfte und verfehlt sein Ziel oder trifft das falsche; wer zornig ist, handelt ohne bösen Willen, aber mit einem Durst nach Gerechtigkeit.

Unter dem Namen von Tammy Vanaletti stand ein Datum. Um ihren Geburtstag konnte es sich nicht handeln, weil es erst acht Jahre her war und sie nach Anfang zwanzig aussah. Am logischsten war, dass man sie an diesem Datum ermordet hatte.

Tammy war erstochen worden. Das Blut auf den Rändern ihrer Wunden sah frisch aus.

Ich hatte keine Ahnung, wie das acht Jahre nach ihrer Ermordung möglich war. Aber ich spürte, wie der Teil meines Denkens, der nie schlief oder ruhte, die vielen, scheinbar unzusammenhängenden Fäden von Roseland allmählich zu einem Gewebe zusammenknüpfte.

Bedächtig ging ich von Leiche zu Leiche, wobei ich jede Karte betrachtete, ohne sie anzurühren. Jedes Todesdatum lag näher an der Gegenwart als das davor. Ginger Harkin, das letzte Opfer, war erst vor knapp einem Monat getötet worden.

Die dreiunddreißig Frauen, deren Todesdatum angegeben war, waren alle in den vergangenen acht Jahren ermordet worden. Der Abstand, in dem der Mörder seinen zerstörerischen Drang verspürt hatte, betrug weniger als drei Monate. Vier Opfer jährlich, Jahr für Jahr, dann und wann eines zusätzlich.

Eine solche Serie konnte nicht mit einem mörderischen Impuls oder einem psychotischen Zwang erklärt werden. Es war das Lebenswerk dieses Mannes, seine Beschäftigung, seine *Berufung*.

Ich wandte mich an den namenlosen Geist. »Hat Noah Wolflaw dich getötet?«, fragte ich.

Nach kurzem Zögern nickte die Frau: *Ja*.

»Warst du seine Geliebte?«

Wieder ein Zögern. *Ja*.

Bevor ich eine dritte Frage stellen konnte, hob sie die Hand, um mir einen Verlobungs- und einen Ehering zu zeigen. Die beiden Ringe waren natürlich nicht real, sondern nur eine *Vorstellung* des Schmucks, den sie einmal auf dieser Welt getragen hatte.

»Seine Frau?«

Ja.

»Du willst, dass er seiner gerechten Strafe zugeführt wird.«

Sie nickte heftig und legte beide Hände aufs Herz, als wollte sie sagen, Gerechtigkeit sei ihr sehnlichster Wunsch.

»Ich werde ihn zur Strecke bringen. Er kommt ins Gefängnis, ganz bestimmt.«

Sie schüttelte den Kopf und fuhr mit dem Zeigefinger über ihre Kehle: *Töte ihn.*

»Das werde ich wahrscheinlich ohnehin tun müssen«, sagte ich. »Aber leicht wird das nicht, fürchte ich.«

25

Die auf der Erde verweilenden Toten liefern nicht immer hilfreiche Informationen, und selbst jene, die mir helfen wollen, sind von ihrer psychischen Struktur im Tod ebenso behindert wie im Leben. Weil sie sich zwischen dieser Welt und der nächsten verloren haben, ist ihr Denken oft von Furcht, Verwirrung und wohl auch anderen Emotionen geprägt, die zu komplex sind, als dass ich sie mir vorstellen könnte. Deshalb verhalten sie sich gelegentlich irrational und behindern mich, wo sie mir eigentlich nur helfen wollen, oder sie wenden sich von mir ab, wenn sie das Gegenteil tun sollten.

Um möglichst viel von Wolflaws ermordeter Frau zu erfahren, bevor sie womöglich weniger kooperativ wurde, sagte ich: »Im Haus ist ein Junge. Genau, wie du mir zu verstehen gegeben hast.«

Sie nickte heftig. In ihre Augen traten Tränen, denn selbst Geister können weinen. Allerdings benetzen ihre Tränen nichts auf dieser Welt.

Weil der Junge gesagt hatte, man habe ihn von irgendwo hierher gebracht und er wolle dorthin zurück, hatte ich angenommen, er sei nicht mit Noah Wolflaw verwandt und gehöre nicht nach Roseland. Offenbar verhielt es sich jedoch anders.

»Dein Sohn«, sagte ich.

Ja.

»Ist Noah Wolflaw sein Vater?«

Nach erneutem Zögern nickte sie wieder, tiefe Enttäuschung im Gesicht. *Ja.*

»Ich nehme an, du weißt nicht viel über mich, nur dass ich dich und andere, die nicht ins Jenseits gegangen sind, sehen kann. Deshalb will ich dir sagen, dass ich wegen deines Sohnes an diesen Ort geführt worden bin. Ich soll ihm helfen, und das werde ich versuchen, so gut ich kann.«

Sie sah hoffnungsvoll, aber auch unsicher aus. Ihre mütterliche Angst, die sie selbst in den Tod mitgenommen hatte, weckte mein Mitgefühl.

»Er sagt, er will zurückgebracht werden, aber ich weiß nicht, von wo man ihn geholt hat. Hat er eine Zeit lang bei jemand anderem gelebt, vielleicht bei seinen Großeltern?«

Nein.

»Bei einem Onkel oder einer Tante?«

Nein.

»Ich bringe ihn zurück, das verspreche ich dir!«

Zu meiner Überraschung reagierte sie erschrocken und schüttelte entschieden den Kopf. *Nein, nein, nein.*

»Aber er will zurück, das will er unbedingt, und wenn dies hier zu Ende ist, wird er irgendwo hinmüssen.«

Sichtlich verzweifelt, presste die verstorbene Mrs. Wolflaw die Hände an den Kopf, als wäre die Vorstellung, dass ihr Sohn irgendwo hingebracht wurde, eine Höllenqual für sie.

»Serienmord ist nicht das Einzige, worum es in Roseland geht. Hier geht etwas verdammt Seltsames vor sich, und das wird nicht gut enden. Dann wird es kein Roseland mehr geben, und falls doch, wird es ein verrufener Ort sein, ein Magnet für geistig Verwirrte, Sektierer, Verrückte jeder Art. Deshalb wird der Junge dorthin zurückkehren müssen, wo er hinwill.«

Angst verzerrte ihr schönes Gesicht, doch offenbar spürte sie auch Wut, denn sie schlug mit der Faust nach mir.

Die auf der Erde verweilenden Toten können mich zwar berühren, wenn sie eine freundliche Absicht haben, und dann spüre ich diese Berührung auch. Wollen sie mir jedoch schaden, dann gleiten ihre Schläge wirkungslos durch mich hindurch, wie es ihrer immateriellen Natur entspricht.

Warum das so ist, weiß ich nicht. Ich habe die Regeln nicht aufgestellt, und wenn man mir erlauben würde, sie umzuschreiben, würde ich allerhand Änderungen anbringen.

Ich weiß nicht einmal, wieso *ich* da bin, nur dass es so ist.

Wieder schlug Mrs. Wolflaw nach mir, und dann ein drittes Mal. Ihre Unfähigkeit, mich zu treffen, enttäuschte sie so sehr, dass ihr Gesicht sich vor Verzweiflung verzerrte. Sie stieß ein klagendes Heulen aus, für das ich ebenso taub war wie die übrige Welt.

Offenbar war sie eher verängstigt und frustriert als wütend. Sie machte nicht den Eindruck, als könnte sie so in Weißglut geraten, dass sie sich aus einem harmlosen Geist in einen gefährlichen Poltergeist verwandelte, der das Mobiliar durch die Gegend schleuderte.

Meine Vermutung bestätigte sich, als sie sich von mir abwandte, an den toten Frauen vorbeirannte und verschwand, sobald sie ihre eigene, von Schüssen durchbohrte Leiche erreicht hatte.

Manchmal kommt es mir vor, als ob ich träume, wenn ich in Wirklichkeit wach bin. Meine Realität kann so irreal sein wie das Land, durch das ich im Schlaf gehe.

Mit der Versammlung aus Toten allein gelassen, blickte ich an die Decke, um die sechs Reihen von goldenen Zahnrädern zu betrachten. Die glänzenden Zähne griffen ineinander, bissen zu, ohne zu zerreißen, kauten, ohne zu verzehren, drehten sich ohne Geräusch und bewegten sich von Wand zu Wand durch den Raum, als wären sie das Uhrwerk in der Hölle, mit dem der Teufel maß, wie die Zeit fortschritt, hin zur Ewigkeit …

26

In der Krypta mit dem geheimnisvollen Uhrwerk legten die zeitlosen Toten schweigend Zeugnis für das Potenzial des Menschen ab, Böses zu begehen. Wenn ich in ihre blinden Augen geblickt hätte, so hätte ich weinen müssen, doch dies war ebenso wenig eine Zeit zum Weinen wie zum Lachen. Deshalb ging ich zur Wendeltreppe zurück, voll gerechtem Zorn, aber ohne Wut.

Ozzie Boone, der bekannte, hundertachtzig Kilo schwere Krimi-Autor, der in Pico Mundo lebt, ist mein Mentor, Freund und Ersatzvater. Er kommt in einigen Bänden dieser Memoiren vor, und seine schriftstellerischen Ratschläge haben jeden von ihnen geprägt.

Zum Beispiel hat er mir den Rat gegeben, beim Schreiben müsse ich einen leichten Ton beibehalten, weil die Themen oft so düster seien. Ohne die Würze des Humors, meint Ozzie, würde ich nur für ein kleines Publikum aus bitteren Nihilisten und entschieden Depressiven schreiben, während ich Leser, die von der Hoffnung im Kern meiner Geschichte profitieren könnten, nicht erreichen würde.

Solange ich am Leben bin, können meine Schriften nicht veröffentlicht werden, nicht zuletzt deshalb, weil ich sonst von Leuten belagert würde, die irrtümlich annähmen, ich könnte meinen sechsten Sinn *kontrollieren*. Sie würden von mir erwarten, als Mittler zwischen ihnen und ihren Angehörigen oder Freunden im Jenseits zu dienen. Andere würden meine Gabe noch mehr missverstehen und sich an mich wenden, um von allem Möglichen geheilt zu werden, von Krebs bis zu entzündeten Fußballen oder was auch immer.

Hier, außerhalb von Pico Mundo, musste ich im Blick behalten, dass Polizei und Justiz wahrscheinlich kein offenes Ohr hatten, wenn ich von einer anderen Welt innerhalb der Welt erzählte, die sie kannten, von einer komplexeren Realität innerhalb der Realität aller materiellen Dinge. Man würde mich schuldig sprechen und die Schuldigen, gegen die ich zur Verteidigung von Unschuldigen meinen gerechten Zorn gewandt hatte, zu Opfern erklären. Bestenfalls konnte ich darauf hoffen, ins Gefängnis zu kommen, wahrscheinlich würde ich im Irrenhaus landen, und in den Jahren, in denen ich auf die Entscheidung wartete, hätte ich niemandem mit meiner Gabe helfen können.

An der Treppe nahm ich etwas wahr, das ich bereits gesehen, aber nicht weiter beachtet hatte: eine Tür in der Wand. Die Treppe führte in Räume, die ich bereits aufgesucht hatte, die Tür hingegen zu etwas Neuem.

Etwas Neues ist nicht immer besser. Ein Smartphone ist besser als ein Telefon mit Wählscheibe, aber vor nicht allzu langer Zeit hatten ein paar Irre die nur vermeintlich großartige neue Idee, ihrem Ärger Luft zu machen, indem sie Passagierflugzeuge in Wolkenkratzer steuerten.

Dennoch ging ich, den Kopfkissenbezug mit der Metallsäge in der Hand, auf die Tür zu, zögerte und machte sie auf. Dahinter sah ich einen abwärts verlaufenden Tunnel, zwei Meter breit und gut zwei Meter hoch.

Da ich mich an der Nordseite des Mausoleums befand und das Haupthaus nördlich davon stand, war zu vermuten, dass der Tunnel unter den Kaskaden, der Rasenfläche und der Terrasse hindurchführte und im Keller von Noah Wolflaws Domizil endete.

Seit ich den Gästeturm verlassen hatte, war es mein eigentliches Ziel gewesen, mich unbemerkt ins Haus zu schleichen und zu tun, was getan werden musste, um die Geheimnisse von Roseland zu enthüllen und den Jungen zu befreien. Der Tunnel bot eine verstohlenere Route, als ich zu finden gehofft hatte – falls ich unterwegs nicht auf Wolflaw, Sempiterno oder ein Schwein stieß, das vorgab, so zu gehen wie ein Mensch.

Offenbar war dies jedoch mehr als ein Geheimgang. Es musste noch einem anderen Zweck dienen – als Teil des seltsamen Mechanismus, den ich in den beiden Kellern des Mausoleums entdeckt hatte.

Boden, Wände und Decke des Tunnels waren mit Kupferplatten ausgekleidet; rechteckige Lampen an der Decke sorgten für einen Wechsel aus Schatten und Licht. In jede Wand war waagrecht eine durchsichtige Glasröhre eingebettet, durch die sich langsam goldene Lichtpulse bewegten. Sie erinnerten mich an die leuchtenden Tropfen, die sich von den Schwungrädern im ersten Keller lösten.

Im einen Moment schienen die Pulse sich auf das Haus zuzubewegen, im nächsten weg davon. Wenn ich sie länger als einige Sekunden direkt betrachtete, wurde mir flau im Magen, und mir kam der merkwürdige, verwirrende Gedanke, ich sei hier und nicht hier, real und nicht real, und ich würde mich gleichzeitig dem Haus nähern wie mich von ihm entfernen.

Ich nahm mir vor, die Röhren nicht mehr direkt anzuschauen. Stattdessen richtete ich den Blick auf den Boden und ging los.

Am Ende des Gangs kam ich zu einer mit Kupfer verkleideten Tür. Ich öffnete sie und tastete im Dunkeln nach dem Lichtschalter. Vor mir befand sich ein Weinkeller mit Steinwänden und einem Betonboden, in den die bekannten Kupferstäbe eingesetzt waren. In Regalen aus Rotholz lagerten Tausende Flaschen.

Etwas so Normales wie ein Weinkeller kam mir hier abnormal vor. Da folterte und tötete jemand Frauen, kerkerte seinen eigenen Sohn ein, bewaffnete sich selbst und sein Personal für Armageddon, machte aus seinem ganzen Anwesen eine Maschinerie, ließ ein Rudel Menschenschweine durch den Garten toben – und dann setzte er sich abends mit einem guten Cabernet

Sauvignon und einem Stück leckeren Käse aufs Sofa, um Musicalmelodien zu lauschen?

Nichts in Roseland war so normal wie Musicalmelodien, Käse und Wein. Vielleicht war dies tatsächlich einmal das Domizil eines typischen Milliardärs mit den üblichen Perversionen gewesen, aber inzwischen war das eindeutig nicht mehr der Fall.

Ich war versucht, eine der Flaschen zu öffnen, um festzustellen, ob sie Blut statt Rotwein enthielt.

Hinter einer von zwei rustikalen Eichentüren fand ich eine schmale Treppe vor. Wahrscheinlich führte sie in die Küche hinauf.

Von Mr. Shilshom hatte ich alles erfahren, was er zu sagen bereit war, falls ich ihm nicht zwei Kabel an die Weichteile klemmte, um ihm weitere Informationen per Elektroschock zu entlocken. Das war jedoch nicht mein Stil. Außerdem hätte ich schon bei der Vorstellung, die Weichteile des Kochs zu Gesicht zu bekommen, am liebsten gekreischt wie ein kleines Mädchen, das auf seiner Schulter eine Tarantel entdeckt.

Mit viel zu tun und möglicherweise wenig Zeit dazu ging ich zur zweiten Tür und zog sie vorsichtig auf. Dahinter kam ein langer Flur mit mehreren geschlossenen Türen auf beiden Seiten und einer weiteren Tür am anderen Ende.

Ich lauschte an der ersten Tür links, bevor ich sie öffnete. Der große Raum war voll mächtiger eiserner Brennöfen und ebenso mächtiger Heizkessel, die aus den 1920er Jahren zu stammen schienen. Sie sahen aus, als wären sie gerade erst aus der Fabrik gekommen, und ich konnte nicht beurteilen, ob sie noch in Betrieb waren, weil sie keinerlei Geräusch von sich gaben.

Zur Rechten führte die erste Tür in einen Lagerraum, in dem nichts gelagert wurde, und als ich die zweite Tür auf derselben Seite öffnete, fand ich dort Victoria Mors vor, die zum Team von Mrs. Tameed gehörende Hausangestellte. Sie kümmerte sich um die Wäsche.

Die Waschmaschinen und Trockner waren neuer als die Öfen und Heizkessel, doch wie der Weinkeller kamen sie mir wegen ihrer Gewöhnlichkeit deplatziert in der zunehmend grotesken Welt von Roseland vor.

Victoria Mors sortierte Kleidung und Bettzeug, wobei sie die einzelnen Stücke auf zwei verschiedene Waschmaschinen verteilte. Noch war keine der Maschinen in Betrieb, weshalb ich von keinem Geräusch darauf vorbereitet worden war, dass mich hier eine Überraschung erwartete.

Die Hausangestellte war so erschrocken, mich zu sehen, wie ich verblüfft war, sie vor mir zu haben. Reglos standen wir da und starrten uns mit offenem Mund an wie zwei Figuren in einer Kuckucksuhr, die plötzlich stehen geblieben war, nachdem die Türchen sich geöffnet hatten.

Wie Henry Lolam und Paulie Sempiterno hielt bestimmt auch Victoria es für ebenso unverantwortlich wie unerklärlich, dass Noah Wolflaw Annamaria und mich eingeladen hatte. Während ich nach Worten suchte, überlegte sie sich offenkundig, ob sie einen Alarmschrei ausstoßen sollte, denn schließlich war ich nur im Erdgeschoss des Hauses willkommen.

Bevor sie schreien konnte, trat ich ganz in die Waschküche, lächelte mein dämlichstes Grillkochlächeln und hob den Kopfkissenbezug in die Höhe, in dem ich die ins Handtuch verpackte Säge trug. »Ich hab was Heikles zu waschen, und man hat mir gesagt, ich soll es gleich zu Ihnen runterbringen.«

27

Schlank und kaum einen Meter sechzig groß, trug Victoria Mors die Kombination, die ihr und Mrs. Tameed als Uniform diente: eine schwarze Hose und eine einfache weiße Bluse. Obwohl sie wahrscheinlich schon Ende zwanzig war, kam sie mir eher wie ein Mädchen als wie eine Frau vor. Sie war auf elfenhafte Weise hübsch und hatte große blassblaue Augen. Ihr blondes Haar war mit Spangen festgesteckt, aber wie jedes Mal, wenn sie mir begegnet war, hatten einige Strähnen sich gelöst und ringelten sich an den Seiten des Gesichts herab. Zusammen mit ihren rosigen Wangen verlieh ihr dies das Aussehen eines Kindes, das gerade vom Seilspringen oder einem Hüpfspiel kam. Ihr Körper war der einer Ballerina, doch sie bewegte sich manchmal mit einer fohlenhaften Unbeholfenheit, die durchaus reizvoll war. Meist blickte sie mich von der Seite her an, oder sie hielt den Kopf gesenkt und lugte unter ihren Wimpern hervor, was wohl mädchenhafte Scheu vortäuschen sollte, aber wohl eher blanken Argwohn ausdrückte.

Nun, in der Waschküche, starrte sie mich jedoch direkt an. In ihren großen weit geöffneten Augen lag eine nervöse Besorgnis, als würde über meinem Kopf eine Vampirfledermaus flattern, die ich nicht wahrgenommen hatte.

»Ach«, sagte sie, »die Wäsche hätten Sie nicht selbst bringen müssen, Mr. Odd. Ich hätte sie gern im Gästeturm abgeholt.«

»Ja, Ma'am, ich weiß, aber ich wollte Ihnen die Mühe ersparen. Es muss für Sie und Mrs. Tameed ganz schön anstrengend sein, sich um ein so großes Haus zu kümmern. Das ganze Abstauben, Fegen, Polieren und Aufräumen. Gut, es gibt sicherlich noch mehrere andere Angestellte, auf die ich wohl noch nicht getroffen bin.«

»Ach nein?«, sagte sie. Ihr Tonfall und ihr Gesichtsausdruck drückten aus, sie sei ein zwar charmantes, aber nicht sehr helles Mädchen, das Gesprächsbeiträgen, die mehr als sechs Worte umfassten, nicht recht folgen konnte.

»Arbeiten Sie schon lange in Roseland?«

»Ich bin so froh, dass ich den Job gefunden habe.«

»Wer wäre das nicht?«

»Wir sind wie eine große Familie hier.«

»Ich spüre regelrecht die Wärme.«

»Und es ist ein so schöner Ort.«

»Richtig magisch«, stimmte ich zu.

»Die herrlichen Gärten, die wunderbaren alten Eichen.«

»Ich bin auf eine raufgeklettert und habe eine ganze, wenn auch sehr kurze Nacht darauf verbracht.«

Sie blinzelte. »Wie bitte?«

»Ich bin auf eine der wunderbaren alten Eichen geklettert. Bis in den wunderbaren Wipfel, wo die Äste fast zu dünn waren, um mich zu tragen.«

Sie war verwirrt, vielleicht, weil ich das Limit von sechs Worten weit überschritten hatte. »Wie sind Sie denn auf die Idee gekommen?«

»Ach«, sagte ich, »das musste ich einfach tun.«

»Auf Bäume zu klettern ist gefährlich.«

»*Nicht* raufzuklettern, kann genauso gefährlich sein.«

»Also, *ich* tue nie etwas Gefährliches.«

»An manchen Tagen ist es schon gefährlich, aus dem Bett zu steigen.«

Sie beschloss, mir nicht mehr direkt in die Augen zu schauen, und machte sich wieder daran, die Wäsche in ihrem Wagen auf die beiden Maschinen zu verteilen. »Lassen Sie Ihre Sachen doch einfach da, Mr. Odd«, sagte sie. »Ich kümmere mich schon darum.«

»Meine Sachen?«, fragte ich, weil ich mich genauso begriffsstutzig stellen kann wie jedermann.

»Ihre heikle Wäsche.«

Ich konnte nicht entscheiden, ob sie die Metallsäge nach dem Waschen stärken sollte oder nicht, weshalb ich den Kissenbezug behielt und sagte: »Mr. Wolflaw muss sehr hohe Ansprüche haben. Das Haus ist absolut makellos.«

»Es ist ein wirklich schönes Haus. Es verdient es, perfekt gepflegt zu sein.«

»Ist Mr. Wolflaw ein Tyrann?«

Ohne ihre Arbeit zu unterbrechen warf Victoria mir einen Seitenblick zu. Sie schien wegen dieser Kritik an ihrem Chef ernsthaft gekränkt zu sein. »Wie kommen Sie den darauf?«, fragte sie.

»Na ja, so reiche Leute wie er können manchmal ziemlich anspruchsvoll sein.«

»Er ist ein wunderbarer Arbeitgeber«, erklärte sie in missbilligendem Ton, weil ich es gewagt hatte, die Integrität des Herrn von Roseland anzuzweifeln. »Ich wollte nie einen anderen haben.« Mit der Zärtlichkeit eines verliebten Schulmädchens fügte sie hinzu: »Nie im Leben.«

»Das habe ich mir auch gedacht. Er scheint ein wahrer Heiliger zu sein.«

Sie runzelte die Stirn. »Warum haben Sie ihn dann als Tyrannen bezeichnet?«

»Aus Vorsicht. Ich möchte mich nämlich um einen Job bewerben.«

Nun erwiderte sie wieder meinen Blick und sagte abweisend: »Es gibt keine freien Stellen.«

»Ich hab den Eindruck, es fehlen noch ein paar Wachleute.«

»Zwei von denen sind im Urlaub.«

»Ach so. Henry Lolam sagt, er hat acht Wochen frei. Das ist eine großzügige Regelung.«

»Aber es sind keine Stellen frei.«

»Henry hat nur drei von seinen acht Wochen Urlaub genommen. Er sagt, die Welt da draußen würde sich zu sehr verändern. Nur hier fühlt er sich sicher, sagte er.«

»Natürlich fühlt er sich hier sicher. Wer würde das nicht tun?«

Es war anzunehmen, dass die vierunddreißig toten Frauen im Keller des Mausoleums sich irgendwann nicht mehr sicher in Roseland gefühlt hatten. Ich verzichtete jedoch darauf, das Thema anzuschneiden, um nicht mit der Tür ins Haus zu fallen.

Wenn ich mir je vorgestellt hätte, mich bei der CIA als Verhörspezialist zu bewerben, dann hätte ich das Interesse daran verloren, als man gesetzlich festlegte, Terroristen Informationen nur noch mithilfe von Süßigkeiten zu entlocken. Nun freute ich mich jedoch, von Victoria allerhand interessante Neuigkeiten zu erfahren, ohne auch nur einen Schokoriegel zu riskieren.

Da ich inzwischen meine Technik geändert und begonnen hatte, leichte Nadelstiche zu setzen, nahm die Unterhaltung womöglich einen feindseligen Charakter an. In diesem Fall musste ich das Problem, das Victoria darstellte, lösen, bevor sie irgendjemandem im Haus von meiner Anwesenheit berichtete.

Leider war mir noch nicht eingefallen, was ich mit ihr anstellen sollte. Sie gleich zu erschießen, das passte mir nun ganz und gar nicht.

Sie war fast damit fertig, die Wäsche zu sortieren.

»Henry Lolam hat mir gesagt, Roseland sei ein ungesunder Ort, aber das war wohl scherzhaft gemeint, wenn er doch nicht ertragen kann, davon weg zu sein.«

»Henry liest zu viele bescheuerte Gedichte, er denkt zu viel, und er quatscht viel zu viel«, sagte Victoria. Nun klang sie überhaupt nicht mehr wie ein Schulmädchen.

»Hoppla!«, sagte ich. »Ihr seid ja wirklich wie eine große Familie.«

Einen winzigen Augenblick lang verriet der Hass in ihren Augen mir, dass sie mir am liebsten die Nasse abgebissen und mich dann Paulie Sempiterno ausgeliefert hätte, damit der mir eine Kugel in den Kopf schießen konnte.

Aber Victoria Mors war eine wahre Verwandlungskünstlerin. Während ich meinen provisorischen Wäschesack auf den Boden legte, zog sie die Krallen ein, blinzelte das Gift aus ihren Augen und wusch den Essig aus ihrer Stimme, die honigsüß wurde.

»Es tut mir leid, Mr. Odd«, sagte sie mit der Emotionalität eines reizenden Kindes, das die Ehre seines geliebten Vater verteidigt.

»Keine Ursache.«

»Bitte verzeihen Sie mir.«

»Schon geschehen.«

»Es ist bloß so, na ja, ich ertrage es einfach nicht, wenn jemand unfair über Mr. Wolflaw spricht, weil er wirklich so … unglaublich ist.«

»Das verstehe ich. Mich beispielsweise bringt es auf die Palme, wenn jemand was Übles über Wladimir Putin sagt.«

»Über wen?«

»Vergessen Sie's.«

Victoria hatte die Wäsche fertig eingeräumt. Nun rang sie die Hände, als hätte sie viel Zeit damit verbracht, sich beim Betrachten melodramatischer Stummfilme schauspielerische Fertigkeiten anzueignen.

»Es ist bloß so, der arme Henry ist ein wirklich netter Mensch, er ist wie ein Bruder für mich, aber er gehört zu den Leuten … also, dem könnte man die ganze Welt schenken, und er wäre trotzdem unzufrieden, weil man ihm nicht auch noch den Mond geschenkt hätte.«

»Er wünscht sich, dass Aliens kommen und ihn unsterblich machen.«

»Was hat er bloß? Wieso kann er nicht zufrieden sein mit allem, was er hat?«

»Tja, wieso wohl?«, psalmodierte ich, als würde Henry mich ebenfalls zur Verzweiflung bringen.

»Noah ist ein großartiger Mensch, einer der größten Menschen, die je geboren wurden.«

»Ich dachte, er hat einen Hedgefonds gemanagt?«

Während dieses Satzes ging die Tür auf. Herein kam der große, hagere Mann mit Schnurrbart und dunklem Anzug, der mir mitgeteilt hatte, er habe mich gesehen, wo ich nicht gewesen sei, und zähle auf mich. Seine tief in den Höhlen liegenden Augen waren dunkel, brannten jedoch vor fiebriger Erregung. Es war der wohl intensivste Blick, den ich je gesehen hatte, so durchdringend, dass ich nicht allzu überrascht gewesen wäre, wenn er mein Hirn im Schädel zum Kochen gebracht hätte.

Er kam auf mich zu und streckte mir flehend seine knochige Hand entgegen. »Ich habe das alles nicht gewollt«, sagte er.

Statt meine Hand zu ergreifen, die ich ihm reflexartig geboten hatte, ging der Mann durch mich hindurch. Wie ein Geist. In dem kurzen Moment, in dem wir uns am selben Ort befanden, schien elektrischer Strom von meiner Körpermitte in jede Extremität zu schießen. Das tat nicht weh und kribbelte auch nicht, machte mir jedoch die Nervenbahnen bewusst, über die ich Schmerz und Vergnügen empfand, Wärme und Kälte, Glattes und Raues und das, was ich hörte und sah, roch und schmeckte. Der Weg, den jeder Nerv in meinem Körper nahm, stand mir so deutlich vor Augen wie die Straßen auf einer Landkarte. Kein Geist hätte eine derartige Wirkung haben können.

Als der Mann mich durchschritten hatte, ging er weiter, verblasste jedoch nach zwei Schritten mitten im Raum. Obwohl er verschwunden war, erklangen noch vier Worte in seinem seltsamen Akzent: »Leg den Hauptschalter um.«

Victoria Mors hatte den Kopf dorthin gedreht, wo die Erscheinung verschwunden war. Nun sah sie mir in die Augen.

Keiner von uns beiden sprach ein Wort, aber sie musste gar nichts sagen; ich wusste auch so, dass sie dem hageren Mann schon einmal begegnet war. Ich musste ebenfalls nichts sagen, denn ihr wurde auch so klar, dass ich genug über Roseland wusste, um von dieser bizarren Begegnung nicht geschockt zu sein. Genug, um eine tödliche Gefahr für alle, die hier lebten, darzustellen.

Mit einem rechten Aufwärtshaken erwischte ich sie am Kinn, dann ließ ich eine Linke folgen, die sie leicht seitlich über dem rechten Auge traf. Sie plumpste auf den Boden wie ein Sack Schmutzwäsche.

28

Ich war nicht stolz auf mich. Schämen wollte ich mich zwar auch nicht so richtig, aber ich war dankbar, dass es in der Waschküche keinen Spiegel gab, das gebe ich gern zu.

Eine Frau hatte ich noch nie geschlagen. Außerdem war Victoria nicht nur eine Frau, sie war auch kleiner als ich. Und sie war nicht nur eine Frau und kleiner als ich, sondern auch recht hübsch auf eine niedliche, elfenhafte Weise, weshalb ich mir vorkam, als hätte ich gerade eine kleine Fee verprügelt. Ja, ich weiß, Feen und Elfen sind etwas anderes, aber so fühlte ich mich eben.

Oddboy, Oddboy, in was bist du da bloß wieder hineingeraten?, fragte ich mich überflüssigerweise.

Ich tröstete mich mit der Annahme, dass sie die dunkelsten Geheimnisse von Roseland kannte und daher ein schlimmes Mädchen sein musste. Schließlich konnte sie nicht hier arbeiten, ohne etwas von der grausigen Sammlung toter Frauen im Keller des Mausoleums zu wissen, der vom Flur mit der Waschküche aus leicht erreichbar war.

Schlimmer noch, sie war offenbar in Noah Wolflaw verliebt oder bewunderte ihn zumindest. Welche Art von Persönlichkeit, Hausangestellte oder nicht, konnte wohl zärtliche Gefühle für jemanden hegen, der Frauen folterte und ermordete?

Ich öffnete ihren Mund, um mich zu vergewissern, dass sie sich bei meinem Aufwärtshaken nicht brutal auf die Zunge gebissen hatte. Es war kein Blut zu sehen, allerdings bekam sie sicher üble blaue Flecken und heftige Kopfschmerzen. Das tat mir leid, wenn auch wahrscheinlich nicht so leid, wie es mir hätte tun sollen.

In einer Ecke der Waschküche stand ein Bügeltisch mit einer Schublade, in der ich eine Schere entdeckte.

Victoria war noch nicht dazu gekommen, die Waschmaschinen einzuschalten. Als ich die Kleidung in einer davon durchwühlte, fand ich ein paar Sachen, die nicht anrüchig, dafür aber geeignet waren, zu Fesseln zurechtgeschnitten und -gerissen zu werden.

Rasch ging ich an die Arbeit, damit Victoria nicht verfrüht zu Bewusstsein kam und mich auf äußerst unangenehme Weise beschimpfte. Zuerst band ich ihr vor dem Körper die Handgelenke zusammen, dann fesselte ich sie an den Knöcheln. Die beiden Fesseln verband ich mit einem besonders langen Stoffstreifen, um das Elfchen am Aufstehen zu hindern.

Nachdem ich die Tür geöffnet und in den Flur gespäht hatte, nahm ich die junge Dame auf die Arme und eilte mit ihr in den Heizungsraum nebenan. Sie war schlank, wog jedoch erheblich mehr als eine Fee. Elfe sowieso.

Ich legte sie in einer Ecke ab, wo sie von der Tür aus nicht gesehen werden konnte, weil dazwischen ein Heizkessel stand, so groß wie die Booster eines Space Shuttles. Während ich den Raum verließ, fing sie zu murmeln an, als hätte sie gerade einen schlimmen Traum.

In die Waschküche zurückgekehrt, räumte ich die Schere auf. Griff mir ein paar Stoffstreifen, die ich noch brauchte. Warf die verschandelten Kleidungsstücke in den Mülleimer. Nahm den Kissenbezug mit der Metallsäge mit.

Als ich wieder bei Victoria Mors war, stöhnte sie, war aber noch nicht ganz bei Bewusstsein. Ich lehnte sie mit dem Rücken an die Wand, wodurch sie nun in etwa so dasaß wie die vierunddreißig Frauen im Keller des Mausoleums. Allerdings war sie noch bekleidet, nicht gefoltert worden, am Leben und weiterhin voll Bewunderung für Noah Wolflaw.

Mit einer gelben Schärpe, die von einer Baumwollhose aus

der Wäsche stammte, knüpfte ich ihr eine Schlinge um den Hals. Das freie Ende des Stoffstreifens befestigte ich an einem dünnen Wasserrohr, das aus der Wand kam und zum Heizkessel führte. Das Rohr war fest verankert, und selbst als ich mit aller Kraft daran rüttelte, gab es kaum Geräusche von sich. Niemand im Flur hätte etwas gehört. Nun war Victoria nicht mehr in der Lage, über den Boden zur Tür zu robben, nachdem ich sie verlassen hatte.

Als ich mich neben sie kniete, flatterten ihre Augenlider. Sie öffnete die Augen und schien mich einen Moment lang nicht zu erkennen. Dann hatte sie mich doch erkannt, denn sie spuckte mir ins Gesicht.

»Nett«, sagte ich und wischte mir die Spucke mit dem Fetzen eines T-Shirts ab, das ich zerschnitten hatte.

Zu spucken verursachte Victoria offenbar gewisse Schmerzen, denn sie zuckte zusammen und bewegte den Kiefer, um festzustellen, welchen Schaden mein erster Schlag angerichtet hatte.

»Tut mir leid, dass ich dich schlagen musste«, sagte ich in betont vertraulichem Ton.

Trotz ihrer Schmerzen spuckte sie mir erneut ins Gesicht.

Nachdem ich mir auch die zweite Portion Spucke abgewischt hatte, fragte ich: »Weißt du über die toten Frauen im Mausoleum Bescheid?«

Sie riet mir, eine sexuell-erotische Erfahrung mit mir selbst zu machen.

»Offensichtlich weißt du *tatsächlich* Bescheid.«

Nun schlug sie mir vor, Unzucht mit einer nahen Verwandten zu treiben.

Angesichts der neuen Lage nahmen ihre blassblauen Augen das Blauviolett hochgiftiger Tollkirschenblüten an. Sie waren immer noch groß und klar, doch für die Augen eines schüchternen, reizenden kleinen Mädchens konnte man sie nicht mehr halten.

»Was ist dieser Ort, was ist der Zweck dieser ganzen seltsamen Maschinerie?«

Nun brachte sie sich selbst ins Spiel und empfahl mir, mich dem Ausgang ihres Verdauungstrakts zu widmen.

Ich zog die Pistole aus dem Gürtelholster und richtete sie auf ihr Gesicht. »Wer ist der Mann, der in die Waschküche gekommen ist?«

Statt sich einschüchtern zu lassen, beäugte sie mich weiterhin mit ihrem giftigen Blick und wies mich unmissverständlich an, ich solle die Pistole in einen Teil meiner Anatomie schieben, der eigentlich nicht als Holster gedacht war.

»Unterschätz mich nicht«, sagte ich warnend. »Ich bin gefährlicher, als ich aussehe.«

Nachdem sie mir mitgeteilt hatte, meine Visage erinnere sie an einen Affenhintern, sagte sie: »Du kommst nie lebend aus Roseland raus.«

»Vielleicht trifft das auf uns beide zu.« Ich presste ihr die Mündung der Beretta an die Stirn. »Ich habe schon eine ganze Reihe Menschen getötet, und ich erwarte, hier ein paar mehr töten zu müssen.«

»Ich habe keine Angst vor dir.«

»Mag sein«, sagte ich. »Aber *ich* habe Angst vor mir.«

Das war nur zu wahr. Mit der Ausflucht, ich würde Unschuldige beschützen, habe ich Dinge getan, die sich in meiner Erinnerung winden wie Würmer in einem faulen Apfel. Wenn ich schlafe, kommen sie hervor, um durch Träume zu kriechen, aus denen ich schweißgebadet erwache.

Vor Kurzem erst hatte Victoria mir erzählt, sie tue nie etwas Gefährliches, selbst wenn es relativ harmlos sei wie das Erklettern einer Eiche. Offenbar kehrte ihre Abneigung gegen Risiken nun zurück, denn sie schloss die Augen und erzitterte.

Ich beschloss, an den letzten Fetzen Anstand zu appellieren, der womöglich noch in ihrem Herzen geblieben war. Deshalb nahm ich die Pistole von ihrem Gesicht und sagte in einem Tonfall, in dem sich gleichermaßen Ekel und das Bedürfnis ausdrückten, dies alles zu verstehen: »Ist das hier vielleicht eine Art Sekte, in die du hineingeraten bist, und jetzt siehst du keinen Ausweg mehr? Ist Noah Wolflaw euer Messias?«

»Leute, die sich Sekten anschließen, sind gestört«, sagte sie. »Ahnungslos und gestört. Wir und eine Sekte? Nein. Wir sind die vernünftigsten Menschen aller Zeiten.«

»Ach ja?«

»Leute wie du sind auch gestört, und das wisst ihr nicht mal.«

»Dann klär mich auf.«

Jeder Zug ihres Gesichts verzerrte sich zu einem höhnischen Grinsen, in dem sich Machtgier und Überheblichkeit ausdrückten. »Ihr ertragt der Zeiten Spott und Geißel, wie ein Kerl namens Hamlet mal gesagt hat, aber das tun *wir* nicht und werden es nie tun. Ihr ertragt es, und es treibt euch in den Wahnsinn.«

»Tja, das erklärt alles«, sagte ich und fragte mich, ob irgendein Voodoo-Priester, an den ich mich nicht erinnerte, mich mit einem Fluch belegt hatte, der mich dazu verdammte, mein Leben lang mit Leuten zu verbringen, die grundsätzlich in Rätseln sprachen.

Victorias Gesicht wurde rot und dunkel vor Hass, und die Verachtung in ihrer Stimme wog so schwer, dass sie die Zunge zu lähmen schien. »*Eure* Gedanken sind Sklaven eines Narren, aber das werden unsere niemals sein«, schwadronierte sie weiter.

Trotz ihres Leugnens hörte sich das nach Sektengeschwätz an, nach Sprüchen, die vom obersten Führer verkündet und von den Jüngern nachgeplappert wurden, wobei diese alles nur halb begriffen, es aber wie ein Mantra wiederholten, egal, ob es zum jeweiligen Moment passte oder nicht.

Da sie nun endlich den Mund aufmachte, versuchte ich, mehr über die toten Frauen im Mausoleum herauszubekommen. »Du hast Wolflaw einen der größten Menschen genannt, die je geboren wurden. Wie kannst du ihm so unterwürfig folgen, wenn er die Frauen dort unten wie Puppen behandelt hat, mit denen man spielt, sie zerstört und dann wegwirft?«

Dass Victoria ebenfalls eine Frau war, entlockte ihr keinen Tropfen Mitgefühl. »Das waren keine Frauen, wie ich eine bin. Sie waren nicht wie wir, sondern wie *ihr*. Tiere, keine Götter. *Wandelnde Schattenbilder, arme Komödianten*. Ihr Leben hat nichts bedeutet.«

Je mehr sie sagte, desto wahnsinniger wirkte sie auf mich. Die Vernunft, von der sie gesprochen hatte, war ihr inzwischen weit entglitten.

Dennoch kamen mir ihre Worte irgendwie vertraut vor, so als hätte ich manche schon einmal gehört, allerdings in einem rationalen Zusammenhang und zu einem edleren Zweck.

Ich ekelte mich vor dieser Victoria, die wie der böse Zwilling des netten Dienstmädchens aus der Waschküche wirkte, aber das hinderte mich nicht daran, sie weiter unter Druck zu setzen. »Wo sind diese Frauen hergekommen? Wie hat Wolflaw sie dazu gebracht, ihm hierher zu folgen?«

Sie grinste wie ein Kind, das genussvoll ein schmutziges Geheimnis verrät. »Wenn Noah Roseland verlässt, fährt er nie weiter als bis zur Stadt. Für ihn sucht Paulie weit und breit nach Frauen. Auch Henry geht fischen, in ganz Kalifornien und in Nevada, überall.«

»Dann … machen die beiden mit?«

Sie schüttelte den Kopf. »Nein. Es kümmert sie nicht, was er mit diesen Weibern tut, bloß haben sie selbst keine Lust darauf. Aber du hast mich unterbrochen, bevor ich dir das Beste erzählen konnte.«

»Nur zu!«

»Ich bin besser als die beiden, besser als Paulie und Henry, wenn es darum geht, den Köder auszuwerfen und die hübschen Dinger an den Haken zu kriegen. Sobald ich eine gefunden habe, die so aussieht, wie Noah es mag, sorge ich dafür, dass wir uns kennenlernen. Ich spreche sie an. Die finden mich eigentlich immer nett und sind gern mit mir zusammen. Ich bringe sie leicht dazu, mich zu mögen und mir zu vertrauen. Schließlich bin ich zierlich und fast wie ein Kind. Und ich hab so ein koboldhaftes Gesicht. Wer würde einem Kobold wohl misstrauen?«

»Wie eine Elfe, habe ich zunächst gedacht, eine hübsche, kleine Elfe.«

Victoria setzte ein warmes, kesses Lächeln auf und zwinkerte mir zu. Einen Moment lang war die Maske aus koboldhafter Unschuld und Charme so gut gemacht, dass ich nichts von dem Dämon sehen konnte, der dahinter lauerte, obwohl ich ihn doch bereits bestens kannte.

»Über kurz oder lang treffen wir uns dann zum Mittagessen«, sagte Victoria. »Ich hole sie bei der Arbeit oder zu Hause ab. Im Restaurant kommen wir allerdings nie an. Ich habe eine kleine Betäubungspistole, und das Mittel wirkt fast sofort. Wenn sie aufwacht, manchmal Stunden, manchmal Tage später, je nachdem, wie weit wir fahren müssen, ist sie an einen Pfosten von Noahs Bett gefesselt. Dann erfährt sie, was sie ist und was wir sind.«

Kobold oder Elfe, bei ihrem Anblick wurde mir übel. »Und was *seid* ihr?«

»Außenseiter«, sagte sie mit theatralischer Betonung. »Wir sind Außenseiter, ohne Grenzen, ohne Regeln, ohne Angst.«

Wenn das auch nominell keine Sekte sein mochte, so war es doch eine in jeder Beziehung, auf die es ankam.

»Wolflaw ist offenbar eine besondere Sorte Messias«, sagte ich. »Einer wie Charles Manson.«

»Manchmal lässt er mich zuschauen.« Als sie sah, wie mich das anwiderte, grinste sie hämisch. »Armer Junge, du wirst es nie begreifen. Du bist ein wandelndes Schattenbild, wirklich nur ein armer Komödiant. Du bist ohne Bedeutung.«

Diese Worte, die sie ähnlich schon einmal gesprochen hatte, kamen mir wieder vertraut vor.

Ein Teil von mir wollte noch immer begreifen und einen Grund finden, weshalb sie keine andere Wahl hatte, als sich Wolflaw zu unterwerfen. »Er muss dich doch irgendwie in der Hand haben«, sagte ich.

»Liebe«, sagte sie. »Ewige Liebe.«

Offenbar bedeutete Liebe bei diesen Leuten, dass man nie sagen musste, irgendetwas tue einem leid.

Darüber zu sprechen, was Wolflaw mit den angelockten Frauen tat, machte Victoria offenbar den Mund wässrig, denn sie spuckte mir mit aller Kraft besonders kräftig ins Gesicht. »In dieser Stunde noch wird der Fuß auf deinem Nacken sein!«, verkündete sie.

Ich wischte mir mit dem schon feuchten T-Shirt-Fetzen das Gesicht ab. »Was für ein Fuß ist das denn?«

»Der unhörbare, leise Fuß.«

»Ach ja, genau der!« Ich würde ihr wohl nichts Nützliches mehr entlocken. Deshalb ballte ich den Fetzen zusammen und sagte: »Sei ein braves Mädchen und mach den Mund auf. Schön weit.«

Sie presste die Lippen zusammen. Ich kniff ihr das kecke Näschen zu. Sie hielt den Atem an, bis sie schließlich doch Luft holen musste, und da stopfte ich ihr rasch den Knebel in den Mund.

Ihre Aussprache war nun zwar nicht mehr ganz klar, aber ich glaube, sie bezeichnete mich als dämlichen Dicken. Dafür gab es nun schon gar keinen Grund, aber vielleicht sah sie nach den Schlägen an den Schädel doppelt.

Anschließend versuchte sie, den Knebel mit der Zunge rauszuschieben, aber ich hielt ihr den Mund zu. Mit einigem Vergnügen.

Ich griff nach dem letzten Stoffstreifen und band ihn um den unteren Teil ihres Gesichts, während sie vergeblich versuchte, mich zu beißen. Der Knoten kam an den Hinterkopf. Nun hatte sie keine Chance mehr, den Knebel auszuspucken.

Als ich die Pistole ins Holster schob, war ich erleichtert, dass es nicht nötig gewesen war, sie zu verwenden. Eine Frau hatte ich schon erschossen, und obwohl die mörderische Pläne gehegt hatte, war das traumatisch genug gewesen, um mir für mein restliches Leben zu reichen.

In einem ausgebrannten Indianerkasino habe ich einmal beobachtet, wie sich ein riesiger Puma von hinten an eine Frau anschlich, die sich wirklich nach Kräften bemühte, richtig böse zu sein. Sie hatte mich mit einer Pistole bedroht, und statt eine Kugel in die Eingeweide und eine zweite in den Kopf zu bekommen, hatte ich sie nicht gewarnt, worauf die große Katze sich auf sie stürzte wie ein hungriger Kiffer auf einen doppelten Cheeseburger. Mich so verhalten zu haben gefiel mir nicht besonders – eigentlich überhaupt nicht –, aber damit konnte ich irgendwie leichter leben als damit, den Abzug einer Waffe zu betätigen.

An Füßen und Händen gefesselt, geknebelt und fest an ein Wasserrohr gebunden, schoss Victoria Mors aus ihren Tollkirschenaugen giftige Pfeile auf mich ab.

Ich ging durch den Raum, knipste das Licht aus, zog die Tür einen Spaltbreit auf, sah, dass die Luft rein war, und trat auf den Flur.

Am liebsten wäre ich Harry Potter gewesen mit seinem Tarnumhang und den anderen fabelhaften Utensilien, die ein junger Zauberer zur Verfügung hatte. Immerhin hatte ich jedoch eine großkalibrige Pistole, massenhaft Ersatzmunition und eine qualitativ hochwertige Metallsäge, womit ich besser bewaffnet war als bei früheren gefährlichen Gelegenheiten. Und wenn man sich einfach nur einen Tarnumhang umlegen musste, machte es bestimmt nicht viel Spaß, sich in die Höhle des Drachen zu schleichen, weder einem selbst noch dem Drachen.

Nachdem ich die Tür des Heizungsraums geschlossen hatte, blieb ich einen Moment davor stehen und lauschte. Zweifellos kreischte Victoria in den Knebel, und selbst auf die Gefahr hin, sich zu strangulieren, versuchte sie wahrscheinlich auch, das Wasserrohr zum Klappern zu bringen. Es war jedoch kein Laut zu hören.

Zum letzten Mal betrat ich die Waschküche, um mir am Waschbecken mit Flüssigseife und heißem Wasser das Gesicht zu reinigen.

Die richtig böse Frau, die ich nicht vor dem Puma gewarnt habe, hat mir einmal einen Mundvoll Rotwein ins Gesicht gespuckt.

Frauen finden mich nicht so attraktiv wie, sagen wir mal, diesen Sänger namens Justin Bieber. Ich tröste mich aber mit der Tatsache, dass Justin Bieber nicht wüsste, wie man sich aus einer Gefrierkammer befreit, in der man von ein paar Muskelprotzen mit runden Filzhüten angekettet wurde. Singend käme er da nicht raus und würde unweigerlich zu einem Bieberzäpfchen.

In der Hoffnung, dass der große, hagere Mann wieder auftauchte, um mir zu erklären, wer er war und welchen Hauptschalter ich umlegen sollte, spähte ich hinter die anderen Türen, die vom Flur abgingen. Ich fand nichts Interessantes, bis ich zu der Tür am Ende kam.

29

Als ich durch die Tür am Ende des Flurs trat, schien ich in einem anderen Gebäude zu sein als in Noah Wolflaws elegantem Herrenhaus. Die Decke des großen, rechteckigen Raums war mit Gipskartonplatten verkleidet, die Wände hatte man mit Brettern verschalt. Alles war weiß gestrichen. An der Wand gegenüber sah ich vier paarweise angeordnete Fenster mit heruntergezogenen Rollos, die an altmodischen Stangen hingen.

In einer Ecke stand ein Holzschrank mit eingebautem Waschbecken, an dem seitlich eine gusseiserne Handpumpe angebracht war, wie sie bei Brunnen verwendet wird.

Vor jedem der Fensterpaare war ein großer Eichentisch aufgestellt, und auf beiden Tischen stand eine Arbeitslampe mit grünem Glasschirm. Davor standen ganz aus Eichenholz gefertigte Bürostühle mit Hartgummirollen. Sie waren in gutem Zustand, sahen aber aus, als wären sie hundert Jahre alt.

Auf jedem Tisch stand außerdem ein antikes, mattschwarz lackiertes Telefon aus Messing. Das Mundstück war oben auf dem Ständer angebracht, der Hörer hing daneben, die Wählscheibe befand sich auf dem Sockel.

An den kürzeren Wänden waren Aktenschränke aus Eichenholz aufgereiht, dazu eine Kommode mit breiten, niedrigen Schubladen, die aussah wie ein Kartenschrank. In der Mitte des Raums standen zwei Zeichentische mit Eichenhockern, rechts davon sah ich einen großen Eichentisch, der so hoch war, dass man stehend daran arbeiten musste.

Auf dem hohen Tisch lag ein dicker, links gebundener Foliant mit Blaupausen. Der Deckel war mit einer Federzeichnung des Haupthauses geschmückt, wie es sich von Westen her darbot. Unter die meisterhafte Zeichnung hatte man in eleganten Lettern den Namen ROSELAND geschrieben, und unten links standen die Worte RESIDENZ CONSTANTINE CLOYCE.

Das Ganze sah nach dem Raum aus, in dem der Bauleiter und vielleicht auch ein Architekt zu der Zeit gearbeitet hatten, als Roseland erbaut worden war. Offenbar hatte man ihn als Erstes fertig gestellt; sein perfekter Zustand wies darauf hin, dass Constantine Cloyce, der Pressezar und Stummfilmmogul, ein Anwesen von historischer Bedeutung hatte erschaffen wollen.

Das Einzige, was dieser Raum mit dem übrigen Haus gemein hatte, war der Betonboden, in den die üblichen Kupferstäbe mit der lang gestreckten Acht eingelassen waren. Wie überall war er so staubfrei und alterslos wie ein hermetisch abgeschlossener Schaukasten im Museum.

Während ich einen Rundgang machte, fielen mir die von Rollos verhüllten Fenster ins Auge, und mir wurde klar, dass die hier im Keller nicht hingehörten. Ich legte den Kissenbezug mit der Metallsäge ab, beugte mich über einen der Tische und zog am Ring. Das Rollo hob sich.

Der Blick durchs Fenster war so verblüffend, dass ich wie gelähmt dastand. Als ich mich wieder bewegen konnte, trat ich zum anderen Tisch, um das Rollo dahinter zu öffnen, als hoffte ich, dort eine andere Szenerie oder die nackte Betonwand, die da hätte sein sollen, vorzufinden. Es bot sich mir exakt derselbe Blick.

Neben der Tür, durch die ich hereingekommen war, gab es eine zweite, genau zwischen den Schreibtischen. Ich ging zu ihr, zögerte, öffnete sie und trat hinaus.

Der lange Fahrweg, der vom Haupthaus zur Landstraße hinabführte, war nicht mit Kopfsteinpflaster belegt, sondern mit Kies. An seinem anderen Ende standen weder ein Pförtnerhaus noch ein Tor, um den Zugang zu Roseland zu verwehren.

Auch von einer Mauer war das riesige Anwesen nicht umgeben. Das Gelände, das sich noch in seinem natürlichen Zustand befand, war von den Nachbargrundstücken lediglich durch eine Reihe weiß lackierter Holzpfähle abgetrennt, die seine Grenze markierten.

Die parkähnliche Landschaft war nicht vorhanden. Stattdessen sah ich Wiesen mit hüfthohem Gras, beschattet von wesentlich weniger Bäumen, als ich bei meinen Streifzügen gesehen hatte.

Regelrecht benommen von dem unmöglichen Anblick, ging ich einige Schritte den Kiesweg entlang, bevor mir klar wurde, dass ich mich von der Tür entfernte.

Als ich mich umdrehte, sah ich keine prächtigen Mauern mehr hinter mir. Es war, als hätte Wolflaws Domizil sich in Luft aufgelöst.

Stattdessen standen da zwei andere Gebäude. Eines war eine Bretterhütte mit einem Dach aus Teerpappe und vier Fenstern, die eine offene Tür flankierten. Das musste das Baubüro sein, aus dem ich gerade getreten war.

Das zweite, etwa dreißig Meter links davon, war offensichtlich ein Klohäuschen.

Für die meisten Menschen ist die Realität so simpel wie ein Gemälde, das in ihrem Bezugsrahmen vor ihnen hängt, vertraut und niemals hinterfragt. Ich hingegen lebe mit dem Bewusstsein, dass sich unter der Oberfläche dieses Gemäldes zahllose Schichten befinden, ältere Szenen, die übermalt wurden. Jeder Physiker, der sich in Quantenmechanik oder der Chaostheorie auskennt, weiß, dass die Realität ein Ding mit geheimnisvollen Dimensionen und Möglichkeiten ist. Je mehr wir darüber erfahren, desto deutlicher wird uns, wie viel wir nicht wissen.

Weil dieses Verständnis der Realität mein Leben geprägt hat, werfen mich verblüffende Ereignisse nur selten um. Deshalb stand ich angesichts der Abwesenheit des mir bekannten Roseland immer noch auf den Beinen, kam mir aber vor wie Wile E. Coyote, wenn er gerade von einem Bulldozer überfahren worden ist.

Mein bisheriger Eindruck, dass der Architekt hier eine neue Geometrie mit mysteriösen Dimensionen verwirklicht hatte, war belanglos, verglichen mit dem Schock meiner neuesten Entdeckung. Ich erinnerte mich daran, dass ich nicht in der Lage gewesen war, mir den Weg von einem Raum des Hauses in einen anderen zu merken, und an mein Gefühl, dass irgendwie mehr vorhanden gewesen war, als das Auge sah. Nun ahnte ich, warum.

Motorengeräusch ließ mich aufhorchen. Auf der stümperhaft geteerten Landstraße kamen zwei Oldtimer angefahren, der eine von Süden und der andere von Norden her. Sie sahen aus wie das Modell T von Ford, schwarz mit offenem Verdeck.

Als sie ungefähr da, wo eines Tages das Tor von Roseland stehen würde, aneinander vorbeifuhren, tauchte im Norden ein weiteres Fahrzeug auf. Es war ein mit Heuballen beladenes Pferdefuhrwerk, das die Straße entlangrumpelte, begleitet vom Geräusch klopfender Hufe.

Ich stand da und zitterte, nicht vor Angst, sondern vor Verwunderung. Mein Herz klopfte heftig, aber schneller als der Hufschlag des Zugpferds dort drüben.

Mit gemächlichen Flügelschlägen segelten drei Enten durch die Thermik, lautlos wie die Schwungräder und die rotierenden Kugeln unter dem Mausoleum, das hier noch nicht existierte.

Wäre ein Flugzeug am Himmel aufgetaucht, so hätte es sich um einen Doppeldecker gehandelt, nicht um einen Düsenjet. Hier war noch kein Ozean überflogen worden, und es gab keine Stiefelspuren auf dem Mond.

Eine leichte Brise kam von Norden, und ich erschrak. Wenn die Tür der Hütte zuschlug, wurde womöglich eine Verbindung unterbrochen, sodass ich nicht mehr hineingelangte, um in das Roseland des einundzwanzigsten Jahrhunderts zurückzukehren.

Dann steckte ich hier in einer Welt fest, in der es kein Penizillin gab, keine Polioimpfung, keine Teflonpfannen, keine Romane von John D. MacDonald, keine Musik von Paul Simon, Connie Dover und Israel Kamakawiwo'ole, keine bequemen Sportschuhe, keine Klettverschlüsse.

Demgegenüber hätte es hier kein Reality-TV beziehungsweise gar kein Fernsehen gegeben, keine Atomwaffen, keine Verkehrsstaus, kein Handygequassel im Kino, kein Tofuschnitzel.

Letztendlich wäre wahrscheinlich ebenso viel gewonnen wie verloren gewesen – nur dass die Freunde, die ich mir erworben hatte, so weit in der Vergangenheit nicht existiert hätten.

Ich hastete hinein und zog die Tür zu einer Zeit zu, in der ich und meine Eltern noch nicht geboren waren.

Ohne zu zögern ging ich zur anderen Tür und riss sie auf. Dahinter erwartete mich der Kellerflur, doch als ich mich zu den Fenstern umdrehte, sah ich die Landschaft, wie sie früher gewesen war.

Die Hütte mit dem Baubüro war oberirdisch, der Keller unterirdisch. Das eine existierte in der Vergangenheit, das andere jetzt. Dennoch waren die beiden Elemente räumlich und zeitlich miteinander verbunden. Wie die Luftschleuse eines Raumschiffs als Übergang zwischen der Atmosphäre im Innern und dem Vakuum des Weltraums diente, so verband das Büro, in dem ich stand, einen etwa neunzig Jahre zurückliegenden Moment mit der Gegenwart.

Ich schloss die Tür zum Flur, kehrte zu einem der Schreibtische zurück und setzte mich auf den antiken Bürostuhl, um meine Nerven zu beruhigen und nachzudenken.

So, wie Sherlock Holmes seine Lösung mithilfe seiner Pfeife und seiner Violine findet, kann ich im Allgemeinen besser über ein kompliziertes Problem nachgrübeln, wenn ich etwas brate. Leider fehlten mir dazu Pfanne, Wender und Bratgut.

Nach einer Weile durchsuchte ich die Schreibtischschubladen, erfuhr jedoch nur, dass die Person, die hier gearbeitet hatte, besessen von Ordnung und Reinlichkeit gewesen war. Die Schubladen des anderen Schreibtischs ließen dasselbe erkennen.

Als ich aufstand, um mich wieder dem Tisch mit den Blaupausen zu widmen, sah ich auf dem Einband etwas, das mir vorher nicht aufgefallen war: das eingeprägte Siegel des Architekten, dessen Namen – James Lee Brock – und seine Anschrift in Los Angeles. Darunter standen zwei Wörter und ein weiterer Name: MECHANISCHE SYSTEME: NIKOLA TESLA.

Über Nikola Tesla wusste ich nur, dass er ein genialer Erfinder gewesen war und an der Wende vom neunzehnten zum zwanzigsten Jahrhundert fast so viel für die Elektrifizierung der Zivilisation und die damit verbundene industrielle Revolution getan hatte wie Thomas Alva Edison.

An meinem ersten Tag in Roseland hatte Henry Lolam mir am Pförtnerhaus erzählt, dass Constantine Cloyce sich sowohl für die neuesten wissenschaftlichen Erkenntnisse als auch für paranormale Phänomene interessiert hatte. Zu seinen Freunden hatte Madame Helena Petrovna Blavatsky, das berühmte Medium, ebenso gehört wie der nicht minder berühmte Physiker und Erfinder Tesla.

Den Namen von Madame Blavatsky auf dem Einband der Blaupausen zu finden, wäre merkwürdig gewesen, und der war tatsächlich nicht da. Was in Roseland vor sich ging, hatte offenbar nichts mit dem Übernatürlichen zu tun, sondern war ausschließlich wissenschaftlicher Natur. Es handelte sich zwar um eine äußerst merkwürdige Wissenschaft, aber dennoch.

In den breiten, niedrigen Schubladen des Kartenschranks entdeckte ich viele Pläne von mechanischen Systemen, alle von Nikola Tesla unterzeichnet. Darunter befanden sich mit exakten Konstruktionsangaben versehene Pläne der Apparatur, die ich in den beiden Kellern des Mausoleums gesehen hatte. Da waren die großen Kugeln, die glockenförmigen Maschinen mit ihren

Schwungrädern, das komplexe Arrangement aus Zahnrädern und vieles mehr.

Ich war ziemlich sicher, dass ich nun die Identität des großen, hageren Mannes mit Schnurrbart kannte, der dreimal zu mir gesprochen hatte. Es war Mr. Nikola Tesla. Da er schon vor Jahrzehnten gestorben war, aber keinem der Geister ähnelte, auf die ich bislang getroffen war, wusste ich zwar, *wer* er war, aber nicht, *was* er war …

Space Oddity, so könnte man sagen.

30

Weder aus den Zeichnungen noch aus den Angaben darauf konnte ich erkennen, welchem Zweck diese exotische Maschinerie diente. Auf der Highschool war ich in der Baseballmannschaft gewesen, nicht im Physik-AK.

Plötzlich ergriff mich wieder das Gefühl, dass die Zeit knapp wurde. Ich griff nach dem Kissenbezug mit der Metallsäge, trat in den Flur und machte hinter mir die Tür zu.

Rechts von mir ging es in ein enges Treppenhaus. Die Treppe im Weinkeller führte wahrscheinlich in die Küche, aber wo es hier hinging, war mir völlig unklar.

Wie jeder Boden und jede Treppenstufe im Haus war alles so makellos, als wäre es erst gestern fertiggestellt worden. Keinerlei Knarren verriet mich, während ich zum Erdgeschoss hinaufstieg. Von dort aus wollte ich weiter nach oben, wo der Junge eingesperrt war.

Als ich das Erdgeschoss jedoch erreicht hatte, hörte ich über mir schwere Schritte. Erschrocken öffnete ich die Tür des Treppenhauses, schlüpfte hinaus und flitzte durch die riesige Diele zu einer anderen Tür, durch die ich wahrscheinlich auf eine Wiese im Pleistozän gelangte, wo eine Mastodonherde darauf wartete, mich zu Mus zu zerstampfen.

Es war eine Garderobe.

Nach deren Größe zu urteilen – an den Stangen hingen Kleiderbügel für mindestens zweihundert Mäntel – hatte Constantine Cloyce vorgehabt, Roseland zu *dem* gesellschaftlichen Treffpunkt der Gegend zu machen. Anfangs war das vielleicht auch so gewesen, aber wohl nicht sehr lange.

Draußen in der Diele wurde eine Tür so heftig aufgestoßen, dass ich hörte, wie sie an den Stopper krachte. Schritte klatschten auf den Marmorboden.

Eine zweite Tür ging fast so gewaltsam auf wie die erste, ich hörte weitere Schritte und die Stimme von Mrs. Tameed: »Im Obergeschoss riecht es nach Ozon.«

Die Stimme von Paulie Sempiterno, der offenbar durch die Vordertür hereingestürmt war, erwiderte: »Das hab ich schon gerochen, als ich ein Stück weit weg war.«

»Dann ist es nicht lokalisiert.«

»Das wissen wir noch nicht mit Sicherheit.«

»*Ich* schon«, erklärte Mrs. Tameed.

»Vielleicht sind es bloß ein paar Wellen.«

»Nein, es ist endlich die volle Flut«, sagte Mrs. Tameed und würzte diese Bemerkung noch mit einem Kraftausdruck, den ich lieber nicht wiedergebe.

»Aber die haben wir schon Jahre nicht mehr gehabt«, sagte Sempiterno.

Plötzlich roch auch ich Ozon.

Die zwei in der Diele rochen es offensichtlich ebenfalls, denn sie blafften mehrere Schimpfwörter, wobei sie sich nach jedem abwechselten, als ginge es um einen Wettbewerb im Fluchen.

Die Schritte der beiden entfernten sich im Dauerlauf, scheinbar in unterschiedliche Richtungen. Diesmal flog keine Tür krachend auf oder zu.

Was mit der vollen Flut gemeint war, wusste ich nicht, da wir mindestens eine Meile vom Ozean entfernt waren. Aber egal, was es bedeutete, der Versuch, sich davor in einer Garderobe zu verstecken, war wahrscheinlich ein tödlicher Fehler.

Nachdem ich eine halbe Minute gewartet hatte, bis die Luft rein war, wagte ich mich in die Diele. Rasch ging ich weiter zur Vordertür, um durch das schmale Fenster daneben zu spähen und festzustellen, ob Sempiterno da draußen lauerte. Das tat er nicht.

Während ich noch überlegte, ob ich mich wieder ins Treppenhaus wagen sollte, dessen Tür offen stand, hörte ich hastige Schritte herunterkommen. »*Carlo! Rasch, Carlo!*«, brüllte die Stimme von Mrs. Tameed, hörbar in Panik.

Ein offener Türbogen trennte die Diele vom Salon, aus dessen entferntem Teil sich Sempiternos Stimme meldete, momentan – aber nicht mehr lange – außer Sicht: »*Hier, hier! Ich komme!*«

Carlo?

In der erotischen Komödie eines britischen Stückeschreibers hätte sich eine urkomische Szene abgespielt, wenn wir allesamt in der Diele aufeinandergetroffen wären. Die entsetzten Stimmen der beiden ließen jedoch ahnen, dass gleich etwas Bedeutsames geschah. Etwas, das mir mehr über Roseland verraten würde, als ich bisher erfahren hatte, und definitiv mehr, als ich wissen durfte.

Ich beschloss, nicht bis zum Ende dieses Akts zu bleiben, trat ins Freie und zog die Tür hinter mir zu.

Unter dem Säulenvorbau des Hauses stand auf dem Fahrweg, der hier einen Ring bildete, das geländegängige Gartenmobil mit den breiten Reifen, mit dem Paulie Sempiterno draußen unterwegs war.

Ich schlenderte zu dem Fahrzeug, nicht um es zu kapern, sondern um so zu tun, als würde ich es bewundern, falls Sempiterno aus dem Haus gestürzt kam. Daraus schloss er hoffentlich, dass ich nicht gerade eben im Haus gewesen war und mitbekommen hatte, was er und Mrs. Tameed sich zugerufen hatten.

Der Ozongeruch war nicht stark genug, um in der Nase zu brennen. Ich wusste jedoch nur zu gut, was ihm bisher gefolgt war.

Obwohl keine verfrühte Dämmerung sich ausbreitete, spähte ich in alle Richtungen und sah tatsächlich eine Meute der Schweinedinger, die Mrs. Tameed als Biester bezeichnete. Sie waren noch weit weg, aber sie kamen mit ihrer charakteristischen Entschlossenheit und wie üblich in übler Laune über den Rasen aufs Haus zu.

Ich wollte gerade zur Tür zurückrennen, als aus den Fensterstürzen Stahlplatten zuckten und die Fenster verschlossen wie Rollläden. Eine größere Stahlplatte sauste über der Tür herab und schmiegte sich so eng an die Schwelle, dass ich nicht einmal einen Zettel mit einem dringenden Hilfegesuch hätte darunterschieben können.

Jetzt wusste ich, was die Gitterstäbe vor den Fenstern ersetzt hatte, als das Haus, wie Mr. Shilshom es ausdrückte, umgebaut worden war. Mmmmm? Gut möglich. Na also.

Weil die Meute durch ihre deformierten Mitglieder nicht so rasch vorwärtskam, konnte ich ihr vielleicht davonlaufen. Eine Weile. Diese Dinger gingen zwar aufrecht, erinnerten mich jedoch an Wildschweine, und wenn die angriffen, dann gnadenlos. Außerdem roch ich für sie offenbar besonders köstlich, worauf ich nicht besonders stolz war.

Ich rannte zu dem Gartenmobil, das einen Überrollbügel statt eines Dachs hatte. Auch Türen gab es keine, um den Sonnenschein oder eine Meute Biester fernzuhalten. Der Schlüssel steckte. Ich schwang mich hinters Lenkrad.

Der Elektromotor war so leise, dass ich das Knurren und Quieken der Primatenschweine hörte, obwohl sie noch eine Fußballfeldlänge von mir entfernt waren.

Ein elektrisches Fahrzeug taugt nicht so gut für eine Verfolgungsjagd wie eines mit Verbrennungsmotor. Stellt euch mal vor, dass Steve McQueen in *Bullitt* seine Gegner in einem Chevy Volt durch die Straßen von San Francisco jagt. Genau.

Statt die Meute auf eine Jagd über die Wiesen und Hügel von Roseland zu führen, schlug ich den Weg zum Pförtnerhaus ein. Die Fenster dort waren vergittert, und Henry Lolam war mit einer Pistole, einer Schrotflinte und einem Gewehr ausgestattet. Wir konnten uns dort verbarrikadieren und uns Gedichte vorlesen, während die Schweine wütend gegen die eisenbeschlagene Eichentür anrannten.

Die breiten Reifen klatschten rhythmisch aufs Kopfsteinpflaster. Ich hörte die Biester nicht mehr.

Als ich nach hinten blickte, sah ich, dass sie haltgemacht hatten. Mit Ausnahme derer, die bucklig oder sonstwie verbogen waren, standen sie hoch aufgerichtet auf dem Rasen und schauten abwechselnd auf mich und auf das Haupthaus, als könnten sie sich nicht recht entscheiden.

Sie wirkten wie Kreaturen aus einer apokalyptischen Fantasie, denn sie sahen nicht nur scheußlich aus, sondern verkörperten auch die abscheulichen, gnadenlosen Kräfte, die seit undenklichen Zeiten die Welt heimsuchten. Bleich, brutal und kraftvoll, wie sie waren, schienen sie aus einem Bereich des Infernos zu kommen, den Dante übersehen hatte. Trugen manche von ihnen zerfetzte Kleider am Leib, oder verwechselte ich das mit dem struppigen Fell eines Keilers?

Aufgrund der Unentschlossenheit, die sie an den Tag legten, gewann ich einen beträchtlichen Vorsprung, und bald hatte ich die relative Sicherheit des Pförtnerhauses erreicht. Ich stellte das Mobil vor dem Überdach ab und sprang heraus. Den Motor ließ ich für alle Fälle laufen.

Henry saß nicht wie üblich vor seiner Tür und las Gedichte. Er stand hinter dem vergitterten Fenster links von der Tür und spähte zu mir heraus.

Ich rüttelte an der Tür. Verschlossen. Ich klopfte. »Henry, lassen Sie mich rein!«

Hinter der Fensterscheibe, die seine Stimme dämpfte und verzerrte, sagte Henry: »Verschwinde!«

Sein jungenhaftes Gesicht war gespenstisch ausdruckslos, nur seine grünen Augen blickten gequält wie immer.

»Biester, Henry! Sie wissen, was das bedeutet. Machen Sie auf!«

»Du bist keiner von uns«, glaubte ich zu verstehen.

Als ich zur Seite schaute, sah ich, dass die Biester einen Entschluss gefasst hatten. Sie marschierten den Fahrweg entlang aufs Pförtnerhaus zu.

»Henry, es tut mir leid, dass ich Sie wegen der Aliens auf die Schippe genommen habe. Das war nicht nett von mir. Lassen Sie mich rein! Ich verspreche, ich werde daran glauben. Auch an die Sache mit der Koloskopie.«

Durchs geschlossene Fenster hörte ich abgehackte Worte: »Es … keine Aliens … wünschte … welche.«

»Das Universum ist groß, Henry. Da ist alles möglich.«

»Aliens … nicht befreien … Roseland.«

»Vielleicht können die Sie doch befreien, Henry. Lassen Sie mich rein! Dann sprechen wir darüber.«

Sein Gesicht verhärtete sich zu einem Hass, den ich noch nie an ihm gesehen hatte. »Du … bloß … Dicker.«

Ich erinnerte mich, dass auch Victoria Mors mich einen dämlichen Dicken genannt hatte, als sie von mir geknebelt worden war. Offenbar hatte Henry ebenfalls einen Knick in der Optik.

Die Meute war noch knapp hundert Meter weit entfernt, trottete inzwischen jedoch schneller. Die meisten Biester trugen tatsächlich zerlumpte, schmutzige Kleidung, offenbar nicht aus Schamhaftigkeit oder als Schutz vor der Kälte, sondern als Schmuck. Eines hatte eine Art Kopftuch umgebunden, ein anderes sich ein Stück Stoff um den Arm geschlungen. Ein drittes trug mehrere Halsketten aus geflochtenem Stoff, ein viertes einen Gurt aus Schlingen und Quasten um die Taille.

Es lag was in der Luft: Ozon. Sie schimmerte wie an einem heißen Sommernachmittag, wenn Schwaden von dem erhitzten Straßenpflaster aufsteigen. Dabei war es ein ganz normaler kalifornischer Februartag mit mildem, ein wenig kühlem Wetter.

Obwohl die anrückenden Kreaturen brutal genug aussahen, um mit ihren Händen, Hauern und Zähnen töten zu können, trugen manche von ihnen Waffen. Besonders beliebt waren offenbar armlange Rohre, die mit Kordeln am Handgelenk befestigt waren, aber ich sah auch eine Sichel. Eine Hacke. Eine Sense. Ein Beil. *Hilfe.*

Inzwischen grunzten sie im Chor. Organisierter als vorher, kamen sie mit vorgereckten Köpfen den Weg entlang wie eine albtraumhafte Armee, wie Orks aus Mordor, und da war kein Zauberer, der mir geholfen hätte, sie abzuwehren. Große, muskulöse Körper, auf denen einzelne Büschel aus weißen und grauen Haaren wuchsen. Die meisten hatten schweineähnliche Visagen mit wölfischem Grinsen, bei anderen war das Gesicht asymmetrisch, die Augen in verschiedener Höhe, der Schädel von irregulärem Knochenwachstum übel deformiert. Die Glieder von Armen und Beinen waren zu lang und mit schief aussehenden Gelenken verbunden. Hier hatten alle Formen der Gewalt einen materiellen Ausdruck gefunden in tierhaften Wesen, die doch nicht nur Tiere waren, denn ihre unerbittliche Aggressivität ließ sie beunruhigend menschlich wirken.

Die Luft zwischen uns, ja ganz um mich herum, zitterte wie von Hitze gefoltert, und ich dachte schon, die Meute würde sich darin auflösen wie ein Trugbild. Doch dann zogen die Schwaden sich in die Erde zurück, die Luft stabilisierte sich, und die Biester waren so nah, dass ich sie riechen konnte.

Ich sprang in das Elektromobil, löste die Bremse und floh.

31

Der Elektromotor beschleunigte das Gefährt ein wenig schneller als ein arthritischer Großvater, der sich aus seinem Lieblingssessel erhebt. Zwischen Pförtnerhaus und Tor bog ich nach links ab, und während ich in südlicher Richtung über eine breite Rasenfläche raste, sah ich mich nach fünfzig Metern um. Die Biester verfolgten mich noch immer, kamen jedoch nicht näher. Als ich mich nach weiteren fünfzig Metern wieder umblickte, waren sie deutlich zurückgefallen.

Der makellose Rasen ging in natürliches Gelände über. Ich rollte etwa zweihundert Meter weit einen leichten Abhang hinauf. Vor mir hüpften und flogen verschiedenartige Insekten aus dem hohen Gras auf wie erschrockene Passanten, die einem betrunkenen Fahrer auswichen.

Oben angekommen, wandte ich mich nach Osten, um eine Gruppe Eichen zu umrunden. Ich blickte zurück und sah, dass die Biester mich nicht durch die Wiese verfolgt hatten. Sie marschierten jetzt auf das Haupthaus zu.

Statt aus meinem Fahrzeug zu springen und eine Siegesrunde darum zu drehen, fuhr ich in südöstlicher Richtung weiter. Ich wollte den gepflegten Teil des Anwesens in einem großen Bogen umfahren und zum Gästeturm zurückkehren, um nachzuschauen, ob Annamaria von den Schweinen belagert wurde.

Auf dem buckligen Gelände sorgten die großen Reifen und die offenbar den Erfordernissen angepasste Federung dafür, dass ich mich wie in einem Boot fühlte, das einen Wellenkamm nach dem anderen erklomm, auf der anderen Seite abwärts und dann durch ein Tal auf die nächste Welle zufuhr.

Ein Stück weiter rollte ich durch ein Tälchen und suchte nach dem leichtesten Weg den nächsten Hang hinauf, der an manchen Stellen dicht mit Gestrüpp bewachsen und an anderen felsig war. Plötzlich kräuselte sich das Gelände ringsum vertikal, als würden wieder Hitzeschwaden daraus aufsteigen, obwohl die Luft kühl blieb.

Paulie Sempiterno und Mrs. Tameed hatten von Wellen und einer vollen Flut gesprochen. Damit hatten sie nicht das Meer gemeint, sondern dieses Phänomen!

Während ich die Augen zusammenkniff und mich gegen die in mir aufsteigende Übelkeit wehrte, veränderte sich die Qualität des Lichts, wenn auch nicht so dramatisch wie am Morgen, als es innerhalb kurzer Zeit Nacht geworden war. Das bleiche Gras nahm eine tiefgoldene Färbung an, die silbrigen Kräuter wurden dunkler. Flüchtige Schatten schwollen an, nahmen ab, schwollen erneut an und glitten dabei über das Land.

Ich nahm den Fuß vom Gas, bremste und blickte zögernd nach oben.

Einen Moment lang sah ich wieder den gelben Himmel, der mir mehr Angst machte als die Primatenschweine. Das war nicht einfach nur der irdische Himmel im Kampf mit Armageddon. Der Begriff Apokalypse bedeutet Enthüllung oder Offenbarung, und dies war ein apokalyptischer Himmel in dem Sinn, dass er offenbarte, was die Menschheit durch ihre Arroganz und ihre fahrlässige Selbstsicherheit über sich bringen würde.

Die zitternden Schwaden, die den fürchterlichen Himmel erzeugt hatten, verliefen sich schimmernd, und der Himmel wurde wieder weitgehend blau. Im Norden lag bedrohlich eine Armada aus gewöhnlichen Gewitterwolken, die schon den ganzen Vormittag dort gewartet hatten, als lägen sie vor Anker.

Der feindliche gelbe Himmel war genauso wenig ein Produkt meiner Fantasie, wie ich nicht geträumt hatte, durch die Tür des Baubüros in eine Zeit vor der Erbauung von Roseland zu treten.

Beide Momente waren so real gewesen wie der warme Speichel, den Victoria Mors mir ins Gesicht gespuckt hatte.

In dem Tälchen zwischen zwei Hügeln saß ich in einem Elektromobil und wartete, bis mein Herzschlag sich beruhigt hatte. Normalerweise kann ich die vorhandenen Indizien problemlos zu einer Theorie verknüpfen, während ich auf den Beinen bin und allem ausweiche, was auf mich geschleudert wird, aber in diesem Fall brauchte ich einen Moment Ruhe, um dafür zu sorgen, dass ich keinen falschen Knoten band.

Die massive Mauer rund um Roseland, die vielleicht eine ähnlich fantastische Maschinerie enthielt, wie ich sie in den Kellern des Mausoleums gesehen hatte, isolierte das Anwesen nicht nur physisch, sie grenzte es auch auf andere Weise ab. Es war eine Insel des Irrationalen im Meer der alltäglichen Realität.

Was immer die Absicht gewesen war, mit der man Roseland geschaffen hatte, die unheilvollen Ereignisse dieses Augenblicks waren Begleiterscheinungen, die niemand erwartet hatte. Offenbar hatte man nachträglich Schritte unternommen, um sich dagegen zu wappnen, hatte die Fenster vergittert oder stählerne Schutzplatten eingebaut, hatte Waffen und Munition gehortet.

Wahrscheinlich stellten die Biester nur selten eine Bedrohung dar, aber wenn sie auftauchten, herrschte Chaos. Um damit leben zu können, mussten die Bewohner von Roseland glauben, der Nutzen des Systems sei es wert, nachts immer auf der Hut zu sein und sich gelegentlich dem Angriff von Kreaturen auszusetzen, die weniger hierher zu gehören schienen als an einen anderen Ort in einer anderen Zeit.

Ich glaubte zu wissen, worin dieser Nutzen bestand und weshalb sie nicht einfach den Hauptschalter umlegten, um die tödliche Bedrohung durch die Biester zu beseitigen.

Und ich ahnte, dass dieser Nutzen zugleich ein Fluch war. Er hatte die Leute hier davon überzeugt, sie seien allen, die nicht hierher gehörten, überlegen. Mehr noch, sie sahen sich als Götter und uns andere als Tiere.

Männer und Frauen, die zu Gottheiten werden wollen, müssen zuerst ihre Menschlichkeit verlieren.

Noah Wolflaws Morde und die Komplizenschaft der anderen kamen den Bewohnern von Roseland genauso wenig wahnsinnig und kriminell vor, wie ich mich für wahnsinnig und kriminell hielte, wenn ich einen Fisch angeln, ausweiden und zum Abendessen braten würde. Ich würde damit meinen Hunger stillen, und Wolflaw hätte wohl gesagt, er sättige nur einen etwas exotischeren Appetit. Aus seiner Sicht standen die Frauen, die er tötete, in der Rangordnung der Lebewesen so weit unter ihm wie für mich ein Fisch.

Wolflaw hatte nicht einfach nur seine Menschlichkeit verloren. Er hatte sie vielmehr mit aller Kraft, die er aufbrachte, weggeworfen.

Nachdem ich nach Annamaria geschaut hatte, musste ich herausbekommen, wer die Bewohner von Roseland wirklich waren. Auf jeden Fall waren sie entweder nicht das, was sie zu sein behaupteten, oder sie waren es *nicht nur*.

Ich bin eben nicht nur ein hübsches, sondern auch ein ausgesprochen argwöhnisches Jüngelchen. Und selbst wenn ich dick zu nennen wäre, dann bestimmt nicht automatisch auch dämlich.

Meine kleine Pause war sehr nützlich gewesen. Ich setzte meine Fahrt durch das Tälchen fort und suchte nach einer Stelle, an der ich den Hang erklimmen konnte.

Plötzlich stand jemand zehn Meter vor mir. Ich hätte einfach durch ihn hindurchfahren können, doch ich bremste und hielt an.

Gekleidet in einen Anzug mit Weste und Krawatte, stand er im hohen Gras und betrachtete mich mit der ausdruckslosen Miene, für die er einst so berühmt gewesen war.

Er war korpulent, hatte ein rundes Gesicht, volle Wangen und ein Doppelkinn, war jedoch nicht so korpulent wie Mr. Shilshom. Im Gegensatz zu diesem war er zu seiner Statur nicht durch unmäßiges Schlemmen gekommen, sondern durch seine Erbanlagen. Schon als kleines Kind war er stämmig gewesen. Seine Unterlippe ragte weit über die Oberlippe hinaus, als würde er nachdenken, wie am besten mit einer problematischen Person umzugehen wäre, die er loswerden, aber nicht kränken wollte.

»Das ist kein guter Augenblick«, sagte ich zu ihm. »Ich habe zu viel um die Ohren. Es reicht mir wirklich dicke. Tut mir leid, normalerweise gebe ich keine solchen abgedroschenen Phrasen von mir, und ich wollte auch nicht auf Ihr Gewicht anspielen. Ich bin einfach extrem beschäftigt. Noch eine Komplikation kann ich da nicht gebrauchen.«

Unter den auf Erden verweilenden Toten, die mich um Hilfe gebeten haben, waren einige Berühmtheiten der Unterhaltungsbranche. Auch wenn man es nicht meinen sollte, wenn man sieht, wie die Welt des Showgeschäfts im Fernsehen und im Internet durchgehechelt wird, haben Prominente durchaus eine Seele.

In den ersten drei Teilen meiner Memoiren habe ich über meine ziemlich lange Beziehung zu dem Geist von Mr. Elvis Presley berichtet. Der ist mir zum ersten Mal erschienen, als ich noch in der Highschool war, und dann sind wir eine Weile miteinander herumgezogen. Aus Gründen, die er mir lange nicht verraten hat, zögerte der King of Rock 'n' Roll, ins Jenseits weiterzuziehen, obwohl er eigentlich gern dorthin wollte. Das lag nicht etwa daran, dass er Angst gehabt hätte, im nächsten Leben würde es kein frittiertes Sandwich mit Erdnussbutter und Banane geben. Schließlich habe ich ihm geholfen, den Übergang doch noch zu schaffen.

Dann kam Mr. Frank Sinatra. Dessen Geist hat mich zwar nur einige Wochen lang begleitet, doch das war eine denkwürdige Zeit. Wie früher im Leben, so konnte Mr. Sinatra auch als Poltergeist ganz schön auf den Putz hauen, wenn ich Unterstützung brauchte.

Ich weiß nicht, wieso, aber ich hatte angenommen, wenn mich noch einmal der Geist einer berühmten Persönlichkeit aufsuchen würde, dann müsste das wieder ein Sänger sein.

Der Gentleman im Anzug ging zur Beifahrerseite des Gartenmobils. Er besaß eine ungewöhnliche Autorität, denn die war in keiner Weise streng oder überheblich, sondern mit einem Anflug von Charme gewürzt.

»Sir, ich fühle mich geehrt, dass Sie meine Unterstützung in Anspruch nehmen wollen. Ich gehöre zu Ihren Bewunderern. Wenn ich das hier überlebe, werde ich für Sie tun, was ich tun kann. Aber, wissen Sie, in Roseland geht so viel vor sich, dass mir der Kopf platzen wird, wenn ich an noch mehr denken muss!«

Er legte die Hände an den Kopf und breitete dann mit gespreizten Fingern die Arme aus, um zu demonstrieren, welche Folgen ein platzender Schädel hatte.

»Ja, genau. Es tut mir wirklich leid. Einem Geist in Not sollte man nie etwas abschlagen. Das ist jedenfalls mein Motto. Gut, mein Motto ist es nicht, aber ein Prinzip von mir. Ich habe kein Motto. Außer vielleicht: ›Wenn man's futtern kann, dann kann man es auch braten.‹ Ich bin ganz schön am Plappern, nicht wahr? Das liegt daran, dass ich so ein Fan von Ihnen bin. Ehrlich! Na, wahrscheinlich hören Sie das die ganze Zeit. Oder Sie haben es gehört, als Sie noch am Leben waren. Seit Sie tot sind, hören Sie es wohl nicht mehr ganz so oft.«

Die heikle Situation war nicht der Hauptgrund für mein nervöses Geplapper. Auch die Tatsache, dass ich das Werk meines Gegenübers tatsächlich bewunderte, brachte mich nicht so durcheinander. Beides waren Gründe, aber außerdem war ich eingeschüchtert von der besagten ausdruckslosen Miene, die darauf hinwies, dass der Geist geduldig warten würde, bis mein

Widerstand erlahmte. Sie erinnerte mich an den Scharfsinn, der dahinter stand. Elvis? Den hatte ich locker in die Tasche gesteckt. Sinatra? Meist kein Problem. Der Neuankömmling hingegen war eine Nummer zu groß für mich. Wahrscheinlich war er zehnmal cleverer als ich.

»Sie warten ja schon ziemlich lange auf den Übergang«, sagte ich. »Dreißig Jahre werden es wohl sein. Lassen Sie mir einfach noch einen Tag Zeit, dann reden wir miteinander. Genauer gesagt, ich rede, weil Sie das ja nicht können. Aber momentan sind hier zu viel üble Typen am Werk, wissen Sie? Von den Leichen, der Frau auf dem Pferd und dem gefangenen Jungen ganz zu schweigen. Und die Uhr tickt. Über so was wissen Sie ja Bescheid. Wer wüsste wohl mehr über tickende Uhren als Sie? Außerdem habe ich es mit Schweinen zu tun! Mit großen, fiesen, aufrecht gehenden Schweinen, Sir. Mit Primatenschweinen mussten Sie bestimmt nie fertig werden. Kurz gesagt, ich kann momentan nichts für Sie tun.«

Er lächelte und nickte. Mit einer Handbewegung winkte er mich weiter.

Als er sich abwandte, sagte ich, bevor er sich entmaterialisieren konnte: »Moment noch, Mr. Hitchcock!«

Er sah mich an.

»Sie waren doch … Sie sind doch nicht … ich meine, Sie sind doch nicht etwa hier gestorben, oder?«

Er zog eine Grimasse und schüttelte den Kopf. *Nein.*

»Haben Sie Roseland je aufgesucht, als Sie noch am Leben waren?«

Wieder schüttelte er den Kopf.

»Hatten Sie dann damals vielleicht geschäftlich mit dem Filmstudio von Constantine Cloyce zu tun?«

Er nickte, und seine Miene wurde ungewöhnlich streng.

»Offenbar haben Sie nicht besonders gern mit ihm zusammengearbeitet.«

Mr. Alfred Hitchcock steckte sich einen Finger in den Mund, als wollte er sich übergeben.

»Aber Sie sind nicht wegen ihm hier.«

Nein.

»Sie sind bloß wegen mir gekommen.«

Ja.

»Ich fühle mich geschmeichelt.«

Er zuckte die Achseln.

»Warten Sie bitte, bis ich den Jungen hier rausgeschafft habe. Dann vereinbaren wir einen Termin. Nein, das war natürlich nur ein Hollywoodwitz. Kein besonders guter – wie ich ehrlicherweise zugebe.«

Er lächelte großväterlich. Ich werde ihn mögen, dachte ich, falls ich lange genug lebe, um ihn besser kennenzulernen.

Erneut winkte er mich weiter.

Ich musste nur noch ein kurzes Stück durch das Tälchen fahren, bis ich eine geeignete Stelle am Hang gefunden hatte. Als ich mich umsah, war Mr. Hitchcock verschwunden.

Oben angekommen, wollte ich schon auf der anderen Seite hinunterfahren, bremste jedoch scharf. Jenseits des nächsten Tälchens tappten vier Biester im Gänsemarsch am Kamm einer niedrigeren Erhöhung entlang.

Obwohl ich mich einigermaßen an das Aussehen der Kreaturen gewöhnt hatte, kamen sie mir nicht weniger merkwürdig vor als zuvor. So etwas sah man womöglich im Delirium, wenn man mit Malaria oder einer anderen Tropenkrankheit schweißgebadet in der Hängematte lag. Sie passten besser in eine Welt mit einem gelben Himmel als zu diesem Roseland, das selbst gelegentlich ein Fiebertraum zu sein schien.

Weil das Elektromobil kaum Geräusche machte und weil die Schweinedinger wie üblich damit beschäftigt waren, auf irgendein Ziel zuzumarschieren, um dort Chaos zu verbreiten, hoffte ich, dass sie mich nicht bemerkten. Aber sie bemerkten mich.

Sie blieben stehen, drehten sich um und starrten direkt zu mir herüber.

Ich drehte das Lenkrad nach rechts, um kehrtzumachen und mich mit voller Geschwindigkeit zurückzuziehen. Das Vehikel bewegte sich keinen Zentimeter. Offenbar war der Akku leer.

32

Die Biester sahen mich, doch das bedeutete noch lange nicht, dass sich mich wichtig genug fanden, um von ihrer derzeitigen Mission abzuweichen und mir den Kopf abzureißen. Mein Kopf war schließlich nichts Besonderes, außer für mich natürlich. Er war nicht mit Tattoos, Nasenringen oder Goldzähnen ausgestattet, die ihn zu einer anständigen Trophäe gemacht hätten.

Zu diesem Trupp gehörte keiner von der grotesk deformierten Sorte mit den ungelenken Gliedern. Es waren alles stramme Exemplare, die dem höchsten Standard ihrer monströsen Brut entsprachen. Jedes von ihnen hätte beim nächsten Scheußlichkeitswettbewerb auf der Insel des Dr. Moreau den ersten Preis bekommen.

Die vier schienen besser organisiert und zielstrebiger zu sein als die Trupps, die ich bisher gesehen hatte. Sie waren nicht ungeordnet über die Anhöhe getappt, sondern nacheinander, was nach einem disziplinierten Vorgehen aussah. Außerdem hatten alle die gleiche Waffe in der Hand, eine Axt mit einem Kopf, der sowohl eine Schneide als auch einen Hammer aufwies. Diese einheitliche Bewaffnung und die Tatsache, dass alle am linken Ohr einen langen roten Stoffstreifen hängen hatten, wies womöglich darauf hin, dass sie zu einer speziellen Gruppe innerhalb ihres Stammes gehörten.

Entweder handelte es sich um einen Spähtrupp, oder sie hatten ein bestimmtes Ziel, das sie vernichten wollten. Vielleicht war aber auch nur Mittagszeit im Schweinelager, und die kräftigen jungen Biester wollten rasch zurück, bevor das beste Zeug im Trog von ihren gierigen Artgenossen verschlungen worden war.

In dem durchaus bequemen Fahrersitz des Gartenmobils hockend, versuchte ich mit solchen Gedanken meinen Optimismus aufzublasen, bis er praller war als die breiten Reifen unter mir. Leider strafte der kalte Schweiß auf meiner Stirn und meinen Handflächen mein zuversichtliches Lächeln Lügen.

Ich starrte über das Tälchen auf die vier Biester und versuchte, mir keinerlei Angst anmerken zu lassen. Sie starrten zurück und waren wahrscheinlich beleidigt, weil ich keine Angst hatte.

Wenn ihr darüber nachdenkt, wie schwierig es für zwei Menschen mit derselben Nationalität, demselben sozialen Hintergrund, derselben Hautfarbe und derselben Religion sein kann, sich zu verstehen und harmonisch miteinander auszukommen, dann wisst ihr, wieso ich gewisse Zweifel hatte, dass diese Begegnung mit Umarmungen und ewigen Freundschaftsschwüren enden würde.

Simultan kam Bewegung in die vier Biester. Sie verließen die Kuppe und marschierten den Hang herunter in das Tälchen, das zwischen uns lag. Sie rückten nicht im Laufschritt vor, sondern langsam, und nicht mehr im Gänsemarsch, sondern Seite an Seite.

Dieses planvolle Vorgehen unterschied sich deutlich von der hektischen, von wütendem Knurren begleiteten Verfolgungsjagd, die ich bisher beobachtet hatte. Vielleicht bedeutete es, dass diese Exemplare nicht so von Hass und blinder Gewalt angetrieben waren wie ihre Artgenossen und zu einer gemäßigteren Fraktion gehörten, die offen für Verhandlungen und Kompromisse war.

Ich stieg aus dem Mobil, das diese Bezeichnung jetzt Lügen strafte, und stellte mich daneben.

Als die vier auf halber Höhe des gegenüberliegenden Abhangs waren, begannen sie im Einklang ihre Äxte zu schwingen: vor, zurück, vor, zurück, vor und im Kreis; vor, zurück, vor, zurück, vor und im Kreis …

Nicht mehr so recht darauf hoffend, einen gemeinsamen Nenner zu finden, zog ich meine Pistole. Obwohl ich Schusswaffen nicht mochte, hätte ich mir jetzt gewünscht, ein größeres Kaliber als neun Millimeter zur Verfügung zu haben.

Die Beretta war mir absolut ausreichend vorgekommen, bis ich es ohne Fahrzeug und in offenem Gelände mit vier Primatenschweinen zu tun bekommen hatte, die ich nun besser in Augenschein nehmen konnte als bisher. Jedes der Biester war gut einen Meter achtzig groß und wog bestimmt weit über hundert Kilo. Kniegelenke, Hüften und Wirbelsäulen waren fast menschlich geformt, was jede Spur Komik zunichtemachte; keines erinnerte mich in irgendeiner Weise an Schweinchen Dick. Sie hatten Füße mit langen Zehen und Hände mit Fingern, nicht etwa gespaltene Hufe. Finger- und Fußnägel schienen aus dunkelbraunem, hornähnlichem Material zu sein, das in spitzen, bestens zum Ausweiden geeigneten Klauen auslief.

Ich wäre lieber geflohen, statt zu versuchen, mich ihnen entgegenzustellen, aber ich war mir nicht sicher, ihnen davonlaufen zu können. Na gut, ich war leichter und gelenkiger als sie und würde daher wahrscheinlich schneller sein. Wildschweine können allerdings eine Höchstgeschwindigkeit von bis zu fünfzig Stundenkilometern erreichen. Ob in diesen Kreaturen genug Schwein steckte, um so schnell laufen zu können, wusste ich zwar nicht, aber wenn sie es konnten, dann war definitiv nicht genug Schwein in mir, um ihnen zu entkommen.

Als sie das Ende des Hangs erreicht hatten und in das grasige Tälchen gelangten, feuerte ich einmal in die Luft. Im Rückblick kommt mir die Idee, in dieser Situation einen Warnschuss abzugeben, so dämlich vor, wie einem aufgerichteten Grizzlybären missbilligend mit dem Finger zu drohen.

Ich hoffte eben, sie verscheuchen zu können, statt gezwungen zu sein, sie zu töten, selbst wenn sie sich darauf freuten, mich ein paarmal ranzunehmen, bevor sie mir das Gesicht abkauten, wie Mrs. Tameed es dem namenlosen Jungen so fantasievoll angedroht hatte.

Als die vier ungerührt weiter durch das Tälchen marschierten, nahm ich die Pistole in beide Hände, streckte die Arme durch, zielte auf das Exemplar ganz rechts und drückte fünfmal ab.

Ich hatte den Eindruck, dass drei der Geschosse ihr Ziel erreichten. Das Biest, das ich anvisiert hatte, taumelte, ließ seine Axt fallen und schwankte hin und her.

Kupfermantelgeschosse sind eine tödliche Munition. Beim Eintritt in den Körper platzen sie und verursachen üble Gewebeschäden.

Einen Moment lang nahm der Aufprall der Geschosse dem Biest offenbar den Atem, doch dann begann es zu schreien.

Verblüfft, dass es auf den Beinen blieb, feuerte ich noch zwei weitere Schüsse ab. Beim zweiten fuhr die verwundete Kreatur sich mit der Hand an die Kehle, dann stürzte sie rücklings zu Boden.

Die drei anderen Schweinedinger rannten weder auf mich zu noch vor mir weg. Sie standen neben ihrem gefallenen Kameraden und starrten ihn an, als wüssten sie nicht recht, was ihn zu Fall gebracht hatte.

Noch in der Schussposition, zielte ich auf ein anderes Biest, wartete jedoch ab, weil ich hoffte, die drei würden einsehen, dass es klüger war, sich zurückzuziehen.

Sie drehten sich zu mir um und blickten zu mir hoch, nicht mit Wut und Hass, sondern mit Verblüffung. Ihre Blicke wanderten zwischen mir und ihrem toten Kameraden hin und her, als fragten sie sich, wie und warum ich ihn getötet hatte. Dann hatte ich jedoch den Eindruck, sie seien weniger verblüfft als unentschieden. Gewöhnliche Schweine fressen manchmal ihre Jungen; vielleicht überlegten die drei also, ob sie mich verfolgen oder sich lieber zu einem Kannibalenmahl niederlassen sollten, solange der Kadaver noch frisch war.

Inzwischen hatte ich genügend Exemplare gesehen, um beurteilen zu können, dass ihre Visagen nicht weitgehend gleich aussahen wie bei den meisten Tierarten. Ihre Gesichtszüge wiesen zahlreiche Unterschiede auf, nicht so viele wie bei Menschen, aber doch genug, um eher eine Schar einzelner Wesen darzustellen als eine anonyme Meute.

Während sie nun abwechselnd mich und ihren toten Kameraden beäugten, ließ die Individualität der grotesken Visagen sie noch furchterregender wirken als zuvor. Wenn sie nicht einheitlich dachten und synchron einem blinden Instinkt folgten, sondern in der Lage waren, individuell darüber nachzudenken, wie eine Beute am besten zu verfolgen, zu stellen und zu töten war, dann war die Chance, ihnen bei einer längeren Verfolgungsjagd zu entkommen, kaum größer, als Gevatter Tod ein Schnippchen zu schlagen, wenn er mit der Sense in der einen und dem Kündigungsschreiben in der anderen Hand an die Tür klopfte.

Das von den Schneiden der Äxte reflektierte Sonnenlicht ließ die tödlichen Hammerenden blitzen.

Statt weiterhin abwechselnd mich und die Leiche zu betrachten, wandten die Biester sich einander zu. Ihre breiten Schakalmäuler klappten auf, doch wenn sie irgendwelche Geräusche von sich gaben, konnte ich die nicht hören.

Die geringelten, haarlosen weißen Schwänze, an der Spitze mit grauen Borsten versehen, richteten sich gerade auf – eins, zwei, drei.

Spitze Ohren zuckten. Richteten sich nach vorn und legten sich dann wieder flach an den Schädel an.

Die drei Biester fächerten sich am Fuß des Abhangs auf, indem sie sich in größerem Abstand voneinander postierten.

Wieder schwangen sie ihre Äxte vor, zurück, vor, zurück, vor und im Kreis. Das Sonnenlicht ließ die Waffen blitzen, als würden sie von der Luft messerscharf gewetzt.

Ich hatte sieben Schuss gebraucht, um das erste Biest zu erledigen. Wenn das so weiterging, musste ich einundzwanzigmal abdrücken, um die übrigen drei zu töten.

Im Magazin der Beretta steckten noch zehn Patronen. Das Ersatzmagazin in meinem Holster enthielt weitere siebzehn, aber ich bezweifelte, genügend Zeit zu haben, das Magazin zu wechseln, während die Biester auf mich zustürmten.

Shakespeare lässt Falstaff sagen, der bessere Teil der Tapferkeit sei Vorsicht, und in diesem Moment entschied ich mich für Letztere. Ich rannte zur Kuppe des Hangs und auf der anderen Seite wieder hinunter.

Mir ist durchaus bewusst, dass Falstaff ein Kämpfer, aber auch ein Feigling ist, ein Dieb, aber auch ein Charmeur. Er dient nur jenen als Vorbild, die meinen, das eigene Selbstwertgefühl sei der höchste aller Werte. Der Autor hat ihn als komische, nicht als bewundernswerte Figur gedacht, denn er wusste, wenn solche Leute die Fähigkeit verlieren, andere zu amüsieren, sind sie extrem gefährlich. Sie sind die Charles Mansons und Pol Pots unserer Zeit, denen kein Verbrechen zu schrecklich ist, um es nicht zu begehen.

Wir alle sind manchmal im Leben feige, doch ich tröstete mich mit der Tatsache, dass ich bei meiner Flucht keine Verbündeten zurückließ. Da nur mein eigener Hintern in Gefahr war, konnte ich zu Recht behaupten, mein Handeln sei eher Vorsicht als Feigheit. Jedenfalls redete ich mir das ein, während ich Hals über Kopf in das Tälchen floh, in dem ich mit dem Gartenmobil vorher einen Moment stehen geblieben war. Ich unterdrückte das Bedürfnis, mir in die Hose zu machen, und wandte mich nach Norden in der Hoffnung, es zu Fuß zum Gästeturm zu schaffen. Durch solche Selbsttäuschungen überleben wir – und setzen dabei auch den wesentlichsten Teil von uns aufs Spiel.

33

In diesem Teil von Roseland war das Gelände ausgesprochen unübersichtlich; Anhöhen und kleine Täler gingen so ineinander über, dass ich mich an die Falten und Furchen an der Oberfläche des Gehirns erinnert fühlte. Um im Bild zu bleiben, war ich ein Gedanke, der durch diese Strukturen jagte, und dieser Gedanke lautete: *Beweg dich, beweg dich, schließlich willst du weiterleben!*

Ich hielt mich immer in den Tälern, die teils im Schatten von steilen Hängen lagen, teils in dem von darauf wachsenden Banyanbäumen. In der Talsohle, wo der Boden immer ein wenig feucht blieb, war ich von Kalifornischem Lorbeer geschützt. Ich flitzte von Baum zu Baum, duckte mich unter niedrigen Ästen hindurch und rannte rasch über offene Flächen. Jedes Mal, wenn sich die Landschaft verzweigte, verließ ich mich auf meine Intuition, um meinen Weg zu finden.

Ganz darauf konzentriert, möglichst schnell vorwärtszukommen, wagte ich es nicht, mich umzublicken und dadurch ins Stocken zu geraten. Falls die Biester näher kamen, wollte ich das ohnehin lieber nicht wissen, bis mich eine Klauenhand am Sportsakko packte und von den Beinen holte oder bis eine Axt mir den Schädel spaltete, mich augenblicklich tötete und mir das ersparte, was mir blühte, wenn man mich lebend erwischte.

Erst vor wenigen Stunden hatte ich gemütlich in der Küche des Haupthauses gesessen, um Quiche und Käsekuchen zu verzehren. Da hatte mein größtes Problem noch darin bestanden, die streng gehüteten Geheimnisse von Roseland zu ergründen und zu kapieren, was seine Bewohner eigentlich meinten, wenn sie ständig in Rätseln sprachen.

Rätselhaft benahmen die Schweinedinger sich wenigstens nicht. Sie machten keine Wortspiele, sie taten nicht so, als wären sie abgelenkt, und sie verzichteten auch auf alle sonstigen Täuschungsversuche. Was diese Biester vorhatten, war sonnenklar: Sie wollten mir eins über den Kopf geben, mich zerhacken, mich fressen und später gemütlich dahocken, um nachzukosten, wie ich geschmeckt hatte. Kurz, ihre Absichten waren so unverkennbar wie die von Finanzbeamten.

Inzwischen hatte mein Weg sich so oft verzweigt, dass ich mir nicht mehr sicher war, ob ich mich auf den Gästeturm zubewegte oder weg davon. Ich hätte mich nicht einmal gewundert, auf der nächsten Anhöhe das verlassene Gartenmobil mit den Breitreifen zu sehen und daneben die drei Biester, die Karten spielten, während sie darauf warteten, dass ich im Kreis und ihnen direkt in die Arme lief.

Mehrere Male schimmerte die kühle Luft, als würden Hitzewellen aufsteigen, und am Rand meines Blickfelds sah ich Dinge, die nicht da waren, wenn ich den Kopf drehte, um sie genauer zu betrachten. In manchen Fällen handelte es sich wohl um Schatten, die nur aus dem Augenwinkel bedrohlich aussahen. Andere Bilder waren hingegen spezifischer: ein großer Haufen menschlicher Schädel, Kojoten, die sich an mehreren toten Biestern gütlich taten, eine nackte, an einen Pfahl gefesselte Frau auf einem Scheiterhaufen, den in Umhänge gehüllte Gestalten mit Fackeln in Brand setzten …

Eine dieser Visionen verschwand nicht, als ich sie direkt ins Auge nahm. Ich kam gerade aus einem Lorbeerwäldchen, und einige Meter vor mir befand sich ein Felsvorsprung, an dem der Weg sich teilte. Direkt an dieser Gabelung stand ein blattloser Baum mit schwarzen Ästen, den jemand in ein Mobile aus von der Sonne gebleichten Knochen verwandelt hatte. An den Ästen hingen die zarten Skelette von Kindern, die teilweise wohl erst drei Jahre alt gewesen waren, als man sie ermordet, entkleidet und zu diesem wahnsinnigen Monument der Grausamkeit arrangiert hatte. Älter als zehn war sicher keines gewesen.

Der Anblick war wie ein Straßenschild am Eingang einer Stadt, in der grenzenlose, brutale Gewalt herrschte.

Da die Erscheinung vor mir sich nicht auflöste, stockte ich zum ersten Mal auf meiner wilden Flucht. Ich riss mich jedoch gleich wieder zusammen und lief weiter, wobei ich den Weg nach rechts wählte.

Als einzige Erklärung für das, was ich sah, fiel mir nur ein, dass ich gleichzeitig durch zwei Ausführungen von Roseland lief: durch ein Roseland, in das ich und Annamaria vor einigen Tagen gekommen waren, und durch ein anderes, das in einer Parallelwelt existierte.

Der Weg, den ich an dem schwarzen, mit weißen Knochen behängten Baum genommen hatte, erwies sich als Sackgasse. Er wurde immer enger, und bald stand ich an einer Stelle, an der drei steile Abhänge zusammenliefen. Links und rechts nichts als Unkraut und dorniges Gestrüpp, vor mir eine Rampe aus nackter Erde mit verstreuten Steinbrocken.

In den Ranken hätte ich mich sicher verfangen, bis ich irgendwann nicht mehr weiterkam. Deshalb kletterte ich über die Steinbrocken, die sich manchmal bewegten, wenn ich darauftrat. Ich war gezwungen, die Pistole ins Holster zu stecken und mich gebückt vorwärtszubewegen. Dabei suchte ich mit den Händen verzweifelt jeden verfügbaren Halt, damit ich nicht abrutschte, wenn ein Stein, der fest verankert ausgesehen hatte, sich unter meinen Füßen löste.

Obwohl ich schnaufte und mir das Blut in den Ohren pochte, vernahm ich nun die Biester hinter mir, konnte sie jedoch nicht riechen. Es hörte sich zwar an, als wären sie nur noch wenige Meter entfernt, aber durch irgendeine Eigentümlichkeit des Geländes klangen ihre Stimmen offenbar näher, als sie es waren, sonst hätte der üble Gestank sie verraten.

Ich hatte die Hälfte des Hangs erklommen, als sie mich einholten. Einer von ihnen packte mich am linken Hosenbein. Ich klammerte mich mit beiden Händen an zwei stabilen Steinen fest und trat heftig aus, wobei ich etwas traf, vielleicht den Kopf der Kreatur. Die ließ jedoch nicht los; sie zerrte sogar an mir, um mich von meinem Halt zu lösen.

Der Stein unter meiner rechten Hand lockerte sich, glitt heraus und rutschte klappernd den Hang hinunter. Nur noch mit der linken Hand festhängend, drehte ich mich auf die Seite, um mit der rechten Hand nach der Beretta zu greifen.

Ein Biest kniete oberhalb von mir, ein zweites links, das dritte rechts, allesamt bereit, sich auf mich zu stürzen. Das Weiß ihrer Augen war mit hellroten Äderchen durchzogen, die Iris so gelb wie der seltsame Himmel, den ich mehrfach gesehen hatte.

Die scharfen Münder, die kantigen Zähne, die langen, schwarz gefleckten rosa Zungen waren nicht für freundliche Worte geschaffen, sondern dazu, eine noch lebende, schreiende Beute zu zerreißen und happenweise zu verschlingen.

Drei Äxte wurden gehoben, zwei mit der Schneide, eine mit dem Hammerende in meiner Richtung. Während ich meine Pistole zog, war mir völlig klar, dass ich höchstens einen der Angreifer töten konnte, bevor die beiden anderen meinen Kopf knackten, um ihn aufzubrechen wie eine Muschelschale. Ich war bereit für den Tod, und wenn auch nur, weil nichts im Jenseits so grauenhaft aussehen konnte wie diese Schweinedinger.

Bevor ich die Beretta auf das Biest über mir richten konnte, ließ es sich mit seinem ekelhaften Körper auf mich fallen. Ich glaubte schon, die bleiche, glatte Haut zu spüren, aus der einzelne Borstenbüschel sprossen, als das Ding plötzlich von mir wegzuckte. Zwischen seinen Augen bildete sich ein Loch, und der hintere Teil des Schädels platzte. Im nächsten Augenblick war das Biest so abrupt verschwunden, als wäre unter ihm eine Falltür aufgeklappt.

Den ersten Schuss hatte ich nicht gehört, dafür waren der zweite und dritte umso lauter und deutlicher. Sie kamen ganz aus der Nähe. Es sah so aus, als würden die verbliebenen beiden Biester von mir wegspringen. Eine Axt fiel klappernd auf die Steine neben meinem Kopf, die andere wirbelte durch die Luft davon wie ein Stock, den der hässlichste Tambour aller Zeiten allzu begeistert hochgeworfen hatte.

Der Hang unter mir schien in Bewegung zu geraten, doch ich war entschlossen, nicht mitsamt einer Kaskade aus Dreck und Steinen auf den Leichen der Biester zu landen, die ich unten liegen sah.

Keuchend und spuckend, weil ich das Gefühl hatte, dass mir ein Schweißtropfen meines Angreifers in den offenen Mund gefallen war, drehte ich mich wieder auf den Bauch und suchte nach festem Halt.

Neben mir tauchten zwei Cowboystiefel aus rotschwarzem, geprägtem Leder auf. Hinter der Pranke, die sich mir hilfreich entgegenstreckte, sah ich einen muskelbepackten Arm, auf dem sich bis zum Bizeps kreischende Hyänen tummelten.

34

Ich ergriff die Hand, die mir zweimal so groß wie meine eigene vorkam, und der tätowierte Koloss half mir auf die Beine. Gemeinsam stolperten wir zur Kuppe des steilen Hangs.

Im Westen glitzerte das von der Sonne betupfte Meer wie ein Piratenschatz. Fast wären die zum Zubeißen gebleckten Zähne der monströsen Schweine das Letzte gewesen, was ich auf Erden sah.

Die Narben auf dem Gesicht meines Retters waren so violett wie bei unserer ersten Begegnung, und die Zähne waren nicht weniger morsch und gelb, aber auf dem Fieberbläschen an der Oberlippe glänzte nun eine schützende Salbenschicht.

»Odd Thomas!«, sagte er. »Kennst du mich noch?«

»Kenneth Randolph Fitzgerald Mountbatten.«

Er strahlte. Offenbar freute er sich, weil ich mich an seinen Namen erinnerte, als wäre der so unauffällig gewesen, dass man ihn sofort wieder vergessen hätte.

Am Himmel segelte eine einsame Möwe, die sich weiter als gewöhnlich vom Ozean entfernt hatte. Sie schwang sich auf und nieder, als würde sie eine Symphonie dirigieren, die nur sie selbst hören konnte. Nachdem ich gerade erst dem Tod durch Schwein entkommen war, konnte ich die Freude des Vogels, am Leben zu sein, gut nachempfinden.

»Danke, dass Sie mir dass Leben gerettet haben.«

Kenny zuckte die Achseln und sah verlegen drein. »Hab ich doch eigentlich gar nicht.«

»Doch, Sir, das haben Sie definitiv getan.«

Er schlang sich den Gurt seines Sturmgewehrs über die

Schulter und ließ den Blick in die Runde schweifen. »Tja, Waffen und Kämpfen liegen mir einfach, das ist alles«, sagte er. »Töten oder getötet werden – da gibt's aus meiner Sicht nur eine einzige Option. Jeder von uns hat irgendeine Gabe. Was ist deine Gabe, Odd Thomas?«

Ich steckte meine Pistole ins Holster, um zu beweisen, dass ich mir vorstellen konnte, ewige Freundschaft mit ihm zu schließen. »Grillen und Braten«, sagte ich. »Wenn ich eine Pfanne in der Hand habe, bin ich unschlagbar.«

Sein Nacken war fast so dick wie sein Kopf. Selbst seine Ohren sahen so muskulös aus, als würde er jeden Morgen einohrlappige Liegestütze machen.

»Ein Grillkoch«, sagte er. »Das ist gut. Essen braucht der Mensch mehr als alles andere.«

»Na ja, vielleicht ebenso viel wie alles andere, aber nicht mehr.«

Die Luft roch frisch. Sie war gemischt mit einer Spur Ozon, die manchmal fast verschwand, jedoch immer wiederkehrte. Aber sie war nie stark genug, als dass sie unangenehm gewesen wäre.

»Ich hab im Gästeturm nachgeschaut«, sagte Kenny in entschuldigendem Ton. »Da wohnt momentan niemand.«

»Halten Sie mich etwa schon wieder für eine Dumpfbacke, die man nicht durchs Tor hätte lassen sollen?«

Er rollte die Augen und schüttelte den Kopf. »Das hab ich nicht so gemeint. Ich bin halt so. Ist meine Art, jemanden zu begrüßen.«

»Ich sage normalerweise: Freut mich, Sie kennenzulernen.«

»Jedenfalls«, sagte er, »hab ich's inzwischen rausbekommen. Du bist tatsächlich ein Gast, aber hier, nicht dort, was mich nichts angeht, da mein Job dort, nicht hier ist, und da ich bloß selten hier bin und nicht mal weiß, wieso, wenn ich es bin.«

»Offenbar seid ihr alle zur selben Schule gegangen«, sagte ich.

»Was für 'ne Schule?«

»Wo man lernt, so zu reden.«

»Wie – so?«

»So verwirrend.«

Kenny zuckte die Achseln. »Ich mein ja nur.«

»Sir, ich muss das Gartenmobil wiederfinden.«

»Das elektrische Dingsbums, mit dem du durch die Gegend gegondelt bist?«

»Genau das.«

»Ich hab dich gesehen und mir gleich gesagt: Dieser bekloppte kleine Scheißer wird bestimmt 'nem Haufen Keiler vor die Hufe laufen, und das ist ja auch passiert.«

»Ich dachte, man nennt sie Biester.«

»Schon möglich, dass man die hier Biester nennt, aber wir sagen Keiler. Was mich angeht, so sag ich immer Keiler, hier und dort, ganz egal.«

»Konsequenz ist eine gute Eigenschaft.«

»Schon möglich«, sagte Kenny. »Jedenfalls hab ich das Ding gefunden, als die drei Dreckskerle gerade hinter dir hergerannt sind. Ich kann dir zeigen, wo es steht.«

»Das wäre toll, Sir. Der Akku ist zwar leer, aber auf dem Vordersitz liegt etwas, das ich unbedingt brauche.«

»Na, dann mal los«, sagte er und schritt die Anhöhe entlang.

Für zwei seiner Schritte musste ich drei machen. Ich kam mir vor wie ein Hobbit, der sich mit dem Terminator angefreundet hat.

Die warme Sonne schien mir ins Gesicht, im hohen Gras sangen die Zikaden, und ich war unheimlich dankbar, dass ich nicht in der Magensäure von vier Keilerbiestern blubberte.

»Also ist mein Roseland hier und Ihres ist dort«, sagte ich.

»Schaut ganz so aus.«

»Hier ist hier«, sagte ich, »aber wo ist dort?«

»Wenn ich darüber nachdenke, brummt mir der Schädel, also tue ich es lieber nicht.«

»Wie schaffen Sie es denn, über so etwas *nicht* nachzudenken?«

»Nicht nachdenken kann ich echt gut.«

»Bei mir ist es eher andersrum«, sagte ich.

»Jedenfalls passiert es mir nicht jedes Jahr, dass ich hier bin, und es dauert auch nie lang. Ist auch egal, weil ich doch immer wieder dort drüben lande.«

»Dort drüben – aber *wo?*«

»Dort drüben in meinem Roseland.«

»Und wo ist das?«

»Ganz locker, Odd!«

»Ich bin so locker, wie es nötig ist.«

Kenny schenkte mir ein Lächeln, das so gelblich gefärbt war wie ein Verkehrsschild. »Ab und zu musst du dir mal 'nen Abend gönnen, an dem du dich sinnlos volllaufen lässt. Das hilft dir, mit dem Leben fertig zu werden.«

Ich ließ nicht locker. »Also, wo ist Ihr Roseland?«, fragte ich, während wir aus einem Tälchen zur nächsten Anhöhe hochstiegen.

Er seufzte. »Du hast's geschafft. Jetzt brummt mir echt der Schädel.«

»Dann können Sie jetzt ja genauso gut nachdenken.«

»Ich hab dich vor den Keilern gerettet. Reicht das nicht aus?«

»Und ich hab Ihnen gesagt, was Sie gegen Ihr Fieberbläschen tun müssen.«

»Das hat noch gar nicht funktioniert.«

»Das wird es schon, wenn Sie damit aufhören, mit der Zungenspitze an dem verfluchten Ding herumzufummeln und die Salbe abzulecken.«

»Du bist selbst so ein Fieberbläschen«, sagte Kenny.

»Sagen Sie mir einfach, wo Ihr Roseland ist, dann lasse ich Sie in Frieden!«

»Okay, okay, okay. Schon gut. 'ne Frau, mit der ich eine Weile zusammen war, hat auch nie aufgehört, mir damit auf die Nerven zu gehen, genau wie du. Bis mir endlich gekommen ist, wie ich das abstellen kann.«

»Wie denn?«, fragte ich erschrocken.

»Indem ich getan hab, was diese blöde Kuh wollte. Sonst hätte sie nie die Klappe gehalten.«

»Also, wo ist Ihr Roseland?«

»Vielleicht weit in der Zukunft, von hier aus gesehen.«

»Vielleicht?«

»Das ist so eine Theorie.«

»Also haben Sie *doch* darüber nachgedacht!«

»Aber es ist mir schnuppe.«

»Mir nicht.«

»Was ist, das ist. Kommt nicht drauf an, wieso.«

»Sie sind nicht nur ein Denker, Sie sind ein richtiger Philosoph.«

Er knurrte ungehalten. »Hoffentlich tauchen bald ein paar verfluchte Keiler auf, damit ich sie erschießen kann.«

»Weit in der Zukunft, ja? Sir, soll das etwa heißen, Sie haben eine Zeitmaschine?«

Er erwiderte, er habe keine Zeitmaschine, würzte den Satz jedoch mit einem Ausdruck, den ich hier lieber nicht wiedergebe. »Es passiert einfach«, fuhr er dann fort. »Aber nur in Roseland, nie irgendwo anders. Manchmal schaue ich in den Himmel, und der ist eine Minute lang blau, vielleicht sogar ein paar Stunden, und die Welt ist nicht so beschissen, wie sie es fast mein ganzes Leben lang schon ist. Ich bin hier, wo die Welt noch nicht beschissen ist, und nicht mehr dort.«

»Sie schauen einfach in den Himmel, und dann passiert es?«

»Oder umgekehrt. Das Blau verschwindet, der Himmel ist so gelb wie Katzenkotze, und alles ist wieder im Eimer. Es ist, als würde mich irgendwas hierher ziehen und dann wieder dahin zurückschieben, wo ich hergekommen bin. Mit den Keilern macht es wahrscheinlich dasselbe – es zieht sie hierher und schiebt sie dann wieder weg.«

»Das kann nicht der Zweck gewesen sein, zu dem Tesla die Maschine gebaut hat.«

»Was für 'ne Maschine?«

»Das Anziehen und Wegschieben muss eine Begleiterscheinung sein. Die Keiler aus Ihrer Zeit – sind die nur in Ihrem Roseland?«

»Teufel, nein. Die tauchen überall auf. Schlimmer als Kakerlaken.«

»Wieso ist Ihr Himmel gelb?«, wollte ich wissen.

»Wieso ist deiner blau?«

»So muss er eben sein.«

»Nicht da, wo ich herkomme.«

Im Gehen nahm er das Gewehr von der Schulter, um es schussbereit in der Hand zu halten.

Ich zog meine Pistole. »Was ist los?«, fragte ich.

»Noch nichts. Ganz locker.«

»Wenn Ihr Himmel gelb ist und es in der Zukunft von Keilerbiestern wimmelt, muss es ein ziemlich ungemütlicher Ort sein.«

»Meinst du?«

»Zwischen jetzt und dann muss etwas geschehen sein.«

»Was geschieht, geschieht.«

»Aber was ist das *was*, das geschehen ist?«

»Wer weiß? Vielleicht der Krieg.«

»Ein Atomkrieg?«

»Ein paar von denen waren so was in der Richtung.«

»Ein *paar* Atomkriege?«

»Die waren ziemlich klein.«

»Wie kann ein Atomkrieg denn klein sein?«

»Und die Biokriege. Die waren wahrscheinlich schlimmer.«

»Biologische Kriegführung?«

»Und das, was man die Nanoschwärme nennt.«

»Was sind denn Nanoschwärme?«

»Ich bin auf kein verfluchtes College gegangen, weißt du? Und ich hänge auch nicht mit irgendwelchen schlappen Technikfreaks rum. Egal, was die Nanoschwärme waren, die Scheißdinger haben sich am Ende selbst aufgefressen.«

»Sich selber aufgefressen?«

»Ja, nachdem sie eine ganze Menge anderen Kram gefressen hatten.«

Darüber musste ich ein wenig nachgrübeln.

»Und diese Professoren!«, fuhr er fort.

»Was für Professoren?«

»Die Scheißkerle haben Experimente gemacht.«

»Was waren das für Experimente?«

»Welche mit Schweinen.«

»Atombomben, Viren, Nanoschwärme, Schweine«, sagte ich.

»Und Vampirfledermäuse. Wo *die* hergekommen sind, weiß wirklich keiner. Manche sagen, die Chinesen hätten sie als Waffen gemacht. Vielleicht war es auch dieser durchgeknallte Milliardär in Nebraska. Und dann war da das große Ding von der Regierung mit der Sonnenenergie.«

»Welches Ding?«

»Das Projekt, das im Weltraum explodiert ist.«

»Wieso war das so schlimm, wenn es im Weltraum war?«

»Weil es so groß war.«

»Wie groß ist es denn gewesen?«

»Richtig groß.«

Eine Minute gingen wir schweigend weiter. »Na, fühlst du dich jetzt besser, wo du das alles weißt?«, fragte Kenny dann.

»Nein«, gab ich zu.

Wenn er selbstzufrieden grinste, ragte ihm ein krummer Zahn über die Unterlippe. »Nachdem das nun in deinem Kopf ist, was wirst du da unternehmen?«

»Mich sinnlos volllaufen lassen.«

»Das ist das Beste«, sagte Kenny.

Wir hatten das Gartenmobil mit dem leeren Akku erreicht. In dem Tälchen unten hatten sich etwa zwanzig Aaskrähen auf dem toten Keiler versammelt.

Während ich den zum Sack umfunktionierten Kissenbezug aus dem Fahrzeug nahm, fragte ich: »Was tun Sie in Ihrem Roseland eigentlich?«

»Ich arbeite als Wachmann für einen stinkreichen Typen. Total durchgeknallt ist der.«

»Inwiefern?«

»Er meint, in Roseland wird er ewig leben.«

Nach kurzem Zögern fragte ich: »Heißt er etwa Noah Wolflaw?«

»Wolflaw? Nein. Der nennt sich Constantine Cloyce.«

In Kennys grünen Augen funkelte das Sonnenlicht, doch sein gerader Blick sah völlig ehrlich aus.

»Gelber Himmel«, sagte er plötzlich.

Ich hob den Blick, doch der Himmel war blau.

Als ich mich wieder Kenny zuwenden wollte, war er verschwunden. An dem Ort, an dem er gestanden hatte, flimmerte einen Moment lang die Luft.

35

Während ich neben dem nutzlosen Elektromobil stand, das halb leere Magazin der Beretta gegen das Ersatzmagazin tauschte und dann sieben Patronen aus der Jackentasche holte, um das ursprüngliche Magazin aufzufüllen, brütete ich über die Entdeckung nach, dass das Geheimnis von Roseland etwas mit der Zeit zu tun hatte. Wenn durch das, was hier vor sich ging, nebenbei der normale Ablauf der Zeit lokal durcheinandergeraten war, dann hatte mein Gefühl, dass die Zeit knapp wurde, eine andere Bedeutung, als ich bisher geahnt hatte.

Bevor mir die Keiler begegnet waren, war ich auf dem Weg zum Gästeturm gewesen, um nach Annamaria zu schauen. Nun fiel mir etwas ein, was vor einigen Tagen in Magic Beach geschehen war. Da waren wir auf ein Rudel Kojoten getroffen, das uns dreist verfolgte und zum Angriff übergehen wollte. Annamaria hatte mit den Tieren gesprochen, als könnten diese sie verstehen – und sie hatte das Rudel nur mit Worten dazu gebracht, sich zurückzuziehen. Egal, welche Gabe sie nun eigentlich besaß, von Tieren hatte sie nichts zu befürchten, ja wahrscheinlich nicht einmal etwas von diesen Keilerbiestern. Wenn sie getötet wurde, dann von einem Mörder, der nicht von einer tierischen Natur angetrieben wurde, sondern von seinen schlimmsten menschlichen Impulsen. Da der Countdown in Roseland offenbar auf eine baldige Detonation zulief, musste ich also darauf vertrauen, dass Annamaria vorläufig für sich selbst sorgen konnte.

Den Kissenbezug in der einen, die Pistole in der anderen Hand, arbeitete ich mich von einer Anhöhe zur nächsten vor, immer auf der Hut vor weiteren Mitgliedern des Keilerclans. Mein Ziel war die Statue von Enkelados, dem Giganten. Von dort aus stieß ich in das Eichenwäldchen vor, das die Rasenfläche umrahmte. Wie zuvor lag kein einziges herabgefallenes Blatt unter den Bäumen.

Ich legte den Kissenbezug auf den Boden, trat zu einem niedrigen Ast und wählte einen Zweig mit drei Blättern aus. Den brach ich ab und ließ ihn fallen.

Wie in einem Zeitraffervideo, das mehrere Wochen Wachstum zusammenfasste, spross aus dem Baum an derselben Stelle ein neuer Zweig und bekam exakt dieselben Blätter. In weniger als einer Minute war der ursprüngliche Zustand wiederhergestellt.

Als ich mich auf dem Boden nach dem Zweig umschaute, den ich weggeworfen hatte, war er nicht mehr da.

Da bekam ich nun mit bald zweiundzwanzig Jahren endlich mein eigenes Spukhaus, auf das ich ausgesprochen gut vorbereitet war. Es war ein Landhaus wie in *Das Durchdrehen der Schraube* von Henry James, es hatte eine perverse Vergangenheit wie *Das Höllenhaus* von Richard Matheson, es beherbergte Leute, die hätten tot sein sollen, es aber nicht waren wie in *Der Untergang des Hauses Usher* von Edgar Allan Poe, und es war ein gefährdetes Kind darin gefangen wie im ersten *Poltergeist*-Film. Der einzige Geist in Roseland war allerdings die Reiterin des Geisterhengstes, und die war weder bedrohlich noch im Zentrum des Problems, das ich nun als inoffizieller Exorzist lösen musste.

Statt wild umhertobenden Poltergeistern und Phantomen aus dem Grab, mit denen ich wahrscheinlich leicht fertig geworden wäre, hatte ich es mit einer Bedrohung durch Schweinedinger, kosmische Uhrwerke, einen komplett wahnsinnigen Hedgefonds-Manager – noch nicht Filmmogul – und den Jüngern zu tun, die er in seinen Bann gezogen hatte. Die Macht, die er besaß, hatte er womöglich ungewollt von dem großen Nikola Tesla erhalten, der – bereits lange tot und doch kein Geist – wie eine immaterielle Flipperkugel immer wieder durch die Szene zuckte, mir sagte, er habe mich gesehen, wo ich nicht gewesen sei, und mich aufforderte, den Hauptschalter umzulegen, wo immer der sich befinden mochte.

An manchen Tagen will ich einfach wieder ins Bett gehen und mir die Decke über den Kopf ziehen.

Stattdessen brach ich denselben Zweig wie vorher noch einmal ab und legte ihn in meine geöffnete linke Hand. Innerhalb einer Minute »reparierte« der Baum sich selbst, und der Zweig verschwand, obwohl ich im letzten Moment die Faust darum schloss.

Kein Wunder, dass Roseland keine Heerschar von Gärtnern brauchte. In dem gärtnerisch gestalteten Teil des Anwesens, nicht jedoch auf den naturbelassenen Wiesen und Hügeln, befanden Bäume, Sträucher, Blumen und Gras sich in einer Art Stillstand. Statt zu wachsen und abzusterben, wurden sie irgendwie in genau demselben Zustand erhalten, in dem sie seit … tja, vielleicht seit einem Tag in den frühen 1920er Jahren verharrten.

Die Bewohner von Roseland waren hingegen nicht außerhalb der Zeit. Auch die Uhren tickten noch, und die Stunden vergingen. Sonnenaufgang und Sonnenuntergang kamen und gingen. Das Wetter wechselte ebenso wie die Jahreszeiten. Innerhalb der Mauer stand die Zeit nicht still.

Offenbar wurde irgendeine exotische Energie in jeden Baum übertragen, in seine Wurzeln und seinen Stamm, in jeden Ast und jedes Blatt, in jeden Grashalm und jede Blume, und dadurch blieb alles so, wie es gewesen war. Wenn der Wind ein paar Blätter von den Bäumen riss, wuchsen neue, während die alten Blätter auf den Boden fielen und sich in Luft auflösten. Vielleicht waren die neuen Blätter aber auch die alten, und jede beschädigte Pflanze – nicht jedoch ihre Umgebung – glitt zeitlich zu dem Punkt direkt vor dem Moment zurück, in dem die Beschädigung stattgefunden hatte, um anschließend in die Gegenwart zurückzukehren.

Hätte ich ein Loch im Boden gegraben, so hätte ich wahrscheinlich ein Metallgeflecht oder dieselben Kupferstäbe vorgefunden, wie sie im Fundament aller Gebäude eingebettet waren. Plötzlich wusste ich, was die lang gestreckte Acht darstellte, wenn man sie horizontal statt vertikal las: Es war das Symbol für die Unendlichkeit.

Mir wurde schwindlig. Deshalb wünschte ich mir, ich wäre so gut im Nicht-Nachdenken gewesen, wie Kenny es von sich behauptete.

Ich ging zu der makellosen Grasfläche zurück, auf der Enkelados die Faust hob, um die Götter herauszufordern, und folgte ihr bis zu dem riesigen Rasen, der das Haupthaus umgab. Aus der Entfernung sah ich, dass die Fenster und Türen noch immer von Stahlplatten geschützt waren.

Um eine Hecke des Hauses kam eine bunt gemischte Meute von Biestern in blinder Zerstörungswut, weil man sie nicht zum Essen hereingebeten hatte. Sie warfen die Gartenmöbel auf der Terrasse um und hämmerten an die Stahlplatten.

Ich zog mich wieder bis zur Statue von Enkelados zurück, sodass die in der Zeit erstarrten Eichen mich vor Blicken schützten. Neben dem Giganten stehend, versuchte ich, mich mit der Theorie anzufreunden, dass Roseland keine Zeitmaschine darstellte. So simpel war die Sache nicht. Es handelte sich offenbar um eine Maschine, die die Zeit *manipulieren* konnte, indem sie deren Wirkungen umkehrte oder verzögerte und dadurch den sonst unvermeidlichen Verfall aller Dinge, wie er der Natur entsprach, verhinderte.

Im Haupthaus wie im Gästeturm sah alles makellos und nagelneu aus, als würde nie etwas verschleißen, in die Brüche gehen oder Staub verursachen. Das Holz von Parkett und Treppen gab keinerlei Ächzen von sich, Marmor und Kalkstein wiesen keine Risse auf.

Die Küchengeräte waren zwar neu, aber wahrscheinlich nicht deshalb, weil die aus den 1920er Jahren nicht mehr funktionierten, sondern weil moderne Herde und Kühlschränke praktischer waren als die alten Modelle.

Ich hob den Kopf. Wie aus dem Nichts tauchten über den Bäumen am Ende der Rasenfläche hundert oder mehr der riesigen Fledermäuse auf. Sie flogen in so enger Formation auf mich zu, dass sie aussahen wie eine feste Masse, die immer tiefer herabsank, bis sie kaum einen Meter über dem Boden anrollte, eine Welle aus Fledermäusen im hellen Tageslicht.

Mein Fluchtimpuls zerbrach an der Erkenntnis, dass ich mich nicht einmal halb so schnell bewegen konnte wie der Schwarm. Vielleicht sahen die Dinger am Tag nicht besonders gut, sondern spürten ihre Beute mit ihrem Geruchssinn auf. Außerdem orientierten Fledermäuse sich per Ultraschall, weshalb es womöglich klüger war, mich überhaupt nicht zu bewegen. Die riesige Bleiskulptur, in deren Schatten ich stand, schützte mich eventuell vor der Entdeckung.

Vielleicht, womöglich, eventuell – mit solchen windigen Vokabeln stand ich gelähmt da und hoffte, nicht lebendig verschlungen zu werden.

Die Flügel schlugen gleichzeitig so rasch, dass ihr Trommeln fast zu einem Summen wurde, und der orchestrierte Flug war ebenso eindrucksvoll wie furchterregend. Während die Tiere immer näher kamen, sah ich Köpfe, groß wie Grapefruits, spitze Kiefer und offene Mäuler mit gekrümmten Eckzähnen. Die flachen Nasen waren zweifellos in der Lage, in der Luft den Geruch von Blut, Schweiß und winzigen Hautschuppen wahrzunehmen. Und von Angstpheromonen.

Ich konnte nicht mehr atmen, als sie so tief an mir vorüberrauschten, dass ich das weiche braune Fell auf ihren Körpern und den Membranen ihrer Flügel sah. Noch im Vorbeiflug verschwanden sie in der plötzlich schimmernden Luft wie durch einen Vorhang zwischen meiner Zeit und der ihren.

Zittrig vor Erleichterung, erklomm ich das Granitpodest, auf dem der riesige Gigant stand. Ich lehnte mich mit dem Rücken an seine linke Wade und zog die Knie an, sodass sich meine Schuhe an seinen rechten Fuß drückten. Obwohl ich nicht wusste, ob das Blei, aus dem er gegossen war, mir irgendwelchen Schutz geboten hatte, fühlte ich mich dank meines hartnäckigen Optimismus sicher.

Während mein Herzschlag sich beruhigte, brütete ich wieder über Roseland nach. Über die vergangene, die gegenwärtige, die zukünftige Zeit …

Der Stillstand, der am gepflegten Teil des Gartens, am Haus und an den Möbeln in dessen Räumen erkennbar war, erstreckte sich offenbar nicht auf weniger stark an einem Ort fixierte Gegenstände wie Bettlaken, Backformen und Besteck. Bettzeug und Kleidung wuschen sich nicht selbst, wie die Eiche ihren abgebrochenen Zweig repariert hatte, und schmutziges Geschirr kehrte nicht zu einem Zeitpunkt zurück, an dem es sauber gewesen war. Die starke Strömung, die sich durch das Gebäude bewegte – nennen wir sie den Methusalemstrom –, floss auch durch alles, was auf dem Boden stand und an der Wand hing, war jedoch offenbar nicht in der Lage, in kleinere, weniger stationäre Dinge einzudringen und sie immer im selben Zustand zu erhalten.

Aber was war mit den Menschen, die hier lebten?

In Kennys düsterer und turbulenter Zukunft nannte der Besitzer von Roseland sich Constantine Cloyce, vielleicht weil es für ihn im Chaos dieser Zeit nicht mehr nötig war, seine wahre Identität hinter Pseudonymen zu verbergen. Womöglich waren die Menschen in diesem kommenden Zeitalter so damit beschäftigt, ihre Familie und sich selbst zu verteidigen und zu ernähren, dass sie kein Interesse an der Vergangenheit mehr hatten. Wenn es unter dem unruhigen gelben Himmel kein Internet, kein Fernsehen und kein Radio mehr gab und wenn die früher von den Behörden gesammelten Daten in den Schubladen verfallener Gebäude moderten, musste Cloyce seinen Namen und manche Aspekte seines Aussehens nicht mehr ab und zu verändern. Er musste nicht so tun, als wäre er ein Manager namens Noah Wolflaw oder ein südamerikanischer Bergwerkserbe. Stattdessen konnte er den Namen dessen tragen, der er immer schon gewesen war: Constantine Cloyce.

Die Logik gebot, dass die Bewohner von Roseland noch weniger auf einen Ort fixiert waren als Besteck und Kleidung. Sie waren daher nicht schon dadurch unsterblich, dass sie innerhalb der Mauern lebten. Also alterten sie ganz normal und mussten offenbar ab und zu – vielleicht alle paar Jahrzehnte – irgendeine Prozedur durchführen, um ihre Jungend wiederherzustellen.

Wenn sie dann über Nacht dreißig oder vierzig Jahre ablegten, ihr graues Haar, ihre Falten und alles andere verloren, was das Alter mit sich brachte, sahen sie wie neue Menschen aus und waren praktisch nicht mehr als die erkennbar, die sie gewesen waren. Sie brauchten also kaum mehr tun, als ihren Namen und ihre Frisur zu verändern, um als neue Bewohner von Roseland durchzugehen, vor allem, wenn sie zurückgezogen lebten und kaum Kontakt mit ihren Nachbarn pflegten.

Mir fiel ein, wie Victoria Mors gesagt hatte, sie tue nie etwas Gefährliches, und nun begriff ich, warum. Selbst wenn diese Leute in der Lage waren, die Wirkungen von Alter und Krankheit umzukehren, konnten sie doch erschossen werden oder durch einen Unfall ums Leben kommen.

Aus demselben Grund hatte Henry Lolam nur drei seiner acht Wochen Urlaub genommen und war dann nach Roseland zurückgekehrt. Er fühlte sich in dessen Mauern sicherer. Seine Unsterblichkeit machte ihn zu einem Gefangenen von Roseland, und er war sein eigener Kerkermeister.

Obwohl ich noch massenhaft Fragen hatte, waren es immerhin weniger als vor einer Stunde. Dringend Antworten brauchte ich jedoch, was die Rolle des namenlosen Jungen anging.

Wenn Noah Wolflaw tatsächlich Constantine Cloyce war, dann war der Geist auf dem Pferd Madra Cloyce, seine Frau aus den 1920er Jahren. Sie musste damals schon erschossen worden sein, als man noch Pferde hier gehalten hatte.

Ich erinnerte mich an ihr Zögern und ihre Frustration, als ich sie im Keller des Mausoleums zwischen den ganzen Leichen gefragt hatte, ob sie die Frau von Noah Wolflaw sei. Da ihre Antwortmöglichkeiten sich auf Nicken und Kopfschütteln beschränkten, hatte sie mir nicht sagen können, dass Wolflaw mit Cloyce identisch und sie daher die Frau von beiden gewesen war.

Auch der namenlose Junge war nicht mehr namenlos. Er war der Sohn von Madra und Constantine, der angeblich tot war. Er war jung gestorben, und sein Name – Timothy – stand im Mausoleum auf einer Plakette unter der Nische, in der offiziell seine Asche bestattet war.

Von woher hatte Noah Wolflaw – Cloyce – ihn geholt, und weshalb wollte der Junge unbedingt dorthin zurück? Wenn er der neunjährige Timothy war, warum war er nach so vielen Jahrzehnten immer noch neun? Warum ließen die anderen ihn nicht erwachsen werden, damit er sich dann regenerieren konnte wie sie? Hatten sie ihn etwa fast neunzig Jahre lang im Kindheitszustand erhalten?

Im Schatten von Enkelados waren die Antworten nicht zu finden. Sie warteten drüben im Haus auf ihre Lösung.

Von Nordwesten her rollte lautlos eine dunkle Wolkenwand heran, die wahrscheinlich noch vor Ende des Tages Blitz und Donner bringen würde. Das drohende Unwetter hatte bereits ein Drittel des Himmels erobert und bewegte sich inzwischen schneller, um sich von Horizont zu Horizont auszubreiten.

Aus irgendeinem Grund dachte ich bei diesem Anblick daran, wie Henry Frankenstein hoch oben in dem alten Wachturm werkelt, der ihm im Film – anders als im Buch – als Labor dient. Ja, im Film heißt es Henry statt Victor und Turm statt Mühle … Ihr erinnert euch? Es war die Szene, in der er mithilfe eines Blitzstrahls seine Schöpfung zum Leben erweckt, dieses torkelnde Ding mit einem kriminellen Hirn und einem gnadenlosen Friedhofsherz.

Die einzige Möglichkeit, in das verbarrikadierte Haus zurückzukehren, bot das Mausoleum, wo mich das Mosaik eines Schutzengels mit Kind erwartete.

Im Ohr noch das Trommeln der Fledermausflügel, rannte ich über den Rasen, um nicht doch noch von gekrümmten Zähnen zerrissen zu werden. Ich kam durch die Gruppe sich regenerierender Eichen und lief dann durch Wiesen und Hänge, wo die Pflanzen weiterhin wuchsen und vergingen, wie die Natur es wollte.

Auf dem Weg kam mir immer wieder die Vision von Frankensteins altem Wachturm in den Sinn. Wieso dieses Bild so hartnäckig auftauchte, war mir zuerst nicht klar.

Während ich mich dem Mausoleum von Süden her näherte, fiel es mir endlich wie Schuppen von den Augen. Der alte Wachturm, in den im Film der Blitz einschlägt, erinnerte mich an den Gästeturm im Eukalyptuswäldchen von Roseland. Die Bronzekuppel auf dem Gästeturm war mit einem ungewöhnlichen Aufsatz geschmückt, der aussah wie Krone und Ring einer alten Taschenuhr. Und das Geheimnis von Roseland hatte mit der *Zeit* zu tun …

Die beiden Wohnungen, in denen Annamaria und ich einquartiert waren, befanden sich im untersten Drittel des knapp zwanzig Meter hohen Turms. Die Wendeltreppe, über die man vom Erdgeschoss in den ersten Stock gelangte, führte weiter zu einer dritten und letzten Ebene. Dort endete sie an einer Tür, zu der die Schlüssel, die man uns gegeben hatte, nicht passten.

Da ich immer ausgesprochen neugierig bin, hatte ich vergeblich versucht herauszubekommen, was sich in den oberen zwei Dritteln des Turms verbarg. Bekanntlich bin ich keiner der Schnüffler, die unser Überwachungsstaat heutzutage zu Zehntausenden anheuert. Aber wenn meine Gabe mich an einen neuen Ort zieht, an dem ich gebraucht werde, steigen meine Überlebenschancen nachweislich, wenn ich mich gleich nach meiner Ankunft nach Falltüren, sonstigen Fallen und verborgenen Schlingen umsehe.

Nun blieb ich dort auf dem Rasen vor dem Mausoleum stehen, wo man mich vom Haupthaus aus nicht sehen konnte, und überlegte, ob ich doch zum Gästeturm zurückkehren sollte. Unterwegs konnte ich im Gärtnerhaus vorbeischauen und aus der Garage eine unbenutzte Axt besorgen. Die Ereignisse des Tages hatten in mir den dringenden Wunsch geweckt, etwas zu zerhacken, und wenn es nur eine Tür war.

Nach kurzem Zögern fühlte ich mich mehr zum Haus als zum Gästeturm hingezogen. Die Zeit war sicher an beiden Orten aus den Fugen geraten, aber wenn die Zeiger einer apokalyptischen Uhr auf eine Katastrophe zuliefen, dann musste ich möglichst bald zu dem Jungen gelangen.

36

Im Mausoleum war das Mosaik mit dem Schutzengel immer noch in die Wand zurückgewichen. Der Zugang zu den beiden Treppen, die in den ersten Keller führten, war frei.

Ich hatte angenommen, der Eingang zu der geheimen Welt da unten würde sich automatisch hinter mir schließen. An der Seite stehend, drückte ich mit einem Finger auf den Schild des Engels, mit dem ich die Tür geöffnet hatte. Er bewegte sich nicht, und auch die Steinplatte kam nicht auf mich zu, um das Loch zu verschließen.

Als ich die Wand am Anfang beider Treppen absuchte, fand ich keinen Schalter. Die Intuition sagte mir, dass ich hier keine Zeit mehr vergeuden durfte. Die Lage konnte jederzeit kippen.

Ich stieg also in den ersten Keller hinab, in dessen Mitte sich die sieben goldenen Kugeln lautlos auf ihren sieben Stäben drehten. Ebenso lautlos wirbelten die vielen Schwungräder, von deren Rand leuchtende Tropfen aus goldenem Licht zur dem Gewebe aus Kupferdrähten an der Decke aufstiegen. Dort wurden sie angezogen und liefen ein Stück weit an den Drähten entlang, bis sie verglommen und nicht mehr zu sehen waren.

Da ich nun zu wissen glaubte, dass der Hauptzweck der Maschinerie darin bestand, die Zeit zu manipulieren, hoffte ich, zumindest ansatzweise zu verstehen, wie die verschiedenen Bestandteile etwas so Erstaunliches zustande brachten. Ich stand jedoch auch weiterhin vor einem absoluten Rätsel.

Weder mein Talent im Umgang mit der Bratpfanne noch meine übersinnliche Gabe erfordert, dass ich außerdem noch ein leuchtendes Genie bin. Ich kenne andere Grillköche, die höchstwahrscheinlich nie den Physiknobelpreis bekommen werden. Und wenn man die auf Erden verweilenden Toten sehen kann und gelegentlich prophetische Träume hat, ist man normalerweise zu sehr davon abgelenkt, um sich als Schachgroßmeister zu etablieren oder eine Firma wie Apple zu gründen.

Über die Wendeltreppe in der Ecke gelangte ich zum zweiten Mal in den unteren Keller. Wie vorher, so liefen auch hier an der Decke unablässig die goldenen Zahnräder in den sechs silbernen Schienen, und die Sammlung aus toten Frauen erwartete mich wie gehabt mit festgesteckten Augen, die wachsam in die Ewigkeit starrten.

Vielleicht war der zeitliche Stillstand, den die Maschinerie erzeugte, hier in ihrer direkten Nähe stärker als anderswo. Auf jeden Fall waren die grausigen Trophäen, die mit dem Rücken an der Wand dasaßen, so frisch tot wie in dem Moment, in dem der Herr von Roseland sie ermordet hatte.

Leichen, die sich nicht verändern, sind dennoch nur Leichen. Trotzdem fragte ich mich, ob der Mörder in der Stille der Nacht je in fiebrige Schuldgefühle oder trübe Verzweiflung verfiel und sich dann vorstellte, dass ihm die Frauen entgegenkamen mit den blutenden Stigmata ihrer Wunden und rauen, anklagenden Stimmen, halb gefangen in ihren mittels Krawatten erwürgten Hälsen.

Alles, was ich ihm antun konnte, war viel, viel weniger, als er verdiente.

Mir wurde bewusst, dass die zeitlosen Leichen völlig unversehrt von Kreaturen waren, die sich von totem Fleisch ernährten. Offenbar war das Haus frei von Insekten und Nagetieren gewesen, als Teslas Maschinerie zum ersten Mal angeschaltet wurde. Ich hatte keine unsterblichen Spinnen gesehen, die unendliche Netze webten, keine antik aussehenden Stubenfliegen, keine Ratten, die weise geworden waren, weil sie fünfzig rattige Leben hinter sich hatten.

Allerdings: Falls doch solche Ratten hinter der Wandtäfelung hausten, gab es keinen Grund, davon auszugehen, dass sie weise waren. Selbst viele Menschen werden jenseits eines gewissen Alters nicht weiser – oder überhaupt nie.

Constantine Cloyce – nun Noah Wolflaw – war siebzig Jahre alt gewesen, als er 1948 offenbar seinen Tod vorgetäuscht hatte. Nun hatte er hundertvierunddreißig Jahre auf dem Buckel, schien jedoch weder Demut noch die Weisheit einer moralischen Lebensführung gelernt zu haben. Dass er mich wiederholt angeblafft hatte, ich solle die Klappe halten, entsprach kaum dem kultivierten, amüsanten Stil, den man von einen Mann seines Alters und seiner Erfahrung erwartet hätte.

Ich ging durch den Keller zu der Tür, hinter der sich der mit Kupfer ausgekleidete, unterirdische Gang zum Haupthaus befand. Durch die links und rechts in den Wänden eingebetteten Glasröhren bewegten sich die goldenen Lichtpulse wieder abwechselnd simultan auf das Haus zu und weg davon. Ich vermied es, sie genauer zu betrachten, um mir das Schwindelgefühl zu ersparen, das ich beim ersten Mal verspürt hatte.

Im Weinkeller unter dem Haus angelangt, ging ich nicht wieder in den Kellerflur. Stattdessen nahm ich die enge Treppe, die von hier direkt ins Erdgeschoss führte.

Tatsächlich landete ich in der Küche, die ich äußerst vorsichtig betrat, falls Mr. Shilshom gerade ein Bankett für ein Fest zubereitete, das Prinz Prospero würdig gewesen wäre. In einer Erzählung von Edgar Allan Poe veranstaltet dieser Prinz in einer apokalyptischen Zeit, in der eine Krankheit namens »Roter Tod« wütet, eine große Party, um seine sterbliche Natur zu leugnen. Das führt zu keinem guten Ende. Ich vermutete, dass es mehreren Bewohnern von Roseland nicht besser ergehen würde als Prospero.

Das einzige Licht stammte von den beiden Lampen über den Spülbecken. Die Fenster waren immer noch von den Stahlplatten verbarrikadiert.

Momentan hämmerte kein einziges Biest an den Stahl, und ihm Haus war es totenstill. Vielleicht hatte der Zug und Schub von Teslas Maschine alle in ihre ursprüngliche Zeit zurückversetzt, doch das bezweifelte ich. Irgendetwas an der Stille kam mir bedrohlich vor.

Neben der Küche befand sich ein Raum, der dem Koch als Büro diente. Ich schlüpfte hinein und schloss leise die Tür.

Hier komponierte Mr. Shilshom seine Menüs, schrieb Einkaufszettel und dachte zweifellos auch darüber nach, was er dem Herrn des Hauses servieren sollte, wenn demnächst eine junge, der verstorbenen Mrs. Cloyce ähnelnde Frau nach Roseland gelockt wurde, um gefoltert und ermordet zu werden. Mahlzeiten für besondere Gelegenheiten sind immer schwierig zu planen.

Offenbar hatte Constantine Cloyce aufgrund seiner potenziellen Unsterblichkeit ein Gefühl der Überlegenheit entwickelt, das ihn dazu brachte, bloße Sterbliche zum Spaß zu ermorden. Selbst wenn er der Einzige hier war, der so etwas tat, waren die anderen genauso wahnsinnig wie er. Ihr Wahnsinn drückte sich darin aus, dass sie ihn unterstützten, entweder damit er ihnen erlaubte, ewig zu leben, oder weil sie kein Verbrechen darin sahen, Menschen zu töten, die ohnehin früher oder später sterben würden.

Keiner von ihnen lebte schon so lange, dass ihn das allein schon in den Wahnsinn hätte treiben können. Nach einigen Hundert Jahren hätte der sich ständig wiederholende Charakter der menschlichen Existenz wahrscheinlich eine derartige Langeweile hervorgerufen, dass alle chronisch depressiv geworden wären – oder sie hätten so nach neuen, immer extremeren Empfindungen gegiert, dass Folter und Mord für sie zu einem Beruhigungsmittel geworden wären. Cloyce war jedoch erst hundertvierunddreißig, die anderen waren wahrscheinlich jünger. Für ihren krankhaften psychischen Zustand musste also etwas anderes als ihr langes Leben verantwortlich sein.

An Mr. Shilshoms Arbeitsplatz stand ein massiver Bürostuhl, der extra für seine Leibesfülle angefertigt worden war. Der Sitz war doppelt so breit wie mein Hintern, die Laufrollen waren so groß wie Tennisbälle. Als ich mich daraufsetzte, fühlte ich mich wie Hans im Haus des Riesen am Ende der Bohnenranke.

Der Computer auf dem Schreibtisch war der einzige, den ich im Haus gesehen hatte, aber im Flügel mit den Personalwohnungen gab es wahrscheinlich weitere. Ich schaltete ihn ein, ging ins Internet und suchte nach Nikola Tesla.

Der entstammte einer serbischen Familie und war am 10. Juli 1856 in einer Stadt namens Smiljan geboren, die entweder in Kroatien, Österreich-Ungarn, der Lika oder in allen drei Regionen lag. Ganz kapierte ich das nicht, aber das Problem lag wohl an dem Durcheinander, das viele biografische Informationen im Netz auszeichnete.

Gestorben war Tesla am 7. Januar 1943 in einer Zweiraumsuite des Hotels *New Yorker*, das in New York und nirgendwo anders stand. Zweitausend Menschen hatten an der Trauerfeier in der Kathedrale von Manhattan teilgenommen. Tesla war eingeäschert worden, und seine Asche befand sich heute in einer goldenen Kugel, die im Nikola-Tesla-Museum von Belgrad ausgestellt war.

Mehr als eine Onlinequelle informierte mich, dass die goldene Kugel Teslas Lieblingsform gewesen war.

Hmmmm. Interessant.

1882 hatte Tesla das Problem des rotierenden Magnetfelds gelöst und die erste Drehstrom-Asynchronmaschine gebaut. Nicht, dass ich die leiseste Ahnung hätte, was das bedeutet, doch diese Maschine hat erheblich zur industriellen Entwicklung der Jahrhundertwende beigetragen und wird seither sowohl in der Industrie wie auch in simplen Haushaltsgeräten verwendet.

Hinter mir kratzte etwas außen an der Stahlplatte, die das Fenster schützte. Es kratzte, klopfte, kratzte wieder.

Verglichen mit dem Rabatz, den die Meute von Biestern vorher gemacht hatte, waren die Geräusche eher zaghaft. Ich war jedoch ziemlich sicher, dass es sich bei der am Fenster kratzenden Kreatur nicht um einen neugierigen Waschbären handelte.

Das Biest da draußen versuchte bloß herauszufinden, in welchen Räumen sein Mittagsmahl wartete. Ich konzentrierte mich wieder auf den Computer.

Nachdem Tesla nach Amerika gekommen war, hatte er mit Thomas Alva Edison zusammengearbeitet. Zwischen den beiden war es jedoch zum Zerwürfnis gekommen, weil Tesla die von Edison für den Stromtransport bevorzugte Gleichspannung für ineffizient hielt. Er meinte, jede Form der Energie sei zyklisch, weshalb man Generatoren bauen könne, um Elektrizität erst in die eine und dann in die andere Richtung zu übertragen, in mehrfachen, dem Mehrphasenprinzip entsprechenden Wellen.

Angesichts dessen, dass Primatenschweine durch Roseland streiften und ein mordlüsterner Irrer hier das Sagen hatte, beschloss ich, nicht genügend Zeit zu haben, um nachzuforschen, worin das Mehrphasenprinzip bestand.

Jedenfalls ging Tesla anschließend eine geschäftliche Beziehung mit dem erfinderischen Industriellen George Westinghouse ein. Der Wechselstrom, der etwa sechzigmal pro Sekunde die Richtung wechselt und eine Übertragung über lange Strecken bei minimalem Energieverlust ermöglicht, wurde bald zum internationalen Standard.

1895 entwarf Tesla die Pläne für das erste hydroelektrische Kraftwerk der Welt an den Niagarafällen.

Als Erfinder des Radios wird zwar immer noch Marconi bezeichnet, aber Tesla hat die Grundvoraussetzungen dafür bereits 1900 patentieren lassen, Jahre vor Marconi. Dessen Patent wurde letztendlich für ungültig erklärt.

Wieder klopfte es an der Stahlplatte hinter mir. *Tock, tock, tock … tock, tock, tock … tock, tock, tock.*

Das Klopfen klang beunruhigend diskret. Als stünde draußen ein heimlicher Liebhaber, der zu einem verabredeten Stelldichein gekommen war.

Ich antwortete nicht, indem ich ebenfalls klopfte, weil ich mir leicht ein weibliches Biest vorstellen konnte, das mit mir Romeo und Julia spielen wollte.

Beim Weiterlesen stellte ich fest, dass Tesla unter anderem auch die fluoreszierende Glühlampe und die Laserstrahlen entdeckt hatte. Die drahtlose Kommunikation. Die drahtlose Übertragung elektrischer Energie. Die Fernbedienung. Und er hatte noch vor Conrad Röntgen die ersten radiologischen Aufnahmen des menschlichen Körpers gemacht.

Das war ja ein echtes Superhirn gewesen.

1899 hatte er in Colorado etwas eingesetzt, was er als terrestrische stehende Wellen bezeichnete. Damit hatte er auf eine Entfernung von fünfundzwanzig Meilen zweihundert Lampen zum Leuchten gebracht, ohne jedes Kabel, indem er die Elektrizität durch die Luft übertragen hatte.

In eine ähnliche Richtung ging eine weitere coole Geschichte. Von 1901 bis 1905 konstruierte Nikola Tesla auf Long Island einen Übertragungsturm, der knapp sechzig Meter hoch war, eine Kupferkuppel mit zwanzig Metern Durchmesser hatte und auf dreißig Meter in den Boden reichenden Fundamenten stand. Damit sollte die Erde selbst in einen gewaltigen Dynamo verwandelt werden und mittels eines Resonanztransformators unbegrenzte Mengen Elektrizität an alle Orte der Welt senden.

Finanziert wurde das Projekt von dem Bankier J.P. Morgan. Als diesem dämmerte, dass man die produzierte Elektrizität niemandem in Rechnung stellen konnte, weil es keine Möglichkeit gab, festzustellen, wer den Strom anzapfte, drehte er den Geldhahn zu.

Albert Einstein war ein Bewunderer von Nikola Tesla gewesen. Laut Einsteins Relativitätstheorie waren Raum und Zeit keine universell gültigen Strukturen, sondern relativer Natur.

Hmmmm.

Tesla war so genial, dass er extrem komplexe mathematische Aufgaben im Kopf lösen konnte, ohne zu Papier und Bleistift greifen zu müssen.

Noch erstaunlicher war, dass er sich komplizierte Erfindungen wie die Drehstrommaschine in jeder Einzelheit bildlich vorstellen konnte, um sie dann in kürzester Zeit aufzuzeichnen.

Kratzen. Klopfen.

»Wir brauchen kein Zeitschriftenabo«, murmelte ich.

Als Nächstes entdeckte ich, dass Tesla ein guter Freund von Mark Twain gewesen war. Letzterer hatte nicht nur *Die Abenteuer des Huckleberry Finn* geschrieben, sondern auch *Ein Yankee am Hofe des König Artus.* Was in diesem Roman geschieht, wird zwar als Traum nach einem Schlag auf den Kopf dargestellt, ist jedoch in jeder Hinsicht eine *Zeitreise.*

Hmmmm.

1997 hatte die Zeitschrift *Life* Nikola Tesla zu den hundert berühmten Personen gerechnet, die die Welt in den vergangenen tausend Jahren am meisten verändert hatten.

Allerdings stammte diese Auszeichnung aus einer Zeit, als Reality-TV, Twitter, Twatter, Twotter und dergleichen es noch nicht geschafft hatten, die durchschnittliche Aufmerksamkeit der Weltbevölkerung auf zwei Minuten und unser Langzeitgedächtnis auf vierzehn Monate zu reduzieren. Dadurch war man inzwischen überzeugt, der besonderen Bewunderung wert seien nicht Persönlichkeiten wie George Washington, Albert Einstein, Marie Curie, Jonas Salk, Mutter Teresa und Nikola Tesla, sondern der B-Promi, der gerade Dschungelkönig geworden war, und die tanzende Katze, deren YouTube-Video zehn Millionen Aufrufe zu verzeichnen hatte.

Klopfen. Kratzen. *Tock, tock.*

»Wer ist da?«, fragte ich leise. »Niemand«, antwortete ich mir selbst mit einer ebenso leisen, aber authentischen Ferkelstimme. »Also will niemand was von mir?«, fragte ich mit ehrlicher Verblüffung. Und ich antwortete: »Niemand will zu dir rein und dich zum Fressen gern haben.«

Schließlich erfuhr ich noch, dass Tesla auch seine eigentümlichen Seiten hatte. Als er von 1899 bis 1900 in seinem Labor in Colorado Springs arbeitete, glaubte er, Signale von einem anderen Planeten empfangen zu haben. Ernsthafte Leute untersuchten seine Belege und pflichteten ihm bei. Er sagte einmal, mit der richtigen Anwendung elektrischen Stroms könne er die Erde leicht in zwei Teile spalten. Glücklicherweise hat Tesla keine Notizen hinterlassen, wie man das anstellt, denn sonst hätten die Typen aus den *Jackass*-Filmen es mit Sicherheit bereits getan.

Kurz gesagt: Tesla konnte nicht einfach nur quer denken, sondern auch kreuz und quer. Ein solcher Mann mochte durchaus in der Lage sein, die Zeit unter Kontrolle zu bringen und so zu verwenden, wie er es wollte.

Bevor ich versucht war, auf YouTube zu surfen, um mir das Video mit der tanzenden Katze anzuschauen, schloss ich den Browser und fuhr den Computer herunter.

Wieder klopfte und kratzte es an der Stahlplatte, doch nun hörte ich außerdem Mr. Shilshom in der Küche. Er fluchte nach allen Regeln der Kunst, als würde er sich für Victoria Mors halten. Offenbar wollte er in sein Büro.

Ich sprang von dem elefantösen Bürostuhl, griff nach meinem Kopfkissenbezug und flitzte durch die Tür der Speisekammer, die auch von der Küche her zugänglich war. Dort angelangt, ließ ich die Tür zum Büro einen Spaltbreit offen und wartete ab, ob der Quichekönig tatsächlich auftauchte.

Mit flatterndem weißem Kittel stürmte der Küchenchef herein. Er wirkte ausgesprochen aufgeregt, wenn auch nicht panisch, so als hätte er gerade Kapitän Ahab auf sich zuhinken sehen, mit einem normalen Bein und einem aus poliertem Walknochen. In Koch- oder Backstimmung war er definitiv nicht.

Aus einem Schrank, der aussah, als würde er einen Schatz an exotischen Gewürzen oder eine Privatsammlung antiker Eierbecher enthalten, nahm Mr. Shilshom eine halbautomatische Sturmschrotflinte, wahrscheinlich Kaliber zwölf.

37

Ein verängstigter, wütender, zirka hundertachtzig Kilo schwerer, ungeselliger Koch mit einer Stumschrotflinte lässt nie etwas Gutes ahnen.

Ich zog mich von der Tür zwischen Mr. Rambo Shilshoms Büro und der Speisekammer zurück. Schlich durch die Dunkelheit. Fand durch den schmalen Lichtstreifen am Boden die andere Tür. Schlüpfte in die Küche. Verließ sie. Dann huschte ich durch einen Flur, in dem jederzeit eine Tür auffliegen konnte, worauf ich entdeckt und streng getadelt worden wäre, weil ich nicht hinter den verschlossenen Türen des Gästeturms geblieben war. Falls man mich nicht erschossen hätte.

Als ich einen Seitenflur erreichte, von dem eine diskrete Personaltür in den großen Salon führte, schlüpfte ich hindurch. Der riesige Raum kam mir vor wie der Ballsaal eines jener übertrieben eleganten Passagierdampfer aus einer fernen Epoche, wo sich in Kinofilmen wunderschöne Frauen in glamourösen Abendkleidern und Männer im Smoking tummeln, bedient von unzähligen weißbejackten Kellern mit Silbertabletts. Auf Perserteppichen waren mehrere Sitzgruppen arrangiert, bestehend aus Sesseln, Stühlen, Sofas und Chaiselongues. Hier konnten bestimmt hundert Mitglieder der High Society Platz nehmen.

Die Fenster waren verbarrikadiert. Keine der Tiffanylampen glühte. Von den fünf Kronleuchtern spendete nur der in der Mitte des Raums Licht.

Direkt unter dem glitzernden Gebilde aus kerzenförmigen Glühbirnen und hängenden Kristallen stand ein ringförmiger Büfetttisch, in dessen Zentrum eine doppelt lebensgroße Skulptur des griechischen Gottes Pan platziert war. Wie es sich gehörte, hatte Pan einen menschlichen Oberkörper und die Ohren, Hörner und Beine eines Ziegenbocks. Und er brauchte dringend ein Feigenblatt.

Die Peripherie des Raums lag im Schatten, sodass die Ecken im Dunkel verschwanden.

Mein Plan war, in gebührendem Abstand von dem dreifach gehörnten Pan am Rand entlang zu schleichen, bis ich zu einer weiteren Personaltür kam, die diagonal gegenüber in der Wandtäfelung verborgen war. Sie führte in einen kurzen Flur, durch den man in die Bibliothek kam, und von dort wollte ich über die bronzene Wendeltreppe ins Obergeschoss gelangen.

Ich war noch etwa eine halbe Meile von meinem Ziel entfernt, als ich eilige Schritte über den Marmorboden trappen hörte. Durch den breiten, von Säulen flankierten Bogen, der den Salon von der heller erleuchteten Diele trennte, sah ich Noah Wolflaw – alias Cloyce – und Paulie Sempiterno in meine Richtung kommen. Beide waren mit Schrotflinten bewaffnet.

Da ich gegen Schrot allergisch bin, ließ ich mich auf Hände und Knie fallen und krabbelte hinter ein Sofa.

In demselben Augenblick, in dem der Irre und sein Flügeladjutant den Salon betraten, ging am anderen Ende eine Tür auf, vielleicht diejenige, durch die auch ich hereingekommen war. Zwei weitere Gestalten versammelten sich mit Cloyce und Sempiterno im Zentrum des Raums unter dem brennenden Kronleuchter, direkt neben dem schamlosen Pan.

Als ich vorsichtig um die Ecke des Sofas über einen Wald aus Möbeln hinwegspähte, sah ich, dass Jam Diu und Mrs. Tameed eingetroffen waren. Der Gärtner hatte eine Schrotflinte in der Hand. Mrs. Tameed, die einen Kopf größer war als er, trug einen Waffengürtel mit zwei Holstern um die Hüften. In der rechten Hand hielt sie eine großkalibrige Pistole, deren Mündung auf die Decke gerichtet war.

Die kräftige Skandinavierin hätte einem Löwen in den Hintern treten können, worauf der miaut hätte wie ein eingeschüchtertes Kätzchen. Jam Diu wiederum sah wie ein verwilderter Buddha aus.

Der Raum besaß eine ausgezeichnete Akustik, weshalb ich alles hören konnte, was die vier sagten. Victoria Mors war verschollen. Sie war nicht in ihren Privaträumen, und sie antwortete nicht, wenn man sie auf ihrem Walkie-Talkie rief, das offenbar alle dabeihatten, um in dem riesigen Haus in Kontakt zu bleiben. Man war sich sicher, dass Victoria im Haus gewesen war, als die Fenster verbarrikadiert worden waren.

Paulie Sempiterno sprach unverblümt aus, was offensichtlich war: »Da stimmt was nicht.«

Das bezog sich auf mich.

Mrs. Tameed fragte: »Wo ist eigentlich dieser verfluchte, [Kraftausdruck entfernt], kleine, [Kraftausdruck entfernt] Bastard?«

Das bezog sich ebenfalls auf mich.

»Henry hat vorher vom Pförtnerhaus aus angerufen, nachdem wir hier dichtgemacht hatten«, sagte Cloyce. »Der Kerl hat dort an die Tür gehämmert und wollte rein. Die Biester waren hinter ihm her.«

»Dann ist er tot«, stellte Jam Diu fest.

»Gut möglich«, meinte Mrs. Tameed. »Aber wir sollten diesen [Kraftausdruck entfernt], [Kraftausdruck entfernt], [Kraftausdruck mit Bindestrich entfernt] Dreckskerl ja nicht unterschätzen.«

Angesichts dessen, dass Mrs. Tameed wesentlich älter war, als sie aussah, fragte ich mich, ob sie wohl unter einem anderen Namen zur Zeit Richard Nixons im Weißen Haus gearbeitet hatte.

»Wenn er nicht im Haus war, als wir dichtgemacht haben«, sagte Jam Diu, »dann kann er nicht wieder reingekommen sein.

Verschwenden wir keine Zeit damit, uns Sorgen seinetwegen zu machen. Er ist bloß ein ahnungsloser Ticker.«

Ticker. Nicht *Dicker.*

»Selbst ein Ticker hat manchmal 'ne Glückssträhne«, wandte Paulie Sempiterno ein.

»Ich mache mir mehr Sorgen, dass irgendwo die Panzerung durchbrochen wurde«, sagte Jam Diu.

»Das ist unmöglich«, meinte Cloyce. »Was immer passiert ist, ein Biest hat Victoria nicht erwischt.«

Die vier kamen überein, das Haus in Zweierteams nach Victoria Mors zu durchsuchen. Dabei wollten sie oben anfangen und sich immer gemeinsam im selben Stockwerk aufhalten.

»In meinen Räumen ist sie nicht«, sagte Cloyce, »aber wir haben trotzdem allerhand zu durchsuchen. Jeden verfluchten Schrank, jede Ecke. Auf geht's!«

Alle verließen den Salon durch den Bogen zur Diele, um dort die Treppe ins Obergeschoss zu nehmen.

Ich beugte die Arme, legte mich auf die Seite und drehte mich dann auf den Rücken. Speere, Dolche und Pfeile aus Licht, von den Kristallen des Kronleuchters ausgesandt, waren als hellviolettes Muster in der Mitte der Stuckdecke erstarrt, während sich zu den Wänden hin Dunkelheit ausbreitete.

Ein *Ticker*. Ich war ein Ticker, weil ich dem Ticken der Uhr ausgeliefert war, sodass ich unweigerlich altern und sterben musste. Da die Bewohner von Roseland hingegen irgendwie in der Lage waren, in regelmäßigen Abständen ihr jugendliches Aussehen und ihre Gesundheit wiederherzustellen, hielten sie sich für »Außenseiter, ohne Grenzen, ohne Regeln, ohne Angst«, wie Victoria Mors es formuliert hatte.

Außerdem hingen sie einer Wahnvorstellung an. Die Realität setzt uns Grenzen, egal, ob wir diese erkennen oder nicht. Selbst wenn die sogenannten Außenseiter so hell waren wie die prismatischen Muster, die von den Kristallen an die Decke geworfen wurden, so waren sie doch ebenso von Dunkelheit umgeben wie jene Speere aus Licht.

Womöglich lebten diese Menschen tatsächlich ohne Regeln, zumindest in dem Sinn, dass sie kein Naturgesetz anerkannten, aber ich hatte gesehen, wie Angst ihr Leben prägte. Victoria Mors tat nichts Riskantes, damit sie nicht durch einen Unfall starb. Henry Lolam ertrug es nicht, lange außerhalb der Mauern von Roseland zu sein, weil die Nähe zu Teslas Maschinerie und deren Methusalemstrom ihm als Langlebensversicherung diente.

Nun war mir klar, wieso Henry darüber fantasierte, auf Aliens zu treffen, die ihm die Unsterblichkeit verliehen. Er wollte ewig leben, aber ohne die Fesseln, die ihn so eng an Roseland banden. Alle hier waren in dem einen oder anderen Grad Gefangene dieser Mauern, zwar nicht körperlich, aber doch psychisch.

Je länger sie lebten, desto länger *wollten* sie leben. Und je länger sie lebten, desto mehr schrumpfte ihre Welt zusammen. Ihr Erfahrungsspektrum verringerte sich von Jahr zu Jahr. Ihre psychopathische Arroganz, ihr Gefühl einer gottgleichen Macht und ihre Verachtung für uns »Ticker« verdichteten sich kontinuierlich zu einem immer giftigeren Gebräu.

Ich fragte mich, wer die Menschen waren, mit denen Constantine Cloyce die perverse Gemeinschaft von Roseland gegründet hatte. Kamen sie alle aus den 1920er Jahren, hatten sie damals schon zu seinem Personal gehört? Was waren ihre ursprünglichen Namen gewesen, die sie nun überlebt hatten?

Falls sie wirklich alle aus dieser Zeit stammten, mussten sie wesentlich wahnsinniger sein, als ich bisher gedacht hatte. Der Spießrutenlauf, der mich erwartete, wenn ich den Jungen retten wollte, war wesentlich stachliger als das Arsenal aus Prismen an der Decke.

Während ich über das unnatürlich lange Leben der Bewohner von Roseland nachdachte, tauchten zwangsläufig Erinnerungen an Stormy Llewellyn auf, die so jung gestorben war. Aus Notwendigkeit hatte ich Frieden mit diesem Verlust geschlossen, um mit einer gewissen Leere, aber ohne ständige Qual leben zu können. Nun drückte mich ein melancholischer Schmerz länger zu Boden, als ich dort hatte liegen wollen. Wenn es Nicola Tesla gelungen war, mit der Erfindung einer fantastischen Maschine den Tod zu besiegen, dann hätte ich ihn ebenfalls besiegen sollen, indem ich an jenem verzweifelten Tag in Pico Mundo klüger und schneller gewesen wäre, als ich es war. Stattdessen war ich zum ewigen Liebhaber einer Frau geworden, die ich auf dieser Welt nie wieder küssen konnte.

Nachdem ich den vier Suchenden mehr als genug Zeit gelassen hatte, ins obere Geschoss zu gelangen und nicht mehr in der Nähe von Cloyce' Räumen zu sein, erhob ich mich, zog die Pistole aus dem Holster, nahm den Kissenbezug vom Boden und schlich mich schattenhaft am dunklen Rand des Salons entlang.

Mancher achtet Schatten wert, dem ist Schattenheil beschert.

Mit diesen Worten wird der Prinz von Arragon im *Kaufmann von Venedig* beschrieben, als er nicht die richtige Wahl trifft und durch diese falsche Entscheidung jede Hoffnung verliert, Portia zu heiraten.

Mein Freund Ozzie Boone, der Kriminalschriftsteller, hat mich früher gern damit aufgezogen, dass ich in der Schule so uninteressiert war und nicht einmal etwas von Shakespeare mitbekommen habe. Seit ich Pico Mundo verlassen habe, beschäftige ich mich daher intensiv mit dessen Werken, wenn es die Zeit erlaubt. Ursprünglich habe ich seine Stücke und Sonette gelesen, damit Ozzie stolz auf mich sein konnte, wenn ich eines Tages in meine Heimatstadt zurückkehrte. Aber schon lange lese ich sie, um einen Blick auf eine Welt zu erhaschen, die zu Shakespeares Zeiten in gutem Sinn so anders war als heute.

Seine Worte, die vor über vierhundert Jahren niedergeschrieben wurden, machen mir oft Mut, mich nicht unterkriegen zu lassen. Aber manchmal kommen mir Verse in den Sinn, die einen dunkleren Ton anschlagen, und sie durchbohren mich, wie ich lieber nicht durchbohrt werden würde.

Mancher achtet Schatten wert, dem ist Schattenheil beschert.

38

Die Räume des Herrn von Roseland befanden sich im Westflügel. Wären die Fenster nicht von Stahlplatten geschützt gewesen, so hätte sich mir ein Blick über die Landschaft geboten, die gemächlich zur Küste und dem eine Meile weit entfernten Meer absank.

Cloyce hatte nicht nur eine oder zwei Lampen brennen lassen, sondern sämtliche Lichter, als hätte er bei seiner Rückkehr nicht einen einzigen Moment im Dunkeln verbringen wollen, während er auf der Schwelle nach dem Schalter tastete.

Er hatte einmal behauptet, neun Jahre lang nicht geschlafen zu haben, doch ich war sicher, dass es sich dabei um eine gewaltige Übertreibung, wenn nicht gar um blanken Unsinn handelte. In Wahrheit hatte er neun Jahre oder länger wohl nicht *gut* geschlafen, vielleicht weil er die ganze Nacht das Licht anließ, um keine Dunkelheit ertragen zu müssen, die so pechschwarz war wie sein Gemüt.

Seine Wohnung war so üppig möbliert wie jeder Raum im Haus. Die Tiffanylampen, die antiken Bronzen und die Gemälde hätten bei einer Versteigerung Millionen erbracht.

Ich fand nichts besonders Merkwürdiges, bis ich in ein geräumiges Zimmer kam, bei dem es sich wohl um seinen Trophäenraum handelte. An zwei Wänden hingen die präparierten Köpfe eines Löwen, eines Tigers, einer Gazelle mit herrlichen geringelten Hörnern und anderer Tiere, die er offenbar in Afrika erlegt hatte.

Eine weitere Wand war mit zahlreichen gerahmten Schwarz-Weiß-Fotos geschmückt, darunter mehrere Aufnahmen von einer Safari. Der junge Constantine Cloyce, bestimmt nicht älter als dreißig, war trotz seiner zeittypischen Frisur und seines üppigen Schnurrbarts leicht erkennbar. Er posierte mit verschiedenen erlegten Tieren, ein Gewehr in der Hand. Auf manchen Bildern sah er ernst und stolz drein, auf anderen grinste er ebenso stolz.

Wenn Cloyce die Zeit und die Mittel besessen hatte, um in so jungem Alter auf Großwildjagd zu gehen, dann musste er das Zeitungsimperium, auf dessen Basis er später sein Filmstudio gegründet hatte, geerbt und nicht selbst aufgebaut haben. Und wenn er auf den Fotos dreißig war, dann hatte die Safari 1908 stattgefunden, vierzehn Jahre vor dem Bau von Roseland.

Auf manchen Fotos tauchte ein weiterer junger Mann auf. Es handelte sich offenbar um einen Freund von Cloyce, denn zweimal standen die beiden nebeneinander hinter den Tieren, die sie erlegt hatten, und hatten sich die Arme um die Schultern gelegt. Dass es Henry Lolam war, war nicht schwer zu erkennen, denn er sah fast genauso aus wie heute, obwohl er damals einen anderen Namen gehabt haben musste.

Ein Stück weiter hingen Aufnahmen von Roseland während der Bauzeit. Auch hier posierte Cloyce teilweise mit anderen.

Zuerst sah ich Nikola Tesla. Er taucht auf vier Bildern auf, immer mit Anzug und Krawatte, während die anderen leger gekleidet waren. Auf zwei Bildern wirkte seine habichtartige Gestalt mit dem intensiven Gesichtsausdruck so eindrucksvoll, dass die anderen Personen nicht realer aussahen als lebensgroße Pappfiguren. Auf den beiden anderen Fotos sahen seine Begleiter durchaus real aus. Dafür schien Tesla sich nicht recht wohlzufühlen, so als meinte er, eigentlich nicht zu dieser Gesellschaft zu passen.

Auf einem Schnappschuss war Mrs. Tameed neben Cloyce zu sehen. Inzwischen hätte man sie auf vierzig geschätzt, während sie auf dem Foto in den Zwanzigern zu sein schien. Wäre der Altersunterschied noch größer gewesen, so hätte ich sie womöglich nicht erkannt, außer vielleicht an ihrer Größe. Sie trug den Flapper-Look der 1920er Jahre, mit dem die junge, freche Generation damals ihre Eltern schockierte: kurzes Haar, Glockenhut, ärmelloses, knielanges Kleid, Mieder mit gewagtem Dekolleté im V-Ausschnitt.

Ich konnte mir nur schwer vorstellen, dass Mrs. Tameed je so frivol und vergnügt gewesen war, wie das Bild sie zeigte. Eher hätte ich gedacht, sie hätte nach Knobelbechern verlangt, sobald sie laufen konnte, und als junge Frau zutiefst bedauert, dass ihr kein Hitlerbärtchen wuchs.

Es gab noch ein zweites Foto, auf dem sie neben Cloyce zu sehen war. Auf seiner anderen Seite stand diesmal Victoria Mors, im selben flotten Stil wie Mrs. Tameed gekleidet. Die beiden jungen Frauen hatten sich bei Cloyce eingehängt, und das Trio sah beschwipst und ein wenig verlottert aus.

Auf dem Bild wirkte Victoria genauso jung wie heute, zart, koboldhaft und etwas keck. Ich fragte mich, ob sie ihren jugendlichen Zustand konstanter aufrechterhielt als die anderen. Und wenn sie das tat – warum?

Eine weitere Aufnahme, die eventuell schon vor 1920 entstanden war, zeigte Cloyce mit vier Männern, von denen ich nur zwei erkannte. Ein wenig abseits stand Paulie Sempiterno. Er sah etwas jünger aus als heute und blickte so finster in die Kamera, als misstraute er nicht nur dem Fotografen, sondern auch der Tatsache, dass es Fotoapparate gab. Der andere Bekannte war Jam Diu, der etwa zehn Jahre älter aussah als jetzt. Er trug weiße Schuhe, einen weißen Anzug und einen weißen Panamahut. Außerdem stellte er ein Fu-Manchu-Bärtchen zur Schau, dessen Spitzen mindestens fünf Zentimeter unterhalb seines Kinns baumelten.

Nun hatte ich auf den Fotos alle derzeitigen Bewohner von Roseland bis auf Mr. Shilshom gesehen. Falls der jedoch damals einen normalen Körperumfang gehabt hatte, so hätte ich ihn nicht wiedererkannt.

Die präparierten Tierköpfe an zwei der Wände verliehen dem Raum nicht die Herrenklub-Atmosphäre, die wohl beabsichtigt war. Stattdessen kam mir jeder Kopf wie der Tod persönlich vor, der sein Knochengesicht hinter Tiermasken verbarg, ähnlich wie auf dem Fest von Prinz Prospero, wo er ein Kostüm trägt. Die Köpfe bedrückten mich so, dass ich den Eindruck hatte, ihre Glasaugen würden mir folgen, während ich umherging.

Ich hätte lieber rasch den Raum verlassen, wollte jedoch erst den Inhalt eines auf Hochglanz polierten Mahagonischranks erforschen, der mit Intarsien aus Elfenbein und Ebenholz verziert war. Hinter den Türen fand ich mehrere mit DVDs gefüllte Fächer.

Wenn ein Mann, der aus Vergnügen mordete, eine Filmsammlung besaß, dann war da wahrscheinlich kein einziger Muppet-Streifen darunter. Wenn überhaupt etwas in dieser Richtung, dann wohl eher ein Film wie *Meet the Feebles* von Peter Jackson. Allerdings standen auf dem schmalen Rücken der Hüllen keinerlei Titel. In der Erwartung, entweder auf Pornografie oder auf extreme Gewalt zu stoßen, zog ich eine Hülle aus der oberen Reihe. Auf den Deckel war das Foto einer der nackten Frauen im Mausoleumskeller geklebt, genau in der Pose, in der Cloyce sie in jenem anderen Trophäenraum arrangiert hatte.

Ich zog ein paar weitere DVDs aus der obersten Reihe heraus. Wie die erste waren sie jeweils mit dem Foto eines toten Opfers beklebt und mit Name und Datum versehen. Allerdings gab es hier wesentlich mehr DVDs als Leichen im Mausoleum.

Als ich mir einige Hüllen aus der unteren Reihe ansah, stellte ich fest, dass sie wie jene oben dem Datum nach eingeordnet waren, von links nach rechts. Auf der frühesten stand das Jahr 1962.

Die ersten Opfer musste er auf Schmalfilm aufgenommen haben. Später hatte er sich wahrscheinlich eine Videokamera besorgt und sein Archiv erst auf Videobänder und dann auf DVDs überspielt. Mit seiner Erfahrung in der Filmindustrie und seinem Reichtum besaß er sowohl das Wissen wie die Mittel, um die filmischen Protokolle seiner Gräueltaten immer auf den neuesten technischen Stand zu bringen. Irgendwo im Haus musste er sich ein kleines Studio eingerichtet haben, in dem er seine Filme bearbeiten und neu formatieren konnte.

Ich zählte die DVDs nicht. Das hätte ich nicht ertragen. Bestimmt waren es über hundertundfünfzig.

Ich fragte mich, wo wohl die anderen Leichen waren. Hoffentlich fand ich sie nie.

Am liebsten hätte ich den Schrank in Brand gesetzt. Ich konnte mir vorstellen, was sich auf den DVDs befand: jeweils eine andere Frau, verängstigt, aber noch am Leben; dann das, was Cloyce ihr antat, um sich zu amüsieren, und schließlich ihre Ermordung. Vielleicht sah man auch Victoria Mors als Zuschauerin, wie sie mir erzählt hatte. Niemand, dachte ich, sollte diese Frauen in ihrer Qual betrachten, während sie erniedrigt und gedemütigt wurden. Nicht einmal Polizisten, Staatsanwälte oder Richter.

Die Frauen waren tot, und vielleicht kam es deshalb nicht mehr darauf an, aber irgendwie wäre es nicht richtig gewesen. Diese perversen Heimvideos reduzierten das Leben jedes Opfers auf einen Zustand, in dem diese Frau am wenigsten sie selbst gewesen war, weil sie erbarmungslos gebrochen wurde. Emotional und mental gebrochen worden waren sie sicher alle, denn Cloyce hatte so viel Erfahrung darin, andere zu terrorisieren, dass er einfach nur weiterzumachen brauchte, bis der Erfolg sich einstellte. Er hatte alle Zeit der Welt, um seinen Opfern alles zu rauben, was wesentlich und besonders an ihnen war, bis sie so reduziert waren, dass der Tod eine Befreiung für sie darstellte. Alle Zeit der Welt.

Die DVDs waren Beweismittel. Bis sie nicht mehr gebraucht wurden, um der Gerechtigkeit Geltung zu verschaffen, durfte ich sie nicht zerstören.

Als ich diese Tatsache akzeptierte, wusste ich, was sie bedeutete: Um dafür zu sorgen, dass die filmischen Beweise nicht mehr benötigt wurden, musste ich alle in Roseland – mit Ausnahme des Jungen – der Gerechtigkeit in ihrer äußersten Konsequenz zuführen. Diese sieben Tode waren angemessen.

Unterbewusst war mir bereits klar gewesen, was von mir verlangt wurde, als ich die perfekt erhaltenen Leichen im Keller des Mausoleums gesehen hatte. Nun konnte ich die Erkenntnis jedoch nicht mehr unterdrücken, dass ich die Rolle des Rächers spielen musste, statt einfach den Jungen zu befreien und mit ihm zu fliehen. Ich konnte mich nicht darauf beschränken, nur zu töten, um mich oder das gefangene Kind zu verteidigen.

Die Knie wurden mir weich. Ich ließ mich in einen Sessel fallen.

Wie üblich war es totenstill im Haus. Keinerlei Geräusch war zu hören, das mich von meinen düsteren Gedanken abgelenkt hätte.

Um den Opfern von Cloyce noch mehr Unwürdigkeiten zu ersparen, musste ich zum Rächer werden. Um andere davor zu bewahren, von seiner Verworfenheit angesteckt zu werden, indem sie ihm bei seinen Taten zusahen, musste ich zum Rächer werden. Um zu verhindern, dass die Technologie zur Manipulation der Zeit in die Hände von Behördenvertretern fiel, die davon korrumpiert werden würden, falls sie es nicht schon waren, musste ich zum Rächer werden.

Rächer sind keine Helden.

Ich hatte mich nie als Held gesehen, aber dass ich *so etwas* werden würde, hatte ich mir erst recht nicht vorgestellt.

Ein Rächer maßt sich eine Autorität an, die er nicht besitzt. Ich maßte mir das Recht an, das Gedenken an die toten Frauen vor der Besudelung zu bewahren, und ich maßte mir die Autorität an, zu entscheiden, dass die hier installierte Technologie unweigerlich zu verbrecherischen Zwecken verwendet werden würde, sofern sie jene, die davon erfuhren, nicht zugrunde richtete.

Ein Rächer verstößt gegen die gesellschaftliche und die heilige Ordnung. Hamlet ist nicht der Held des gleichnamigen Stücks. Seine Mission besteht darin, die Wahrheit auszusprechen und vielleicht auch zum Rächer zu werden. Während er an den ersten Teil dieser Mission nicht ganz glauben kann, nimmt er die Rolle des Rächers schließlich voll und ganz an.

Rächer müssen immer dasselbe Schicksal erleiden, das sie anderen zuteil werden lassen.

Hamlet überlebt das ihm gewidmete Schauspiel nicht. Nachdem Moses befohlen hat, dreitausend Menschen zu töten, stirbt er vor dem Einzug ins Gelobte Land.

Wenn jemand getötet hatte wie Cloyce, so war er ein Mörder, denn er hatte zwar aus Zwang, aber aus den falschen Gründen heraus getötet.

Ein Rächer begab sich auf dunkleres Gebiet. Er war nicht aufgrund eines psychischen Ungleichgewichts, einer emotionalen Verwirrung oder einer selbstsüchtigen Begierde *gezwungen* zu töten. Vielmehr traf er die sorgfältig überlegte Entscheidung, mehr Menschen zu töten, als absolut notwendig war, um sich selbst zu schützen und Unschuldige zu retten. Selbst wenn er aus einem richtigen Grund tötete, so rebellierte er doch gegen die soziale Ordnung und gegen die höchste Autorität.

Wer rächt, wird der Rache anheimfallen. Indem ich in Roseland diese düstere Rolle übernahm, würde ich meinen eigenen Tod herbeiführen.

Dennoch wusste ich, dass ich meine Entscheidung nicht zurücknehmen würde.

Ich saß unter den glasäugigen Tierköpfen und zögerte, aufzustehen und meinen Weg zu gehen.

Dann stand ich auf und ging endlich weiter. Der letzte Privatraum von Constantine Cloyce war sein Schlafzimmer mit dem dazugehörigen Bad.

39

Das Schlafzimmer sah zwar relativ gewöhnlich aus, aber womöglich war dies der Ort, an dem Cloyce all die Jahre gefoltert und getötet hatte. Erfahren hätte ich das nur, wenn ich mir einige der DVDs angesehen hätte, doch das würde ich nie tun.

Das Bettzeug war abgezogen. Wahrscheinlich befand es sich jetzt in der Waschküche, wo ich Victoria Mors an der Weiterarbeit gehindert hatte.

Einen deutlichen Gegensatz zu den antiken Möbeln bildete der große Plasmabildschirm, der gegenüber dem Bett an der Wand hing. Ich konnte mir vorstellen, was Cloyce sich nachts am liebsten ansah, während er darauf wartete, vom Schlaf übermannt zu werden.

Es gab jedoch noch eine andere Möglichkeit. Bevor er sich an einer neuen Gefangenen vergriff, bereitete er sie vielleicht auf das, was sie erwartete, vor, indem er ihr ein paar seiner Lieblings-DVDs vorspielte.

Der Tag in Pico Mundo, an dem ich Stormy verloren habe, wird immer der schlimmste Tag meines Lebens bleiben. Allerdings scheint jeder Ort, an den ich komme, auf die eine oder andere Weise düsterer zu sein als der vorher.

Ich zitterte und konnte nicht damit aufhören.

In dem geräumigen Badezimmer standen auf einer Ablage mehrere antike Apothekergläser mit Deckeln, die so eng saßen wie Gummistopfen. Die Gläser enthielten weiße Pulver von leicht unterschiedlicher Konsistenz.

Ich habe nie daran gedacht, meiner Gabe, die mich so belastet, zu entfliehen, indem ich irgendwelche Drogen schlucke. Das, was ich sehe, ist merkwürdig genug, ohne dass ich meinem Hirn Halluzinationen zu entlocken bräuchte. Außerdem habe ich an anderen beobachtet, dass jede chemisch erzeugte Euphorie sich so verhält, als wäre sie dem Gesetz der Schwerkraft unterworfen: Was aufsteigt, muss irgendwann auch wieder abstürzen.

Obwohl ich nicht in der Lage gewesen wäre, an Geruch oder Geschmack zu erkennen, welches der Pulver Kokain, welches Heroin und welches irgendetwas anderes war, zweifelte ich nicht daran, dass es sich um Drogen handelte. Zum einen lag auf einem Silbertablett neben den Gläsern ein silbernes Röhrchen, wie es stylische Kokain-Konsumenten zum Inhalieren verwendeten. Daneben lagen ein bauchiges Löffelchen, eine halb abgebrannte Kerze und steril verpackte Injektionsspritzen.

Cloyce war eine imposante Gestalt und hielt sich immer so aufrecht wie ein Aristokrat, der erwartete, bemerkt und bewundert zu werden. Er war so breitschultrig und muskulös, so scharfsichtig und wachsam, dass ich nie auf die Idee gekommen wäre, er könnte schwer drogensüchtig sein. Aber wenn er Teslas Maschine nach Belieben einsetzen konnte, um die Jahre zurückzudrehen und wieder so jung zu sein, wie er wollte, dann konnte er vielleicht auch die zerstörerischen Wirkungen von Heroin und Ähnlichem rückgängig machen.

Falls es hier aber tatsächlich möglich war, alle negativen Folgen von Drogenkonsum aufzuheben, dann waren womöglich alle sieben Bewohner von Roseland Junkies. Da sie sich selbst in diesen Mauern eingesperrt hatten, um dem Tod zu entkommen, dabei jedoch immer weniger erlebten, hatten sie allen Grund, Pillen einzuwerfen, Coke zu schnupfen und sich irgendwelches Zeug in die Venen zu spritzen. Da sie immer weniger Bedürfnis nach Reisen verspürten, machten sie ihre Trips nur noch mithilfe von Aufputschmitteln und Halluzinogenen.

Im Medizinschränkchen fand ich zahlreiche Packungen mit verschreibungspflichtigen Medikamenten. Offenbar dienten sie alle nicht der Behandlung von Krankheiten, sondern nur als Genussmittel.

Das Frösteln, das ich nicht loswurde, nahm zu, bis ich das Gefühl hatte, Eisstückchen im Blut zu haben.

Diese Leute hatten offenbar keinerlei moralische Hemmungen mehr. Sie erwarteten, jahrhundertelang zu leben, hatten sich deshalb von jedem menschlichen Mitgefühl verabschiedet und meinten, ihre Taten würden folgenlos bleiben. Deshalb entsprach ihr Potenzial für Brutalität nicht dem gewöhnlicher Männer und Frauen, sondern dem herzloser Götter, wie man sie in primitiven Epochen ersonnen hatte. Sie waren unsagbar *bösartig* und verfolgten ihre dunkelsten Begierden absolut erbarmungslos.

Wenn zu alledem auch noch die Wirkung von Drogen kam, waren sie grausamer als Vampire. Das hieß, die Bewohner von Roseland waren eindeutig größere Ungeheuer als die Gestalten, die Kenny als Keiler bezeichnete.

Der Inhalt, den ich bisher auf den DVDs vermutet hatte, musste also nicht einmal halb so grässlich sein wie das, was sich tatsächlich darauf befand.

Plötzlich wusste ich, dass die Behauptung von Victoria Mors, die anderen würden zwar immer neue Opfer für Cloyce beschaffen, hätten jedoch kein Interesse an Folter und Mord, eine blanke Lüge war. Wenn sie tatsächlich nicht an den blutigen Orgien von Cloyce teilnahmen, dann deshalb, weil sie ihre eigenen scheußlichen Begierden zu befriedigen hatten.

Ich hatte gedacht, den Geheimnissen von Roseland endlich auf die Spur gekommen zu sein, doch nun war mir klar, dass mehr und Schlimmeres noch im Verborgenen lag. Danach forschen würde ich nicht, denn ich musste nicht mehr wissen. Mehr konnte ich gar nicht ertragen. Mich mit derart dämonischen Dingen zu intensiv zu beschäftigen – ich glaube, das hätte mich wahnsinnig gemacht.

In dem Moment, als ich aus dem Badezimmer trat, meinte ich, hier fertig zu sein, fand mich jedoch von einem Ecktisch auf der anderen Seite des Schlafzimmers angezogen. Darauf stand ein Computer. Meine Intuition hatte mich an der Angel und lockte mich zu einem Stapel von Blättern, die mit der Rückseite nach oben auf dem Tisch lagen.

Als ich sie umdrehte, sah ich, dass es sich um Ausdrucke von Zeitungsartikeln handelte, die Cloyce aus dem Internet heruntergeladen hatte. Es waren keine neueren Nachrichten, sondern Berichte über einen gewissen jungen Grillkoch, der vor über achtzehn Monaten in einem Einkaufszentrum von Pico Mundo bei einem Mordanschlag eingegriffen und die Täter aufgehalten hatte. Einundvierzig Menschen waren verwundet worden, neunzehn waren gestorben. Hätte der junge Grillkoch nicht gehandelt, wären laut Polizeiangaben Hunderte getötet worden. Der sogenannte Held hielt sich selbst jedoch nicht für einen Helden und lehnte es ab, mit Medienvertretern zu sprechen. Das einzige verfügbare Foto von ihm, das in den Berichten abgebildet war, stammte aus dem Jahrbuch seiner Highschool, und darauf sah er ziemlich töricht und ahnungslos drein.

Cloyce hatte sich offenbar über mich informieren wollen.

Da er nun Bescheid wusste, ahnte er wohl, dass ich am Verschwinden von Victoria Mors schuld war.

Das hieß, man suchte nicht nur nach Victoria, sondern auch nach mir, was meinen Plan, den Jungen zu befreien und mit ihm aus Roseland zu fliehen, fast unmöglich machte.

Eine Hand schloss sich um meine Schulter, und ich dachte, mein Haar würde weiß werden. Es war aber nicht Cloyce, sondern Mr. Hitchcock. Er machte mit Daumen und Zeigefinger das OK-Zeichen, um mir zu versichern, alles würde gut laufen.

»Tja, hoffen wir's«, sagte ich.

Er hob beide Daumen, um anschließend diskret zu verblassen.

40

Hinter einer Ecke des Westflügels stehend, horchte ich, während man die vom langen Südflur abgehenden Räume durchsuchte. Wie abgesprochen, hatten sich meine vier Gegner paarweise zusammengetan, und die beiden Paare entfernten sich nie weit voneinander.

Angst hatten sie vielleicht nicht, aber auf jeden Fall machten sie sich große Sorgen. Sie mussten annehmen, dass Victoria womöglich tot war, und damit war deren Eintrittskarte zur Unsterblichkeit dahin. Wenn jedoch Victoria innerhalb der hohen Mauern von Roseland getötet werden konnte, dann drohte dieses Schicksal auch den anderen.

Als sich die vier am Ende des Südflügels versammelten, hörte ich, wie sie beschlossen, über die Hintertreppe ins Erdgeschoss zu gehen und dort von der Küche aus weiterzusuchen. Sobald die Schritte im Treppenhaus verhallt waren, trat ich in den Südflur und eilte auf die Zimmer des Jungen zu.

Das Haus war riesig, und da die zwei Suchtrupps Vorsicht walten ließen, kamen sie wahrscheinlich nur langsam vorwärts. Dennoch würde es nicht lange dauern, bis sie Victoria Mors gefesselt und geknebelt hinter den Kesseln im Heizungsraum fanden. Im Gegensatz zu dem, was sie bisher vermutet hatten, wussten sie dann, dass ich im Haus war. Victoria und der Koch würden sich der Jagd auf mich anschließen. Dann war Henry Lolam, der so lange im Pförtnerhaus festsaß, wie die Biester durchs Gelände streiften, der Einzige, der mir nicht mit Vergnügen eine Kugel verpasst hätte.

An der Tür des Jungen angelangt, trat ich ein, ohne zu klopfen.

Falls er vorher in einer Trance gewesen war, hatten sein Vater und die anderen ihn aufgeschreckt, als sie seine Räume durchsucht hatten. Er saß in seinem Lehnstuhl, umgeben von den Büchern, mit deren Hilfe er versuchte, sein sonst extrem eingeschränktes Leben zu leben.

Klein und elend sah er aus. Offenbar hatte ich ihn nicht davon überzeugt, dass er auf meine Rückkehr zählen konnte.

Ich setzte mich auf die Ottomane vor seinem Sessel. »Timothy«, sagte ich. »Das ist dein Name. Timothy Cloyce.«

»Sie suchen nach dir«, sagte er.

»Noch nicht. Sie suchen nach Victoria, aber wenn sie die gefunden haben, werden sie nach mir suchen.«

»Sondra«, sagte er.

»Wie?«

»Damals hieß sie noch Sondra. Ihren Nachnamen weiß ich nicht mehr. Ich glaube nicht, dass ich ihn je gehört habe.«

»Du kanntest sie?«

»Sie und Glenda, die sich heute Valerie Tameed nennt. Die waren seine Geliebten. Sie haben zusammen Dreier gemacht – du weißt schon, sich zusammen ins Bett gelegt.«

Dass er so viel über Sexualität wusste, brachte mich durcheinander, obwohl er natürlich nicht der neunjährige Junge war, nach dem er aussah. Laut der Plakette im Mausoleum war er im September 1916 geboren. Das hieß, er war jetzt fünfundneunzig Jahre alt und besaß das Wissen eines belesenen Mannes dieses Alters, wenn auch nicht dessen Erfahrung.

Wie bei meinem ersten Besuch war ich betroffen von seinen rötlich braunen Augen. In ihnen lag eine so tiefe Einsamkeit, dass es sich um Verzweiflung handeln mochte. Offenbar war seine innere Landschaft freudlos und düster, wenn auch wohl noch nicht völlig ohne Trost. Ich hatte noch nie zwei Augen gesehen, deren Blick allein mich mit solcher Traurigkeit erfüllen konnte.

Angesichts dessen, wie lange er so gelebt hatte, war es schon ein Triumph für ihn, nicht wahnsinnig geworden zu sein. Vielleicht lag das an dem Teil seiner Psyche, der kindlich geblieben war und ihn mit dem Staunen und der hartnäckigen Hoffnung eines Kindes am Versinken hinderte.

Während ich das Handtuch aus dem Kissenbezug holte und die Metallsäge auspackte, kam mir in den Sinn, nach seiner Mutter Madra zu fragen. Zuerst zögerte ich, dachte dann jedoch daran, dass Timothy kein schwaches Kind war – oder zumindest nicht nur ein Kind.

»Dein Vater hat deine Mutter erschossen«, sagte ich. »Warum?«

»Sie sollte mit mir in unserer Villa in Malibu bleiben, wo er die halbe Zeit verbracht hat. Sonst war er hier. Roseland sollte nur für ihn sein, für ihn und seine Freunde. Meine Mutter war lieb … und zu unterwürfig. Vielleicht hat sie geahnt, dass er andere Frauen hatte, aber sie hat ihm seinen Willen gelassen. Sie ist nie hierher gekommen … bis er sein Lieblingspferd aus den Ställen in Malibu geholt und es nach Roseland gebracht hat.«

»Ein großer schwarzer Hengst«, sagte ich. »Ein Friese.«

»Sein Name war Black Magic, aber sie haben ihn nur Magic genannt. Er hatte Magic für sie gekauft. Als der ihr Lieblingspferd wurde, hat er beschlossen, dass er auch sein Lieblingspferd ist. Er hat ihr immer erst etwas geschenkt, um es ihr dann wieder wegzunehmen.«

Ich ergriff Timothys rechte Hand und schob den Ärmel seines Pullovers vorsichtig zurück, um an die elektronische Fessel zu gelangen.

»Ohne es ihm vorher zu verraten, ist sie den ganzen Weg bis hierher gefahren, um ihr Pferd zurückzuholen. Mich hat sie mitgebracht, weil sie dachte, ihr würde er es vielleicht abschlagen, aber nicht uns beiden.«

Ich legte seinen Arm auf die Armlehne des Sessels und erklärte ihm, wie er sich am Polster festhalten musste, damit das Armband des Senders beim Sägen nicht herumrutschte.

»Damals war das eine lange Fahrt, vier Stunden in einem Modell T, ein richtiges Abenteuer, vor allem für eine Frau, die nur einen kleinen Jungen bei sich hatte. Ich weiß noch, wie aufregend das war.«

Das Armband saß gerade so locker, dass ich eine Ecke des Handtuchs darunterschieben konnte. Wenn die Säge den letzten Rest Stahl durchschnitt, sollte der Stoff Timothys Haut vor einer Verletzung schützen.

»Sie war nicht überrascht, als sie am Pförtnerhaus auf Paulie Sempiterno getroffen ist«, fuhr er fort. »Der war schon lange Leibwächter meines Vaters. Paulie hat meinen Vater angerufen, um ihn vorzuwarnen, bevor er uns beide zum Haus geschickt hat.«

Fünfzehn, wahrscheinlich sogar zwanzig oder mehr Minuten blieben mir mindestens, bevor Cloyce und seine Leute Victoria Mors – die frühere Sondra – entdeckten.

»Mutter konnte kaum glauben, wie großartig alles hier war. Sie wusste, er wollte aus Roseland etwas ganz Besonderes machen, aber dass es so spektakulär war, wusste sie nicht. Er hatte die Pläne vor ihr versteckt. Er war dominant, und wie ich schon gesagt habe, war sie unterwürfig … bis zu einem gewissen Punkt.«

Nachdem ich die Spannung des Sägeblatts überprüft hatte, justierte ich die Flügelschraube.

»Sondra und Glenda wohnten im Gästeflügel. Mein Vater hat Mutter gesagt, da sei das Personal untergebracht, und die beiden haben gehorsam Hausmädchen gespielt, weil sie wussten, dass meine Mutter nur kurz in Roseland sein würde. Natürlich war es weder der Gästeflügel noch der Personalflügel. In Wirklichkeit war es der Hurenflügel.«

Wahrscheinlich gewöhnte ich mich nie daran, dass so etwas aus dem Mund eines scheinbar Neunjährigen kam. Ich stand von der Ottomane auf und beugte mich zu dem Jungen, um ihn behutsam von seiner Fessel zu befreien.

»Mutter hat die Pferdeknechte und den Trainer gesehen, die jeden Tag kamen, um sich um die Pferde zu kümmern, aber die wohnten nicht hier. Deshalb hat sie sich gewundert, wie zwei Hausmädchen, ein Koch und ein paar Wachleute mit einem so großen Anwesen fertig werden konnten. Und wo waren die Gärtner für die ganzen Rasenflächen und Blumen?«

Das Armband bestand aus drei parallelen Reihen von Gliedern wie ein Uhrarmband. Wären jeweils drei Glieder in einer Linie gewesen, hätte ich die schwächere Verbindung durchsägen können, aber die mittlere Reihe war versetzt. Deshalb musste ich mehr als einen halben Zentimeter Stahl durchtrennen.

»Vater hat ihr gesagt, die Gärtner hätten frei, alle am selben Tag, obwohl es Dienstag war. Außerdem würde dreimal pro Woche eine große Mannschaft von Hausangestellten kommen, aber Sondra und Glenda wären die Einzigen, die immer da wären.«

Ich drückte auf die Säge, damit die Zähne in den Stahl griffen, aber nicht so stark, dass das Blatt gerissen wäre. Dann zog ich sie flüssig durch.

»Ich weiß nicht, was er sonst noch alles zu Mutter gesagt hat, aber ich glaube, sie hat gewusst, dass es gelogen war.«

Zuerst sägte ich nur mit Vorwärtsbewegungen, bis eine Rille entstanden war, in der das Blatt bleiben konnte, während ich in beide Richtungen sägte.

»Am Nachmittag hat er ihr erlaubt, Magic mitzunehmen. Aber sie wollte unbedingt hinterherfahren, wenn das Pferd nach Malibu zurückgebracht wurde, und es war zu spät, um den Transport zu arrangieren. Deshalb sind wir zum Abendessen und über Nacht geblieben.«

Um eine präzise Rille hinzubekommen und dann das Blatt darin zu führen, musste ich mich konzentrieren, weshalb ich Timothy keine Sekunde ansah. Seine Stimme aber ließ so lebendige Bilder in mir entstehen, dass ich den Eindruck hatte, selbst dabei gewesen zu sein.

In jener schicksalhaften Nacht hatte man ihm im Privatsalon seines Vaters ein Sofa zugewiesen, das mit Decken und Kissen hergerichtet wurde. Seine Eltern zogen sich in das Schlafzimmer nebenan zurück.

So müde Timothy auch war, er war sehr aufgeregt, an einem neuen Ort zu sein – und er fühlte sich aus Gründen, die er nicht erklären konnte, unwohl. Deshalb schlief er nur leicht und wachte mitten in der Nacht auf, als sein Vater in Pantoffeln und Bademantel durchs Wohnzimmer zur Tür ging und im Flur verschwand.

Als großer Fan von Kriminalhörspielen, wie sie damals im Radio liefen, vermutete der Junge ein Geheimnis und beschloss, die Rolle des Detektivs zu spielen. Er stand auf, lief zur Tür, öffnete sie leise und schlüpfte in den Flur.

Aufgeregt, aber verstohlen folgte er seinem Vater durchs Haus nach unten. Dabei hielt er so viel Abstand, dass er Cloyce zweimal fast verloren hätte, und dann verlor er ihn tatsächlich. Im Licht des Vollmonds, dessen gespenstisches Licht durch die großen Fenster drang, streifte Timothy desorientiert durch die labyrinthischen Flure und Räume.

Nach einer Weile kam er, ohne es zu wissen, in den Gästeflügel im Erdgeschoss, wo im Flur Licht brannte. In einem der Zimmer hörte er Stimmen, das leise Lachen einer Frau und das Wimmern einer anderen.

Als er an der Tür lauschte, fing er gelegentlich ein gedämpftes Wort auf, hauptsächlich jedoch männliche und weibliche Stimmen, die spitze Schreie ausstießen und stöhnten. Ob diese Geräusche Vergnügen oder Schmerz ausdrückten, war dem jungen Timothy nicht klar, weshalb er zu der Überzeugung kam, da drin würde sich etwas sehr Merkwürdiges abspielen, was von enormer Bedeutung war.

Die Krimihelden aus dem Radio, die er bewunderte, waren clever, kühn, furchtlos. Sie hatten nie Angst, und sie wichen nie auch nur einen Schritt zurück. Und weil sie immer den Moment nutzten, triumphierten sie auch immer.

Er wagte es, die Tür einen Spaltbreit zu öffnen.

Dahinter befand sich ein weitgehend dunkles Wohnzimmer, erhellt nur durch das Licht, das durch die offene Tür des angeschlossenen Schlafzimmers fiel.

Wie magnetisch angezogen schlich der Junge sich durch den ersten Raum. Im nächsten sah er den Schein von zwei Nachttischlampen mit plissiertem Schirm, die ein pfirsichfarbenes Licht warfen.

Kurz vor der Schwelle des Schlafzimmers ließ ihn der Anblick, der sich ihm bot, innehalten. Sein Vater lag mit Sondra und Glenda auf dem Bett. Timothy war so jung, dass er in jener unschuldigeren Zeit nicht recht wusste, was er da sah. Vielleicht hätte er es begriffen, wäre die Szene nicht dadurch noch rätselhafter geworden, dass Sondra ein Hundehalsband trug und mit schwarzen Seidenbändern an die Bettpfosten gefesselt war.

Gleichermaßen merkwürdig war die Anwesenheit von Chiang Pu-yi, der sich inzwischen Jam Diu nannte. Timothy hatte ihn in den vergangenen Jahren mehrfach in Gesellschaft seines Vaters gesehen.

Später erfuhr er, dass Chiang Pu-yi ein sehr reicher Mann mit Kapitalanlagen in Hongkong und England war. Er hatte Cloyce in London kennengelernt, wo die beiden einige Tage bei Aleister Crowley verbracht hatten, dem Magier und Okkultisten, der sich als das Tier aus der Offenbarung des Johannes bezeichnete. Die zwei Männer fühlten sich einander verwandt, da beide einen unbezähmbaren Willen zur Macht besaßen.

In jener Nacht im Jahre 1925 saß Chiang Pu-yi in einem Sessel, der auf der anderen Seite des Betts stand. Merkwürdig gekleidet, beobachtete er die drei. Timothy erinnerte sich nicht mehr genau, was Chiang getragen hatte, denn eines verblüffte ihn besonders – dieser Mann, der wesentlich älter als Cloyce war, sah um viele Jahre jünger aus als beim letzten Mal, als der Junge ihm begegnet war.

Verwirrt stand Timothy länger als eine Minute im Schatten vor der Schwelle, zugleich abgestoßen und angezogen. Mit jedem Moment wuchs seine Angst, auch wenn er nicht wusste, wovor er sich fürchtete.

Dann hatte er den Eindruck, dass Chiangs Blick sich von dem Geschehen auf dem Bett abgewandt und auf ihn gerichtet hatte. Als der Mann lächelte, war sich der Junge sicher, dass er gesehen worden war. Sofort drehte er sich um und floh.

Als er im Obergeschoss angelangt war und in dem Zimmer stand, in dem seine Mutter schlief, hatte die merkwürdige Faszination der Szene im Gästeflügel sich in blankes Entsetzen verwandelt. Obwohl Sondra nicht verängstigt ausgesehen hatte, dachte der Junge, man habe womöglich vor, sie zu töten.

Seine Mutter aufzuwecken war nicht einfach. Später erfuhr er, dass sein Vater ihr nach dem Abendessen ein Betäubungsmittel eingeflößt hatte, das noch Stunden später nachwirkte. Als es ihm gelungen war, sie wachzurütteln, berichtete er ihr in kindlichen Worten, was er gesehen hatte.

Madra erkannte, dass ihre Benommenheit auf eine Droge zurückzuführen war, und beschloss, rasch zu fliehen. Wenn ihr Mann ihr so etwas antun konnte – und wenn er das tun konnte, was der Junge beobachtet hatte –, dann gab es womöglich kein Verbrechen, dessen er *nicht* fähig war. In den seit ihrer Hochzeit vergangenen Jahren hatte sie eine beunruhigende Wildheit an ihm gesehen, die er zu verbergen versuchte. Ohne zu zögern griff sie nur nach dem Mantel des Jungen und eilte mit ihm die Treppe hinunter.

Als die beiden das Haus durch die Vordertür verließen und ihr Wagen nicht mehr davor stand, wusste Madra nicht, wo sie danach suchen sollte, da sie keine Garagen gesehen hatte. Dann wurde ihr klar, dass es womöglich gar nichts nützte, wenn sie den Wagen fand, weil man den Schlüssel abgezogen hatte.

Wo die Ställe waren, wusste sie jedoch, und dort stand Magic, ihr geliebtes Pferd. Für das brauchte man keinen Schlüssel.

Obwohl der junge Timothy inzwischen vor Furcht zitterte und wacklig auf den Beinen war, und obwohl seine Mutter sich anstrengen musste, um klar denken zu können, war den beiden doch bewusst, dass Cloyce inzwischen wahrscheinlich nach ihnen suchte. Wie der Junge später erfuhr, hatte Chiang Pu-yi unter Drogen gestanden und ihn zwar an der Schwelle stehen sehen, aber eine Weile nicht erkannt, was das bedeutete. Stattdessen war Chiang in eine kranke Fantasie versunken, in der er sich ausmalte, welche Rolle ein Neunjähriger wohl bei der Szene auf dem Bett spielen konnte.

Unter dem Vollmond flohen Mutter und Sohn durch die Nacht zu den Ställen. Als geübte Reiterin brauchte Madra keinen Sattel. Ohne sich mit dem Zaumzeug abzugeben stieg sie auf einen Aufsitzblock und schwang sich auf den Rücken des Pferdes. Dann zog sie den Jungen hoch, setzte ihn vor sich und befahl ihm, sich an der Mähne festzuklammern. Mit der rechten Hand hielt sie sich selbst daran fest, den linken Arm schlang sie um ihren Sohn, und so machten sie sich im Trab auf den Weg zum Tor, wobei sie genügend Abstand vom Haus hielten. Zu galoppieren wagte Madra nicht, damit der Junge nicht hinunterfiel.

Das Pförtnerhaus war nachts nicht besetzt, weil keine Besucher zu erwarten waren. Madra hatte vor, das Tor selbst zu öffnen, in die Stadt zu reiten und jemanden anzurufen, dem sie vertraute. Vielleicht würde sie sich sogar an die Polizei wenden, um zu berichten, dass ihr Mann sie unter Drogen gesetzt und sich schlüpfrigen Aktivitäten hingegeben hatte, derer ihr Kind Zeuge geworden war.

Das Blatt meiner Säge zersprang, und ich wurde aus dem Film gerissen, der bei den Worten des Jungen in mir abgelaufen war.

Während ich ein Ersatzblatt aus der Packung zog, die ich mitgebracht hatte, fuhr Timothy fort: »Er stand nackt in der Einfahrt, im Mondlicht bleich wie ein Gespenst. Wir haben ihn einen kleinen Moment zu spät erkannt. In den Händen hielt er sein Gewehr. Wie er meine Mutter getötet hat, habe ich da nicht gesehen, weil er zuerst mich erschossen hat.«

41

Ein paar Seiten zuvor habe ich das Foto aus dem Jahrbuch meiner Highschool erwähnt, auf dem ich töricht und ahnungslos aussehe. Bei Timothys letzten Worten spürte ich, wie meine Gesichtszüge denselben, mir nur allzu vertrauten Ausdruck annahmen.

Als ich im Schrank gestanden und belauscht hatte, wie Mrs. Tameed mit dem Jungen sprach, hatte sie ihn daran erinnert, dass er anders als die anderen Bewohner von Roseland war. Sie hatte ihn als »toten Jungen« bezeichnet, was ich für eine Drohung gehalten hatte. Nie hätte ich mir vorstellen können, dass sie das wörtlich meinte.

»Mit seinem ersten Schuss hat er mich getötet, und ich bin vom Pferd gefallen. Der zweite Schuss hat Magic getroffen, ohne ihn zu töten. Man hat mir erzählt, dass meine Mutter sitzen blieb, während Magic in die Knie ging, bis der dritte Schuss sie getötet hat. Dann ist mein Vater zu Magic gegangen, um ihn endgültig zu erledigen. Auf meine Mutter hat er auch noch zweimal geschossen, obwohl sie schon tot war.«

Ich durfte mich von nichts, was ich hörte, verwirren lassen, selbst wenn es mir völlig unmöglich vorkam. Bestimmt hatten die beiden Suchtrupps bald den Keller erreicht, falls sie nicht schon dort waren, und dann dauerte es nur noch Minuten, bis sie Victoria Mors entdeckt hatten.

Angesichts der Bondage-Spiele, die Victoria offenbar regelmäßig mit Cloyce trieb, hatte sie es womöglich genossen, als ich sie geschlagen, gefesselt und geknebelt hatte. Mir ins Gesicht zu spucken hatte sie jedenfalls enorm genossen, das wusste ich.

Mit zitternden Händen nahm ich das zerbrochene Sägeblatt aus dem Bügel. »Tot«, sagte ich, »das verstehe ich nicht. Du kannst doch nicht tot sein! Schließlich sitzt du lebendig vor mir.«

»Warst du im Mausoleum, wie ich es dir gesagt habe?«, fragte er mit seiner glockenklaren Chorknabenstimme, die wieder zu ernst für ein Kind klang.

»Ja. Auch im Keller … und in dem tieferen Keller.«

Selbst im warmen Licht der Lampe war sein Gesicht aschfahl, und seine Lippen waren bleich. »Also hast du es gesehen.«

»Ja.«

»Weißt du Bescheid über Nikola Tesla?«

»Ja. Unter dem ganzen Anwesen, bis in die Mauer um den Garten, ist eine von ihm konstruierte Maschine, mit der die Zeit manipuliert wird.«

»Die Gebäude und der Garten«, sagte Timothy, »werden in einem Zustand erhalten, der … tja, man könnte sagen, das Leben wird angehalten, aber das ist es eigentlich nicht.«

»Eine Art Stillstand«, sagte ich.

»Aber der Strom, der alles so erhält, lässt die Menschen nicht jung bleiben. Wenn sie älter werden, als sie es sein wollen, müssen sie einen anderen Teil der Maschine verwenden. Der ist oben im …«

»… Gästeturm«, sagte ich, während ich das neue Sägeblatt einspannte. »Gesehen habe ich ihn nicht. Das war lediglich geraten.«

Mein Zittern erschwerte mir die Arbeit mehr als nötig, und ich fragte mich, woher es kam. Nichts, was Timothy mir erzählt hatte, war schlimmer als all das, was ich bisher in Roseland entdeckt hatte.

»Den Teil der Maschine bezeichnen sie als Chronosphäre«, sagte der Junge. »Wenn du dir die Vergangenheit als Tiefe der Zeit und die Gegenwart als deren Oberfläche vorstellst, dann bewegt sich dieses Objekt durch die Zeit wie ein Tauchboot im Ozean. Zumindest tut es das in einer Richtung.«

Ich justierte die Spannung des neuen Blatts. Dabei zitterten meine Hände noch schlimmer als vorher, so als wäre ich der in Roseland herrschenden Verwirrung der Zeit erlegen und so stark gealtert, dass ich an Parkinson litt.

»Wenn sie darin in der Zeit zurückreisen«, fuhr der Junge fort, »fallen die Jahre von ihnen ab. Ihr Körper wird jung und kräftig, weil ein Körper etwas Materielles ist. Die Wirkung des Alterns auf das Gehirn wird auch repariert, aber die Persönlichkeit, das Wissen und die Erinnerungen bleiben, wie sie sind, weil der Geist unkörperlich ist.«

»Und wieso altern sie nicht, wenn sie in die Gegenwart zurückkehren?«

»Weil sie nicht durch die Zeit zurückreisen. Das tun sie *außerhalb* der Zeit. Die Chronosphäre ist nicht bloß eine Zeitmaschine, die erst zurück und dann vorwärts reist, sie bewegt sich auch zur Seite durch die Membran zwischen der Zeit und dem, was außerhalb der Zeit ist. Kapieren tue ich das nicht. Ich glaube, auch von denen kapiert es keiner. Nur Tesla hat Bescheid gewusst, weil der wahrscheinlich der Einzige ist, der so was überhaupt kapieren kann. Außer Einstein.«

Im Hintergrund meines Hirns winkte mir eine noch nicht vollständig ausgebildete Idee zu wie ein am anderen Ende des Raums spukendes Phantom. Ich versuchte, sie zu verdrängen, weil ich spürte, sonst unweigerlich handeln zu müssen und damit nicht nur mich selbst, sondern auch alles, was mir wichtig war, zu zerstören. Aber auch ohne ihr nachzugehen, kannte ich nun den Grund für mein Zittern.

»Sie reisen in der Maschine einfach in die Vergangenheit und kehren dann wieder zurück«, sagte er alterslose Junge. »Es ist nicht ratsam, zu einem anderen Zeitpunkt auszusteigen.«

»Aber möglich ist es schon?«

»Man kann die Steuerung so einstellen, dass die Chronosphäre in einem anderen Jahr stehen bleibt. Dann kann man aussteigen, um jeden beliebigen Punkt in der Vergangenheit zu erforschen. Aber das tut man nicht.«

»Wieso nicht?«

»Die Folgen von Zeitreisen sind unbekannt. Da ist es besser, kein Risiko einzugehen. Nach allem, was Nikola Tesla entdeckt hat, ist klar, dass man nichts an der Vergangenheit ändern kann, weil die feststeht. Durch das, was man dort tut, kann man also auch seine Zukunft nicht verändern. Was geschehen ist, wird geschehen. Jede Veränderung, die man dort vornimmt, wird wieder rückgängig gemacht vom ... sagen wir, vom Schicksal. Aber die unbekannten Risiken sind trotzdem zu groß.«

Ich überwand endlich mein Zittern und setzte das neue Sägeblatt in die auf dem Armband entstandene Rille. »Trotzdem hat dein Vater die Maschine so verwendet«, sagte ich.

»Mich hatte er ja nicht töten wollen, nur meine Mutter. Sobald die Schüsse gefallen waren, überkam ihn einen Moment lang Reue.«

Ich begann zu sägen. »Und dann ist er in der Chronosphäre zu einem Punkt zurückgereist, bevor er dich getötet hat. Dort hat er angehalten.«

»Ja, gleich nachdem es geschehen war, ist er zurückgereist. Dann hat er schon im Stall gewartet, als meine Mutter mit mir dort ankam. Er hatte eine Pistole dabei und hat sie vor meinen Augen erschossen.«

Als der Junge vorher erzählt hatte, wie seine Mutter auf dem Pferd erschossen worden war, hatte er gesagt: *Wie er meine Mutter getötet hat, habe ich da nicht gesehen ...*

Aber dafür später.

»Magic hat er nicht erschossen, nur sie. Aber als er gemeinsam mit mir wieder in die Gegenwart gereist ist, lag das Pferd immer noch tot auf dem Rasen. Meine Mutter auch. Und ich.«

Ich setzte die Säge ab.

Jedes Mal, wenn ich direkt in die unergründlichen Augen des Jungen sah, war ich bestürzt über seine tief verwundete Seele, die mich aus dem Gefängnis seines alterslosen Körpers anblickte. Dennoch war ich dazu gezwungen, damit er in meinen Augen sah, dass ich seine schreckliche Qual verstand, ohne dass ich darüber sprechen musste.

»Was geschehen ist, wird geschehen«, wiederholte ich seine Worte. »Dafür sorgt so etwas wie das Schicksal, sagst du.«

Indem er seinen Sohn aus der festgelegten Geschichte der Vergangenheit und damit *aus der Zeit* herausgeholt und in die Gegenwart gebracht hatte, hatte Constantine Cloyce ein Paradoxon erschaffen. Ich kannte Zeitparadoxa zwar aus Filmen und Büchern, aber keines wie dieses hier. Wenn ich zu viel darüber nachdachte, würde mein Verstand sich zu einem gordischen Knoten binden, der weder gelöst noch durchschlagen werden konnte.

»Sie haben die Leiche meiner Mutter in den Keller des Mausoleums geschafft«, sagte Timothy, »damit er sie immer anschauen konnte, wenn er wollte, aus Gründen, die nur sein krankes Hirn kennt. Sempiterno und Lolam – die damals noch Carlo Luca und James Durnan hießen – haben zusammen mit Chiang die ganze Nacht geschuftet, um das Pferd auf eine Wiese zu zerren und dort zu begraben.«

Ich machte mich wieder an die Arbeit. »Und deine Leiche?«, fragte ich ihn. »Ich meine … die Leiche von jenem anderen Timothy?«

»Die Kugel war wieder ausgetreten. Deshalb konnte man nicht sagen, mit welcher Waffe ich – er – erschossen worden war. Also haben sie die Leiche zum Wagen meiner Mutter getragen und auf den Beifahrersitz gesetzt. Glenda hat den Wagen auf der Küstenstraße weit nach Süden gefahren bis zu einem Parkplatz, wo es damals noch ganz einsam war. Sondra ist ihr mit einem anderen Wagen gefolgt. Sie haben Blut von meiner Mutter auf den Fahrersitz und den Boden geschmiert und den Wagen mit weit offenen Türen stehen lassen.«

»Ein gescheiterter Entführungsversuch?«

»Das sollte die Polizei vermuten.«

»Und dass die Entführer deine Mutter mitgeschleppt haben, aber dann ist sie gestorben, bevor man ein Lösegeld verlangen konnte?«

»So in der Richtung.«

»Und das hat man bei der Polizei geglaubt?«

»Mein Vater war ein sehr angesehener Mann. Außerdem konnte man gewisse Leute bei der Polizei damals kaufen, genauso wie man gewisse Leute noch heute kaufen kann. Er hat gewusst, wer infrage kam und wie man das anstellen muss.«

»Das hat bestimmt viel Staub aufgewirbelt.«

»Nicht so viel, wie du meinst. Denk dran, er hat viele Zeitungen besessen und deren Redaktionen angewiesen stillzuhalten. Außerdem hatte er genug gegen seine Konkurrenten in der Hand, um die auch unter Druck zu setzen. Er hatte keine politischen Feinde wie William Hearst, und als er sich nach Roseland zurückgezogen hat, scheinbar voll Kummer und deprimiert, da hat man ihn in Ruhe gelassen.«

»Deine Asche … das heißt, die Asche von diesem anderen Timothy ist in einer Urne im Mausoleum?«

»Ja.«

»Und wessen Asche ist in der Urne deiner Mutter?«

»Da ist gar nichts drin. Offiziell wurde ihre Leiche nie gefunden. Ihre Beerdigung war rein symbolisch. In der Urne meines Vaters ist natürlich auch keine Asche.«

Die Säge durchtrennte den letzten Rest des Armbands, das vom Handgelenk des Jungen glitt.

»Jahrelang hat man mich eingesperrt oder angeleint, bis sich die Technik so weit entwickelt hatte, dass man mich mit dem Ding da überwachen konnte.«

Ich ließ die Säge fallen und stand auf.

Auch Timothy erhob sich von seinem Sessel. »Ich bin tot«, sagte er, »und trotzdem am Leben. Mein Lebensfaden wurde in jener Nacht durchtrennt, und dennoch bin ich hier. Mein Verstand ist komplex geworden und gereift, aber körperlich verändere ich mich nie. Als Jugendlicher und Erwachsener habe ich nur durch Bücher gelebt, nur indem ich darüber gelesen habe, wie es ist, wenn man älter als neun Jahre wird. Ich bin für immer ein Kind, und das bin ich schon länger, als ich es ertragen kann.«

42

Ich hatte allmählich genug. Genug Tod. Genug Wahnsinn. Genug Überraschungen von der Sorte, wie man sie nicht unter den Weihnachtsbaum legt. Genug Merkwürdigkeiten. Genug von Roseland. Falls man daraus je eine Frühstückspension machte, würde ich die bestimmt nicht empfehlen.

Vorsichtig führte ich Timothy durch den Südflur der oberen Etage. Es war so still im Haus, als ob ich taub geworden wäre, hätten meine Eingeweide mir nicht den Genuss von Mr. Shilshoms Quiche und Käsekuchen vorgehalten.

Wie Timothy mir noch erzählt hatte, manipulierte Nikola Teslas unheimlich lautlose Maschinerie nicht nur die Zeit, sondern verwendete die dabei entstehende thermodynamische Energie auch, um den gesamten Elektrizitätsbedarf des Anwesens zu erzeugen. Im Grunde handelte es sich um ein Perpetuum mobile, ein perfektes Beispiel für grüne Energie. Gut, mit Ausnahme der humanoiden Schweine, die darauf versessen waren, alles umzubringen, was ihnen über den Weg lief.

Laut Timothy vergingen normalerweise mehrere Jahre zwischen den Perioden, in denen die fantastische Maschinerie aus irgendeinem Grund Momente aus der Zukunft in die Gegenwart zog; manchmal geschah das jedoch auch häufiger. Offenbar hatte ich das Glück gehabt, in der Hochsaison einzutreffen, die wesentlich aufregender war als das berühmte Herbstlaub in Vermont.

Solange die Besucher aus Kenny Mountbattens grässlicher Zukunft ständig im derzeitigen Moment von Roselands Geschichte auftauchten und ihn wieder verließen, würden Fenster und Türen mit Stahlplatten verschlossen bleiben. Als einziger Ausweg aus dem Haus bleib damit die Route, auf der ich mich hereingeschlichen hatte.

Sobald Constantine Cloyce und seine Leute Victoria Mors hinter dem Kessel im Heizungsraum fanden, kamen sie bestimmt voll ungerechter Empörung aus dem Keller gestürmt, um einen gewissen Grillkoch kaltzumachen. Wir mussten also irgendwohin, wo wir an ihnen vorbeikamen und den mit Kupfer ausgekleideten Tunnel zum Mausoleum erreichen konnten.

Die breite, offene Haupttreppe gefiel mir gar nicht. Die von unten ebenfalls gut einsehbare Wendeltreppe in der Bibliothek gefiel mir auch nicht. Und die beiden Hintertreppen gefielen mir ebenso wenig, denn über die würden wahrscheinlich die tollwütige Victoria Mors und ihre Spießgesellen heraufkommen.

Gefallen hätte mir lediglich, an jeden gewünschten Ort gebeamt zu werden wie in *Star Trek*, aber so eine praktische Reisemethode war noch nicht erfunden worden. Die Pistole in der Hand, ging ich mit dem Jungen zum Ende des Flurs, am oberen Eingang der Bibliothek vorbei und durch den Westflügel zur dortigen Hintertreppe.

Ich bin zwar nicht in der Lage, gleichzeitig Kaugummi zu kauen und Basketball zu spielen – genauer gesagt, kann ich nicht mal ohne Kaugummi Basketball spielen –, aber ich kann im Gehen blitzschnell denken. Das muss ich auch, weil ich nie etwas vorausplane. Es hat nämlich keinen Sinn, etwas vorauszuplanen, wenn jederzeit irgendwelche abgedrehten Sachen passieren können. Da ich meine Entscheidungen also unterwegs treffe, muss ich rasch dazu in der Lage sein, wenn es nötig ist.

Im Gegensatz zu mir hatte Timothy einen Plan. Er hatte über seine Lage nachgedacht. Nun wollte er zur Chronosphäre gebracht werden, um in die Nacht zu reisen, in der seine Mutter ermordet worden war. Indem er dort blieb, hoffte er nicht mehr zu existieren.

Im Lauf der Jahre hatte er in den verzweifeltsten Momenten an Selbstmord gedacht, sich jedoch dagegen entschieden, weil er glaubte, sein Vater werde ihn nicht so leicht gehen lassen. Falls Cloyce seinen Sohn je geliebt hatte, so war es damit schon seit vielen Jahrzehnten vorbei. Was er jedoch leidenschaftlich liebte, waren sein Reichtum, seine Besitztümer und seine *Spielzeuge*, und er hätte es nicht geduldet, dass ihm irgendetwas davon weggenommen wurde. Auch den Jungen hielt er für seinen Besitz, und deshalb hätte er versucht, den Selbstmord zu revidieren, indem er mit Timothy zu einem Zeitpunkt kurz davor zurückreiste. Anschließend hätte man das Leben des Jungen noch mehr eingeschränkt, und seine Existenz wäre unerträglicher gewesen denn je.

Damit hatte Timothy wohl recht, aber ich war nicht sicher, was geschehen würde, wenn er in eine Zeit vor seiner Zeugung zurückreiste. Das Paradox, das er jetzt darstellte, war womöglich nur halb so komplex wie jenes, das er damit erschaffen würde.

Das waren jedoch nicht meine einzigen Bedenken. Denn selbst wenn es sein Schicksal gewesen war, 1925 als Neunjähriger zu sterben, und selbst wenn die Aussicht, als ewiges Kind zu leben, ihm unerträglich vorkam, hatte ich Skrupel, ihm bei einem mindestens passiven Selbstmord zu helfen. Ich wollte Hoffnung für ihn schaffen, und die lag in seiner Freiheit, nicht in einer Kapitulation vor den Umständen.

Während wir die Treppe hinabstiegen, nahm ich mir vor, drüben im Gästeturm nicht gleich ganz nach oben zu gehen, sondern zuerst zu Annamaria. Die war zwar so rätselhaft wie alles, was Alice hinter den Spiegeln begegnet, aber sie würde das Problem mit mehr Weisheit als ich betrachten. Besonders schwierig war das nicht, da mein Weisheitsniveau nicht allzu schwer zu übertreffen ist.

Als wir das Erdgeschoss erreicht hatten, ohne beschossen oder bespuckt zu werden, beschloss ich, gleich in den Keller weiterzugehen, obwohl sich dort immer noch die Suchmannschaft aufhielt. In solchen Situationen kam es darauf an, den Gegner zu entdecken, bevor man von ihm entdeckt wurde, das war alles.

Ich ging voraus, drehte mich aber mehrfach nach dem Jungen um, um mich zu vergewissern, dass er direkt hinter mir blieb. Dabei lächelte er mich zum ersten Mal an, um meine Sorgen zu beschwichtigen. Obwohl er schon fünfundneunzig Jahre gelebt hatte, war er noch immer Kind genug, um mir mit diesem Lächeln fast das Herz zu brechen.

In diesem Augenblick wusste ich, dass mein Plan, ihm zu helfen, scheitern musste.

Sein vertrauensvolles Lächeln erinnerte mich an manche Kriminalfilme, in denen zwei miteinander befreundete Cops auftreten. Der von dem weniger bekannten Schauspieler dargestellte Cop erzählt seinem Kumpel, dem Star des Films, dass er bald heiraten wird. Spätestens drei Szenen später ist er mausetot, und der Star hat die nötige Motivation, um unbeschadet durch einen Kugelhagel nach dem anderen zu gehen, zwanzig Gangster abzuschlachten und feuchte Augen zu bekommen, ohne dass ihn jemand für ein Weichei hält.

Die große Mehrzahl an Filmen kümmert sich nicht darum, das Leben nachzuahmen, weil das Leben die Klischees vermeidet, mit denen an der Kinokasse das große Geld verdient werden kann. Aber manchmal ahmt das Leben solche Filme nach, meistens mit verheerenden Folgen und ohne dass man sich mit Popcorn trösten könnte.

Am Ende der Treppe stand die Tür zum Kellerflur weit offen. Zögernd blieb ich auf der letzten Stufe stehen und lauschte.

Niemand weit und breit. In der Luft lag ein leichter Ozongeruch wie schon seit längerer Zeit. Sonst roch ich nichts, und hören konnte ich erst recht nichts.

Ich hob die Hand, um Timothy anzudeuten, er solle stehen bleiben, während ich mich vorsichtig durch die offene Tür schob.

Im Flur standen alle Türen rechts und links weit oder zumindest halb offen. Scheinbar hatte der Suchtrupp es zu eilig gehabt, um sie wieder zuzumachen.

Ansonsten schien der Weg bis zum Weinkeller frei zu sein.

Gleich links von mir befand sich der Eingang zu dem Baubüro, das eine Verbindung zu der Zeit vor der Errichtung des Haupthauses im Jahr 1921 darstellte. Durch die offene Tür sah ich die Zeichentische und die hölzernen Aktenschränke.

Wären Cloyce und seine Leute noch im Keller gewesen, so hätte ich sie hören müssen. Die tiefe Stille wies darauf hin, dass sie Victoria Mors befreit hatten und anschließend nach oben gestürmt waren, um einen ahnungslosen Ticker zu erledigen, der nicht wusste, was sich hier gehörte.

Ich drehte mich nach Timothy um, der brav im Treppenhaus stand, und winkte ihn zu mir. Er sollte direkt neben mir bleiben, damit ich ihn packen und mit mir ziehen konnte, falls es nötig war, rasch in einen Raum links oder rechts zu schlüpfen.

Lange Flure sind gefährliche Orte. Wenn gut bewaffnete Leute nach dir suchen, gibst du auf der gesamten Strecke ein ausgezeichnetes Ziel ab. Dem Schützen wiederum bieten sich alle Vorteile eines überdachten Schießstands.

Am besten ist es also, die vor einem liegende Strecke rasch zu überwinden. Allerdings ist es nicht leicht, sich flink und gleichzeitig leise fortzubewegen. Deshalb neigt man dazu, sich auf ein Hochgeschwindigkeitstrippeln einzulassen wie der Kater Sylvester, wenn er Tweety schnappen will. Natürlich schafft er das nie, und wenn man ihn nachahmt, sieht man ziemlich lächerlich aus.

Ich hob klugerweise den Finger an die Lippen, damit Timothy sich still verhielt. Dann gingen wir Seite an Seite rasch auf den Weinkeller am anderen Ende des Flurs zu. Die Waschküche war der vorletzte Raum auf der rechten Seite, und als wir daran vorbeikamen, sah ich, dass ihre Tür offen stand. Ich hatte sie zugemacht, was bedeutete, dass der Suchtrupp hier gewesen und wieder verschwunden war.

Auch die Tür zum Heizungsraum war offen, aber bevor wir sie ganz erreicht hatten, trat Jam Diu heraus. Er pflanzte sich vor uns auf und richtete seine Schrotflinte auf mich.

Meine Pistole zielte auf den Betonboden. Verwunden konnte ich meinen Gegner also nur mit einem kalkulierten Querschläger, wie ihn nicht einmal Annie Oakley sich zugetraut hätte.

»Fallen lassen!«, befahl Jam Diu scharf, während wir stehen blieben.

Es bestand kein Zweifel, dass er den Abzug der Flinte betätigen und uns mit Schrot durchsieben konnte, bevor ich es schaffte, die Beretta zu heben und abzudrücken. Wenn ich die Waffe jedoch fallen ließ, waren wir auf jeden Fall erledigt. Dann steckte man Timothy wieder in seinen Kerker, und wenn Cloyce nichts Schlimmeres einfiel, würde er mich zumindest aufschlitzen wie die Frauen im Keller des Mausoleums und mich zu ihnen legen, obwohl ich eigentlich das falsche Geschlecht hatte.

»Fallen lassen, hab ich gesagt!«, erinnerte mich Jam Diu, als dächte er, ich hätte die kürzeste Aufmerksamkeitsspanne der Welt.

»Tja«, sagte ich.

Er runzelte die Stirn. »Ist das etwa meine Beretta?«

Eine Unterhaltung war immer besser, als sich gegenseitig zu beschießen. Schließlich wusste man nie, ob selbst die unangenehmste Konversation nicht eine positive Wendung nehmen konnte.

»Ja, Sir. Das stimmt. Es ist Ihre Beretta.«

»Du hast meine Beretta gestohlen?«

»Nein, Sir. Ich bin kein Dieb. Ich hab sie nur geborgt.«

»Das ist eine wunderbare Pistole«, sagte er mit rauer Zuneigung. »Ich liebe sie.«

»Also, ehrlich gesagt, ich mag Schusswaffen eigentlich gar

nicht. Aber so, wie es in letzter Zeit gelaufen ist, hab ich gedacht, ich brauche früher oder später eine. Jetzt zum Beispiel.«

»Du bist in meine Wohnung eingebrochen«, sagte er, sichtlich gekränkt, dass ich so wenig Achtung vor seiner Privatsphäre hatte.

»Nein, Sir. Ich habe einen Schlüssel verwendet.«

»Constantine ist ein verfluchter Idiot.«

»Die Meinung hat Mr. Sempiterno heute auch schon geäußert.«

»Wie ist er bloß auf die Idee gekommen, dich und diese … diese Frau hierher zu holen?«

Ich verriet ihm eine meiner Haupttheorien: »Unterbewusst hat er das Ganze vielleicht satt und will es irgendwie zu Ende bringen.«

»Komm mir bloß nicht mit irgendwelchem freudianischen Schwachsinn, du Trottel. Auf so was stehe ich gar nicht.«

»Mag sein, aber da wäre auch noch die Tatsache, dass Annamaria unheimlich überzeugend wirkt.«

»Ich finde dieses Miststück absolut nicht überzeugend.«

»Nichts für ungut, Sir, aber Sie haben noch nicht mit ihr gesprochen. Geben Sie ihr eine Chance, dann werden Sie schon sehen!«

»Leg die Pistole schön langsam und vorsichtig auf den Boden.«

Da er die Waffe als sein Eigentum erkannt hatte, sollte ich sie nicht mehr einfach fallen lassen. Offenbar hingen selbst extrem reiche Unsterbliche sehr an ihrem Kram.

»Tja«, sagte ich.

»Chiang, lass uns einfach zur Chronosphäre«, mischte sich Timothy ein. »Ich will dorthin zurück, wo ich hingehöre.«

Irgendwie kam mir bei diesen Sätzen dieses alte Lied von David Bowie in den Sinn. Selbst in gefährlichen Momenten macht mein Verstand manchmal merkwürdige Umwege.

Der vermeintliche Gärtner hatte seine gütige Buddhafassade zusammen mit seiner Gärtnermaske fallen lassen. Hass zog sein rundes Gesicht in die Länge, und in seinen Augen flackerten die Spiegelungen der Deckenlampen wie Schlangenzungen.

»Wenn es nach mir ginge, du kleine Kröte, dann würde ich dich aufschlitzen und krepieren lassen, während du versuchst, dir deine Eingeweide wieder in den Bauch zu stopfen. Und dann würde ich mit dir zehn Minuten in die Vergangenheit zurückreisen, damit ich alles noch mal wiederholen kann.«

»Tja«, sagte ich, weil dies keine jener unangenehmen Unterhaltungen zu sein schien, die eine positive Wendung nahmen.

Timothy drängte sich näher an mich. Vielleicht hatte er erkannt, dass seine jahrzehntelange Einkerkerung womöglich nur ein Vorspiel zu den Qualen darstellte, die ihm ein einfallsreicher Kerl wie der hier zufügen konnte.

»Du hast eine letzte Chance, die Waffe auf den Boden zu legen, Trottel-Odd. Sonst blase ich dir das Hirn aus dem Schädel und reise mit euch *beiden* zurück, um noch mal von vorn anzufangen.«

»Es reicht völlig aus, mich einmal zu töten, Sir«, sagte ich. »Ich will Ihnen keine unnötige Mühe machen.«

Weil mir nichts anderes einfiel, ging ich leicht in die Knie und fing an, die geliebte Beretta auf den Boden zu legen. Das tat ich schön langsam und vorsichtig, wie man es mir befohlen hatte, genauer gesagt so langsam und vorsichtig, dass ich womöglich noch einen weiteren Geburtstag erlebte, bevor die Waffe unten ankam.

Ich hoffte, dass mir irgendeine brillante Finte einfiel, mit der ich Jam Diu so verblüffen konnte, wie Jackie Chan seine Gegner in seinen Martial-Arts-Filmen verblüfft. Leider bin ich kein Jackie Chan, weshalb mich die wesentlich primitiveren Kampfkünste von jemand anders retten mussten.

Gut fünf Meter hinter Jam Diu flog die Tür zum Weinkeller auf, und eines der Biester stürmte in den Flur. Es war kein Exemplar mit Buckel, deformiertem Schädel und zu langen Armen, sondern ein normaler Vertreter seiner Art – soweit man davon sprechen konnte. In dem schweineartigen Kopf grinste ein Maul mit scharfen Zähnen unter fleischigen Nüstern; die gelben, fiebrigen Augen waren die einer Gestalt, wie sie durchs moosige Dunkel eines Sumpftraums kriechen mochte.

Offenbar hatte das Ding die Geheimtür in der Wand des Mausoleums entdeckt, die ich nicht hatte schließen können. Dann hatte es sich durch die beiden Keller und den Tunnel bis hierher vorgearbeitet.

Jam Diu wandte sich nach der Tür um, als er sie krachen hörte, aber das Schweineding war flinker, als es aussah. Es packte ihn am rechten Arm, den es brechen ließ wie einen trockenen Holzstab. Während Jam Diu, Fürst der Zeit und ein Gott unter schwachen Menschen, vor Schmerz aufschrie, prasselte eine Ladung Schrot harmlos an die Decke.

Ich brüllte Timothy zu, er solle wegrennen, doch der hatte sich bereits in Bewegung gesetzt. Als ich ihm folgte, war ich dankbar, dass ich die Beretta noch in der Hand hatte. Im Nahkampf mit diesen Biestern war eine Neun-Millimeter-Pistole allerdings womöglich nicht wirkungsvoller als der Versuch, einen Tyrannosaurus Rex mit Rasenpfeilen in Schach zu halten.

Kurz vor der Treppe, über die wir vor drei Minuten und damit in deutlich friedlicheren Zeiten heruntergekommen waren, warf ich einen kurzen Blick zurück und sah Jam Diu auf eine Weise aus den Fugen gehen, an die ich mich nicht mehr erinnern will. Hinter dem ersten Biest war ein zweites in den Flur getreten, und hinter dem zweiten kam gerade ein drittes.

43

Nachdem wir den ersten Teil der Treppe hinaufgerannt waren, dachte Timothy offenbar genau wie ich, dass es ein Fehler gewesen wäre, ins Obergeschoss weiterzustürmen. Er stieß die Tür des Treppenhauses auf und lief in die Diele, wo er in der Mitte stehen blieb, sich umsah und nicht weiterwusste.

Mit uns im Haus befanden sich nun nicht mehr nur dessen schwer bewaffnete Bewohner, sondern auch drei Schweinebiester, weshalb wir wahrscheinlich kein ruhiges Eckchen finden würden, um bei einer Tasse Tee ungestört über schöne Literatur zu plaudern. Und je früher wir ins Obergeschoss gelangten, desto früher hatten wir keinen Ausweg mehr.

Die Biester waren eindeutig nicht besonders intelligent und würden sich daher nicht zu einer ausgiebigen Lagebesprechung zusammensetzen. Dumm waren sie allerdings auch nicht, und es war nicht zu erwarten, dass sie sich lange im Keller aufhielten, wenn hier oben wesentlich mehr Proviant zu finden war.

Obwohl ich kein Grunzen und Schnauben und auch keine schweren Schritte auf der Treppe hörte, zögerte ich nicht länger. Ich zog Timothy aus der Diele in den großen Salon.

Der riesige, bocksfüßige Pan stand immer noch auf seinem Podest unter dem mittleren Kronleuchter, und ich wusste, auf welcher Seite er bei einer Auseinandersetzung zwischen mir und ein paar hochgezüchteten Keilern stehen würde. Wir hielten uns am dunklen Rand des Raums, bis wir zu dem Sofa kamen, hinter dem ich mich vorher versteckt hatte. Dort blieben wir stehen und lauschten. Nichts. Aber wenn sie kamen, dann rochen wir sie wahrscheinlich, bevor wir sie hörten.

Nachdem Cloyce und seine Leute den Keller durchsucht hatten, hatten sie dort offenbar Jam Diu postiert, um mir den Fluchtweg abzuschneiden. Die Biester waren jedoch kaum diszipliniert genug, als dass eines von ihnen bereitwillig unten geblieben wäre, während die anderen sich oben austobten. Wenn wir es also schafften, noch einige Minuten am Leben zu bleiben, bis alle drei ins Obergeschoss getrampelt waren, konnten wir uns wieder in den Keller schleichen und so verschwinden, wie wir es ursprünglich vorgehabt hatten, auch wenn ich nicht besonders scharf darauf war, durch die Überreste von Mr. Diu zu waten.

Plötzlich wurde mir klar, dass wir den Biestern unten im Flur gefährlich nahe gekommen waren, sie jedoch überhaupt nicht gerochen hatten.

»Die haben nicht gestunken«, flüsterte ich. »Sonst weiß man wegen des Gestanks doch immer, wenn sie in der Nähe sind.«

»Stinken tun nur die deformierten unter ihnen«, antwortete Timothy.

Das war jetzt aber wirklich unfair. Wenn sie nicht stanken, konnten sie sich womöglich auch leise verhalten, falls sie das wollten. Auf geruchlose, verstohlene Biester, die unerwartet aus dem Nichts auftauchten, war ich gar nicht vorbereitet.

In einem entfernten Teil des Hauses donnerte der Schuss einer Schrotflinte. Der erste Schrei, den wir hörten, war ebenso sehr ein wütendes Bellen wie ein schmerzvolles Quieken. Er kam eindeutig aus einer Schweinekehle.

Der zweite Schrei jedoch, der dem ersten rasch folgte, war das erbärmlichste menschliche Kreischen, das man sich vorstellen konnte. Ich hoffte, so etwas nie wieder zu hören. Es war ein furchtbarer Ausdruck von Entsetzen und Todesqual, der eine halbe Minute oder länger andauerte und mich so folterte, dass mir Goyas Gemälde *Saturn verschlingt eines seiner Kinder* in den Sinn kam, das noch grässlicher ist, als es der Titel ausdrückt.

Obwohl keiner der Bewohner von Roseland Timothys Freund war, nicht einmal sein Vater, setzte der qualvolle Schrei ihm so sehr zu, dass er zitterte und leise zu schluchzen begann.

Die Stimme, die da schrie, war unschwer zu erkennen. Ich war sicher, dass wir gerade das Ende von Mr. Shilshom gehört hatten.

Die Einschränkungen, die uns die Realität auferlegte, mussten nun selbst jenen Bewohnern von Roseland deutlich geworden sein, die gemeint hatten, sie lebten ohne Grenzen, ohne Regeln und ohne jede Angst.

Bemitleiden konnte ich sie nicht, denn echtes Mitleid ist mit dem Wunsch zu helfen verbunden. Ich aber hatte keinerlei Absicht, mich und Timothy irgendwelchen Gefahren auszusetzen, um etwas für diese Leute zu tun.

Auch wenn ich es nicht erwartet hätte, war ich bewegt von der verzweifelten Erkenntnis der Leere, die sich in dem langen, qualvollen Todesschrei ausdrückte. Die schlimmsten und die besten Menschen stehen in dem gleichen kalten Schatten, und selbst wenn jemand den Tod verdient hat, spüre ich, wie mich so etwas bis ins Mark erzittern lässt.

Als der Schrei verstummt war, herrschte tiefes Schweigen im Haus.

Mein bisheriger Plan, uns einige Minuten zu verstecken und zu warten, bis alle Biester nach oben getappt waren, um uns dann wieder in den Keller zu schleichen, kam mir jetzt nicht mehr besonders schlau vor. Wahrscheinlich konnten die Schweinedinger uns mit ihrem Geruchssinn überall aufspüren, den luftdicht verschlossenen Kühlraum neben der Küche einmal ausgenommen.

Der Kühlraum aber stellte einerseits eine potenzielle Falle dar, und andererseits wollte ich mich darin ebenso ungern verbergen wie im gemeinschaftlichen Kochtopf eines Kannibalendorfs.

»Wenn die Biester im Haus sind, gibt es keinen Grund mehr, es nicht zu verlassen«, flüsterte ich Timothy zu. »Draußen haben wir mehr Möglichkeiten zur Flucht. Wo sind die Schalter für die Stahlplatten?«

»Das … das weiß ich nicht.«

»Hast du gar keine Ahnung?«

»Nein«, sagte er. »K-k-keine.«

Er streckte die Hand nach mir aus, und ich ergriff sie. Sie war klein und kalt und feucht vor Schweiß.

In den fünfundneunzig Jahren seiner merkwürdigen Existenz hatte er Tausende Bücher gelesen, die den Großteil seiner Erfahrung darstellten. Tausende von Leben in Tausenden von Büchern in seiner Fantasie nacherlebt, dazu so lange Zeit in den vielfältigen Schrecken von Roseland, und dennoch war er nicht dem Wahnsinn verfallen, sondern in einem Teil seines Herzens ein kleiner Junge geblieben, der sich an einem Funken Unschuld festhielt. Unter den bedrückendsten Umständen hatte er sich zumindest ein wenig von der Reinheit erhalten, mit der er geboren worden war.

So viel hätte ich in seiner Lage nicht leisten können. Umso mehr graute mir davor, ihm nicht helfen zu können, was ich seit seinem vertrauensvollen Lächeln auf der Treppe sicher annahm.

Die anhaltende Stille schien uns gleichermaßen aufzufordern, uns in Bewegung zu setzen, und uns vor einem überstürzten Handeln zu warnen.

Schräg gegenüber öffnete sich auf der anderen Seite des riesigen Raums eine der zwei kleinen Personaltüren in der Holztäfelung. Herein trat Mrs. Tameed wie ein erfahrener Cop, der sich vorsichtig über eine Schwelle schiebt. Geduckt, in beiden Händen die Pistole, schwenkte sie diese, Mündung voran, von links nach rechts.

Obwohl wir am anderen Ende des Raums im Dunkeln standen, sah sie uns. Schon bevor sie den Mund aufmachte, spürte ich ihre Wut.

»Du verfluchter Dreckskerl«, zischte sie, von der aktuellen Gefahr offenbar so benommen, dass sie sich verpflichtet fühlte, ihre Ausdrucksweise ein wenig zu mäßigen. »Du hast sie ins Haus gelassen!«

Wie ich es im Keller gegenüber Timothy getan hatte, hob ich den Finger an die Lippen, um ihr mitzuteilen, dass Schweigen angesagt war. Auch wenn wir uns noch so sehr verachteten – wenn wir uns jetzt gegenseitig Beleidigungen an den Kopf warfen, zogen wir uns unweigerlich das Schicksal von Jam Diu und Shilshom zu.

Sie feuerte einen Schuss auf mich ab.

44

Nur weil Mrs. Tameed in der Welt der Bosheit so bewandert war wie Albert Einstein in jener der modernen Physik, nur weil sie offenbar nie von einer Ausschweifung erfahren hatte, ohne sie auszuprobieren, nur weil sie bis ins Mark verdorben und schlichtweg wahnsinnig war, hätte das noch lange nicht heißen müssen, dass sie nicht wusste, welches Verhalten in unserer Lage angebracht war. Mich zu beschimpfen und auf mich zu schießen, musste unweigerlich die Biester anlocken.

Die meisten mordlüsternen Geisteskranken sind zwar nicht gerade weise, aber immerhin gerissen. Sie sind so sehr darauf bedacht, zu überleben, wie sie sich darum bemühen, eine Jungfrau zum Köpfen oder ein Kind zum Erwürgen zu finden. Das laute Geballer von Mrs. Tameed war jedoch nicht nur töricht, es war schlichtweg bescheuert. Am liebsten hätte ich ihr das auch manuell unter die Nase gerieben.

Sie schoss erneut. Auf eine Entfernung von fast zwanzig Metern muss man ein exzellenter Schütze sein, um sein Ziel zu treffen, vor allem wenn die Lichtverhältnisse nicht optimal sind. Kein Wunder also, dass sie uns verfehlte.

Ich konnte sie aus dieser Entfernung auch nicht treffen, nicht zuletzt, weil ich ja nur im äußersten Notfall zu Schusswaffen greife, obwohl mir oft keine andere Wahl bleibt.

Ihr dritter Schuss schwirrte wie eine Wespe an meinem rechten Ohr vorbei, knapp – und ohne mich zu stechen.

Auf die Gefahr hin, einen Glückstreffer in die Wirbelsäule zu kriegen, wandte ich der Amazone den Rücken zu und zog Timothy zu der zweiten Personaltür in der Täfelung, die ich von meinem letzten Besuch her kannte. Als wir sie fast erreicht hatten, schwang sie langsam auf, und ich zog Timothy rasch zu der Seite, auf der das Türblatt uns verbarg.

Ich konnte zwar nicht gleich sehen, wer hereingekommen war, doch ein tiefes Knurren ließ keinen Zweifel daran, dass der Besucher fiese gelbe Augen hatte. Als er zwei Schritte in den Raum trat, wurde sein breiter, muskulöser Rücken sichtbar.

Die Tür schwang ganz langsam wieder zu, wodurch Timothy und ich allmählich unseren Schutz verloren. Um in der Wandtäfelung möglichst unsichtbar zu sein, hatte sie keinen Knauf, an dem ich sie hätte festhalten können, sondern einen Druckverschluss.

Das Biest blieb stehen und starrte durch den Salon auf Mrs. Tameed, die gut zu sehen war. Vor sich hin murmelnd, hob es drohend seine Axt.

Mrs. Tameed feuerte zwei weitere Schüsse ab. Dabei zielte sie scheinbar immer noch auf mich statt auf den Neuankömmling, der ihr mehr Kopfschmerzen hätte bereiten sollen.

Die Geschosse krachten in die Holztäfelung. Wahrscheinlich begann der das Haus durchflutende Strom augenblicklich, die Löcher in der Wand zu reparieren.

Das Biest stieß eine raue Kampfansage aus, halb geblökt und halb geröhrt.

Mrs. Tameed begann zurückzubrüllen. Sie nannte das Ding ein dummes Schwein, würzte diese Bezeichnung jedoch zusätzlich mit zwei weniger charmanten Kraftausdrücken. »Schau dich um!«, brüllte sie. »Hol dir den Dreckskerl, hol ihn, schlitz ihn auf!«

Ich hatte nicht erwartet, dass die Biester die menschliche Sprache beherrschten, was sich nun bestätigte, denn das Ding röhrte nur wieder los und hob seine Axt noch höher.

Mit seinen weit auseinander stehenden Augen in dem langen Schädel hatte es bestimmt ein ausgezeichnetes Blickfeld. Wenn

Timothy oder ich eine abrupte Bewegung machten, würde es uns wahrnehmen.

In diesem Fall brauchte ich eine Menge Glück, um es zu erledigen, bevor es sich zu mir umdrehte und seine Axt schwang. Seine Arme waren lang genug, um mich zu erreichen, wenn es nur einen einzigen Schritt auf mich zusprang.

Ganz langsam, um es mit der Bewegung nicht auf mich aufmerksam zu machen, hob ich die Beretta. Vielleicht konnte ich es erschießen, bevor es mich bemerkte.

Die Tür neben mir, die sich schon fast wieder geschlossen hatte, flog plötzlich auf. Ein zweites Biest trat ein, blieb jedoch gleich stehen, sodass die zurückschwingende Tür von seinem Körper aufgehalten wurde.

Der Neuankömmling stand so nah bei mir, dass ich nur den Arm hätte ausstrecken müssen, um ihn zu berühren. Beide Biester zu erschießen, bevor eines von ihnen uns erwischte, war jedoch völlig illusorisch.

Hätte das Jagdfieber die beiden Kreaturen nicht dazu gebracht, ständig zu murmeln und zu knurren, dann hätten sie gehört, wie ich vergeblich versuchte, nicht zu atmen.

Mrs. Tameed feuerte den nächsten Schuss ab, diesmal vielleicht auf eines der Biester.

Das erste schleuderte seine Axt auf sie, so kraftvoll und präzise, dass die Waffe elegant durch den Salon flog und sich mit der Schneide mitten in die Brust des Ziels bohrte.

Auch Mrs. Tameeds Anspruch auf Unsterblichkeit und gottgleiche Willkür war somit hinfällig geworden. Ihr Tod kam so plötzlich, dass sie nicht einmal die Gelegenheit hatte, einen Protestschrei auszustoßen.

Noch während sie zu Boden sank, sprang der Axtwerfer los und lief mit triumphierendem Gebrüll auf sie zu. Seine Bewegungen hatten etwas Affenähnliches an sich, nicht nur, weil er sich fast, aber nicht ganz wie ein Mensch bewegte, sondern auch, weil er seine Emotionen immer sofort ausdrückte wie ein Gorilla. Außerdem war seine tierische Fähigkeit zu Gewalt so extrem, dass die Mordtaten von Constantine Cloyce im Vergleich dazu wie das Werk eines gutbürgerlichen Schurken in einem Agatha-Christie-Roman erschienen.

Als ich das Ding auf die Leiche von Mrs. Tameed zulaufen sah, fiel mir ein unsagbar grässlicher Bericht ein, den ich vor einigen Jahren in der Zeitung gelesen hatte. Eine unbeteiligte Frau war von dem großen, wütenden Schimpansen angegriffen worden, den eine ihrer Freundinnen als Haustier hielt. Er hatte ihr die Finger abgebissen, ihr die Augen aus dem Kopf gerissen und das restliche Gesicht verunstaltet, alles in einer wahnsinnigen halben Minute.

Das zweite Biest blieb auf Armeslänge von uns entfernt stehen, halb von der Tür verborgen. Während Timothy und ich im Schatten standen, wurde der Schädel des Dings vom Flur her erleuchtet. Ich sah ein scheußliches Profil. Dies war das Gesicht eines Wesens, das dazu *geschaffen* war, alle, die es sahen, in Furcht und Schrecken zu versetzen, dazu *geschaffen*, zu terrorisieren und zu töten. Indem es seine Opfer verstümmelte und schändete, überließ es die Überlebenden der demoralisierenden Vorstellung, Menschen seien nichts als Fleisch, nicht mehr als ein Tier in einer Welt, in der es kein Naturgesetz gab und in der nur Stärke, Kraft, Grausamkeit und Wildheit zählten.

Timothy, der sich an mich drückte, zitterte wie Espenlaub. Ich hielt ihn mit einer Hand ganz fest, damit er angesichts der Nähe des zweiten Biests nicht die Nerven verlor und wegrannte.

Womöglich wollte er wirklich in die Vergangenheit zurückgebracht werden, damit er nicht ewig ein Junge blieb und damit sein Leben in der Nacht endete, in der sein Vater ihn erschossen hatte. Aber so verzweifelt er auch sein mochte, in die Hände eines solchen Ungeheuers wollte er bestimmt nicht fallen. Er wollte nicht in diese gelben Augen starren, während ihn Klauen zerfetzten und scharfe Zähne sich in sein Gesicht gruben.

So zu sterben hätte vielleicht wirklich bedeutet, zweimal zu sterben. Der erste Tod wäre jener der Seele gewesen, die den Glauben an die Besonderheit des Menschseins verlor, während der zweite Tod nur noch den Körper betroffen hätte.

Die Kreatur neben uns zischte und knirschte mit den Zähnen, während sie zusah, wie ihr Artgenosse durch die Möbelinseln stürmte. Dabei wurde eine Tischlampe zu Boden gestoßen, und ein Sessel stürzte um.

Am anderen Ende des Salons warf sich das Biest triumphierend auf die Leiche von Mrs. Tameed. Mit entzücktem Kreischen zerfetzte es sie wie ein wütendes Kind eine Puppe. Offenbar reichte es diesen Wesen nicht aus, etwas einfach nur zu töten; ein Gräuel musste auf den anderen folgen.

Wir waren wieder im Revier von Edgar Allan Poe, diesmal beim *Doppelmord in der Rue Morgue*, wo ein Orang-Utan in der Nacht wütet, ein Rasiermesser in der Hand. Es genügt ihm nicht, seine Opfer umzubringen, nein, er muss noch etwas Übles mit den Leichen anstellen.

Die brutalen Geräusche der Verstümmelung ließen Timothy noch heftiger zittern als zuvor. Wenn er wieder zu schluchzen begann wie bei Shilshoms lang gedehntem Todesschrei, dann verriet er uns und sorgte dafür, dass es uns ebenso erging wie Mrs. Tameed.

Notgedrungen bereitete ich mich darauf vor, die Hälfte des siebzehnschüssigen Magazins aus nächster Nähe in das Biest neben uns zu pumpen. Wahrscheinlich überlebte es das lange genug, um uns in seinen Todeszuckungen noch die Klauen in den Leib zu schlagen.

Nicht nötig. Abrupt setzte die dämonische Kreatur sich in Bewegung und galoppierte durch den Salon, die Axt hoch erhoben. Offenbar spürte sie den unwiderstehlichen Drang, ihren

Hass und ihre Verachtung auszudrücken, indem sie ihren Artgenossen bei der Verstümmelung der Leiche unterstützte.

Im Durchgang zur Diele erschien Paulie Sempiterno, eine militärische Schrotflinte in den Händen, und bewegte sich auf das Gemetzel zu. Dabei fiel sein Blick auch auf Timothy und mich, und am kurzen Stocken seiner Schritte war zu erkennen, dass er uns ebenso gern niedergeschossen hätte wie die beiden Biester. Er wusste jedoch, wofür er seine Munition aufsparen musste, und ging an Pan vorbei auf das blutrünstige Pärchen zu.

Rasch zog ich Timothy in den engen Flur hinter der Täfelung. Die Tür schwang zu und fiel ins Schloss.

Ich hätte schwören können, dass der Flur nur in eine Richtung führte, nämlich an einer Toilette und einem Wandschrank vorbei zu einem Nebeneingang der Bibliothek. Wir standen jedoch an einer Ecke, von der aus ein kürzerer Flur geradeaus und ein längerer nach rechts führte.

Wie mehrfach schon überkam mich eine merkwürdige Verwirrung. Es war das Gefühl, dass der Bauplan von Roseland einer speziellen Geometrie gehorchte, weshalb das, was man vor sich sah, nicht alles war, was es gab.

Wenn Teslas gold und silbern glänzende Maschinerie die Zeit manipulieren und zu den Zwecken instrumentieren konnte, die ich bereits kannte, gab es womöglich noch andere Effekte, die ich mir nicht vorstellen konnte. Diese Effekte konnten so abstrus, ja fast mystisch sein, dass sie selbst dann noch unbegreiflich waren, wenn man sie erlebte.

Während Sempiterno im Salon das Feuer eröffnete und die verwundeten Biester aufkreischten, fragte ich: »Tim, wo führt der Flur hier rechts hin?«

»Ich kenne nicht jeden Ort im Haus.«

»Aber du lebst doch schon so viele Jahre hier!«

»Niemand kennt jeden Ort im Haus.«

»Niemand? Aber dein Vater muss Bescheid wissen, er hat es doch gebaut.«

»Er hat das Geld dafür aufgebracht. Er und Jam Diu.«

»Dann muss er sich auskennen.«

»Nein, das tut er nicht. Selbst an gewöhnlichen Tagen kommt es einem manchmal vor, als … als wäre es nicht so, wie es sein sollte. Während einer vollen Flut wie jetzt wird es immer noch merkwürdiger.«

Eine volle Flut. Es waren Wellen zukünftiger Zeit, die in den gegenwärtigen Moment eindrangen.

Es wäre mir lieber gewesen, wenn es in Roseland nur gespukt hätte. Mit Geistern konnte ich umgehen.

Früher hatten die an der Decke angebrachten Lampen den Weg zur Bibliothek ganz normal erleuchtet. Nun jedoch herrschte in beiden Fluren nur ein trübes Licht. In dem längeren Flur sah ich zwei Türen an der linken Seite, eine rechts und eine am Ende.

»Jam Diu meint, man *kann* es nicht ganz verstehen«, sagte Timothy. »Nicht mal Tesla kann das.«

Im Salon waren die Biester ebenso verstummt wie die Schrotflinte. Wenn es Sempiterno gelungen war, die beiden zu töten, dann lud er gerade nach, um uns anschließend zu verfolgen.

»Ich habe Angst«, sagte Timothy.

»Ich auch.«

In dem kurzen Flur boten uns weder die Toilette noch der Wandschrank oder die Bibliothek am anderen Ende irgendwelche Sicherheit. Das war eine Sackgasse.

Die beste Option war die Küche. Von dort konnten wir über die Treppe in den Weinkeller gelangen.

Ich ließ den Jungen los und nahm die Beretta in beide Hände. »Los, hier entlang«, sagte ich und deutete auf den längeren Flur. »Was haben wir schon zu verlieren?«

45

Die erste Tür schwang nach innen auf. Ich blickte in einen von goldenem Leuchten erfüllten Schacht. Seine Dimensionen waren nur schwer abzuschätzen, da an den Wänden Spiegel hingen, die das Auge täuschten wie ein Spiegellabyrinth auf dem Jahrmarkt.

Leuchtende Spiralformen drehten sich mit unterschiedlicher Geschwindigkeit. Sie sahen aus wie die Papierspiralen, die man als Geburtstagsdekoration an die Decke hängt, aber sie waren nicht aus Papier. Wie riesige Bohrerspitzen mit breiten Rillen wanden sie sich durch den Schacht. Eine Decke war nicht zu sehen; die sich drehenden Formen tauchten etwa sechs Meter über mir aus einer Art dichtem Nebel auf, um sechs Meter unter mir in einem anderen Nebel zu verschwinden. In einem Moment schienen sie sich in die Erde zu bohren, während sie sich im nächsten nach oben bohrten.

Wie anderswo, so arbeitete auch hier die Maschinerie in vollkommener Stille. Was wie die Schneidekanten eines Bohrers aussah, glänzte wie geschmolzenes Gold, die Rillen dazwischen waren silbern und scheinbar so flüssig wie Quecksilber.

Beim Anblick der Spiralen, die sich, immer kleiner werdend, unendlich in den Spiegeln wiederholten, wurde mir schwindlig. Ich fühlte mich hypnotisch angezogen und zog rasch die Tür zu, um nicht wie in Trance über die Schwelle zu treten und in die neblige Tiefe zu stürzen.

Ich blickte zur Gabelung der beiden Flure zurück, wo wir vom Salon hereingekommen waren. Noch war uns niemand gefolgt.

»Folge mir«, wies ich den Jungen an, damit ich zwischen ihm

und Sempiterno stand, falls der mit seiner Flinte plötzlich auftauchte.

Als ich den Knauf der zweiten Tür ergriff, war er eiskalt. Fast wäre meine Hand am Messing festgeklebt.

Dahinter herrschte eine so tiefe Dunkelheit, dass es sich nicht um einen Raum oder einen Schacht zu handeln schien. Ich stand vor einer vollständig schwarzen Leere, die mir wie ein Blick in das Nichts am Ende des Universums vorkam.

Das Licht im Flur war trüb, hätte jedoch wenigstens ein paar Zentimeter an diesen seltsamen Ort vordringen müssen. Stattdessen war die Trennung zwischen Licht und reinster Dunkelheit so scharf wie die Kante einer Türschwelle.

So etwas hatte ich schon einmal gesehen, zu Hause in Pico Mundo. Ich hob die Hand, um festzustellen, ob ich an eine feste Masse stieß, doch meine Finger und dann die gesamte Hand verschwanden einfach in der Schwärze. Nichts mehr davon war sichtbar, als hätte man mir die Hand amputiert, sodass nur noch ein Armstumpf übrig geblieben war.

Im ersten Band meiner Memoiren habe ich beschrieben, wie ich einen solchen Raum im Haus eines üblen Typen fand, den ich den Pilzmann taufte. Damals hatte der Raum erst völlig gewöhnlich ausgesehen, dann schwarz und dann wieder gewöhnlich.

Ich will nicht noch einmal erzählen, was aus dem Raum in Pico Mundo kam, denn darauf wollte ich jetzt und hier definitiv verzichten. Ich zog die Hand heraus, schloss die Tür und sah den Jungen an, der sichtlich staunte, dass meine Hand noch vorhanden war.

»Hast du das schon einmal gesehen?«, fragte ich.

»Nein.«

Inzwischen hätte Sempiterno uns längst folgen sollen. Vielleicht hatte er die beiden Biester zwar getötet, war dabei jedoch selbst ums Leben gekommen. Falls das der Fall war, würde ich bestimmt keine Blumen zu seiner Beerdigung senden.

Als ich die Tür am Ende des Flurs öffnete, die in den hinteren Teil des Hauses hätte führen sollen, sah ich die Bibliothek vor mir. Die hatte ich eigentlich am Ende des anderen Flurs erwartet.

Mehr als nur leicht verwirrt war ich mit dem Jungen bereits über die Schwelle getreten, als ich Paulie Sempiterno sah. Er hatte uns den Rücken zugewandt und ließ den Blick über die Bücherregale schweifen, als wäre er gerade zehn Sekunden vor uns durch dieselbe Tür gekommen wie wir.

Als er uns hörte, drehte er sich um. Die Mündung seiner Flinte schwenkte auf uns zu.

In diesem Krieg zwischen Menschen und Monstern bestand kein Grund zu der Annahme, dass er sich auf die Seite der Menschheit stellte. Er hatte Frauen nach Roseland gelockt, damit Cloyce mit ihnen spielen konnte. Vielleicht hatte er auch selbst mit ihnen gespielt. Gut möglich, dass ich in irgendeiner Ecke des Anwesens seine eigene Sammlung von Leichen entdeckte, bei deren Anblick ich mir wünschte, blind zu sein. Als ich in die Zukunft geblickt und einen schwarzen, mit den Skeletten von Kindern behängten Baum gesehen hatte – war das womöglich ein Werk von Sempiterno in den Jahren, die kamen?

Ich feuerte so schnell, wie es die Halbautomatik hergab, und zwang ihn mit den Hohlspitzgeschossen meiner Waffe rasch in die Knie. Die Flinte fiel ihm klappernd aus den Händen. Er stürzte auf die Seite, krümmte sich zuckend zur Fötusposition und erstarrte darin. Damit verließ er diese Welt so, wie er monatelang darauf gewartet hatte, sie zu betreten.

Zu töten bringt keinerlei Befriedigung, egal, wie sehr ein Gegner den Tod verdient haben mag. Die wie Tötungsmaschinen wirkenden Helden in Büchern und Filmen, die lockere Sprüche klopfen, während sie einen Schurken nach dem anderen niedermähen, ähneln auf beunruhigende Weise den Biestern von Roseland. Gerettet werden sie nur durch die Tatsache, dass sie blendend aussehen und dass der Autor ihnen einen Charme verleiht, der die Aufmerksamkeit des Publikums davon ablenkt, was das ganze Blut eigentlich bedeutet.

Während Sempiterno zu Boden stürzte und sich zusammenkrümmte, sah ich den Jungen an, um ihn zu beruhigen. Einen Moment lang erwiderte er meinen Blick. Vielleicht sah er in meinen Augen wesentlich mehr Jahre, als mein Gesicht zu erkennen gab, während ich dasselbe in seinen Augen sah.

Dann wandte ich mich von ihm ab und ging zu der Tür, durch die wir die Bibliothek betreten hatten. Als ich sie öffnete, war der lange, schwach erleuchtete Flur, in dem wir gerade gewesen waren, nicht mehr da. Stattdessen sah ich den kürzeren Flur, durch den ich früher schon gegangen war, hell erleuchtet und ohne jede Abzweigung.

Egal, wie viele Biester über die Rasenflächen und Wiesen von Roseland schlichen, wir mussten rasch hier raus, bevor das Haus sich womöglich zu einer ebenso großen Bedrohung entwickelte wie die gelbäugige Meute.

46

In jeder Ecke lauerte Gefahr, jede Tür war eine Bedrohung. Selbst die Stille fühlte sich bedrohlich an. Vielleicht waren drei Biester tot, vielleicht nur zwei. Vielleicht waren drei ins Haus eingedrungen, vielleicht sechs oder zwölf; es konnten jedoch ebenso gut vierundzwanzig sein. Jam Diu, Mrs. Tameed und Sempiterno weilten nicht mehr unter uns, Shilshom wahrscheinlich ebenfalls nicht mehr. Henry Lolam saß im Pförtnerhaus fest. Damit blieben Victoria und Constantine, das Paar, dessen ewige Liebe – wie sie es genannt hatte – zu einer Liebe zum Morden gereift war.

Meine Intuition, die normalerweise verlässlicher war als mein Verstand, sagte mir, dass Timothy und mich ein Weg erwartete, der schlimmer als ein Spaziergang durchs Tal des Schattens des Todes war. Ich würde töten müssen, um nicht getötet zu werden, weil nicht zu erwarten war, dass die Biester mir den Gefallen taten, alle drei verbliebenen Bewohner von Roseland zu erledigen.

Wir pirschten uns erneut durchs Haus, um von der Bibliothek in die Küche zu gelangen. Dabei hielten wir uns an die größeren Zimmer und Flure, weil ich nicht mehr darauf vertraute, dass die Nebenflure dorthin führten, wohin sie zu führen schienen.

Ich hatte vor, zum Mausoleum zurückzukehren und von dort über offenes Gelände zum Gästeturm vorzustoßen. Seit Timothy mir von der Chronosphäre erzählt hatte, saß mir eine gefährliche Idee im Nacken. Zuerst hatte sie nur als kaum greifbares Phantom im Hintergrund meines Denkens existiert, war jedoch allmählich klarer geworden und verlangte nun von mir, sich mit ihr auseinanderzusetzen.

Wenn ich so handelte, wie mir diese Idee suggerierte, dann konnte das zu nichts Gutem führen. Dann zerstörte ich mich selbst und verlor das Einzige, das mir seit dem schlimmsten Tag meines Lebens in Pico Mundo Hoffnung gegeben hatte, für immer. Allerdings kann man eine Idee nicht an die Wand stellen und hinrichten. Man kann sie auch nicht in besseres Wissen eintüten und im Mülleimer des Vergessens versenken. Eine Idee kann das Gefährlichste sein, was es gibt, vor allem, wenn es sich um eine Idee handelt, die dir das ganz besondere, köstliche Glück verspricht, nach dem du dich schon immer gesehnt hast.

Als Timothy und ich die Küche betraten, hatte ich mich darauf vorbereitet, dort die zerfetzten Überreste von Shilshom vorzufinden, die Gedärme als Herdschmuck und den Kopf auf dem Schneidebrett neben der Spüle. Glücklicherweise war die Küche jedoch nicht zum Schlachthaus geworden. Shilshoms Todesschrei musste anderswo im Haus erschollen sein.

Kaum hatte ich die Tür zur Treppe in den Weinkeller geöffnet, als ich unter mir schwere Tritte hörte. Schnaubend und knurrend kamen da mindestens zwei Biester herauf. Ein verzerrter Schatten zuckte über die Wand, einen oder zwei Schritte vor der Kreatur, die ihn warf.

Wir hatten keine Zeit, aus der Küche zu fliehen. Ich zog Timothy zur Speisekammer, schob ihn hinein und folgte ihm. Dann zog ich die Tür zu und hielt den Knauf fest.

Fast im selben Moment trat Victoria Mors, ohne Knebel und in doppelter Bedeutung entfesselt, vom Büro nebenan ebenfalls in die Speisekammer und zog die Tür zu. Sie war ebenso überrascht, uns zu sehen, wie umgekehrt. Als ich die Beretta hob, packte sie den Jungen an seinem Pullover, zog ihn an sich und presste ihm die Mündung ihrer Pistole an den Hals.

Obwohl meine Waffe aus einer Entfernung von kaum zwei Metern auf ihren Kopf gerichtet war, wagte ich nicht zu schießen, weil sie den Abzug ihrer Pistole schon gespannt hatte. Im

Augenblick ihrer Todeszuckung hätte sie womöglich reflexartig ganz durchgezogen und Timothy getötet, während ich sie tötete.

Wenn ich aber meine Pistole sinken ließ, versuchte sie vielleicht, mich umzulegen, obwohl die Schüsse den Biestern verraten hätten, wo wir zu finden waren. Ein klassisches Patt.

Timothys Augen waren vor Angst geweitet, und er presste die bleichen Lippen aufeinander, als hätte er beschlossen, tapfer zu sein und zu überleben. Dennoch fürchtete ich, dass er auf die Idee kam, Victoria könnte für ihn dasselbe tun, was er mit der Chronosphäre zustande bringen wollte – indem sie mit einem Schuss seine unnatürlich lange, deprimierende Kindheit beendete und ihm den Tod und damit den Frieden verschaffte, der ihm schon 1925 bestimmt gewesen war.

Schnaubend, knurrend und schnüffelnd kamen die Biester in der Küche an wie die drei märchenhaften Bären, an deren Breischüsseln sich Goldlöckchen zu schaffen gemacht hat. Es waren mindestens zwei, vielleicht auch drei.

In der Hand, mit der Victoria den Jungen gepackt hatte, hielt sie einen Schlüssel mit einem elastischen Band aus rosa Kunststoff. »*Nimm ihn!*«, flüsterte sie. Da sie so eine elfenhafte Schönheit mit funkelnden blassblauen Augen war, schien sie mir keinen gewöhnlichen Schlüssel anzubieten, sondern einen magischen Talisman, mit dem wir verborgene Schätze finden und Drachen herbeirufen konnten. »*Das Schlüsselloch ist in der Stahlplatte da!*«

Sie ließ den Jungen eine Sekunde los, um mir den Schlüssel zuzuwerfen, und packte ihn gleich wieder, bevor er sich ihr entziehen konnte.

Um den Schlüssel aufzufangen, musste ich den Türknauf loslassen. Falls allerdings eines der Biester versuchte hereinzukommen, hätte ich die Tür sowieso nicht lang zuhalten können.

»*Eine Vierteldrehung nach rechts, zurück und dann den Schlüssel wieder herausziehen*«, flüsterte Victoria.

Die Tür, an der ich stand, hatte kein Schloss. Das Schlüsselloch, das sie meinte, befand sich in einer kleinen Stahlplatte an der Wand direkt daneben.

Um zu tun, was sie von mir wollte, musste ich sie aus den Augen lassen. »Wozu?«, fragte ich.

In der Küche wurden Schranktüren aufgerissen und zugeschlagen. Irgendetwas fiel klappernd auf den Boden.

»*Verdammt!*«, flüsterte Victoria scharf. »*Mach schon, bevor sie uns alle umbringen!*«

Vielleicht fanden die Brutalos in der Küche den Käsekuchen, die Mandelcroissants und die Keksdose, falls dort eine war, und ließen sich davon ablenken. Es war jedoch auch möglich, dass sie keine süßen Sachen mochten.

Victoria hätte mich offenkundig am liebsten wieder angespuckt, doch ihre Wut richtete sich nun gegen mein Zögern, und in ihrem verzerrten Gesicht sah ich Entsetzen, nicht Verschlagenheit.

Ich wandte mich lange genug von ihr ab, um den Schlüssel ins Loch zu stecken und so zu drehen, wie sie mich angewiesen hatte. Sobald ich ihn herausgezogen hatte, begann der Boden unter meinen Füßen sich zu bewegen.

Erschrocken richtete ich die Beretta auf Victorias Gesicht.

Nach kurzer Verwirrung wurde mir jedoch klar, dass sich unter der Speisekammer ein Schacht befinden musste. In diesem versank der Boden nun glatt und lautlos.

Nachdem ich den Schlüssel eingesteckt hatte, ergriff ich die Pistole mit beiden Händen.

Während die Wände des Schachts sichtbar wurden, blieben die mit Dosen und Lebensmittelpackungen beladenen Regale über uns und entfernten sich immer weiter.

Je tiefer wir kamen, desto weniger erreichte uns das Licht der Lampe an der Decke. So irrational es war, ich hatte Angst, in eine solche Tiefe getragen zu werden, dass die Lampe nur noch ein weit entfernter Punkt war. Dann sahen Victoria und ich uns nicht mehr und standen uns in tiefer Dunkelheit gegenüber, beide bewaffnet, aber zumindest einer nicht an Grenzen und an Regeln glaubend.

Als wir etwa sechs Meter weit gesunken waren, tauchte in der Wand rechts von mir eine Öffnung auf, direkt hinter Victoria und dem Jungen. Wenige Sekunden später kamen wir zum Halt, und ich sah, dass die Öffnung in einen gut zwei Meter hohen und fast ebenso breiten Gang führte. Er war mit Kupfer ausgekleidet wie der Tunnel, der das Mausoleum mit dem Haus verband. In gleichmäßigen Abständen angebrachte Neonröhren schufen Bänder aus Schatten und Licht. Auch hier waren in die Wände Glasröhren eingebettet, durch die sich goldene Lichtpulse bewegten, die sich gleichzeitig zu entfernen und zu nähern schienen.

Sechs Meter über uns, am oberen Rand des Schachts, ging die Tür zur Speisekammer auf. Ein Biest steckte den Kopf hindurch und spähte nach unten. Es kreischte, als es uns sah, wollte jedoch offenkundig keinen so tiefen Sprung wagen.

Victoria zog Timothy mit sich in den Gang. Als ich ihr folgte, begann der Boden der Speisekammer sich wieder nach oben zu bewegen, wahrscheinlich hydraulisch, aber ohne das übliche Zischen und Summen. Bald war er aus meinem Blick verschwunden, und das Kreischen des Biests hoch oben war nur noch gedämpft zu hören.

47

Die Biester in der Küche wussten nun zwar, dass die Speisekammer eine Art Aufzug in die Tiefe war, aber sie hatten keinen Schlüssel, um ihn in Gang zu setzen. Wahrscheinlich waren wir also vor ihnen sicher.

Victoria Mors und ich waren jedoch voreinander keineswegs sicher, während wir in dem mit Kupfer ausgekleideten Gang standen, und Timothy war nicht sicher vor Victoria.

Sie drückte dem Jungen die Mündung ihrer Pistole so heftig an den Hals, dass der Stahl sich tief in die Haut bohrte. Dabei erklärte sie mir, wie sehr sie meine verfluchte Visage hasste und wie sehr sie sich wünschte, mir das verfluchte Hirn aus meinem verfluchten Schädel zu blasen. Gut möglich, dass sie statt *verflucht* einen ähnlich klingenden, aber nicht druckreifen Ausdruck verwendete.

Für eine Frau, die schon mehr als ein Jahrhundert lebte, besaß sie jedenfalls einen erbärmlich beschränkten Wortschatz.

In potenziell tödlichen Auseinandersetzungen, in denen ich keinen einfachen Ausweg sehe, neige ich dazu, weniger zu denken als zu reden. Das hat gute Gründe. Wenn ich alles sage, was mir in den Sinn kommt, ohne Berechnung und ohne jeden Filter, rede ich oft eine Lösung herbei, die ich nicht erkenne, bevor sie da ist. Damit will ich allerdings nicht sagen, ich würde mit dieser Methode den Überlauf eines gewaltigen Stausees voll unterbewusster Weisheit öffnen. Glaubt mir, ein solcher Stausee existiert nicht.

Vielleicht liegt es einfach daran, dass am Anfang aller Dinge das Wort war und dass Wörter die Wurzeln von allem sind, was unsere Sinne wahrnehmen. Wir können uns nichts vorstellen, können uns von nichts ein Bild im Geist machen, bis wir ein Wort dafür haben. Wenn ich mich also dem freien Strom der Wörter hingebe, die mir ohne jede Planung von der Zunge gehen, zapfe ich die urtümliche kreative Kraft im Herzen des Kosmos an.

Na gut, vielleicht bin ich auch bloß ein begnadeter Dampfplauderer.

Während Victoria mir klarmachte, wie sehr sie mich hasste, hielt ich die Beretta auf ihr Gesicht gerichtet, hörte mich jedoch sagen: »Also, *ich* hasse dich nicht. Vielleicht verachte ich dich. Vielleicht verabscheue ich dich. Vielleicht bist du mir zuwider, aber hassen tue ich dich nicht.«

Sie nannte mich einen verfluchten Lügner. »Hass regiert die Welt«, sagte sie. »Neid, Gier und Hass.«

»Ich habe aufgehört zu hassen, als mir klar wurde, dass Hass mir nichts von dem, was ich verloren habe, zurückbringen kann.«

»Neid, Gier und Hass«, wiederholte sie. »Gier nach Sex, Macht, Kontrolle, *Rache*.«

»Tja, ich bin eben bloß ein simpler Ticker mit einer simplen Philosophie«, sagte ich, und da fiel mir plötzlich etwas ein, was ihr im Heizungsraum entfahren war, wenn sie mir nicht gerade ins Gesicht gespuckt hatte. »Ihr ertragt der Zeiten Spott und Geißel, aber das tun wir nicht und werden es nie tun«, zitierte ich sie.

»Das war auch so, bis du alles ruiniert hast!«, keifte sie und drehte die Mündung der Pistole so am Hals des Jungen hin und her, dass das Korn des Visiers ihm die Haut aufriss.

Timothy wimmerte, während ein dünner Blutfaden an seinem Hals herunterlief.

»Shakespeare«, sagte ich. »›Denn wer ertrüg' der Zeiten Spott und Geißel‹, heißt es eigentlich. In *Hamlet*.«

»Du hast wirklich keine Ahnung. Das soll von Shakespeare sein? Das ist von Constantine. Von meinem Constantine.«

Ich erinnerte sie an etwas anderes, das sie zitiert hatte: »›Eure Gedanken sind Sklaven eines Narren, aber das werden unsere niemals sein.‹ Ich glaube, das ist aus dem ersten Teil von *König Heinrich IV.* Es heißt eigentlich … ›Doch ist der Sinn des Lebens Sklav', das Leben der Narr der Zeit.‹«

Sie machte den Eindruck, als könnte ihr verächtlicher Blick mich zum Bluten bringen, wie es ihre Pistole bei dem Jungen getan hatte. »Was soll das eigentlich, du kleiner Scheißer? Versuchst du etwa, mich reinzulegen? Ein ahnungsloser Ticker wie du?«

»Du hast mir gesagt, die Frauen, die er getötet hat, wären bloß Tiere gewesen, wandelnde Schattenbilder, arme Komödianten, deren Leben nichts bedeutet hätte.«

»Genauso, wie dein Leben nichts bedeutet. Constantines Wahrheit tut dir weh, nicht wahr? *Ist doch so, oder?*«

»*Macbeth*«, sagte ich. »›Leben ist nur ein wandelnd Schattenbild, ein armer Komödiant, der spreizt und knirscht sein Stündchen auf der Bühn' und dann nicht mehr vernommen wird.‹«

Constantine, der Anführer ihrer Sekte und der Poet ihres dunklen Herzens, war gar kein Poet, sondern ein Plagiator, der sich seine Sprüche ausgerechnet von Shakespeare borgte. Das Funkeln in Victorias blassblauen Augen wurde zu einem scharfen Glitzern. Wenn die Poesie ihres Idols geklaut war, und nicht nur das, sondern auch noch zu einem üblen Zweck verzerrt, dann war vielleicht auch die Weisheit dieser Philosophie, dieser wahnwitzigen Vorstellung einer irdischen Unsterblichkeit eine Fälschung. Darüber wagte Victoria jedoch in dieser späten Stunde der Geschichte von Roseland nicht einmal nachzudenken, und weil ich ihre Illusion infrage stellte, hasste sie mich noch mehr.

Ich ließ den nächsten Satz des Zitats aus *Macbeth* folgen, um sie weiter unter Druck zu setzen: »›Ein Märchen ist's, erzählt von einem Blödling, voller Klang und Wut, das nichts bedeutet.‹«

Um meinem Freund Ozzie Boone und mir selbst eine Freude zu machen, habe ich alle Stücke von Shakespeare gelesen, viele mehr als einmal, und mir dabei so manchen Vers eingeprägt. Ich bin allerdings kein passionierter Wissenschaftler mit einem fotografischen Gedächtnis. Die einzelnen Verse kamen mir in den Sinn, weil ich mich dem freien Strom der Worte überließ, so wie ein Medium mit Papier und Bleistift automatisch lange Botschaften niederschreibt, die nicht aus seinem eigenen Denken stammen. Ich war ebenso überrascht wie Victoria, als ich hörte, wie die Zitate aus mir heraussprudelten.

»Du hast gesagt, noch in dieser Stunde würde der Fuß auf meinem Nacken sein«, erinnerte ich sie. »Der ›unhörbare, leise Fuß‹, hast du gesagt. Das ist aus *Ende gut, alles gut*. ›Der unhörbare, leise Fuß der Zeit.‹«

Sie forderte mich auf, meine verfluchte Schnauze zu halten.

Stattdessen präsentierte ich ihr ein weiteres Zitat von Shakespeare, in dem es ebenfalls um die Zeit ging, das sie mir im Heizungsraum jedoch *nicht* unter die Nase gerieben hatte: »›Und so von Stund' zu Stunde reifen wir, und so von Stund' zu Stunde faulen wir.‹« Na ja, wem's gefällt.

An ihrem gequälten Ausdruck war zu erkennen, dass Constantine Cloyce ihr etwas Ähnliches als eigene Schöpfung vorgegaukelt hatte, als poetische Doktrin seiner Ideologie.

»Nein«, sagte sie, »das heißt anders. Ganz anders! Es heißt … ›Und so von Stund' zu Stunde reifen wir, und so von Stund' zu Stunde faulen *sie*.‹ Die *anderen* faulen, *ihr* fault, ihr ahnungslosen Ticker fault zu Tode, nicht wir!«

Tränen standen ihr in den Augen, rührten mich jedoch nicht. Wahrscheinlich waren sie so ätzend wie das Gift einer Natter.

»Du mieser kleiner Scheißer, du hast alles ruiniert!«, klagte sie mit solcher Bitterkeit, dass klar war: Ich hatte mehr ruiniert als ihr verkommenes Leben in Roseland. Ich hatte zumindest einen Samen des Zweifels in ihr gesät, was den Mythos anging, den Constantine Cloyce geschaffen hatte, um ein Leben ohne Grenzen, Regeln und Angst zu rechtfertigen. Und ich hatte eine schmale Kerbe in das Band »ewiger Liebe« gesägt, die Victoria an den Herrn von Roseland fesselte.

Sie machte den Eindruck, als wollte sie aus reiner Bosheit das Risiko eingehen, den Jungen zu töten, in der Hoffnung, dann auch mich zu erwischen, bevor ich sie erschoss.

Hätte sie das getan, so hätte sie nach ihren geliebten Prinzipien gehandelt: Neid, Gier und Hass; Sex, Macht, Kontrolle, Rache.

»Ich habe keineswegs alles ruiniert«, hörte ich mich sagen. »Noch nicht. Wir können noch immer alles einrenken, wenn du dazu bereit bist.«

Zwar war ich nicht sicher, wohin diese Worte mich führen würden, wusste aber, dass ich es nicht wagen konnte, Timothy anzuschauen. Victoria hätte aus jedem Blickwechsel geschlossen, dass ich immer noch sein Beschützer und ihr Feind war.

»Da kann nichts mehr eingerenkt werden«, sagte sie. »Alle von uns sind *tot*. Du hast die Biester ins Haus gelassen, und die haben alle umgebracht.«

»Ich hab sie nicht hereingelassen«, widersprach ich, was eigentlich keine Lüge war. Auf jeden Fall hatte ich nicht *vorgehabt*, sie hereinzulassen. »Außerdem sind gar nicht alle tot. Du bist noch am Leben. Henry Lolam im Pförtnerhaus. Und Constantine, soweit ich weiß. Du und Roseland können weiterleben … wenn ich bekomme, was ich will.«

»Lass dir mal sagen, was *ich* will!« Worauf sie mir erklärte, sie wolle mir eine Kugel in den verfluchten Bauch verpassen, mir den verfluchten Kopf abhacken sowie meine verfluchten Fortpflanzungsorgane abschneiden und sie mir in mein verfluchtes Maul stopfen.

Obwohl ich die Glasröhren, in denen Lichtblitze gleichzeitig in gegensätzliche Richtungen zu pulsieren schienen, nicht direkt betrachtete, brachte mich diese Erscheinung völlig durcheinander. Ich hatte das Gefühl, der Tunnel sei ein langer Eisenbahnwagen, der durch den Untergrund raste und dabei leicht hin und her schaukelte, wie Eisenbahnwagen das tun. Victoria war mit dieser Wirkung vertraut und wurde davon wahrscheinlich nicht aus dem Konzept gebracht. Mir hingegen wurde zunehmend flau im Magen. Wenn sich daraus ein ausgewachsener Brechreiz entwickelte, dann endete die Pattsituation womöglich, sobald meine Gegnerin sah, dass ich desorientiert war.

Ohne es vorzuhaben verfiel ich als Reaktion auf ihr Gezeter plötzlich darauf, den fiesen Burschen zu spielen und so zu tun, als wäre meine frühere Persönlichkeit so unecht wie der Name Victoria Mors. »Du siehst verdammt heiß aus, aber du bist ein ziemlich dämliches Stück«, sagte ich. »Ist dir nicht klar, dass wir zwei dasselbe wollen? Alle wollen dasselbe, das hast du gerade selbst gesagt.«

»Versuch bloß nicht, mich reinzulegen!«

»Irgendwann wirst du mich anbetteln, ich soll dich rannehmen«, sagte der fiese Odd. »Wenn ich dich das nächste Mal fessle, dann auf'nem Bett, du Schlampe. Schlag dir jetzt endlich den Schwachsinn aus dem hübschen Köpfchen, damit ich dir ein wenig Grips in deinen leeren Schädel stopfen kann. Wenn wir uns nicht zusammentun, wird *niemand* von uns überleben!«

Sie blickte argwöhnisch drein, aber ich sah, dass der fiese Odd ihr mehr einleuchtete als der Odd, den sie bisher kennengelernt hatte.

»Ich brauche ein paar Fakten, Vicky«, sagte ich. »Wie lange wird die volle Flut dauern, bevor wir die Biester los sind?«

Sie starrte mich einen Moment wütend an, sagte dann aber: »Vielleicht bloß noch eine Stunde, höchstens zwei oder drei.«

»Und wann kommt normalerweise die nächste volle Flut?«

»Das wissen wir nicht im Voraus. Es kann nächstes Jahr sein, in drei Jahren oder auch in fünf. Ein paar Nächte vorher fängt es mit den Wellen an. Dem Ozon. Und diesem Schrei.«

»Der Seetaucher.«

Ein Zittern überlief sie. »Das ist kein Seetaucher.«

»Die Biester, die Keiler – bisher sind die noch nie ins Haus gelangt, oder?«

»Nein. Äxte hatten sie auch noch nie dabei. Bloß Knüppel. Die werden immer cleverer.«

Unwillkürlich sah ich die Lichtpulse in den Röhren hin und her zucken. Ich spürte, wie mir ein saurer Geschmack in die Kehle stieg.

Ich schluckte mühsam und hoffte, dass Victoria nichts davon bemerkte. »Wo führt dieser Tunnel hin?«, fragte ich dann.

Sie fiel in ihr gewohntes Verhaltensmuster zurück und erklärte, sie sei keine verfluchte Reiseführerin. Anschließend hob sie den linken Arm höher, legte ihn Timothy um den Hals und setzte ihm die Mündung der Pistole an die rechte Schläfe.

Auf Widerworte reagierte der fiese Odd gar nicht gut. Ich trat einen Schritt auf Victoria zu, sodass die Mündung meiner Beretta nur noch einen guten halben Meter von ihrem Gesicht entfernt war. »Hör mal, du dummes Luder, ich kann dir genauso gut dein bisschen Hirn aus dem Schädel pusten. Wenn du meinst, der Junge würde mich auch nur die Bohne kümmern, dann kapierst du nicht, was los ist. Die einzige Person, die mich was kümmert, bin ich selbst. Wenn ich der Einzige bin, der hier lebendig rauskommt, reicht mir das völlig aus. Aber so muss es ja nicht unbedingt laufen. Also, *wo führt dieser Tunnel hin?*«

Sie beäugte mich prüfend einen Augenblick, dann gab sie nach. »Er führt ein Stück weit nach Osten, dann verzweigt er sich nach Nordosten und nach Süden.«

»Wo geht es im Nordosten hin?«

»Zum Maschinenraum unter den Ställen.«

»Und nach Süden?«

»Zum Gästeturm.«

»Das wollte ich hören. Du hast gesagt, die anderen beiden Wachmänner wären auf Urlaub. In Wirklichkeit existieren die gar nicht, oder?«

»Vielleicht doch.«

»Ja, genauso wie der Weihnachtsmann. Also, dann hör mal, wie es laufen muss, Vicky. Annamaria und ich bleiben in Roseland. Das Leben hier gefällt mir. Ich kann mich daran gewöhnen, reich zu sein, und daran, auf ewig jung zu sein, erst recht. Sempiterno ist tot, ich hab ihn umgelegt. Ich nehme seinen Platz ein. Wir werden die Abwehrmaßnahmen verbessern, und dann sind wir bereit für die Biester, egal, ob sie schon nächstes Jahr oder erst in zehn Jahren wiederkommen.«

»Das kannst du vergessen«, sagte sie.

»So, meinst du? Jetzt sind bloß noch drei von euch übrig, da braucht ihr Unterstützung bei der nächsten vollen Flut.«

Ich hatte das Gefühl, als würde mein Magen sich umdrehen wie ein sich träge um sich selbst windender Aal. Um davon loszukommen, konzentrierte ich mich angestrengt auf Victorias Gesicht.

»Constantine lässt dich bestimmt nicht bleiben«, sagte sie.

»Du hast vergessen, dass er uns *eingeladen* hat. Außerdem haben wir ein Geschenk für ihn, das er unbedingt haben will.«

»Was für ein Geschenk?«

»Annamarias Baby.«

Die Scheußlichkeiten, die ich mit meinen Worten angedeutet hatte, brachten Victoria nicht aus der Fassung. In ihren Augen lag keinerlei Tiefe wie in den Augen einer jener Puppen, die in Filmen plötzlich lebendig werden und ein deutliches Interesse an Messern demonstrieren. »Das passt nicht zu Constantine. An so was ist eher Paulie interessiert.«

Meine düstere Stimmung wurde noch düsterer, weil ich mich fragte, was im Maschinenraum unter den Ställen wohl der Entdeckung harrte. Ich beschloss, es lieber gar nicht erst herauszufinden.

»Vergiss nicht, dass Paulie tot ist«, sagte ich. »Und was Conny angeht … oft verändert sich der Geschmack, den man hat, mit der Zeit. Er wird raffinierter. Falls du nicht auf so was stehst, können wir beide ein neues Spiel erfinden. Ich hab den Eindruck, es macht 'ne Menge Spaß mit dir, wenn du dich gehen lässt.«

»Du hast gesagt, du verachtest und verabscheust mich. Und dass ich dir zuwider bin.«

»Falsch. Ich hab gesagt, das tue ich *vielleicht*. Aber das ist es ja gerade. Meinst du nicht auch, dass es besonders geil sein könnte, sich dem hinzugeben, was du verachtest und verabscheust? Ist es nicht wahre Freiheit, wenn dir das total egal ist?«

Allmählich machte der fiese Odd mir Angst.

Victoria fuhr sich mit der Zunge über die Lippen. »Wenn man hier lebt, frei von der Unterdrückung durch die Zeit, verändert man sich.«

»Inwiefern?«

»Es ist wie ein Fieber im Blut, aber keine Krankheit, sondern ein Gefühl, das glücklich macht. Wir nennen es das Befreiungsfieber.«

»Um was für eine Befreiung soll es da gehen?«

»Wir sind befreit von allem, was uns früher unmöglich vorgekommen ist. Jede Begierde kann so leicht befriedigt werden, wie sie entstanden ist. Und jede Begierde geht irgendwann in etwas über, das noch unerhörter ist. Die Möglichkeiten, die vor uns liegen, sind grenzenlos.«

Gemeinsam hatten wir den Weg zu jener Kreuzung von Selbstliebe und Selbsthass gefunden, die heutzutage so in Mode ist. Dass ich diesen Ort mit Verstand und Herz erkannte, musste in Victorias Augen bedeuten, dass ich davon genauso fasziniert war wie sie und bereit, ein Leben zu leben, das ein Werk des Todes war.

Manchmal scheitert man, weil man kein Risiko eingeht. Deshalb ging ich das Risiko ein, meine Beretta ins Holster zu stecken.

Victoria drückte Timothy an sich, den Arm um seinen Hals gelegt, die Mündung ihrer Pistole an seiner Schläfe.

In seinen Augen glaubte ich sowohl Furcht wie Erleichterung zu sehen. Letztere machte mich traurig.

Victoria ließ ihn los. Sie ließ ihre Waffe sinken, bis die Mündung zu Boden zeigte.

»Als ich dir in den Mund gespuckt hab«, sagte sie und schenkte mir ihr elfenhaftes Lächeln, »da muss dir der Geschmack wohl gefallen haben.«

Ich zog meine Pistole und schoss ihr aus nächster Nähe zweimal in die Brust, bevor sie den Arm mit ihrer Waffe heben konnte.

48

Bis auf die Wunden und das Blut war die auf dem Boden des Tunnels liegende Victoria eine elfenhafte Schönheit. Kein Wunder, war sie nun doch von der Wesensart befreit, die nicht zur Anmut ihres Körpers passte.

»Schau nicht hin«, sagte ich zu dem Jungen.

»Ich hab schon Schlimmeres gesehen.«

»Egal«, sagte ich, »schau nicht hin. Geh ein Stück weit in den Tunnel hinein. Ich komme gleich nach.«

Er gehorchte.

Meine Übelkeit hatte nachgelassen. Die pulsierenden Lichter in den Wänden waren gar nicht dafür verantwortlich gewesen. Übel war mir geworden, weil ich gewusst hatte, was ich Victoria antun würde, sobald ich sie getäuscht und dadurch ihr Vertrauen gewonnen hatte.

Ich schuldete dieser Frau nichts, als was ich ihr gegeben hatte, und obwohl sie so jung ausgesehen hatte, war ihr Tod nicht verfrüht gewesen. Dennoch ist der Tod immer in erster Linie der Tod, selbst wenn er noch etwas anderes darstellt, zum Beispiel ausgleichende Gerechtigkeit.

Trotz allem, was sie getan hatte, war sie vor langer, langer Zeit einmal eine andere Person gewesen, die noch nicht jede Unschuld weggeworfen hatte. Aus Achtung vor diesem besseren Menschen, der sie einmal gewesen war, hätte ich mir gewünscht, eine Decke über sie werfen zu können, statt sie einfach so in der Demütigung ihres Todes liegen zu lassen.

Mein Sportsakko hätte nur ihren Kopf und ihren Oberkörper bedeckt, was mir wie eine Verhöhnung vorgekommen wäre.

Ihre Neun-Millimeter-Pistole lag auf dem Boden. Weil ich meinen Munitionsvorrat so rasch verbrauchte, hob ich die Waffe auf. Ich nahm das Magazin heraus – und sah, dass es leer war. Auch in der Kammer steckte keine Patrone.

Da hatte Victoria ihre Munition also bereits verbraucht gehabt, bevor wir einander begegnet waren. Weder für mich noch für Timothy hatte sie eine echte Bedrohung dargestellt.

Ich schob das Magazin in die Pistole zurück, die ich neben der Leiche auf den Boden legte.

Nichts hätte anders laufen können. Was geschehen war, war das Einzige, was hätte geschehen können. Dennoch war dieser Moment alles andere als ein Höhepunkt in meinem Leben.

Ich wandte Victoria den Rücken zu, während ich das Magazin meiner Beretta nachfüllte. Dann folgte ich Timothy in den Gang hinein. »Alles in Ordnung?«, fragte ich.

»Nein. Als das letzte Mal alles in Ordnung war, da war meine Mutter noch am Leben.«

Ich legte ihm eine Hand auf die Schulter. »Du hast gesagt, niemand kann aus der Gegenwart in die Vergangenheit reisen und dort irgendetwas tun, um die Gegenwart zu verändern.«

»Angeblich hat Tesla das gesagt, und es scheint zu stimmen.«

»Dein Vater hat dich aus dem Jahr 1925 zurückgeholt, aus einem Moment, kurz bevor er dich versehentlich erschossen hat, aber deine Leiche lag trotzdem noch auf dem Rasen neben deiner toten Mutter und dem Pferd.«

»Ja. Mein Leben hat geendet, als er mich erschossen hat.«

»Aber dennoch bist du hier, als Paradoxon. Du bist am Leben ... aber ohne dich jemals zu verändern.«

»Weil ich kein Leben – kein Schicksal – habe, auf das ich zugehen könnte.«

Ich ließ mich auf ein Knie nieder, um auf gleicher Höhe mit ihm zu sein. »Wenn wir deine Mutter zurückholen würden, dann wäre sie wie du.«

»Wie ich. Sie würde sich körperlich nie verändern. Würde von der Zukunft heimgesucht. Könnte Roseland nie verlassen.« Er warf einen Blick auf die Leiche von Victoria. »Außer dadurch, noch einmal getötet zu werden.«

Das war mir neu. »Du kannst Roseland nicht verlassen?«

»Sie sagen … sie meinen, ich würde aufhören zu existieren, wenn ich das täte. Ich bin außerhalb der Zeit, außerhalb *meiner* Zeit, und in einem Jahrhundert, in das ich nicht hineingehöre. Vielleicht werde ich nur von dem Energiefeld am Leben erhalten, von Teslas Feld, das ganz Roseland umfasst.«

Falls das stimmte, dann hatte ich ihn nur gerettet, um ihn zum Tode zu verurteilen, auf die eine oder andere Weise.

Die Biester hatten Jam Diu, Mrs. Tameed und vielleicht auch Constantine Cloyce getötet und mir dadurch erspart, so viele Menschen töten zu müssen, wie ich angenommen hatte. Vielleicht hatten sie mir sogar erspart, der Rächer zu werden, der ich nicht sein wollte. Und wenn ich Roseland zu Fall brachte und dem letzten der Außenseiter, wahrscheinlich Henry Lolam, ein Ende bereitete, dann hatte ich vielleicht das Leben aller Frauen und Kinder gerettet, die dieser wahnsinnigen Schar in den kommenden Jahrzehnten zum Opfer gefallen wären. Das war ein gutes Tagewerk, vor allem für einen Grillkoch, der gerade keine Arbeit hatte.

Allerdings hatte Timothy, dieses ewige Kind, das durch Bücher weise geworden und an seinem Leiden gereift war, auf eine ganz besondere Weise überlebt. Die Vorstellung, ihm nur helfen zu können, indem ich ihm ein Ende bereitete, bestürzte mich. Nach allem, was er hier erlitten hatte, nach den schrecklichen Dingen, die er gesehen und gehört hatte, hatte er sich noch immer seine Unschuld bewahrt, zumindest in dem Sinn, dass er schuldlos, arglos, harmlos und unverdorben war. Er verdiente etwas Besseres als einen zweiten Tod.

Hätte ich sein Schicksal gestalten können, so hätte ich ihm

Leben, Hoffnung und Glück geschenkt. Leider habe ich keine derartige gottgleiche Kraft. Ich bin nur ein reisender Entsorgungsfachmann, der dorthin geht, wohin er gehen muss, um den einen oder anderen Schlamassel zu beseitigen und dann zur nächsten Katastrophe weiterzuziehen.

Als der Junge mir erklärte, er würde nicht mehr existieren, sobald er durchs Tor des Anwesens ging, wusste ich nicht, was ich zu ihm sagen sollte. Ich konnte nur die Arme um ihn schlingen und ihn fest an mich ziehen. Offenbar war dies das Richtige, denn er erwiderte meine Umarmung, und einen Moment lang gaben wir uns gegenseitig Kraft, tief im Labyrinth von Roseland verborgen, während Biester durch andere Gänge und durch die von der Sonne beschienene Welt über uns schlichen auf der Suche nach Menschenfleisch.

Auf dem Weg zu der Gabelung des Tunnels, von der mir Victoria Mors erzählt hatte, sagte ich: »Ich möchte dir gern jemanden vorstellen.«

Er schüttelte den Kopf. »Ich will einfach bloß zurückgeschickt werden. Wieder ein Timothy sein, nicht zwei, bloß einer, der 1925 gestorben ist, wie es mir bestimmt war.«

»Vielleicht ist das tatsächlich das Beste«, gab ich zu. »Aber oft ist das, was wir wollen, *nicht* das Beste für uns. Im Gästeturm ist eine Freundin von mir, eine sehr nette Frau. Ich will erfahren, was sie denkt, bevor wir entscheiden, was wir tun.«

»Wer ist sie?«

»Ich würde praktisch alles darum geben, wenn ich die Frage beantworten könnte, Tim.«

Als der mit Kupfer ausgekleidete Gang sich schließlich tief unter dem makellosen Rasen von Roseland gabelte, wandten wir uns nach rechts, dem Gästeturm zu.

Timothys Behauptung, er könne außerhalb von Roseland nicht existieren, hatte mich so beschäftigt, dass mir erst jetzt auffiel, was er noch an Merkwürdigem von sich gegeben hatte.

»Du hast gesagt, wenn man deine Mutter zurückholen würde, dann würde sie von der Zukunft heimgesucht.«

»In der Vergangenheit bin ich tot, und da ich dort gestorben bin, gehöre ich nicht in die Gegenwart. Dennoch bin ich am Leben. Meine Gedanken sind sowohl innerhalb wie außerhalb der Zeit. Vielleicht ist das der Grund, weshalb ... ich Dinge sehe, die eventuell geschehen werden.«

»Die Zukunft?«

»Das nehme ich an.«

»Als ich das erste Mal in dein Zimmer gekommen bin, da hast du auf deinem Sessel gesessen, und deine Augen waren in den Kopf gerollt. Warst du da in einer Trance?«

»In die kann ich eintreten, wann ich will. Manchmal überkommt sie mich aber auch, wenn ich es nicht will.«

»Du hast etwas davon gesagt, dass ihnen das Gesicht vom Schädel schmilzt und dass sie sich in Ruß verwandeln, der davongeweht wird ... Meinst du, da hast du etwas gesehen, das irgendwann geschehen wird?«

»Blitze aus grellem weißem Licht«, sagte er, »die alles in Ruß und Staub verwandeln.«

»Die Schulmädchen in Uniform und Kniestrümpfen, deren Kleider und Haare brennen und denen Flammen aus dem Mund schlagen. Das würde ... Krieg bedeuten.«

»Ich sehe verschiedene Dinge zu verschiedenen Zeiten. Was eventuell geschehen wird und was bestimmt geschehen wird, weiß ich nicht.«

»Siehst du auch etwas Gutes?«, fragte ich nach kurzem Zögern. »Zukünftige Situationen, in denen wir leben wollten?«

»Nicht viele.«

»Wenn die Zukunft nicht festgelegt ist, wieso tauchen dann im Lauf der Jahre immer wieder die Biester auf? Wieso strömt nicht ab und zu eine andere Zukunft nach Roseland hinein?«

»Vielleicht, weil in der möglichen Zukunft meistens, zu achtzig oder neunzig Prozent, diese Biester geschaffen werden und die ganze Welt vom Krieg zerstört wird.«

»Aber unausweichlich ist das nicht?«

»Nein. Von einer vollen Flut auf die andere haben wir erlebt, wie manche Dinge sich verändert haben.«

»Zum Beispiel?«

»Zum Beispiel sind früher diese riesenhaften Fledermäuse noch nicht aufgetaucht.«

»Das ist eine Veränderung zum Schlechten hin«, sagte ich.

»Stimmt. Aber wenn sich etwas zum Schlechten hin verändern kann, dann kann es sich auch zum Besseren wenden.«

Wir gingen den restlichen Weg in Schweigen.

Der Tunnel endete an einer engen stählernen Wendeltreppe. Ich ging voraus, bis wir nach vielen Stufen in einen leeren Raum kamen. An der kupfernen Kuppel, die sich darüber wölbte, erkannte ich, dass wir uns im obersten Geschoss des Gästeturms befanden.

Der ganze große Raum, selbst der Boden, war mit glänzendem Kupfer ausgekleidet. In das Metall war ein Muster aus silbernen Scheiben eingelegt, die alle das Unendlichkeitssymbol trugen.

Die Chronosphäre war der spektakulärste, aber nicht der erstaunlichste Aspekt im Raum. Ich spürte sofort eine merkwürdige Qualität des Lichts. Es war weder zu dunkel noch zu hell und tauchte alles in das warme, goldene Leuchten von Kerzenschein, aber ohne jedes Flackern. Es verlieh dem Raum eine einladende Atmosphäre, wodurch er mir trotz seines bizarren Aussehens vertraut vorkam, obwohl ich so etwas noch nie gesehen hatte. Ich brauchte fast eine Minute, um zu erkennen, wieso das Licht so seltsam war, denn es hatte keine Quelle. Nirgendwo waren Lampen, nicht an der Wand und nicht an der Decke. Dennoch war der Raum von einem Ende zum anderen gleichmäßig erleuchtet, sodass kein Fleck dunkler oder heller war als ein anderer. Es hatte den Anschein, als wäre das Licht ein so integraler Bestandteil des Raums gewesen wie die Luft. Besser kann ich die Wirkung nicht beschreiben.

Mir fiel etwas ein, was ich über Nikola Tesla gelesen hatte. 1899 hatte er in der Nähe seines Labors in Colorado auf einer Entfernung von fünfundzwanzig Meilen zweihundert Lampen zum Leuchten gebracht, ohne jedes Kabel. Die Elektrizität hatte er durch die Luft übertragen. Immer auf der Suche nach neuen Ideen, hatte er sich anschließend bald anderen Dingen gewidmet, weshalb die dabei verwendete Technologie verloren gegangen war.

Der Unterschied zwischen dem Experiment in Colorado und der Erscheinung im Turm bestand darin, dass hier keine Lampen vorhanden waren. Der ganze Raum schien als Glühlampe zu dienen, obwohl darin kein Vakuum herrschte und der Glühfaden fehlte. Timothy und ich konnten atmen, und wir waren keiner elektrischen Strömung unterworfen. Ich spürte keinen Elektroschock, nicht einmal ein schwaches Prickeln. Auch die feinen Härchen auf meinen Handrücken stellten sich nicht statisch aufgeladen auf.

Timothy und ich warfen keinen Schatten. Das taten auch die Chronosphäre und alles andere nicht. Da die Quelle und die Helligkeit des Lichts universeller Natur waren, verdrängten sie jegliche Dunkelheit.

Die Chronosphäre ist nicht weniger schwer zu beschreiben.

Ihr äußerster Teil war eine riesige Kardanaufhängung, deren Arme gekrümmt und versilbert waren. Sie war gut fünf Meter breit und acht Meter hoch, wodurch nur ein etwa knapp eineinhalb Meter breiter Umgang blieb.

In der Mitte dieser großen Struktur war eine weitere Kardanaufhängung angebracht, die vergoldet war. Darin befand sich das Rad eines Gyroskops, nur dass es sich nicht um ein richtiges Rad handelte, sondern um ein goldenes Ei, etwa zweieinhalb Meter lang und mit einem Durchmesser von knapp zwei Metern an der dicksten Stelle. Da es ein Ei war, kann man die exotische Konstruktion wahrscheinlich nicht als Gyroskop bezeichnen, aber einen besseren Ausdruck bietet mein Wortschatz nicht.

Ohne dass man richtig erkennen konnte, wie, waren die anmutig geschwungenen Arme der inneren Aufhängung so an der äußeren befestigt, dass sie sich glatt und lautlos drehen konnten. Dabei beschrieben sie Bögen, die wie eine liegende Acht aussahen. Diese Bögen schienen sich zu schneiden und daher in die Quere zu kommen, doch die sich ständig bewegenden Arme der Aufhängung kollidierten nie miteinander. Das im Zentrum befestigte Ei rotierte momentan so auf einer Achse, dass sein spitzes Ende immer oben blieb.

Auch die sich magisch drehenden Arme der inneren Aufhängung warfen keinen Schatten. An ihren Rändern kräuselte sich jedoch leicht die Luft, vielleicht auch das Licht selbst.

Timothy deutete auf das Ei. »Das ist die Kapsel«, sagte er. »Die bewegt sich in der Zeit – und aus ihr heraus. Sie kann eine oder zwei Personen aufnehmen. Du kannst mich allein in die Vergangenheit schicken, und wenn die Steuerung nicht auf *Parken* gestellt ist, kehrt die Kapsel leer wieder hierher zurück.«

Ich hatte eine Menge Fragen, doch das war nicht die richtige Zeit dafür. In der Kupferwand hatte ich eine Kupfertür entdeckt, und ich nahm Timothy bei der Hand, um ihn um die Chronosphäre herum dorthin zu führen.

Hinter der Tür sah ich die Wendeltreppe, auf der wir ins mittlere Geschoss gelangen konnten, wo Annamaria wartete.

Da ich keinen Schlüssel für hier oben hatte, nahm ich zwei Dollarscheine aus meinem Portemonnaie, faltete sie zusammen und stopfte sie in die Öffnung im Schließblech, damit die Tür nicht ins Schloss fallen konnte und wir wiederkommen konnten, wenn wir wollten. Für nicht mehr als zwei Dollar waren die Jahrmillionen der Vergangenheit mein.

49

Die Tür ging auf, als ich gerade anklopfen wollte. Annamaria stand da und sah uns an, als hätte eine Lautsprecheranlage soeben verkündet: »*Odd Thomas hat das Gebäude betreten.*«

Links von ihr: Raphael, der Golden Retriever, rechts mein Geisterhund Boo.

Die Fenster waren mit Vorhängen verhüllt, und die Tiffanylampen waren dunkel. Das einzige Licht kam von drei Glasgefäßen, die aussahen wie gedrungene, langhalsige Vasen. Eines war aus klarem Glas, die anderen beiden cognacfarben, und in jeder schwamm ein brennender Docht in Öl.

Annamaria streckte die rechte Hand aus, und Timothy ging sofort zu ihr, als würde er sie kennen. Als er die dargebotene Hand ergriff, beugte sie sich zu ihm, um ihn auf die Stirn zu küssen.

Schon in Magic Beach, wo ich sie kennengelernt hatte, waren ihr Öllampen lieber gewesen als elektrische. Sie hatte gesagt, der Sonnenschein lasse Pflanzen wachsen, die Pflanzen würden ätherische Öle erzeugen, und noch Jahre später könnten diese Öle Lampen zum Brennen bringen und so das Licht anderer Tage zurückgeben, das Annamaria angenehmer fand als elektrisches Licht.

In meinem Apartment gab es keine Öllampen. Vielleicht hatte sie darum gebeten. Gut möglich, dass Constantine Cloyce sie ihr selbst gebracht hatte.

Sie führte Timothy zum Sofa und setzte sich mit ihm in die Mitte. Raphael sprang neben den Jungen, rollte sich zusammen und legte ihm den Kopf in den Schoß. Boo schmiegte sich an Annamaria.

Eine der Lampen stand auf dem Couchtisch. Direkt darüber zitterten wässrige Kreise aus Licht und Schatten an der Zimmerdecke, Spiegelungen des Glasgefäßes.

Annamaria hielt die rechte Hand des Jungen in ihren Händen. Die beiden lächelten sich an.

Eine weitere Lampe stand auf dem kleinen Esstisch und warf ebenfalls bebende Andeutungen ihrer Form an die Decke.

Außerdem stand auf dem Tisch die große flache blaue Schale, in der jetzt nicht mehr drei riesige Blumen mit wächsernen Blütenblättern schwammen, sondern nur noch eine.

»Wen siehst du, wenn du mich anschaust?«, fragte Annamaria den Jungen.

»Meine Mutter«, sagte er.

»Aber ich bin nicht deine Mutter, oder?«

»Nein«, sagte Timothy. »Nicht meine Mutter. Aber vielleicht könntest du es sein.«

»Tatsächlich?«

»Das wäre schön«, sagte er und klang zum ersten Mal mehr wie ein Kind statt wie ein alter Mann in einem Kindeskörper.

Mit der Hand strich sie ihm sanft das Haar zurück und legte dann die Handfläche auf seine Stirn, als wollte sie feststellen, ob er Fieber hatte.

Vor mir geschah offenkundig etwas Bedeutsames, aber ich hatte keine Ahnung, was das sein mochte.

Die dritte Öllampe, die mit dem klaren Glas, stand auf der Ablage in der Kochnische. Ihr Docht war wohl unrein, denn die Flamme flatterte und wurde manchmal länger, bis sie kurz in den langen, schmalen Hals des Gefäßes züngelte, bevor sie sich wieder zurückzog.

Annamaria ergriff wieder mit beiden Händen die Hand von Timothy. »Wie hast du dich all die Jahre über Wasser gehalten?«, fragte sie.

»Mit Büchern«, sagte der Junge. »Tausenden von Büchern.«

»Dann müssen das die richtigen Bücher gewesen sein.«

»Manche waren es, manche nicht. Man kann herausbekommen, welche was sind.«

»Und wie bekommt man es heraus?«

»Zuerst dadurch, wie man sich fühlt.«

»Und später?«

»Indem man nicht nur das liest, was auf der Seite steht, sondern auch das, was nicht da steht.«

»Zwischen den Zeilen«, sagte sie.

»Unter den Zeilen«, sagte er.

Ich war bei dieser Begegnung so nutzlos, dass ich mich nicht wie das fünfte Rad am Wagen fühlte, sondern eher wie das fünfte Rad an einem Dreirad.

Plötzlich lenkte mich ein von draußen kommender Lärm von dem Gespräch der beiden ab. Es war ein Scheppern und Klappern, das mich ans Fenster lockte. Ich zog den Vorhang auf und presste die Stirn ans Glas, um besser nach unten schauen zu können.

Ein Stockwerk unter mir umschwärmte eine Meute aus erregten Biestern den Gästeturm. Beide Arten waren vertreten, die scheußliche und die noch scheußlichere. Ich hörte sie grunzen und schnauben, und dann erklang wieder das laute Scheppern, als eines seine Axt an das Eisengitter krachen ließ, von dem das Fenster direkt unter meinem geschützt wurde.

Selbst wenn die Angreifer den Stein weghackten, in den das Gitter eingebettet war, und wenn sie es schafften, die Eisenstäbe herauszureißen, waren die Fenster zu klein, um sich hindurchzuquetschen. Die Biester waren primitiv, emotional sprunghaft, psychisch labil und nicht ganz dicht in ihrer Schweineschwarte, aber sie waren nicht so dämlich oder so tollwütig, als dass sie vergeblich stundenlang die Fenster attackiert hätten, wenn doch die Tür sie erwartete.

Diese Tür war mit Eisen beschlagen, aber nicht vollständig von

Metall umhüllt. Zwischen den eisernen Kanten und Bändern blieben Holzflächen frei, auf die man einhacken konnte. Sie war zwar extrem dick und dazu geschaffen, eine Belagerung durch ausreichend dumme Ungetüme zu überstehen, die schlimmstenfalls versuchten, sie eintreten – aber für einen Angriff von mit Äxten und Hämmern bewaffneten Biestern war sie nicht ausgelegt.

Victoria Mors hatte gesagt, die Biester seien noch nie so bewaffnet gewesen und hätten bis zu dieser vollen Flut nur simple Knüppel dabeigehabt. Cleverer seien sie geworden, hatte sie gesagt.

Eines von ihnen sah mich am Fenster stehen. Es kreischte mich an und schüttelte die geballte Faust. Seine Wut steckte die anderen an, worauf alle zu mir hochschauten, blutrünstig heulten und Fäuste oder Waffen schwenkten.

Ich dachte daran, dass Enkelados und die anderen Giganten von den Felsen zermalmt worden waren, die sie aufgetürmt hatten, um den Himmel zu erreichen und Krieg mit den Göttern zu führen. Allerdings gehörte ich nicht zu den Göttern, und das mittlere Geschoss des Turms war nicht so weit vom Boden entfernt wie der Himmel.

Ich wandte mich vom Fenster ab, um die mir weitgehend unverständliche Unterhaltung zwischen Annamaria und Timothy zu unterbrechen. »Die Biester sind da«, sagte ich. »Sobald sie auf die Idee kommen, die Tür zu bearbeiten, bleiben uns höchstens noch zehn Minuten.«

»Dann machen wir uns doch darüber in frühestens acht Minuten Sorgen«, erwiderte Annamaria, als wäre die Meute draußen nichts Gefährlicheres gewesen als eine Avon-Beraterin, die uns ihr neues Sortiment an Kosmetikprodukten vorstellen wollte.

»Nein, nein, nein«, rief ich. »Du hast keine Ahnung, was die Biester sind. Wir hatten noch keine Zeit, über sie zu sprechen.«

»Und jetzt haben wir auch keine Zeit dazu«, erklärte sie kurzerhand. »Was ich mit Tim zu besprechen habe, geht vor.«

Der Junge und die Hunde schienen ihr beizupflichten. Sie grinsten mich alle an, amüsiert von meiner Nervosität wegen der Ankunft von ein paar übergeschnappten Schweinen, die bei der Gartenparty ausnahmsweise selbst grillen wollten, statt als Grillgut zu dienen.

»Wir müssen nach oben gehen«, sagte ich. »Der einzige Ausweg ist der Tunnel, durch den Tim und ich gekommen sind.«

»Geh schon mal los, junger Mann. Wir folgen dir, sobald wir hier fertig sind.«

Ich hütete mich davor, weiter Druck auf Annamaria auszuüben. Sie hätte sonst auf jedes meiner Argumente entweder mit einer beruhigenden Bemerkung reagiert oder mit einem geheimnisvollen Spruch, den ich erst in drei Jahren verstanden hätte. Falls überhaupt.

»Na gut«, sagte ich. »Schön, gut, okay, ich gehe nach oben und warte da einfach auf euch, auf die Biester, auf ein Geisterpferd, auf eine Blaskapelle oder was auch immer. Egal, was kommen wird, ich warte einfach darauf.«

»Gut«, sagte Annamaria und wandte sich wieder ihrem Gespräch mit Timothy zu.

Ich verließ ihr Apartment, zog die Tür zu und lief die Treppe hinab statt hinauf. In dem Vorraum zwischen der Turmtür und der zu meiner Wohnung hörte ich draußen die Biester rumoren. Dabei gaben sie allerhand schweinische Geräusche von sich, aber auch solche, die so menschlich klangen, dass es mich eiskalt überlief. Offenbar putschten sie sich gegenseitig auf wie die Mitglieder einer Fußballmannschaft beim Elfmeterschießen.

In meinem Schlafzimmer ging ich zum Schrank, um aus dem obersten Fach den in einen Gefrierbeutel verpackten Stapel Geldscheine zu nehmen, den mir mein früherer Arbeitgeber Hutch Hutchison vor meiner Abreise aus Magic Beach geschenkt hatte. Wenn ich Roseland für immer abgeschaltet hatte und mit Annamaria floh, dann brauchten wir ein wenig Cash.

Während meiner Wochen in Magic Beach hatte ich für Mr. Hutchison, einen früheren Filmschauspieler, nicht nur gearbeitet, sondern auch Freundschaft mit ihm geschlossen. Ich hatte das Geld gar nicht annehmen wollen, doch er hatte so freundlich und liebenswürdig darauf bestanden, dass es eine üble Beleidigung bedeutet hätte, es noch einmal abzulehnen.

Als Mr. Hutchison neun Jahre alt gewesen war, waren durch die Weltwirtschaftskrise viele Banken zusammengebrochen. Aus diesem Grund vertraute er solchen Institutionen nicht. Stattdessen verstecke er stapelweise Bargeld in seinem Gefrierschrank, fest eingewickelt in weiße Gefrierbeutel und versiegelt mit Paketband.

Jeder Gefrierbeutel war mit einem Codewort versehen. Wenn auf dem Etikett *Rinderzunge* stand, dann enthielt der Beutel ausschließlich Zwanzigdollarscheine. Stand *Kalbsbries* darauf, so waren je zur Hälfte Zwanziger und Hunderter darin. Als Hutch mir einen solchen Packen in einem rosa Geschenkbeutel mit gelben Vögelchen darauf überreicht hatte, da hatte er mir nicht verraten, was der Code auf dem Etikett bedeutete, und bisher hatte ich nicht nachgeschaut.

Selbst das Codewort hatte ich vergessen. Als ich den Beutel in der Hand hielt, sah ich, dass *Schweineschwarte* darauf stand. Im Mittelpunkt des Universums saß definitiv jemand, der Sinn für Humor hatte.

Das Geschenk von Mr. Hutchison in der Hand, verließ ich mein Apartment und schloss die Tür ab.

Die Biester hatten immer noch nicht angefangen, auf die Turmtür einzuhacken.

An Annamarias Räumen vorbei hastete ich die Wendeltreppe

hinauf ins oberste Geschoss und ging dort durch die Tür, in deren Schloss ich die zwei Dollarscheine gestopft hatte.

Als ich vor der Chronosphäre stand, trat Constantine Cloyce hinter der Tür hervor und hieb mir mit aller Kraft den Kolben seiner Schrotflinte ins Gesicht.

50

Ich war wieder in Auschwitz und hatte furchtbare Angst, zweimal zu sterben. Wieder grub ich nicht schnell genug, um den Wachposten zufriedenzustellen. Er trat einmal, zweimal, dreimal auf mich ein. Die Stahlkappe seines Stiefels ritzte mir die linke Wange auf. Aus meiner Wunde floss jedoch kein Blut, sondern puderige graue Asche, und während die Asche herausströmte, spürte ich, wie mein Gesicht langsam in sich zusammenfiel, als wäre ich kein echter Mensch gewesen, sondern nur die aufblasbare Hülle eines Menschen. Diesen hohlen Menschen hatte man offenbar mit Stroh ausgestopft, das sich in Ruß und Asche verwandelt hatte, ohne dass dies mir bewusst geworden wäre. Auf dem Boden, in dem ich mit unzureichender Geschwindigkeit grub, erschien ein Stuhl, auf dem der Dichter T.S. Eliot saß und mir zwei Verse aus einem seiner Gedichte vorlas: »So endet die Welt. Nicht mit einem Knall, sondern mit einem Wimmern.«

Als ich auf dem Kupferboden hoch oben im Turm wieder aufwachte, war ich einen Moment lang nicht sicher, wie ich dorthin gekommen war. Doch dann erinnerte ich mich an Wolflaw … nein, Cloyce. Constantine Cloyce. An seine Augen, so grau wie gebürsteter Stahl, sein vorgeschobenes Kinoheldenkinn, seine zusammengebissenen Zähne, seinen kleinen volllippigen Mund, der sich zu einem verächtlichen Grinsen zusammenzog, während er mich mit dem Kolben der Schrotflinte schachmatt setzte.

Mein Gesicht tat weh. Ich schmeckte Blut und sah alles nur verschwommen. Als ich ein paarmal rasch blinzelte, sah ich auch nicht besser, aber dafür entstand bei jedem Blinzeln ein schmerzhaftes Pochen in meinem Kopf.

Ich hörte Cloyce leise singen. Zuerst konnte ich die Melodie nicht identifizieren, aber dann erkannte ich, dass es sich um einen Evergreen handelte, um Cole Porters »Let's Misbehave«.

Ich vermied es, mich zu bewegen, um ihn nicht auf mich aufmerksam zu machen, bevor ich gut genug sehen konnte, um mich zu verteidigen. Deshalb blieb ich erst einmal eine Weile mit nach rechts gedrehtem Kopf auf dem Bauch liegen, bis der Nebel sich hob.

Auf dem Boden lag das in einen Gefrierbeutel gewickelte Geldbündel, etwa einen halben Meter von mir entfernt. Egal, wie viel mein erbärmlicher Schatz wert war, damit konnte ich mir von einem Mörder, der Milliardär war, nicht das Leben erkaufen.

Hinter dem Geldbündel: die Chronosphäre. Die Arme ihrer inneren Aufhängung beschrieben eine liegende Acht nach der anderen, während sie sich auf unerklärliche Weise unablässig bewegten. Nirgendwo waren die Füße von Cloyce zu sehen, und in dem goldenen Licht, das gleichmäßig jeden Quadratzentimeter des Raums erhellte, warf mein Feind keinen verräterischen Schatten.

Mein rechter Arm lag unter meinem Körper. Als ich die Finger seiner Hand bewegte, spürte ich das Leder des Pistolenholsters. Langsam und ohne ein anderes Körperteil zu bewegen, ließ ich die Hand zu der Beretta kriechen – und stellte fest, dass man sie mir weggenommen hatte.

Zwischen mir und dem Geldbündel lag ein Zahn auf dem Boden. Ich suchte mit der Zunge meinen Mund ab und fand nicht ein Loch, sondern zwei. In meiner Kehle sammelte sich Blut, bei dessen Geschmack mir allmählich übel wurde.

Der Stimme nach zu urteilen, befand Cloyce sich hinter mir, mehrere Schritte entfernt.

Ohne Waffe blieb mir nur die Hoffnung, schnell aufspringen und von ihm wegrennen zu können. Dabei musste ich darauf achten, dass die Chronosphäre zwischen uns blieb und mich schützte, bis ich entweder zur Kupfertür oder zu der stählernen Wendeltreppe gelangte.

Ich drückte mich hoch, schaffte es aber nur auf Hände und Knie, dann zwangen mich die Schmerzen und ein heftiges Schwindelgefühl innezuhalten. Cloyce trat nach meinem linken Arm, worauf ich wieder auf den Bauch fiel.

Nun sang er leise einen anderen Song von Cole Porter: »I Get a Kick Out of You.«

Die Wahl des Titels bereitete mich darauf vor, was als Nächstes kam, aber ich hatte keine Möglichkeiten, dem zu entkommen. Er kickte mich in die Hüfte, in die linke Seite, noch einmal in dieselbe Seite, und ich spürte, wie eine Rippe knackste.

Er setzte mir unsanft einen Stiefel auf den Rücken und verlagerte sein Gewicht darauf. Die gebrochene Rippe schien Feuer zu fangen und mir das Fleisch zu verbrennen.

Nun verstand ich meinen Traum:

Wenn die Nazis ihre Opfer ermordeten, dann wollten sie sie zweimal töten. Das hoffen alle Tyrannen, ob sie nun mit der Macht des Staates ausgestattet sind wie Hitler oder mit geringerer Macht wie Cloyce. Eine rein physische Zerstörung befriedigt sie nicht. Sie erzeugen Furcht, um das Gemüt verdorren zu lassen, pausenlose Propaganda und grausamen Spott, um zu verwirren, Folter und Zwangsarbeit, um mehr als nur den Körper zu brechen. Sie wollen ihr Opfer auf den Zustand eines verängstigten Tiers reduzieren, auf einen Zustand, in dem es jeden Glauben verloren hat, in dem es seine Erniedrigung als verdient annimmt und in einer derartigen Depression versinkt, dass es jede Hoffnung aufgibt, es könnte Gerechtigkeit, Wahrheit und Sinn geben. Erst nachdem sie auf diese Weise die Seele getötet haben, sind sie bereit, den Körper zu töten, und wenn sie mit ihrer

Strategie erfolgreich waren, dann ergibt sich das Opfer widerstandslos in seinen zweiten – körperlichen – Tod. Wenn solche teuflischen Gestalten stärker an die Kraft des Bösen glauben als ihre Opfer an die Realität und die Kraft des Guten, so können sie nicht verlieren.

Auf ihre Bösartigkeit können wir nur auf zweierlei Weise reagieren – mit dem Mut, uns zu wehren, oder mit der Feigheit, uns zu fügen. Na ja, eine weitere Option könnte darin bestehen, so zu tun, als würden wir uns fügen.

Die gebrochene Rippe brannte in meiner Seite, und der Schmerz wogte durch mein zerschlagenes Gesicht, während ich Cloyce anflehte, mir nicht mehr wehzutun und mich nicht zu töten. Ich bettelte, flehte, winselte und jammerte, das Gesicht auf den Boden gedrückt. Tränen waren leicht hervorzubringen, dafür reichten schon die Schmerzen aus, aber er konnte sie ja für Tränen des Entsetzen und des Selbstmitleids halten, wenn er wollte.

Er packte mich am Kragen meines Sportsakkos. Herrschte mich an, ich solle aufstehen, und zog mich dann selbst auf die Beine. Dann stieß er mich so brutal an die Wand, dass der Schmerz in meiner Brust mir wie ein Stachel bis in den Schädel fuhr. Fast hätte mich wieder Dunkelheit überflutet, doch es gelang mir, bei Bewusstsein zu bleiben, bis die schwarze Woge vorübergegangen war.

Inzwischen sang Cloyce: »Anything Goes.« Eigentlich sang er es nicht, er murmelte es, knurrte die Worte, während sein Gesicht direkt vor mir schwebte. Er war ein großer muskulöser, starker Mann. Nachdem er mir mit dem Gewehrkolben blitzschnell alle Kraft genommen hatte, würde er es genießen, mich mit seinen Fäusten totzuprügeln. Sein Atem roch nach etwas Saurem und Widerwärtigem. Mit einer Hand packte er mich am Haar, mit der anderen an den Weichteilen, und dann unterbrach er kurz das Lied, um mich aufzufordern, ihm sexuell gefügig zu sein wie all die verängstigten Frauen, bevor er sie getötet hatte.

Meine rechte Hand fummelte sich in eine Tasche meines Sakkos hinein, aber da drin war nichts außer ein paar Patronen und der Schlüssel für den Speisekammeraufzug an seinem rosa Kunststoffband.

Plötzlich stand Tesla hoch aufgerichtet neben uns. Sein hageres Gesicht war wild vor Zorn. Er griff nach Cloyce, doch seine Hand glitt durch ihn hindurch, wie Teslas ganzer Körper durch mich hindurchgeglitten war.

Cloyce meinte wohl, ich hätte gehofft, von Tesla gerettet zu werden, denn er sagte: »Er kann dir nicht helfen. Das ist gar nicht er selbst, sondern nur ein Aspekt von ihm. Der hat sich bei einem Experiment abgespalten und zuckt nun durch die Zeit, weil er nirgendwo hingehört.«

Lachend verdrehte er mir das Haarbüschel und meine Weichteile, köstlich amüsiert von den Tränen, die mir übers Gesicht liefen, und von der Hilflosigkeit, die sie auszudrücken schienen.

Ich packte den Griff des Schlüssels fest mit Daumen und Zeigefinger, bevor ich den gezackten Bart mit aller Kraft in das weiche Gewebe unter dem Kinn meines Peinigers stieß, so tief, wie es ging, vielleicht bis in die Unterseite der Zunge. Dann drehte ich den Schlüssel brutal um.

Ein Schwall warmes Blut ergoss sich über meine Hand, während Cloyce zurückzuckte. Vor Schmerzen jaulend, griff er sich an die Kehle, wahrscheinlich in dem Glauben, ich hätte ihm ein Messer in die Kehle gestoßen.

Bevor er begreifen konnte, dass er die Wunde überleben würde, taumelte ich weg von ihm, griff nach der auf dem Boden liegenden Schrotflinte, drehte mich um, zielte, drückte ab – und lieferte ihn seinem zweiten Tod aus.

51

Der Stille nach zu urteilen, waren die Biester noch nicht daran gegangen, auf die Tür einzuhacken, aber bestimmt hatten sie damit begonnen, sie zu untersuchen und am Knauf zu rütteln. Bald würden die Äxte blitzen.

Mein Kiefer schmerzte von einem Ohr zum anderen, die abgebrochenen Wurzeln zweier Zähne pochten, die rechte Seite meines Gesichts schwoll an und drohte, das rechte Auge zu einem Schlitz zu verengen. Ich schluckte ständig frisches Blut, das mir in den Mund lief, und aus der Nase blutete ich ebenfalls ein wenig. Meine Weichteile fühlten sich auch nicht gerade gut an, aber immerhin konnte ich gehen, ohne zu wimmern.

Meine magnetische Fähigkeit funktioniert am besten, wenn ich versuche, eine Person zu lokalisieren, indem ich an deren Gesicht und Namen denke. Gelegentlich kann ich sie jedoch auch anwenden, um einen Gegenstand zu suchen, wenn ich mir davon ein konkretes Bild mache.

Den Hauptschalter, von dem Tesla gesprochen hatte, konnte ich mir zwar nicht bildlich vorstellen, weil ich nicht wusste, wie er aussah, da Tesla jedoch derart von Details und Ordnung besessen gewesen war, hatte er das verdammte Ding bestimmt mit einem Schild versehen, auf dem in Großbuchstaben HAUPTSCHALTER stand. Ich ließ diesen Begriff vor meinem geistigen Auge lebendig werden und hoffte, dass das, worauf er sich bezog, sich hier in diesem Raum befand, der die Zentrale der Zeitmanipulationsmaschinerie darzustellen schien.

Eine Minute lang umkreiste ich die Chronosphäre, fühlte mich dann jedoch näher zu ihr hingezogen, durch die größere fixierte Kardanaufhängung hindurch zu den Armen der inneren Aufhängung, die simultan unablässig das Unendlichkeitszeichen in die Luft schrieben. Auch aus der Nähe konnte ich nicht sehen, wie sie sich in so ausgeprägten Bögen bewegen und dennoch das rotierende Ei – die Reisekapsel – festhalten konnten, die permanent in ihrem Zentrum schwebte.

Später habe ich so viel über Gyroskope gelesen, wie mein beschränktes Gehirn zuließ. Viel habe ich nicht kapiert, aber immerhin genug, um mich zu fragen, ob es sich wohl um ein elektrostatisches Gyroskop gehandelt hat, bei dem der Kreisel – in diesem Fall das Ei – von einem elektrischen oder magnetischen Feld gehalten wurde. Wenn ich es richtig verstanden habe, muss sich der Kreisel eines elektrostatischen Gyroskops jedoch in einem Hochvakuum befinden, und das Ei befand sich natürlich *nicht* in einem Vakuum.

Als ich mich den kreisenden goldenen Armen der inneren Aufhängung näherte, schienen sie einen Zugang zum Ei zu verwehren. Ich hatte Angst, von ihnen totgeschlagen zu werden, wenn ich versuchte, hindurchzuflitzen.

Doch dann verfielen die großen Arme mit einem Mal in neue Rhythmen und Muster, als hätten sie meine Annäherung wahrgenommen. Während sie sich weiter gegeneinander bewegten, ihr Zeichen in die Luft schrieben und dabei manchmal gleichzeitig am selben Ort zu sein schienen, ohne zu kollidieren, öffnete sich nun ein Pfad zwischen mir und dem Ei.

Im Vertrauen darauf, dass die goldenen Kiefer mich nicht plötzlich entzweibissen, bewegte ich mich ohne Furcht und Schatten auf die Reisekapsel zu. Als ich sie fast erreicht hatte, verlangsamte sich ihre Rotation immer mehr, bis sie ganz aufhörte. Nun schien das Ei ohne jede Unterstützung in der Luft zu schweben. Seine Unterseite befand sich etwa dreißig Zentimeter über dem Boden, die Spitze einen guten halben Meter über meinem Kopf.

Am oberen Teil des Eis hob sich eine Klappe, deren Scharnier nicht sichtbar gewesen war. In der Kapsel warteten zwei ledergepolsterte Pilotensessel mit einer Konsole dazwischen.

Sobald ich hineingeschlüpft war, mich umgedreht und auf einen der Sessel gesetzt hatte, ging die Klappe wieder zu. Auf ihrer Innenseite war ein Bedienfeld angebracht.

Ganz oben auf diesem Feld befand sich eine Anzeige mit vierzehn kleinen Fenstern. Die ersten vier zeigten das aktuelle Jahr an, dann kamen Monat, Tag, Stunde, Minute und Sekunde in jeweils zwei Fenstern. Die auf winzige Walzen gemalten schwarzen Ziffern rotierten wie die Kirschen und Zitronen in einem alten Spielautomaten. Soweit ich es beurteilen konnte, wurde die Zeit absolut korrekt dargestellt.

Unter dieser ersten Anzeige war eine zweite, die momentan leer war. Mit vierzehn Knöpfchen, die unter jedem der Fenster angebracht waren, konnte man die Trommeln drehen, um den Zeitpunkt einzustellen, an den man reisen wollte.

Die restlichen Bedienelemente bestanden lediglich aus fünf Tasten, die so groß wie an einem Spielzeug für kleine Kinder waren. Unter der ersten links stand DATUM ARRETIEREN.

Die Taste daneben war mit NUR REISEN markiert, darunter bot eine die Option PARKEN. Zwischen diese beiden Tasten war das Wort ODER aufgemalt. Wenn die Bewohner von Roseland die Absicht gehabt hatten, sich vierzig Jahre jünger zu machen, hatten sie wahrscheinlich NUR REISEN gedrückt. Hatten sie trotz der bekannten und unbekannten Risiken irgendwo aus der Kapsel aussteigen wollen, so hatten sie stattdessen PARKEN gewählt.

Neben den oberen beiden Tasten kam dann eine mit der Aufschrift START, und die fünfte und letzte versprach RÜCKKEHR.

Zeitreise für Anfänger.

Während ich die Chronosphäre umrundet hatte, hatte ich

meinem Portemonnaie die Karte aus dem Wahrsageautomaten entnommen, ohne wahrzunehmen, was ich tat. Nun merkte ich, dass ich sie in der Hand hielt, und starrte sie an: ES IST EUCH BESTIMMT, FÜR IMMER ZUSAMMEN ZU SEIN.

Wenn ich durch die Zeit zu dem Tag vor dem Terroranschlag zurückreiste, durch den Stormy ums Leben gekommen war, konnte ich dort die Kapsel parken, mich ungesehen aus dem Roseland jener Zeit – in dem ich noch nicht bekannt war – schleichen und auf den Weg nach Pico Mundo machen.

Dort konnte ich Stormy warnen, dass sie am folgenden Tag erschossen werden würde. Obwohl meine Geschichte bizarr geklungen hätte, würde Stormy mir aus zwei Gründen glauben: Zum einen wusste sie aus eigener Erfahrung nur zu gut, dass es in meinem Leben immer schon viele absurde Dinge gegeben hatte, und zum anderen logen wir einander nie an und zweifelten auch nie aneinander.

ES IST EUCH BESTIMMT, FÜR IMMER ZUSAMMEN ZU SEIN.

Weil ich jedoch nichts in der Vergangenheit tun konnte, um die Gegenwart zu verändern, aus der ich kam, würde ich in eine Welt zurückkehren, in der Stormy weiterhin tot war. Dennoch würde die Stormy, die ich mitbrachte, *sie selbst* sein, kein Klon und kein seelenloser Automat, sondern die ganze Stormy Llewellyn. Wie Timothy würde sie ein lebendes Paradoxon darstellen.

Ich würde wieder ihre Stimme und ihr Lachen hören können. Wieder ihre Hand in meiner fühlen. Ihre wunderschönen, liebevollen Augen sehen. Ihr Gesicht. Ihren Kuss spüren.

Sie würde nie altern. Aber wenn ich eine Möglichkeit fand, Roseland in Besitz zu nehmen, dann hatte ich diese Maschine zur Verfügung und würde ebenfalls nie altern. Wir konnten das Schicksal erfüllen, das die Zigeunermumie uns versprochen hatte. Wir konnten hier für immer zusammenleben.

Die Schmerzen, die meine Verletzungen verursachten, waren unerbittlich, und mir kamen wieder Tränen, aber nicht wegen dieser Schmerzen. Vielleicht waren es sogar Freudentränen.

Meine magnetische Gabe hatte mich zwar nicht zu dem Hauptschalter geführt, den ich gesucht hatte, aber sie hatte mir geschenkt, was ich wollte, was ich so sehr brauchte, was mein Herz verlangte.

Mit den kleinen Knöpfen gab ich ein Datum und eine Uhrzeit ein. Dann drückte ich die Taste mit der Aufschrift DATUM ARRETIEREN.

Ich traf meine Wahl zwischen NUR REISEN und PARKEN.

Die unberechenbaren Risiken und die vielen möglichen, teils katastrophalen Folgen abwägend, zögerte ich. Ich dachte darüber nach, wie sehr ich meine Wahl womöglich bereuen würde, und ich erinnerte mich daran, dass Menschen nie wie Spielzeuge behandelt werden sollten. Ich sagte mir warnend, dass das menschliche Herz sich nur allzu gern Täuschungen hingibt. Dennoch weinte ich.

Und dann drückte ich die Taste mit der Aufschrift START.

Falls die Kapsel sich wieder mit höherer Geschwindigkeit zu drehen begann, so nahm ich das nicht wahr. Ich hatte keinerlei Gefühl, mich nach oben oder unten, von seiner Seite zur anderen oder hin und her zu bewegen. Die Bewegung, die ich tatsächlich spürte, hatte ich so noch nie erlebt. Es war eine Drehung nach innen, als wäre ich eine Uhrfeder, die aufgezogen wurde. Das ist zwar keine exakte Beschreibung des Gefühls, aber die einzige, die mir einfällt.

Während ich mich rückwärts durch die Zeit bewegte, ließen meine Schmerzen nach. Ich spürte, wie die gebrochene Rippe sich wieder zusammenfügte und wie das Blut sich aus meinem Mund zurückzog. Meine Zunge fand alle Zähne dort, wo sie hingehörten, und die Schwellung meines Gesichts nahm rasch ab, bis mein rechtes Auge nicht mehr zu einem Schlitz verengt war.

Ich hatte das merkwürdige Gefühl, dass die Kapsel seitwärts aus der Zeit herausglitt. Mein Herz schlug nicht mehr, und ich sog keine Luft in meine Lunge. Weder Ebbe und Flut des Atems noch der Kreislauf des Bluts waren nötig, um in diesem zeitlosen Reich das Leben aufrechtzuerhalten.

Ich hätte mir Fenster gewünscht, um sehen zu können, was sich ringsum befand, aber sobald mir dieser Gedanke kam, erkannte ich, wie gefährlich er war. Was immer sich außerhalb der Zeit befand, hätte mich verwundert und verblüfft. Es hätte das Gefühl eines ungeheuren Staunens hervorgerufen. Die durch einen solchen Anblick geweckte Ehrfurcht wäre jedoch wohl gleichermaßen so beglückend und so erschreckend gewesen, dass kein lebender Mensch so etwas jemals sehen durfte – weil er danach nicht hätte weiterleben können, ohne verrückt zu werden.

Sobald die Kapsel zurück in die Zeit rückte, begann mein Herz wieder zu schlagen. Auch meine Lunge nahm automatisch ihre Tätigkeit auf.

Um in die Gegenwart zurückzukehren, hatte ich die Taste mit der Aufschrift RÜCKKEHR gar nicht betätigen müssen, weil ich anfangs nicht auf PARKEN gedrückt hatte. Ich war nicht in eine Zeit gereist, in der Stormy Llewellyn noch am Leben gewesen war, sondern nur zum gestrigen Tag, nicht um ein wenig jünger zu werden, sondern um den Schaden zu beseitigen, den Constantine Cloyce mir zugefügt hatte, so wie die Bewohner von Roseland die Maschine verwendet hatten, um ihren Alterungsprozess aufzuheben.

Stormy war der Meinung, dieses Leben sei ein Ausbildungslager, das uns für das große Abenteuer unseres nächsten Lebens vorbereite. Jenes nächste Leben nannte sie »Dienst« und sagte, es komme zwischen dieser Welt und der dritten und letzten, die manche als Himmel bezeichneten. Sie war zwar katholisch, folgte damit jedoch nicht gerade einer orthodoxen Theologie. Aber wenn sie sich inzwischen tatsächlich inmitten eines großen

Abenteuers befand, dann gab mir meine Liebe zu ihr, so tief und dauerhaft diese auch sein mochte, nicht das Recht, die Zeitachse ihres Lebens zu stören. Hätte ich das getan, dann hätte ich Stormys Freude an ihrer abenteuerlichen Unternehmung womöglich auf irgendeine mir unbekannte Weise vermindert.

Als ich den Eindruck hatte, dass die Kapsel zur Ruhe gekommen war, versuchte ich aus reiner Neugier, die Anzeige auf ein zukünftiges Jahr zu setzen. Wie ich erwartet hatte, ging das nicht.

Weil wir einen freien Willen besitzen, ist unser Morgen nie vorausbestimmt, bis wir es Tag für Tag erschaffen. Ich konnte nicht in die Zukunft reisen, weil nicht nur eine einzige solche Zukunft existierte, sondern nur viele Möglichkeiten. Die Vergangenheit ist so in Stein eingeschlossen wie ein Fossil aus dem Jura, aber unsere Zukunft verändern wir kontinuierlich durch das, was wir täglich tun.

Die Klappe hob sich, doch bevor ich aufstehen konnte, stellte ich erschrocken fest, dass plötzlich jemand auf dem Sitz neben mir saß. Tesla! Mit seinem habichtartigen Gesicht, der stolzen Nase, dem durchdringenden Blick.

»Sir!«, sagte ich so voller Ehrfurcht, dass mir keine anderen Worte einfielen.

»Ein großer und schrecklicher Fehler, dies alles«, erklärte er und ließ dann eine richtige Tirade los, wenn auch in ernstem, würdigem Stil. »Aber J.P. Morgan, Westinghouse, diese ganzen Finanziers stellen zuerst zu wenig Geld für deine Forschung zur Verfügung, verdienen trotzdem ein *Vermögen* damit, und sind dann ausgesprochen knickrig, wenn es um dein *nächstes* Projekt geht! Unter solchen Leuten gibt es keine *Visionäre!*«

»Sir.«

Hinter den kreisenden Armen der inneren Kardanaufhängung tauchten Annamaria und Timothy auf.

»Absolut keine Visionäre! Die wollen nichts als Profit, suchen kein Wissen, kein Staunen, *nicht die Geheimnisse Gottes!* Cloyce und Chiang haben sich als Visionäre dargestellt, und sie hatten alles Geld der Welt. Aber sie waren Schurken, Lügner, *geistige Zwerge!*«

»Sir«, sagte ich.

Hinter Annamaria und dem Jungen ertönte ein Donnern. Da hämmerte jemand an die mit Kupfer verkleidete Tür. Offenbar waren die Biester in den Turm gelangt und versuchten nun, die Tür zu unserem letzten Zufluchtsort einzuschlagen.

»Geistige Zwerge«, wiederholte Tesla, »nichts als abergläubische Narren. *Perverse!* Es waren Perverse, *Süchtige!* Wir müssen den Hauptschalter umlegen.«

»Sir, die Schweine kommen.«

Er versuchte, die Abdeckung der Konsole zwischen unseren Sitzen zu öffnen, doch seine Hand glitt durch sie hindurch. »*Verflixt und zugenäht!* Ich bin nur ein schwaches Duplikat von Tesla, geschaffen von der Maschinerie der Zeit! Abgespalten bei einem der ersten Experimente mit der Chronosphäre, zucke ich durch die Jahre, ohne irgendwo hinzugehören, ohne etwas zu bewirken, völlig *nutzlos.*«

Ich nahm die Abdeckung ab und fand etwas, das aussah wie der Schalthebel eines jener Sportwagen, die einen Griff statt einem Knauf besitzen. Es war mit HAUPTSCHALTER gekennzeichnet.

»Leg ihn um!«, drängte Tesla. »Mach der ganzen Sache und auch mir ein Ende!«

Bevor ich gehorchte, sagte ich: »Ich hätte Sie gern kennengelernt, Mr. Tesla.«

»Ich dich auch. Nach allem, was ich hier und da von dir gesehen habe, bist du ein rechtschaffener Bursche mit genügend Schneid und Grips, um große Dinge zu tun.«

»Eigentlich nicht, Sir. Ich mache meine Pläne einfach unterwegs.«

Er zuckte die Achseln. »Wer tut das nicht?«

Als ich mit einem Ruck den Hauptschalter umlegte, verschwand Tesla. Außerhalb der Kapsel kam die innere Kardanaufhängung, die bisher ständig in lautloser Bewegung gewesen war, mit einem lauten Knirschen zum Stillstand.

Die Biester schlugen die Tür ein.

52

Ich sprang schnell aus dem Ei und trat zu Annamaria und Tim, die unter dem großen goldenen Brustkorb der toten Maschine standen.

Der Junge hatte meine Beretta vom Boden aufgehoben, wo Cloyce sie einfach hingeworfen hatte. Das Magazin hatte ich nach meiner Auseinandersetzung mit Victoria ja glücklicherweise aufgefüllt.

Allerdings waren vier Biester in den Raum eingedrungen, und da reichten siebzehn Schuss womöglich nicht aus. So sportlich fair, mir Zeit zum Nachladen zu geben, waren meine Gegner wohl kaum.

Ich hatte erwartet, die volle Flut werde augenblicklich enden, sobald ich den Hauptschalter umgelegt hatte. Wieso die Biester trotzdem nicht verschwanden, wie es Tesla getan hatte, wusste ich nicht, und dass ich ein tolles Pfannkuchenrezept kannte, war momentan ebenfalls nicht von Belang.

Annamaria, Tim und ich standen mit dem Rücken aneinander, um die vier Biester immer im Blick zu haben, während sie argwöhnisch die Chronosphäre umkreisten. Sie brummten und knurrten und schienen der Maschine nicht zu trauen. Sie schnaubten, zogen Grimassen und schüttelten den Kopf, als würden sie etwas Unangenehmes riechen; sie bliesen aus ihren fleischigen Schnauzen Schleim in ihre Hände und wischten sich diese an den Oberschenkeln ab, als wollten sie uns nicht nur erschrecken, sondern auch noch ordentlich anekeln.

Auf meine Stirn traten Schweißperlen.

»Wenn sie sich alle auf einmal auf uns stürzen«, sagte ich,

»dann duckt ihr euch, damit ich mich im Kreis drehen und über eure Köpfe schießen kann.«

»Sie werden sich nicht auf uns stürzen«, sagte Annamaria beruhigend. »Diese Unannehmlichkeiten sind bald vorbei.«

»Vielleicht tun sie es doch«, widersprach ich.

»Du machst dir zu viele Sorgen, du komischer Kauz.«

»Tja, nichts für ungut, aber ich finde, *du* machst dir nicht genügend Sorgen.«

»Was bringen Sorgen, als dass sie noch mehr Sorgen hervorbringen?«

Womöglich wäre es zu unserem ersten – wenngleich höflichen – Streit gekommen, wenn das größte der vier Biester nicht das Thema gewechselt hätte. Mit einer tiefen, rauen Stimme, bei der mir Spinnen am Rückgrat hinaufliefen, sagte er: »Frau mit Baby.«

Bis zu diesem Augenblick hatte es keinerlei Hinweise darauf gegeben, dass diese Monster sprechen konnten, geschweige denn unsere Sprache.

»Gib mir Baby«, sagte das Ding.

Es hatte einen größeren Kopf als die anderen und eine weniger fliehende Stirn. Vielleicht war es das einzige der Biester, das sprechen konnte.

»Gib mir Baby«, wiederholte es.

Ich schwitzte immer schlimmer. Genauer gesagt, schwitzte ich wie – nun ja – ein Schwein.

»Du hast nichts von mir zu verlangen«, erklärte Annamaria dem sprechenden Biest. »Du hast keine Macht hier.«

»Wir töten«, sagte es. »Wir fressen Baby.«

»Macht euch davon«, sagte sie. »Geht dorthin, wo ihr hingehört.«

Langsam begannen die vier sich auf uns zuzubewegen, so schattenlos, wie wir es waren, mit bleicher Haut und Büscheln aus drahtigem grauem Haar, aber dennoch vier Gestalten der

Dunkelheit, so als hätten sich ihre Schatten in ihnen niedergelassen und vervielfältigt, um sie mit schwärzestem Hass zu erfüllen. Drei hatten Äxte, eines trug einen Hammer.

Ich nahm die Beretta in beide Hände und zielte auf eines der drei Biester, die noch nicht gesprochen hatten.

Das Gesprächige sagte: »Ich bin geboren, um Baby zu fressen, dein Baby, *dieses* Baby.«

»Dies ist nicht eure Zeit«, sagte Annamaria ruhig, »und es wird auch nie eine Zeit für euch geben, mich zu töten und dieses Baby anzurühren. Geht jetzt. Geht in euer Elend.«

Vielleicht lag es nur an mir, nur an meinem momentan nicht gerade idealen Geisteszustand, aber ich hatte den Eindruck, dass mehr vor sich ging, als ich begriff. In Gesellschaft meiner geheimnisvollen Begleiterin hatte ich dieses Gefühl schon oft gehabt, aber noch nie so deutlich wie in diesem Augenblick.

»Geht in euer Elend«, wiederholte sie.

Die vier stürzten sich auf uns – wie ich es *gewusst* hatte –, aber mitten in der Bewegung kräuselten sich ihre Gestalten, als würden sie durch vom Boden aufsteigende Hitzewellen gleiten, und dann verschwanden sie.

»Allmählich wird es ziemlich heiß hier drin«, sagte Tim.

Ich hatte die Hitze der Konfrontation zugeschrieben, doch sie war durchaus keine subjektive Reaktion auf Stress. Es wurde tatsächlich rasch immer heißer im Raum.

Timothy hatte mir erzählt, dass die Maschinerie nicht nur die Zeit manipulierte, sondern auch als Kraftwerk für Roseland diente, indem sie die durch ihre Hauptfunktion geschaffene thermodynamische Energie umwandelte. Nun fragte ich mich, ob Tesla wohl so klug gewesen war, den Hauptschalter so zu konstruieren, dass er die Maschine nicht nur abschaltete, sondern sie anschließend auch mit ihrer aufgespeicherten Wärme zerstörte.

»Wir müssen raus«, sagte ich. »Hier fliegt gleich alles in die Luft.«

»Sorgen bringen nur noch mehr Sorgen hervor«, erinnerte mich Annamaria.

»Ja, ja, ja, ja.« Ich scheuchte die beiden so um die Chronosphäre, dass sie nicht über die Leiche von Cloyce stolperten. Nachdem ich rasch das eingewickelte Geldbündel aufgehoben hatte, folgte ich ihnen durch die eingeschlagene Tür ins Treppenhaus.

Die uns auf den Stufen entgegenkommenden Biester lösten sich in Luft auf, sobald wir uns ihnen näherten, und als wir aus dem Turm kamen, hoben ihre dort versammelten Artgenossen ihre Waffen, stimmten ein Geheul an und hätten uns sicher angegriffen, wenn nicht auch sie in der sich zurückziehenden Flut der verschobenen Zeit verschwunden wären.

Im nächsten Augenblick rannten Raphael und Boo an uns vorbei, mit angelegten Ohren und eingezogenem Schwanz.

Während wir den Plattenweg entlang durch das Eukalyptuswäldchen liefen, hörte ich, wie etwas hoch oben im Turm in sich zusammenbrach. Es war ein gewaltiges Krachen, das tönte wie ein unmelodisches Glockenspiel. Als ich mich umblickte, zerbarsten alle Fensterscheiben, und goldener Staub stob aus jedem Fenster. Die Wände erzitterten; Steine regneten zwischen den Bäumen herab.

Unbeschadet entkamen wir aus dem Wäldchen und erreichten die lange Rasenfläche, die zum Haupthaus hinaufführte. Dort standen erstarrt die beiden Hunde. Ihre Nackenhaare sträubten sich. Sie starrten auf das langgestreckte grüne Rechteck an der Seite des Hauses, auf dem die Statue von Enkelados stand. Es war jedoch nicht das ferne Bild des Giganten, das Raphael und Boo die Zähne blecken ließ.

Etwas bewegte sich im Schatten der Lebenseichen, die an der Westseite des Rechtecks standen. Zuerst war es nur eine enorme, bleiche Masse, die formlos durch die Bäume wogte, einige Äste abbrach, die sie behinderten, und die Bäume zum Schwanken brachte. Sie stieß den unheimlichen, von Kummer und Sehnsucht geprägten Schrei aus, der mich jeden Morgen geweckt hatte, den Schrei, der niemals der eines Seetauchers gewesen war. Dass ein derart schmerzliches Geräusch aus einer so riesigen Kreatur ertönte, war schauriger, als es nachts zu hören und nicht zu wissen, woher es stammte. Wäre das Ding, das ihn von sich gab, besser sichtbar gewesen, so hätte es vielleicht die Größe eines Elefanten gehabt, aber auf jeden Fall war es nichts, was jemals zuvor über die Erde gegangen war. Einen Moment lang ragte es am Rand der Baumgruppe auf, ein eklig weißer Koloss, dessen dicke, von Geschwüren bedeckte Fleischfalten extreme Missbildungen offenbarten. Es ähnelte genug einem Schwein, um mit den Biestern verwandt zu sein, sah jedoch noch bizarrer aus als seine übelst deformierten kleineren Artgenossen. Nach einigen Minuten wäre es womöglich ganz ins Sonnenlicht gewogt; vielleicht hätte es sich jedoch auch weiterhin im Schatten verborgen, so wie auch die schlimmsten Ungeheuer in unseren Albträumen nie vollständig sichtbar werden. Die Dinge, auf die wir in Träumen treffen, sind oft Aspekte von uns selbst, denen wir nicht direkt ins Auge blicken können. Vielleicht war auch dieser Koloss sich seiner grässlichen Natur bewusst und ertrug es nicht, sich vor sich selbst vollständig zu enthüllen, weshalb er den Schatten brauchte, wie jede schuldige Seele ihre Rechtfertigungen braucht.

Während die zur Manipulation der Zeit geschaffene Maschinerie sich selbst zerstörte, zog sich die volle Flut von den Küsten unserer Zeit zurück. Die Kreatur unter den Bäumen verblasste in der Zukunft, wo der Himmel gelb und mit Strömen von Ruß durchzogen war.

Rund um uns veränderte sich die Struktur der weiten Rasenflächen, weil die unterirdischen Räume und Gänge in sich zusammenbrachen. An allen Türen und Fenstern des Haupthauses zuckten die Stahlplatten hoch, während wir darauf zuliefen.

Die Fensterscheiben zerbarsten und regneten glitzernd auf die Terrassen.

Ein Stück vom Haupthaus entfernt stand das frühere Kutschenhaus, das man 1926 umgebaut hatte, als klar geworden war, wie rasch das Automobil sich durchsetzen würde. Die Schlüssel zu den verschiedenen Fahrzeugen hingen an einem altertümlichen Brett.

Ich wählte eine luxuriöse Geländelimousine. Boo sprang durch die geschlossene Heckklappe hinein, und nachdem ich diese geöffnet hatte, folgte Raphael ihm.

»Was wird mit Tim geschehen, wenn wir die Mauern des Anwesens verlassen?«, fragte ich Annamaria.

»Nichts wird geschehen«, sagte sie. Der Junge klammerte sich an sie. »Er wird leben und gedeihen.«

»Aber er hat gesagt …«

»Was war, das ist nicht mehr, junger Mann. Und nun werden wir sehen, was sein wird.«

Dies war nicht der richtige Zeitpunkt, um eine unserer rätselhaften Unterhaltungen zu führen. Ich schwang mich hinters Lenkrad, während Annamaria sich mit dem Jungen auf den Rücksitz setzte.

Als wir am Haus vorüberfuhren, implodierte es und fiel gemächlich in sich zusammen. Dichte Rauchwolken eines in der Tiefe brennenden Feuers stiegen in die Luft.

Wenn sich die Maschinerie völlig in ihre Bestandteile aufgelöst hatte, würde vielleicht nicht mehr von Roseland bleiben als vom Hause Usher, nachdem es in seinem stinkenden Pfuhl versunken war.

Vor dem zerfallenden Säulenvorbau stand Mr. Hitchcock am Wegesrand. Er winkte mir zu, und ich winkte zurück. Fast hätte ich angehalten, um ihm zu sagen, jetzt sei ich bereit für ihn, aber in Wirklichkeit war ich es noch nicht ganz.

Ein breites Lächeln lag auf seinem Gesicht, als er Roseland

zerfallen sah. Als Geschäftspartner musste Cloyce genauso widerlich gewesen sein wie als Privatmann.

Das Pförtnerhaus war bereits in ein Loch gefallen. Henry Lolam hatte es wahrscheinlich mitgenommen.

Ich wollte schon aus dem Wagen springen, um die Tore zu öffnen, als die Mauern daneben in sich zusammenbrachen und zugleich zu schmelzen schienen. Die Tore lösten sich aus dem geschmolzenen Stein und fielen krachend zu Boden. Ich lenkte das Fahrzeug darüber und raste davon, so schnell ich es wagte – froh, Roseland hinter mir gelassen zu haben, aber darauf bedacht, nicht die Aufmerksamkeit eines Streifenwagens auf mich zu ziehen.

Noch bevor ich fünfzig Meter weit gekommen war, jagte Madra auf ihrem herrlichen Ross an mir vorüber. Ihr weißes Nachtgewand flatterte über den schwarzen Flanken des Pferdes. Sie blickte sich einmal um, und ich sah sie lächeln, bevor die beiden aus dieser Welt in die nächste galoppierten.

Uralte Eichen flankierten die Landstraße. Durch die dicken schwarzen Äste strömte plötzlich Regen aus den Wolken, die sich den ganzen Tag lang am Himmel gesammelt hatten. Einen Moment lang ergriff mich wieder Furcht, als die Welt hinter der Windschutzscheibe verschwamm, doch als ich die Scheibenwischer einschaltete, war die Welt noch immer da.

Ich fuhr durch die hügelige Landschaft zur Küstenstraße, wo ich mich nach Süden wandte. Am nebelverhangenen Horizont ging das graue Meer in den grauen Himmel über, und silberner Regen durchströmte den Tag, während die Reifen über den nassen Asphalt zischten.

53

Wir ließen den Wagen auf dem Parkplatz eines Supermarkts stehen und mieteten in einer ruhigen Stadt an der Küste auf Monatsbasis einen Bungalow mit drei Schlafzimmern. Das halbe Dach war mit gelber Bougainvillea überwuchert, und von der Veranda aus sah man das Meer.

Von anderen Mietern hätte der Besitzer verlangt, sich auszuweisen, doch Annamarias Lächeln, ihre Berührung und bares Geld verschaffte uns auch so ein neues Heim.

Anfangs gab es um Roseland einen großen Medienrummel, der jedoch rasch nachließ, als der Heimatschutz sich eine eindeutig verfassungswidrige Autorität anmaßte. Im Internet kursierten Gerüchte, dort hätten Terroristen einen schändlichen Anschlag geplant. Das militärische Personal und die Wissenschaftler, die auf dem Gelände kampierten und die Ruinen durchwühlten, verliehen dieser Theorie eine gewisse Glaubwürdigkeit.

Während des ersten Monats an unserem neuen Zufluchtsort schlief ich in meinem Zimmer, aber Tim blieb nachts bei Annamaria, weil er Angst hatte, allein zu schlafen. Seine Persönlichkeit hatte sich verändert. Er war noch immer ein Junge, der Tausende Bücher gelesen hatte und von ihnen geprägt worden war, aber er sprach nie von Roseland, so als hätte er keinerlei Erinnerung daran gehabt. Manchmal sprach er von seiner Mutter und darüber, wie sehr er sie vermisste, doch er schien zu denken, dass sie durch einen Sturz vom Pferd ums Leben gekommen war. Von seinem Vater wusste er nichts.

Ich fragte Annamaria nicht, wie diese Veränderung in Tim bewirkt worden war, denn ich befürchtete, sie würde es mir ausführlich erklären, ohne dass ich auch nur ein Wort davon verstand. Mit der Zeit stelle ich fest, dass ich mich immer mehr damit zufriedengebe, keine Geheimnisse zu ergründen, falls es mein sechster Sinn nicht absolut von mir verlangt.

Tim war ganz aufgeregt, als er feststellte, dass seine Haare wuchsen. Er sagte, die seien noch nie gewachsen, gab jedoch zu, das sei eine ziemlich merkwürdige Behauptung. Wir feierten seinen ersten Ausflug zum Friseur mit dem Besuch eines kleinen Vergnügungsparks und Eiskrem.

Nach diesem Tag schlief er allein in seinem Zimmer.

Hier am Meer habe ich diese Memoiren in einem Zustand geschrieben, den man in der Psychologie als *Flow* bezeichnet. Die Worte sind aus mir herausgeströmt, als hätte ich ein Diktat aufgenommen.

Die Hunde tun, was Hunde eben tun. Weil Raphael Boo so deutlich sehen kann wie ich, hat er einen Spielgefährten, aber bei allem, was die beiden spielen, hat mein Geisterhund erhebliche Vorteile.

Von Auschwitz träume ich nicht mehr und auch nicht davon, zweimal zu sterben.

Ich träume von Stormy, von den Jahren, die wir gemeinsam verbracht haben und die reich an Erfahrungen waren, und ich träume davon, wie es sein könnte, wenn wir endlich wieder zusammen sind. Das allerdings ist etwas, das ich nur in Träumen sehen kann.

Meine Reise ist noch nicht zu Ende. Eher früher als später werde ich wieder gerufen werden und mich auf den Weg machen. Wohin ich gehen muss, erfahre ich unterwegs.

Annamaria sagt, ich werde wissen, wann wir weiterziehen müssen, wenn ich eines Nachts aufwache und das Glöckchen läuten höre, das ich um den Hals trage.

Sie ist jetzt im achten Monat, aber überhaupt nicht dicker geworden. Wenn ich mir Sorgen mache, weil sie nie zum Arzt geht, dann sagt sie mir, sie sei schon lange schwanger und werde noch viel länger schwanger sein, was immer das bedeuten mag.

Vorgestern Abend stand beim Essen auf dem Tisch eine flache grüne Schale, in der eine dieser großen Blumen mit den wächsernen Blütenblättern schwebt. Annamaria behauptete, die habe sie von einem Baum in der Nachbarschaft gepflückt. Seither habe ich mehrere lange Spaziergänge gemacht, um diesen Baum zu suchen, ihn aber noch nicht gefunden.

Ich habe sie gebeten, mir den Trick mit der Blume zu zeigen. Dabei hat sich herausgestellt, dass sie ihn Tim in Roseland schon gezeigt hat. Sie meint jedoch, es sei nicht nur ein Trick, und es werde erst so weit sein, ihn mir zu zeigen, wenn ich den richtigen Namen dafür wisse. Was soll man dazu sagen?

Unsere Freundin Blossom aus Magic Beach, die sich das glückliche Monster nennt, hat angerufen, um uns mitzuteilen, dass sie nächste Woche zu uns stoßen wird. In ihrer Kindheit wurde sie schlimm entstellt, als ihr Vater – in betrunkenem Zustand! – sie in Brand gesetzt hat.

Warum wird Kindern so oft Gewalt angetan? Und warum so oft von den eigenen Eltern? Wahrscheinlich ist das einfach das Wesen dieses langen, langen Krieges. Jedenfalls freue ich mich sehr auf Blossom, denn trotz ihrer Entstellungen ist sie ein wunderschöner Mensch.

Kurz nachdem Tim sich gestern Morgen geduscht hatte, überkam ihn das Gefühl, er sei immer noch schmutzig. Er duschte noch einmal und dann ein drittes Mal. Später sah ich, wie er in der Küche weinend am Spülbecken stand und sich unablässig die Hände wusch.

Wieso er sich so fühlte, wusste er nicht, aber ich wusste Bescheid. Es waren die Jahre in Roseland, die er noch nicht so vollständig vergessen hatte, wie es nötig war.

Selbst Annamaria konnte ihn nicht trösten, weshalb ich mich mit ihm auf die Veranda setzte. Unter Männern gönnten wir uns jeder einen Schokoriegel. Während wir zusahen, wie die Watvögel durch den Himmel segelten, erzählte ich Tim, was das Beste an einem Schokoriegel ist.

Das Beste an einem Schokoriegel ist nicht die Hülle, oder? Richtig, genauso wie das Beste an einer Cola nicht die Dose ist.

In Nächten, in denen man schlaflos im Bett liegt, über sich selbst nachdenkt und eine merkwürdige Schicht des eigenen Wesens nach der anderen abzieht, sollte man sich dankbar daran erinnern, dass die beklagenswert unvollkommene Person, die man ist, mit all ihren Widersprüchen und unwürdigen Begierden nicht das Beste an einem sein muss.

Tim hat gesagt, er würde mich zwar nicht besser verstehen, als ich Annamaria verstehe, aber er hat sich besser gefühlt. Nur darauf kommt es ja eigentlich an – dass wir uns gegenseitig dabei helfen, uns besser zu fühlen.

Ich wiederum fühlte mich eine Weile gar nicht gut, weil ich Mr. Hitchcock in jenem Tälchen in Roseland abgewimmelt hatte. Ich machte mir Sorgen, er werde womöglich nicht zurückkehren, um mich um Hilfe zu bitten.

Als ich heute Morgen jedoch mit einer Tasse Kaffee auf der Veranda saß, ist er am Strand vorübergeschlendert, gekleidet in einen Anzug mit Weste und elegante schwarze Schuhe. Er hat mir zugewinkt und ist weitergegangen, aber ich nehme an, er wird von nun an immer da sein, wenn ich mich zum Kaffeetrinken vors Haus setze.

Die Vorstellung, was der Regisseur von *Psycho* wohl für mich in petto hat, ist ein wenig beängstigend. Allerdings hatte er auch Filme wie *Der unsichtbare Dritte* gedreht, die ebenso komisch wie spannend sind. Ein paar großartige Liebesgeschichten hat er ebenfalls verfilmt. Ich habe nämlich eine Schwäche für Liebesgeschichten, wie ihr inzwischen wahrscheinlich schon wisst.

Und so warte ich darauf, dass das Glöckchen in der Nacht läutet. Ich träume von Stormy, ich suche nach Annamarias geheimnisvollem Baum, ich gehe zum Meer, um mit Tim im seichten Wasser zu schwimmen. Und ich warte darauf, dass das Glöckchen erklingt.

›LESEPROBE

Lust auf mehr von Odd Thomas?

Dann lesen Sie weiter:

DEAN KOONTZ

ABGRUND-TIEF

Der sechste Odd-Thomas-Roman

ISBN 978-3-453-43765-4
Bereits im Buchhandel erhältlich

HEYNE‹

1.

Noch vor der Morgendämmerung erwachte ich im Dunkeln vom Läuten einer winzigen Glocke, des fingerhutgroßen Glöckchens, das ich an einer Kette um den Hals trug: drei spontane Eruptionen silbernen Klangs, nach jeder ein kurzer Moment der Stille. Ich lag auf dem Rücken im Bett, vollkommen regungslos, und doch läutete das Glöckchen erneut dreimal. Die Vibrationen, die meinen nackten Brustkorb durchzuckten, erschienen viel zu heftig, um von einem so winzigen Klöppel hervorgebracht worden zu sein. Es folgte ein drittes dreimaliges Läuten und dann: nichts als Stille. Ich wartete und machte mir Gedanken, bis die Morgendämmerung am Himmel herunterkroch und über die Schlafzimmerfenster strich.

Später an jenem Morgen im frühen März, als ich mich zu Fuß auf den Weg ins Ortszentrum machte, um Bluejeans und Socken zu kaufen, begegnete ich einem Typen mit einer .45er-Pistole und dem Verlangen, ein paar Morde zu begehen. Mit ebenso großer Gewissheit, wie sich die Sonne von Osten nach Westen bewegt, wurde der Tag von diesem Zusammentreffen an immer garstiger.

Ich heiße Odd Thomas. Ich habe akzeptiert, dass ich sonderbar bin. So gesehen überrascht es mich nicht mehr, dass ich so zuverlässig von Ärger angezogen werde wie Eisen von einem Magneten.

Vor neunzehn Monaten, als ich zwanzig war, hätte ich bei dieser Schießerei in dem Einkaufszentrum, die Schlagzeilen machte, von Kugeln durchlöchert werden sollen. Zu dem Vorfall kam es in Pico Mundo, einem Wüstenstädtchen in Kalifornien. Es heißt, ich hätte sehr vielen Menschen in meinem Heimatort das Leben gerettet. Dennoch sind viele gestorben. Ich nicht. Damit muss ich leben.

Stormy Llewellyn, das Mädchen, das ich mehr als das Leben selbst liebte, war eine derer, die an jenem Tag gestorben sind. Ich habe andere gerettet, aber sie konnte ich nicht retten. Auch damit muss ich leben. Das Leben ist der Preis, den ich dafür bezahle, sie im Stich gelassen zu haben – ein hoher Preis, der jeden Morgen, wenn ich aufwache, bezahlt werden muss.

In den neunzehn Monaten, die seit jenem Todestag vergangen sind, bin ich auf der Suche nach dem Sinn meines Lebens umhergereist. Ich lerne, indem ich dorthin gehe, wohin ich gehen muss.

Momentan hatte ich ein anheimelndes möbliertes Häuschen mit drei Schlafzimmern in einem ruhigen Küstenort ein paar hundert Meilen entfernt von Pico Mundo gemietet. Von der Veranda vor dem Haus blickte man aufs Meer, und gelbe Bougainvilleen rankten sich über das halbe Dach.

Annamaria, die ich erst seit Ende Januar kannte, hatte eines der Schlafzimmer belegt. Sie erweckte den Eindruck, als würde sie in etwa einem Monat ihr Kind zur Welt bringen, doch sie behauptete, sie sei schon lange Zeit schwanger, und sie beharrte darauf, dass sie noch länger schwanger sein würde.

Obwohl sie viele Dinge sagte, die sich meinem Verständnis entzogen, glaubte ich fest daran, dass sie immer die Wahrheit sagte. Sie war geheimnisvoll, aber sie schwindelte nicht.

Wir waren Freunde, kein Liebespaar. Eine enigmatische Geliebte wird sich höchstwahrscheinlich als Katastrophe erweisen, die bloß noch nicht eingetreten ist, aber eine bezaubernde Freundin, deren gewohnte Wärme von Momenten kühler Unergründlichkeit durchwirkt ist, kann eine faszinierende Gefährtin sein.

An dem Morgen, an dem ich zu einem Einkaufsbummel aufbrach, folgte mir Annamaria bis auf die Veranda. Sie sagte: »Die Sommerzeit fängt erst in fünf Tagen an.«

Am unteren Ende der Treppe drehte ich mich zu ihr um und sah sie an. Sie war keine Schönheit, aber sie war auch nicht unattraktiv. Ihre klare, blasse Haut erschien mir so glatt wie Seife, und ihre großen, dunklen Augen, in denen sich das funkelnde Meer widerspiegelte, schienen so tief wie eine ganze Galaxie zu sein. In Turnschuhen, einer grauen Khakihose und einem ausgeleierten Pullover wirkte sie so zierlich wie ein Kind – ein kleines Mädchen, das die Klamotten seines Vaters trug.

Da ich nicht sicher war, warum sie die Sommerzeit erwähnt hatte, sagte ich: »Ich werde nicht lange fort sein. Noch vor Sonnenuntergang bin ich zurück.«

»Die Dunkelheit senkt sich nicht nach einem vorhersagbaren Zeitplan herab. Sie kann zu jeder beliebigen Tageszeit über dich hereinbrechen, wie du nur zu gut weißt.«

Sie hatte mir einmal erzählt, es gäbe Leute, die sie töten wollten. Obwohl sie nicht mehr dazu gesagt und sich auch nicht zur Identität jener geäußert hatte, die sie gern ermorden würden, glaubte ich, dass ihre Bemerkung ebenso sehr wie alles andere, was sie sagte, der Wahrheit entsprach.

»Wenn dir Gefahr droht, bleibe ich hier.«

»Du bist derjenige, der in Gefahr schwebt, junger Mann. Ob hier oder dort, überall bist du derjenige, der ständig auf dem Rand der Klippe steht.«

Sie war achtzehn, ich hingegen fast zweiundzwanzig, doch wenn sie mich *junger Mann* nannte, kam es mir immer richtig vor. Sie besaß eine Ausstrahlung von Zeitlosigkeit, als hätte sie in jedem anderen Jahrhundert der dokumentierten Menschheitsgeschichte oder sogar in ihnen allen gelebt haben können.

»Tu, was du tun musst«, sagte sie, »aber komm zu uns zurück.«

Tu, was du tun musst … Das klang unheilvoll und war nicht

gerade die Wortwahl, die man normalerweise benutzen würde, wenn ein Freund loszog, um Socken zu kaufen.

Ich sagte: »Das Glöckchen hat letzte Nacht geläutet.«

»Ja, ich weiß.«

Ich war davon überzeugt, dass sie es von ihrem Zimmer aus durch zwei geschlossene Türen nicht gehört haben konnte.

Sie hatte mir schon früher gesagt, wenn die Glocke in der Nacht läutete, würden wir kurz darauf an einen anderen Ort weiterziehen.

Jetzt sagte sie: »Ich sehe dich wieder, wenn der Wind das Wasser weiß und schwarz weht.« Mit diesen Worten wandte sie sich ab und zog sich in das kleine Haus zurück.

Hinter dem Strand erstreckte sich das Meer blau bis zum Horizont. Der Tag blieb weiterhin ruhig und mild, und der Himmel war so klar, dass es schien, als sollte ich in der Lage sein, trotz des Sonnenscheins, der sie verbarg, die Sterne wahrzunehmen.

Keinesfalls verblüfft, aber doch reichlich durcheinander, lief ich mit einer Skepsis, die ich vor wenigen Minuten noch nicht verspürt hatte, die halbe Meile nach Norden ins Ortszentrum. Im Schatten uralter Lebenseichen zog sich die dreispurige Geschäftsstraße durch den Ortskern, von gerade mal sechs Häuserblocks mit Läden, Restaurants und malerischen Gasthäusern flankiert. Wenn man eine richtige Stadt wollte, musste man an der Küste nach Santa Barbara rauffahren.

Ich wusste nicht, dass mir demnächst ein Kerl anbieten würde, mich zu kastrieren, oder dass er eine Pistole bei sich tragen würde, die mit einem Schalldämpfer ausgerüstet war. Ja, ich besitze gewisse paranormale Gaben, unter die gelegentlich auch ein prophetischer Traum fällt, aber im Wachen sehe ich keine Momente in der Zukunft.

Als mir der Laster, der meine Neugier anstachelte, erstmals auffiel, erkannte ich nicht, dass ein furchtbarer Feind hinter dem

Steuer saß. Ich erhaschte nicht einmal einen flüchtigen Blick auf den Fahrer.

Mit meiner erbarmungslosen Neugier habe ich mir schon großen Ärger eingehandelt. Sie hat mir aber auch schon viele Male den Arsch gerettet. Unter dem Strich ist sie also ein Plus. Und es ist überhaupt nicht wahr, dass Neugier der Katze Tod ist. Im Allgemeinen werden Katzen von Kojoten oder Sattelschleppern abgemurkst.

Jedenfalls ist meine Neugier ein Bestandteil meiner Gabe, meines sechsten Sinnes. Ich bin gezwungen, ihr nachzugeben.

Bei dem Laster handelte es sich um einen ProStar+, einen Sattelschlepper. Die aerodynamische Zugmaschine mit dem massiven Kühlergrill und den Scheinwerfern in Form von Eidechsenaugen sah wirklich cool aus und war rot und schwarz lackiert, mit funkelnden silbernen Streifen. Der schwarze Auflieger trug kein Firmenlogo und auch keine Werbung.

Gerade als ich das Geschäftsviertel erreichte, fuhr der Sattelschlepper an mir vorbei in den Ortskern, in Richtung Norden. Ohne bewusst wahrzunehmen, was ich tat, beschleunigte ich meine Schritte. Als der ProStar+ an einem Stoppschild bremste, hatte ich ihn fast eingeholt.

Weil der Koloss auf der Kreuzung Gas gab, begann ich zu rennen, und in dem Moment wurde mir eines klar: Ich wusste intuitiv, dass etwas an diesem Laster böse sein musste.

Also, ich meine damit nicht den ProStar+ als solchen. Ich bin keiner von denen, die glauben, ein Fahrzeug könnte von einem dämonischen Geist besessen sein und fahrerlos durch die Stadt rasen, um Menschen umzufahren, weil es den Wagen anmacht, mit seinen Reifen Blut zu schmecken. Daran glaube ich genauso wenig wie daran, dass Herbie – der VW Käfer in dieser Serie von Disney-Filmen – seinen eigenen Willen hatte und den Wunsch verspürte, Liebende zusammenzubringen und Bösewichten das

Handwerk zu legen. Wenn man Ersteres glaubt, muss man auch Letzteres glauben, und ehe man sich's versieht, bringt man seine Karre mit der GPS-Stimme, die so sexy klingt, zur Waschanlage, um die Blechkiste nass und eingeseift zu sehen.

Ich fiel rasch hinter dem Laster zurück, klar, aber dann, nah am nördlichen Ende der Ortschaft, bog er vor einem Supermarkt nach links von der Straße ab. Wenn der Fahrer eine Lieferung zugestellt hätte, wäre er zur Laderampe hinter dem Gebäude gefahren. Stattdessen stellte er den Wagen an dem Ende des Parkplatzes, das der Straße am nächsten war, quer über mehrere Parkplätze ab.

Endlich erreichte ich den Sattelschlepper, der im zitternden Schatten einer Reihe von Eukalyptusbäumen stand, die der Wind in Bewegung versetzte; er war unbeaufsichtigt. Ich holte Atem, ging langsam um das Fahrzeug herum und sah es mir genauer an.

Meine Intuition sträubte ihre Borsten wie ein Hund das Nackenhaar: Gesteigerte Intuition ist ein Bestandteil meines sechsten Sinnes.

Der Tag war mild, die Brise sanft, doch der Bereich unmittelbar um den Laster herum war kälter, so kalt, dass es sich nicht allein durch den Schatten der Eukalyptusbäume erklären ließ. Als ich eine Handfläche auf die Seitenwand des Aufliegers presste, fühlte es sich an, als sei der Fahrer an den Straßenrand gefahren, um in großer Höhe das Ende eines dichten Schneegestöbers abzuwarten.

Es war nicht das, was Lkw-Fahrer einen »Kühlkoffer« nannten, in dem gefrorene Nahrungsmittel transportiert wurden. An der Vorderseite des Aufliegers, hinter der Zugmaschine, war kein Kühlkörper montiert.

Ich stellte mich auf die Trittstufe neben dem Tank, um durch ein Seitenfenster in die Fahrerkabine zu lugen: Ledersitze, Armaturenbrett und Zierleisten aus Holz, eine zum Fahrer hin abgewinkelte Mittelkonsole mit CD-Player und GPS und eine geräumige Schlafkabine hinter dem Führerstand sorgten für eine behagliche Umgebung.

An dem über Kopfhöhe angebrachten CB-Funkgerät mit dem herabhängenden Mikrofon baumelte eine Schnur roter Perlen, auf die fünf pflaumengroße weiße Schädel aufgefädelt waren. Sie schienen handgeschnitzt zu sein, vielleicht aus Knochen.

Menschen schmückten die Fahrerkabinen ihrer Fahrzeuge mit allen erdenklichen Gegenständen. Miniaturschädel waren ebenso wenig ein Beweis für die Gefährlichkeit dieses Fahrers, wie ein baumelndes Figürchen der kleinen Meerjungfrau ihn als einen unschuldigen Träumer ausgewiesen hätte.

Dennoch ging ich um den Sattelschlepper herum, um mir die Hintertüren genauer anzusehen. Vielleicht brauchte ich einen Schlüssel, vielleicht auch nicht.

Ehe ich mir Gewissheit darüber verschaffen konnte, wie die langen Schnäpper funktionierten, fragte mich eine seidenweich raunende Stimme: »Gefällt dir mein Laster, du Drecksack?«

Er maß ungefähr einsneunzig und war somit um einiges größer als ich. Obwohl er aussah, als sei er vielleicht fünfunddreißig, war sein gegeltes Haar, das in Spitzen von seinem Kopf abstand, weiß, und das galt auch für seine Augenbrauen. Er hatte nordische Gesichtszüge und eine Sonnenbankbräune, die deutlich besagte, dass er keine Furcht vor Melanomen kannte. Seine Augen hatten exakt das Blau von Wasser in Toilettenschüsseln, die beim Spülen automatisch Desinfektionsmittel zugeben, und sie waren auch ebenso ansprechend.

Da ich nie die Hoffnung aufgebe, selbst eine Situation mit ausgeprägtem Potenzial zur Gewalttätigkeit könnte sich als Gelegenheit für gegenseitiges Verständnis und Kameradschaft erweisen, tat ich so, als hätte ich die Anrede »Drecksack« überhört.

Ich sagte: »Ja, Sir, er ist eine Schönheit.«

»Du willst wissen, was ich transportiere? Du bist wohl neugierig, was?«

»Nein, Sir. Ich doch nicht. Ich begeistere mich einfach nur für Lastwagen.«

Seine Zähne waren so unnatürlich weiß, dass ich glaubte, Gefahr zu laufen, mir von seinem Lächeln eine Verstrahlung zuzuziehen.

»Bist du gläubig?«, fragte er.

Unter den gegebenen Umständen erschien mir die Frage so stark emotional befrachtet zu sein, dass jede allzu spezifische Antwort wohl Ärger erregen würde. »Nun ja, Sir, ich vermute, wir glauben alle an das ein oder andere.«

Er sah aus, als glaubte er an strassbesetzte Cowboyklamotten. Seine maßgeschneiderten spitzen schwarzen Stiefel waren von gemustertem weißem Schlangenleder durchzogen. Schwarze Jeans, an den Säumen, den Innennähten und den Taschen mit leuchtend rotem Garn abgesteppt. Rotes Seidenhemd mit schwarzen Ziernähten. Schwarze Schnürsenkelkrawatte mit einer Brosche, bei der es sich um einen geschnitzten Knochen in Form eines Schlangenkopfs hätte handeln können, mit passenden Knochenstiften am Ende der Schnur. Sein schwarzes Sportsakko hatte leuchtend rote Aufschläge und einen Kragen, der mit Pailletten gesprenkelt war.

»Wenn du wahrhaft gläubig bist«, sagte er, »dann sage mir, wie viele Stufen die Himmelsleiter hat.«

»Nun, Sir, ich bin kein Theologe. Nur ein Grillkoch ohne feste Anstellung.«

»Die Himmelsleiter hat genau zwei Stufen, Drecksack. Die erste Stufe besteht darin, meinen Laster anzurühren. Die zweite besteht darin, keine Erklärung abzugeben, die mich zufriedenstellt.«

»Sir, die simple Wahrheit ist: Ihr Laster ist eine echte Schönheit, und ich wollte schon immer Fernfahrer sein.«

»Du wolltest nie Fernfahrer sein.«

»Ich gebe zu, dass es nicht ganz der Wahrheit entspricht, aber der Laster *ist* eine Schönheit.«

Die .45er Sig Sauer mit dem Schalldämpfer tauchte in seiner Hand auf wie eine Taube in der Hand eines guten Zauberers – als hätte sie sich aus dem Nichts materialisiert. Noch schlimmer war, dass die Pistole aus nächster Nähe auf meinen Schritt gerichtet war, was mir weniger Sorgen bereitet hätte, wenn es eine Taube gewesen wäre.

»Wie würde es dir gefallen, ein Eunuch zu sein und dir nie mehr Sorgen machen zu müssen, du bekämst keinen hoch?«

Er verbrutzelte mich mit seinem strahlenden Lächeln, und ich war wie ein Spiegelei auf der Bratplatte, das auf den Pfannenwender wartete.

»Das würde mir nicht besonders gut gefallen, Sir.«

Die Reihe von Eukalyptusbäumen schirmte uns weitgehend von dem Durchgangsverkehr auf der Straße ab. Auf dem Parkplatz des Supermarkts herrschte ein reges Kommen und Gehen, aber die Leute waren alle viel näher an dem Gebäude als an unserem Ende. Sie interessierten sich nicht für zwei Fernfahrer, und der Körper des Cowboys verhinderte, dass sie die Waffe sahen.

»Du meinst, ich werde es nicht hier unter freiem Himmel tun? Glaub mir, es ist erstaunlich, was die Leute alles nicht sehen. Den Schuss werden sie nicht hören. Du wirst zu Boden gehen, ehe du Atem geholt hast, um zu schreien. Und sobald du auf dem Boden liegst, werde ich dir die Kehle zertrampeln und deine Luftröhre zerquetschen. Dann werde ich mit dir umgehen wie mit einem Betrunkenen: Ich werde dich an einen dieser Bäume lehnen, als wärst du ein Landstreicher, der seinen Rausch ausschläft. Niemand will sich einen stockbesoffenen Landstreicher genauer ansehen. Und ich garantiere dir, keiner wird sich an mich erinnern. Niemand wird mich gesehen haben.«

Ich erkannte Aufrichtigkeit in seinen Klospülungsaugen, und ich wusste, dass er mich, so verrückt das auch klang, aus dieser Welt hinausspülen könnte.

Da ich, wie ihr alle wisst, ein zurückhaltender Typ bin und so gewöhnlich aussehe wie jeder andere Grillkoch ohne feste Anstellung, und wenn man außerdem bedenkt, wie echt schockiert ich ausgesehen haben muss, rechnete er wohl nicht damit, dass ich sein Handgelenk mit beiden Händen packen würde. Ich presste die Mündung der Sig Sauer gewaltsam weiter unten zwischen meine Beine, fort von meinem ängstlichen Gemächt.

Er gab einen Schuss ab, der weniger Lärm machte als die Kugel, die in der Nähe meines linken Fußes vom Pflaster abprallte.

Vielleicht hätte ich sein Handgelenk nicht so fest umbiegen können, dass er die Waffe fallen gelassen hätte, doch etwas ganz Außerordentliches passierte. Als ich ihn berührte und während die Kugel mit einem leisen *Plopp* aus dem Schalldämpfer kam, verschwand der Parkplatz, und für ein paar Sekunden quoll eine Vision vor meinem inneren Auge aus mir hinaus, um mich zu umfangen.

Ich schien in einer mondlosen Nacht zu stehen, vor einem Edelstahlpodest auf stählernen Beinen, einer runden Bühne, durch die flackernden Flammen von vier Fackeln erhellt, die an hohen Stangen befestigt waren. Auf der Bühne saßen auf hochlehnigen Stühlen drei Kinder: ein Junge von etwa acht Jahren, ein Mädchen von vielleicht sechs und ein älteres Mädchen, das vielleicht zehn war. Mit ihnen stimmte etwas nicht. Sie saßen mit weit aufgerissenen Augen, aber schlaff herunterhängenden Mündern da, die Hände schlapp auf dem Schoß. Emotionslos. Betäubt. Ein weißhaariger Mann in blutrotem Anzug, schwarzem Hemd und schwarzer Maske stieg die Stahlstufen zur Bühne hinauf. Mit dem Flammenwerfer, den er in der Hand trug, setzte er die Kinder in Brand …

Die Vision platzte wie eine Seifenblase, die Realität kehrte zurück, und der Cowboy und ich entfernten uns rückwärts taumelnd voneinander. Die Pistole lag zwischen uns auf dem Pflaster. Sein bestürzter Gesichtsausdruck und eine Wildheit in seinen Augen sagten mir zwei Dinge: Erstens hatte er dieselbe Vision gehabt wie ich; zweitens war er der maskierte Mann in dem roten Anzug, und er beabsichtigte, zu einem zukünftigen Zeitpunkt in einer wahnsinnigen und mörderischen Performance-Veranstaltung hilflose Kinder anzuzünden.

Ich hatte gerade mein erstes böses Omen für die Zukunft wahrgenommen, das sich nicht in Form eines prophetischen Traums einstellte.

Er wollte sich auf die runtergefallene Pistole stürzen, doch es gelang mir, sie unter den Sattelschlepper zu treten, als seine Finger nur noch wenige Zentimeter von seiner Beute entfernt waren.

Wie aus einer Scheide am Unterarm glitt ein Messer in seine rechte Hand, und eine schmale Klinge von fünfzehn Zentimetern Länge sprang aus dem gelben Griff hervor.

Ich habe eine Abneigung gegen Schusswaffen, aber ich bin auch kein Fan von Messern, trage also keines von beidem mit mir herum. Instinktiv wandte ich mich von ihm ab und rannte über den Parkplatz auf den Supermarkt zu.

Lesen Sie weiter in

DEAN KOONTZ

ABGRUND-TIEF

Aus dem Amerikanischen von Ursula Gnade

ISBN 978-3-453-43765-4